伦理主题视野
作家姿态
伦理立场
艺术表现风格

论20世纪90年代以来西部乡土小说中的伦理书写

李 伟 ◎ 著

中国社会科学出版社

图书在版编目(CIP)数据

论 20 世纪 90 年代以来西部乡土小说中的伦理书写 / 李伟著.
—北京：中国社会科学出版社，2017.5
ISBN 978-7-5161-9899-5

Ⅰ.①论… Ⅱ.①李… Ⅲ.①乡土小说–小说研究–中国–当代 Ⅳ.①I207.42

中国版本图书馆 CIP 数据核字(2017)第 036559 号

出 版 人	赵剑英	
责任编辑	任　明	
特约编辑	乔继堂	
责任校对	周　昊	
责任印制	李寡寡	

出　　版	中国社会科学出版社	
社　　址	北京鼓楼西大街甲 158 号	
邮　　编	100720	
网　　址	http://www.csspw.cn	
发 行 部	010-84083685	
门 市 部	010-84029450	
经　　销	新华书店及其他书店	
印刷装订	北京市兴怀印刷厂	
版　　次	2017 年 5 月第 1 版	
印　　次	2017 年 5 月第 1 次印刷	
开　　本	710×1000　1/16	
印　　张	20.25	
插　　页	2	
字　　数	332 千字	
定　　价	86.00 元	

凡购买中国社会科学出版社图书，如有质量问题请与本社营销中心联系调换
电话：010-84083683
版权所有　侵权必究

序

贺仲明

在我所指导的研究生里，李伟也许不是最聪颖的一个，但绝对是最刻苦的一个。她是我在山东大学招收的第一个博士生，四年间，在学习态度和学习成绩方面她成为其师弟妹们的榜样，多次获得包括国家奖学金在内的荣誉。也许因为她学习太自觉，我对她指导并不太多，倒是她师母与她建立了很好的感情。作为她的导师，我很高兴看到她第一本学术著作的出版，也有些话想说，于是就有了这篇序。

这个论题是在李伟全面关注乡土小说发展的基础上与我共同商定的。尽管在她论文开题时，有学者对"西部"论题的合理性提出了一些质疑，但我以为是完全可行的。理由有三：其一，中国西部自然景观很有独特性，文化更与中东部有较大差异。西部自然地理的特别不需多言，文化上同样如此。在乡村社会，生活着多民族人民，有着与汉民族迥异的文化传统，特别是宗教文化很普遍地存在，渗透人们的日常生活和行为方式当中；其二，近几十年间，中国社会经济发展呈现出较大的地区性差异，西部乡村发展普遍较晚也较慢。韩少功曾经感慨过中国东西部的差异超过中国上海与美国纽约的差距，这非常确切。即使在今天，西部许多地方乡村生活的贫困依然是中国社会不可回避的重要问题之一；其三，西部乡村有着非常丰富多彩的民间艺术。学者们曾经从生活环境、儒家文化影响等方面考察过东西部乡村民间艺术上的差异，原因暂且不论，现实则是无可置疑。从文学审美角度看，这种民间文化是西部乡土小说的突出魅力之一。丁帆先生对乡土小说审美提出了"三画四彩"，其神秘色彩特点就主要针对西部乡土文学。

由于以上原因，西部乡土小说在很多方面的面貌确实不同于中东部的创作，其中伦理书写是最典型的一个部分。因为西部乡村有深厚的宗教传统，其伦理状况本就与中东部地区有所不同，加上又是后发展地区，它的伦理变化有着其他地区所不具备的独特性和复杂性。同时，与其他地方的乡土小说一样，西部乡土小说的作者大多就来自于西部地区，他们与西部乡村社会和文化之间有着复杂而深刻的密切关系。几方面结合起来看，西部乡土小说的作家和生活可以看作不可分割的整体，共同构成这一创作独特的伦理文化景观。所以，无论是作为典型个案，还是作为乡土小说整体的一部分，西部乡土小说伦理书写的内涵都非常丰富，是一个非常值得探究的课题。

李伟为这本书花费了大量的精力。读博士期间，她按照要求，系统阅读了 20 世纪 90 年代以来所有西部地区发行的文学期刊，以及所有西部作家发表的重要作品。在山东大学的过刊室里，她度过了很多光阴，也积累了大量的读书笔记，有很多心得和收获。

以大量的作品阅读为基础，就自然会产生深入而新颖的想法。我以为，李伟这本书最出彩的地方，就是对作家作品的研究。如对贾平凹、石舒清、鬼子、雪漠、马金莲等作家的论述，既充分展示了作品所书写的伦理状态，剖析了作品与之相关联的独特艺术个性，还揭示了作家们复杂的文化心态，可以说是将文本内外的关系做了非常细致贴切的综合分析。这些论述既具深度也富有新意，在同领域研究中是处于前沿位置的。而且令我高兴的是，在对作家作品的剖析中，李伟表现出了很好的艺术感悟能力，也丰富了她在理论上的感受力。

我一直认为，要真正把学术做好，需要多方面的机缘和努力。学术大师们都是具有先天和后天两方面的机会，时代、个人，外在、内在，各种因素缺一不可。所以，真正的大师才会那么匮乏和珍贵，也不是每个人都要以成为大师作为人生目标。当然，明确自己的学术道路，坚定、沉静而执着地追求，却是每个人都可以的。学术不忘生活，在日常生活中进行自己的学术探究，是我们普通人的学术方法。李伟也是这样。利用自己的积累，循序渐进地补充自己的弱项，时间长了，自然水到渠成，更高的学术进境就达到了。

这本书是李伟学术发展一个阶段的成果。应该说，无论从资料积累还是学术高度，都是很不错的。有了这个起点，李伟的学术发展应该能够更顺利、更自然。但我还是要告诫她，凡事不要太着急，要注意学术与生活兼顾，认识到学术不是生活的全部，而只是生活的一个方面。之所以如此说，是因为李伟对自己有很严格的要求，也付出了很多努力。我相信她能取得更大的成绩，也希望她有幸福愉快的生活——这也是我和她师母共同的期望。

2016 年 12 月于花城

目　录

引言 …………………………………………………………（1）

第一章　社会变迁中西部乡土小说伦理书写的基本状况 ………（13）
　第一节　西部乡土小说伦理书写的概况 …………………（13）
　　一　伦理书写内容集中化 ……………………………（15）
　　二　作家伦理书写姿态与批判立场的多样 …………（17）
　　三　艺术表现的多姿多彩 ……………………………（19）
　第二节　西部乡土小说伦理书写的发展趋向 ……………（21）
　　一　伦理批判的转变：从传统到现代 ………………（22）
　　二　伦理视野的扩展：由人文转向自然 ……………（26）
　　三　评判标准的分化：从狭窄到多元 ………………（27）
　第三节　西部独特文化背景下的伦理书写特征 …………（29）
　　一　多元文化背景中的多元伦理书写 ………………（29）
　　二　内陆封闭地理环境下传统伦理氛围的深厚 ……（32）
　　三　丰富多彩而又独特的民族特质 …………………（36）

第二章　西部乡土小说中的伦理书写之一：家庭伦理 …………（41）
　第一节　父子关系 …………………………………………（42）
　　一　多元的父子关系展现 ……………………………（42）
　　二　父子关系的复杂趋向 ……………………………（49）
　第二节　夫妻关系 …………………………………………（51）
　　一　传统与现代交织的夫妻关系 ……………………（52）
　　二　夫妻关系的逆转 …………………………………（58）
　第三节　兄弟姐妹关系 ……………………………………（60）
　　一　兄弟姐妹关系的演变 ……………………………（61）

二　日趋恶化的手足情分 ……………………………………（66）
　第四节　邻里关系………………………………………………（68）
　　一　和睦与淡化的邻里关系 …………………………………（68）
　　二　重建现代邻里美德 ………………………………………（73）
　第五节　城市化进程与乡村人伦变化…………………………（75）
　　一　城市进程对乡村人际关系的影响 ………………………（76）
　　二　城市化进程中农民工群体的道德变化 …………………（78）

第三章　西部乡土小说中的伦理书写之二：情爱伦理 ………（82）
　第一节　情欲与伦理 ……………………………………………（83）
　　一　保全道德而压抑情欲 ……………………………………（83）
　　二　违背伦理而追求爱情 ……………………………………（86）
　第二节　生存与情爱 ……………………………………………（90）
　　一　舍弃生命追求爱情 ………………………………………（90）
　　二　生存与伦理的两难选择 …………………………………（93）
　第三节　乱性与乱伦 ……………………………………………（97）
　　一　婚姻禁忌与乱性 …………………………………………（98）
　　二　乱伦的主要类型 …………………………………………（100）
　　三　乱伦原因与道德惩罚 ……………………………………（104）
　第四节　理想与现实 ……………………………………………（107）
　　一　理想爱情的唯美与道德 …………………………………（107）
　　二　现实爱情的功利与物化 …………………………………（110）

第四章　西部乡土小说中的伦理书写之三：正义伦理………（114）
　第一节　人的正义 ………………………………………………（114）
　　一　民的正义与变迁 …………………………………………（116）
　　二　官的正义与功利 …………………………………………（121）
　第二节　自然正义 ………………………………………………（127）
　　一　敬畏生命本真与回归自然正义 …………………………（129）
　　二　珍视动物正义与生命审美 ………………………………（135）
　第三节　人的存在与异化 ………………………………………（139）
　　一　人的生存审美形态 ………………………………………（140）
　　二　现代人性异化类型及原因 ………………………………（143）

第五章　西部乡土作家伦理书写的姿态 (149)
第一节　苦难伦理情怀 (150)
一　鬼子：阳光下的苦难 (150)
二　冯积岐：权势压制下的生存苦难 (160)
三　罗伟章：病态苦难 (166)
四　冉正万、王华：乡村家园苦难 (172)
第二节　乡村浪漫情怀 (183)
一　雪漠、郭雪波、漠月：大漠戈壁敬仰 (183)
二　郭文斌：乡村诗意的真善美 (200)
第三节　农家感恩情怀 (207)
一　石舒清、马金莲：农家感恩与乡土颂歌 (208)
二　了一容、李进祥：为底层农家而写作 (220)
第四节　乡村伦理的坚守与困惑：贾平凹 (229)
一　平民立场与精英意识 (229)
二　现代伦理的期望与批判 (232)
三　伦理观念的杂糅与局限 (235)

第六章　西部乡土小说中伦理书写的艺术表现 (240)
第一节　以现实主义为主的多重艺术借鉴 (241)
一　现实主义风格的主导 (241)
二　现代小说艺术的借鉴 (246)
三　民族宗教色彩下的魔幻与超现实 (256)
第二节　乡土小说的诗性与散文化表现 (263)
一　自然人情境域下的诗性呈现 (264)
二　日常叙事与真情流露的散文化倾向 (268)
第三节　地方民俗、民歌与方言的运用 (273)
一　乡土风情中的民俗礼仪 (274)
二　地域方言和民歌的运用 (278)

第七章　西部乡土小说伦理书写的启示与思考 (287)
第一节　西部乡土小说伦理书写的整体向度 (287)
第二节　西部乡土小说伦理书写的价值与意义 (290)
第三节　西部乡土小说伦理书写的局限与反思 (295)

一　理想化伦理书写的局限 …………………………………（296）
　　二　艺术审美高度的不足 …………………………………（300）
结语 ……………………………………………………………（303）
主要参考书目 …………………………………………………（307）
后记 ……………………………………………………………（312）

引　言

　　近年来，随着西部大开发战略的实施，无论是国家的方针政策和硬件工程的建设，还是人文精神方面的推进，政府与社会都更为热切地关注西部地区的发展。20世纪90年代以来，西部地区大量的中青年作家从事文学创作，并在茅盾文学奖与鲁迅文学奖等各种文学评奖中占据一席之地，学界也掀起了西部文学研究的热潮，但对于西部乡土小说的整体研究还存在进一步拓展与完善的空间。随着社会的进步与经济的发展，现代人的伦理问题与道德行为不断地引发研究者的关注与质疑。西部作家在文学创作中自觉地流露对社会伦理问题的关注，对人的道德行为的反思，从而形成一种伦理书写的趋向。相对来说，在环境艰难、条件落后的地区更能体现出人的道德情感与伦理水准，西部乡土小说中的伦理书写无论是对社会整体还是对人的存在都起着重要的作用。因此，在当前审美日益生活化与大众化的社会背景中，对于乡土小说中伦理问题的研究与探讨显得尤为重要。选择伦理视角并结合社会发展的时代背景来对西部乡土小说进行整体性研究，是本书尝试与为之努力的目标。

　　本书中所涉及的研究范围是西部12省区（陕、甘、宁、蒙、青、新、川、滇、黔、桂、渝、藏）20世纪90年代以来作家乡土小说创作中书写与乡村生活密切相关的作品。有些作家曾经生活在西部，后因各种原因而离开西部，但小说创作的题材和内容仍然涉及西部，也归属于本研究的范围之内。如曾经有过新疆生活经历的温亚军和红柯，转身内地后书写新疆题材的作品，早年远离内蒙古定居北京的郭雪波，其文学创作主题依然是无法割舍的故乡科尔沁沙地等。

　　这里需要明确的有两点，也是近年学术界富有争议和热烈讨论的两个问题：

一是对于"西部文学"概念的界定。有些学者①主张从地理涵盖的范围来划定，大多以西北五省（陕西、甘肃、青海、新疆、宁夏）和川渝地区的作家创作为主导来囊括"西部文学"。有些学者则坚持模糊地理行政划分界线，从文明、文化、文学的形态来强调"西部文学"。丁帆教授提出"文化西部"的概念："'西部'是一个由自然环境、生产方式以及民族、宗教、文化等因素构成的独特的文明形态的指称，与地理意义上的西部呈内涵上的交叉。它的边界和视阈，既不同于地理地貌意义上的西部区划，也不同于以发展速度为尺度所划分的经济欠发达地区。它是以西部这一多民族地区所呈现出的生产方式、文化、民族、宗教的多样性、混杂性、独特性为依据划分的，主要是指：以新疆维吾尔自治区、内蒙古自治区、西藏自治区、宁夏回族自治区和青海、甘肃两省为主体的游牧文明覆盖圈。"② 赵学勇、王贵禄提出要从"文学的视阈上来定义西部文学，所谓西部文学，无非是从大量书写'西部'的文学中归纳、升华出来的更具有整合力与概括性的一种文学形态的命名。把西部文学看做是'写西部的文学'而非'西部的文学'"③。无论是强调文明形态还是以文学的视阈来看待"西部文学"，都充分说明当下文学研究有意弱化地域界限，更多注重人文精神与审美内涵的研究趋向。

二是关于"乡土小说"概念的内涵与外延的扩展。20世纪90年代以来多元文化语境的形成致使乡土小说的概念和视阈有所改变，丁帆教授认为："典范意义上的现代乡土小说，其题材大致应在如下范围内：其一是以乡村、乡镇为题材，书写农耕文明和游牧文明生活；其二是以流寓者（主要是从乡村流向城市的'打工者'，也包括乡村之间和城乡之间双向流动的流寓者）的流寓生活为题材，书写工业文明进击下的传统文明逐渐

---

① 赵学勇、孟绍勇在《革命·乡土·地域——中国当代西部小说史论》一书中采用了以西北五省份（陕、甘、宁、青、新）的小说创作来代指当代西部小说的整体面貌。山西教育出版社2009年版，第15页。李兴阳在《中国西部当代小说史论（1976—2005）》一书中界定"西部小说"为："就其地域范围而言，以新、甘、青、藏、宁和内蒙古为其阈限；就其外形内质而言，应指涉西部文明形态；就其创作主体而言，有'西部小说'创作的作家，不论其地域隶属关系如何，都在讨论之列。"安徽大学出版社2006年版，第13页。

② 丁帆主编：《中国西部现代文学史》，人民文学出版社2004年版，第1—2页。

③ 赵学勇、王贵禄：《守望·追求·创生：中国西部小说的历史形态与精神重构》，北京大学出版社2012年版，第5页。

淡出历史走向边缘的过程；其三是以'生态'为题材，书写现代文明中的人与自然的关系。"① 贺仲明教授提出："'乡土文学'概念内涵应该比以前更宽泛，也更明确，就是它应该回归'乡土'本身，以'乡土生活'作为它最基本的内涵，即只要是写乡土生活的，不管它写的是否是农民的生活，不管有没有体现'乡土意识'与'地域特色'，都应该属于乡土文学。在这一前提上，它应该完全涵盖传统的'农村题材文学'，又比它更丰富。而对'打工族'文学则根据作品的主要生活场景和主要人物来判定，故事背景在乡村，或者主要在乡村则属于乡土文学的范畴，另外囊括了描写大自然（森林、草原、沙漠）景观、动物生活、游牧民族生活的作品，更为强调乡土背景。"② 无论学者如何具体界定乡土文学的涵盖范围，无疑都表明他们对乡土文学外延的不断扩展持一致的认同态度。

在此，我们认同学界阐释的"西部文学"和"乡土文学"概念和范畴，但因本书研究涉及的作家和作品较多，理应有一个地理范围的划分，这样有利于查阅、整合与概括研究的主体内容。因此，选取西南五省份（四川、云南、贵州、西藏、重庆）和西北五省份、自治区（陕西、甘肃、青海、新疆、宁夏）以及内蒙古、广西两个自治区，但不完全绝对化，要视作家创作的情况与文学作品书写的主题内容而定，涉及研究的省份会有差异。本书中研究的西部乡土小说大致是指描写20世纪90年代以来西部乡村生活、风俗人情、自然景观（大漠、沙地、草原、湖道）、伦理道德（人与人、人与动物、人与自然）的作品，有些作品创作背景介于城市与乡村之间，但其中包含乡土伦理书写内容也列入本研究范围之内。

关于伦理的概念与范畴的界定问题，中国与西方有不同的文化背景阐释。西方思想史上关于"伦理"的早期词源解释为："'伦理'在古希腊文中为'ethos'（习惯、习俗）。早在荷马史诗《伊利亚特》中，就已经出现了这个词，意思为人的住所或居留之处，用来指称人居住于其中的敞开的场所。后来意义扩大，表示风俗、习惯以及所形成的人的品格和气质。伦理是相关于品格和风俗习惯（也就是广义的一切规范、典章和制

---

① 丁帆：《中国乡土小说史》，北京大学出版社2007年版，第19页。
② 贺仲明：《一种文学与一个阶层——中国新文学与农民关系研究》，人民出版社2008年版，第18页。

度）的。"① 可见，伦理在这里被认为与个人的品格和风俗习惯紧密相关。中国文化中的"伦理"是指"客观的人伦之理"②，"伦理关系就是人伦关系，人与人之间体现、反映其伦理规定的关系"③。这里的伦理更多被阐释为普遍存在的社会关系。总之，关于"伦理"学界有着不同的定义和理解，但一致认为伦理是指导人们处理人与自然、人与社会、人与国家、人与他人等关系的道德规范。文学自肇始以来与伦理道德就有着密切关联，文学中表达的真、善、美，无疑离不开对人伦道德的阐释。正如研究者所言："文学是关于人的伦理的文学，也是关于生命伦理的文学。"④"在小说的技巧和形式里，总是包含着小说家的主观态度和主观目的，包含着道德意味和伦理内容。小说艺术的问题，很大程度上，就是小说伦理的问题。"⑤ 因此，作家文学创作中的人伦情感表达与人情风俗、社会习俗等问题的探讨必然涉及伦理道德的书写。

本书中涉及伦理研究的范围是指文学作品中有关的伦理书写内容：一是人与人之间的伦理关系，如家庭成员的亲情、两性间的爱情、邻里友情等人际关系。二是人与自然，人与动物、人与土地等之间的伦理关系。三是西部特殊的地域人情民俗，宗教伦理观念等。此外，还探讨作家自身的伦理观念，作品中反映的社会伦理问题等。当前学界关于小说与伦理的研究，主要集中于叙事伦理视角、文本伦理问题展现，更多是对当代文坛东部作家小说中的伦理问题研究。李建军在《小说伦理与"去作者化"问题》一文中指出："20世纪的现代主义小说理论和小说创作存在流于形式而缺乏伦理建构的弊端，如'去作者化'倾向，引发小说创作'去伦理化'趋势，作家道德意识的淡化和伦理作用的弱化。并试图纠正'去作者化'的小说理念，克服非道德化、反交流的叙事方式，以便重归和继承伦理现实主义的叙事传统。"⑥ 研究者对小说的伦理问题和艺术的本质关联，作家的伦理态度和伦理思想对于文学创作的影响，对读者的启发以及引起的社会道德效果等问题进行清晰的阐释，一些观点值得认同。

---

① 龚群：《社会伦理十讲》，中国人民大学出版社2008年版，第2页。
② 同上书，第6页。
③ 同上书，第11页。
④ 谢有顺：《中国小说叙事伦理的现代转向》，博士学位论文，复旦大学，2010年。
⑤ 李建军：《小说伦理与"去作者化"问题》，《中国社会科学》2012年第8期。
⑥ 同上。

20世纪90年代以来西部乡土小说蓬勃发展的历史趋向与艺术努力已足以证实，它在中国乡土文学发展的整体格局中取得了不可忽视的地位。西部乡土小说显示它独特的一面，它在多元历史背景发展中形成了丰厚的地域文化底蕴与异域自然审美格调，为当前乡土小说的发展增添了多样姿色。西部独特的文明形态与多民族文化共同的背景下，西部作家的小说创作一方面试图突破地域限制，努力回归当前主流文学发展潮流；另一方面又保有自身特有的本土文化魅力，展现出有别于东部作家创作的独特韵味。它以西部特有的文学想象与话语方式，建构乡土、宗教、文化、民俗、伦理、自然相融的叙事世界，呈现出苍凉空旷、浪漫诗意、平淡质朴、苦难贫瘠、生命本真等多元的艺术审美特征，这无疑给中国当代小说创作带来了别样的艺术风格。西部乡土小说展示的地域文化、民族审美、宗教色彩等都在当前文学发展中独树一帜。

20世纪90年代以来，西部乡土小说中的伦理书写褪去了50、60年代政治革命激情下的宏大伦理叙事与80年代的时代史诗性伦理表达，转变为细碎化的日常生活伦理书写，淡定平静地表达普通民众的世俗人生。作家伦理姿态也由以往的忧国忧民与重国思家的厚重感转变为客观中立地表达世俗人文情怀。90年代以来西部乡土小说中的伦理书写更为贴近现实生活，更加直观地反映乡土伦理现状，体现着西部作家对农民生存状况和西部文化的深层思考，其创作上所取得的成就和变化推动了当代文学的发展，毋庸置疑，西部乡土小说已成为乡土小说发展的重要组成部分。伦理问题是当前作家密切关注的创作话题。20世纪90年代以来，社会经济进入飞速发展时期，人们不自觉地改变着自身的道德价值观和生存观。伦理问题越来越受到社会的重视，而文学作品中表现的伦理道德是呈现怎样的书写状况与发展趋向？这与现实伦理存在着怎样的关联？作家创作中是如何来表达自己的伦理观？一系列的问题引发了我的思索与好奇。

20世纪90年代以来西部小说创作日益繁荣，其中涌现出以贾平凹、夏天敏、石舒清、郭文斌、红柯、雪漠、冯积岐、李一清、贺享雍、罗伟章、东西、鬼子、阿来、王新军、刘亮程、温亚军等为代表的西部乡土作家创作，更加关注农村社会发展与农民的生存现状，城市化进程给乡村带来的现实问题。这些后起并被边缘化的西部青壮年乡土作家尤为关注在城市化进程中，乡村的不断消亡，土地的荒芜，留守人群的生存痛苦，外出农民工徘徊于城乡之间尴尬的求生状态等社会问题，这无疑都是增强了文学与社会的密切关联。农村和农民的话题在当前社会发展中日益成为国家和社会关注的热点，农民在社会发展中占有重要的地位，农村的发展推动了社会的进步。西部与东部呈现出不同的发展状态，通过对西部乡土小说中伦理书写的梳理和挖掘，试图发现乡村伦理与社会进步，人的生存与伦理的关联，作家创作中的伦理姿态与现实伦理存在的差异，人在特定时期（贫困、饥饿、生存）应该如何把持自我道德观念等一系列的社会问题，在一定程度上体现出西部乡土作家立足本土书写的坚定与为之作出的努力，引发我们对此进行思考和研究。

中国乡土社会的发展离不开人伦道德发展的演进，近30年来中国西部农村经历了经济迅速发展与城市化进程加速等所带来的社会体制变革，深刻地影响着乡村人伦道德的发展。正如研究者所言："中国社会是伦理社会。"[1] 现代化进程向西部乡村地区的演进，一方面给农村和农民带来了巨大的经济利益，农民的生活水平迅速提高，生活质量得到改善，基础设施建设和医疗卫生条件也得到了进一步的加强；另一方面在开阔农民视野、解放思想的同时，也深刻地改变了农民的道德价值观念，传统道德价值观念受到了现代观念的强烈冲击。新一代农民追求自由、平等的权利和意识普遍增强，特别是年轻农村女性勇于突破传统情爱伦理的束缚，追求自己的幸福。但是，一些消极的道德观念也在农村地区传播开来，如金钱物化观念、利己主义等，导致人们为了金钱利益而疏远淡化人际关系。加上农民进城务工高潮，加速了城乡之间不同道德观念的交流，新老两代农民观念的巨大差异以及相互之间的碰撞，导致了许多民间伦理悲剧的发生。因此，对西部乡土小说中的伦理问题研究，有助于更深地认识西部农村伦理发展的现状与农民道德观念的变化，更好地引发人们对自我伦理的深思和反省。作家对于西部乡土社会中因经济与道德水平发展的不同步而产生一系列社会问题的揭示，具有强烈的警示作用和启发意义。

西部文学自20世纪80年代进入文学研究的视野，始于西部文学概

---

[1] 谢遐龄指出："中国社会从农业社会进展为工业社会，可以仍然是伦理社会。经济繁荣不必然带来社会性质变化。建立市场经济体制也不必然带来社会性质转变。现代中国社会的社会关系中，古代传统的'五伦'关系除君臣关系外还都存在，只是在社会结构中的重要性发生了变化。现代中国社会的'单位'中的人与人之间的关系之主要意义是伦理关系。"参见谢遐龄《中国社会是伦理社会》，《社会学研究》1996年第6期。

念的提出、界定及文学内容的深化，①到90年代从西部文学的地域性文学和文化研究，强调本土特色、民族色彩、地域作家（以陕、甘、宁为主），在作家作品的文本研究方面有进展，强调西部文化地域性与西部小说的艺术表现和作家审美追求的关系。21世纪以来，国家提出西部大开发战略，对西部经济建设和文化发展予以大力扶持。在文学发展方面，西部作家也不甘示弱，创作出大量的文学作品，小说创作方面尤为突出，再次掀起西部文学研究的热潮。②既重文学史观的研究，又兼顾对西部文学不同体裁的研究。相对于其他文学体裁（诗歌、散文等），小说的形式和故事结构的嬗变，在一定程度上凸显出西部的文化实质和精神内涵。

当前学界关于乡土小说的研究主要集中于两种路径：一是注重文学史观与主流代表作家的研究。③学者们注重文学史观的整体研究，从社会历史变迁背景来研究乡土小说叙事模式与艺术表现的变化，这也是当前乡土小说研究中富有代表性的研究思路和方法。二是关注乡土小说的拓展范围、生存立场、叙事格局、作家创作姿态等问题的研究。研究者已意识到西部乡土小说创作在乡土文学整体发展格局中起着重要作用，西部代表性

---

① 1985年之前的西部文学研究形式基于随笔、研讨会的性质，形式上比较自由，主要在《阳关》、《西藏文学》、《新疆文学》（后改名为《中国西部文学》）、《当代文艺思潮》杂志上发起对西部文学概念的界定，文学发展的整体脉络，贯穿于西部文学发展的边界意识、精神实质、审美特性和各种文学体裁的讨论。1985年9月西部文学讨论会暨中国当代文学研究年会在甘肃天水召开之后，西部文学探讨逐步展开，肖云儒的专著《中国西部文学论》（青海人民出版社，1988年）、余斌的《论中国西部文学》（《当代文艺思潮》1986年第5期）等考察西部地域文化对文学形成产生的影响。

② 主要以上海、南京、兰州、西安等地高校掀起西部文学研究热，丁帆主编的《中国西部现代文学史》（人民文学出版社2004年版）；李兴阳的《中国西部当代小说史论（1976—2005）》（安徽大学出版社2006年版）；赵学勇、孟绍勇的《革命·乡土·地域——中国当代西部小说史论》（山西教育出版社2009年版）；赵学勇、王贵禄的《守望·追寻·创造：中国西部小说的历史形态与精神重构》（北京大学出版社2012年版）；马为华的《中国西部文学论》（博士学位论文，复旦大学，2003年），王明博的《多元与边缘——河西当代的地域文化阐释》（博士学位论文，兰州大学，2011年）等等。

③ 丁帆：《中国乡土小说史》，北京大学出版社2007年版；贺仲明：《一种文学与一个阶层——中国新文学与农民关系研究》，人民出版社2008年版；陈国和：《20世纪90年代以来乡村小说的当代性》，中国社会科学出版社2008年版。

的作家和作品已成为乡土小说研究的重点。① 赵学勇等的《新文学与乡土中国——20世纪中国乡土文学与西部文学研究》② 从"生命"主题、现代意识、文化人类学、地域特性等视角来探讨西部乡土文学,重点考察路遥、贾平凹、陈忠实、邹志安、李天房五位陕西籍作家的文学创作。李继凯的《秦地小说与三秦文学》③、马丽华的《雪域文化与西藏文学》④、韩子勇的《西部:偏远省份的文学写作》⑤ 等分别从西部特殊的地域文化特点考察地域作家的小说创作。研究视点集中于西部地域文化、生存背景、乡土审美意识之间的关联,研究局限于地域作家,主要是针对甘肃和陕西两省的个别作家作品研究。探讨西部地域文化背景对乡土作家创作的影响和关联,作家创作心态和审美艺术手法等研究,为本研究提供丰富的西部文学背景史料,研究思路和方法的启发。

　　新世纪以来,一些西部文学研究专著中对西部乡土小说进行章节式的重点评述。丁帆先生主编的《中国西部现代文学史》⑥ 以西部的独特文明形态来驾驭西部文学发展史的研究。其中《人性悲吟——西部乡土小说(1979—1992)》一章中评述西部乡土小说,考察这一时期的乡土小说代表作家,分析其创作及文体特征与西部自然人文观的密切关联,开西部乡土小说研究之先。李兴阳的《中国西部当代小说史论(1976—2005)》⑦ 以多重文化语境为视角,全面详细地考察西部当代小说文体的文学精神和审美,受民族文化的多元影响从而凸显其多样。重点从西部社会的现代转型、自然人文景观、民俗风情等视角考察西部乡土小说,探析西部作家从对乡土文化现代性焦虑中的守望与逃离,转向于生命伦理的关怀。赵学

---

① 丁帆、李兴阳:《中国乡土小说:世纪之交的转型》,《学术月刊》2010年第1期。丁帆:《中国乡土小说生存的特殊背景与价值的失范》,《文艺研究》2005年第8期;贺仲明:《1990年代以来乡土小说的新趋向》,《南京师大学报》(社会科学版)2005年第6期;《论中国乡土小说的现代性困境》,《南京大学学报》(哲学·人文科学·社会科学版)2008年第5期。

② 赵学勇等:《新文学与乡土中国——20世纪中国乡土文学与西部文学研究》,兰州大学出版社1993年版。

③ 李继凯:《秦地小说与三秦文学》,湖南教育出版社1997年版。

④ 马丽华:《雪域文化与西藏文学》,湖南教育出版社1998年版。

⑤ 韩子勇:《西部:偏远省份的文学写作》,百花文艺出版社1998年版。

⑥ 丁帆主编:《中国西部现代文学史》,人民文学出版社2004年版,第199—223页。

⑦ 李兴阳:《中国西部当代小说史论(1976—2005)》,安徽大学出版社2006年版,第165—226页。

勇、孟绍勇的《革命·乡土·地域——中国当代西部小说史论》[1]从西部地理人文环境对小说创作的影响入手,探讨西部小说的流变,在当代文学格局中的位置,作家的审美追求,西部小说与宗教民俗的关系以及与新都市小说的差异性,考察全球化时代背景下西部小说的发展走向等问题。赵学勇、王贵禄的《守望·追寻·创造:中国西部小说的历史形态与精神重构》[2]从文学发展史的研究视角,以西部重点作家个案研究为支点,探讨地理环境、生态民情、宗教文化等外部因素与文学的关联,建构西部小说的发展动态及主流话语趋向。以上研究注重从文学史观、社会转型的历史背景,西部特殊的自然景观和民俗风情等地域背景来研究西部乡土小说。研究者把西部乡土小说视为西部小说中的一种创作类型,以文学史阶段性研究形式呈现,集中于20世纪80年代到90年代初中期的乡土小说创作,研究的范围大多仅限于西北五省份,极少涉及西南地区的乡土小说创作。

本书的着眼点与写作思路:通过对20世纪90年代以来西部乡土小说中伦理书写的典型作品和代表作家的作品进行查阅与梳理,考察社会变迁过程中乡土小说伦理书写的基本状况和特点,试图发现西部乡土小说创作的变化与独特。其中对家庭、情爱和正义三种典型伦理书写的整体状况与特征做深入研究,进而探讨西部乡土作家伦理书写的姿态与创作艺术表现特征等问题。结合西部特殊的地域文化、自然环境、民族风情等人文背景来阐释西部乡土小说中伦理书写的内涵与特征。把对个别作家的研究放入西部乡土小说整体发展与社会变革背景下进行考量和解读。西部地区蕴含着浓厚的地域人文风情,西部作家在创作中自然地流露出对民族风情的描写,借用民俗研究资料和观点对其进行解读。

首先,梳理西部乡土社会变迁过程中伦理书写的整体状况,力图通过不同角度还原西部乡土小说伦理书写的全貌。20世纪90年代以来西部乡土小说伦理书写的概况主要表现为:伦理书写内容主要集中于农村内部、城乡之间、人与自然等关系领域,作家伦理书写姿态与批判立场的多元,艺术表现的丰富多彩。西部乡土小说伦理书写的发展趋向表现为:伦理批

---

[1] 赵学勇、孟绍勇:《革命·乡土·地域——中国当代西部小说史论》,山西教育出版社2009年版。

[2] 赵学勇、王贵禄:《守望·追寻·创造:中国西部小说的历史形态与精神重构》,北京大学出版社2012年版。

判姿态呈现从传统到现代的转变，伦理视野上呈现由人文转向自然的扩展，评判标准上呈现从狭窄到多元的分化。西部乡土小说呈现独特文化背景下的伦理书写特征：多元文化背景中的多元伦理书写，内陆封闭地理环境下传统伦理氛围的深厚，多彩独特的民族特质。

其次，重点探析西部乡土小说中家庭伦理、情爱伦理、正义伦理书写主题。从父子、夫妻、兄弟姐妹、邻里等各种家庭关系书写的整体情况，去发现各种伦理关系书写的类型与人际关系发展的趋向。父子关系呈现传统、现代、异化的三种书写类型；整体形态上表现为从传统到现代的趋向，作家伦理姿态上呼吁父子关系回归现代伦理正常化。夫妻关系表现为男权视角下女性地位的低下；平等相爱的现代型夫妻关系；现代女性地位的颠覆，充分见证夫妻伦理在现代社会和家庭关系中占有重要地位。兄弟姐妹关系表现为传统美德视阈下的手足情深；现代物化的手足之情；手足的对立与冲突，从而见出金钱利益和个人私利成为现代人衡量兄弟姐妹关系最重要的评判标准，西部作家以此呼唤传统深厚兄弟姐妹关系的回归。邻里关系呈现由和睦友好转向日趋淡化的邻里风情，西部作家整体表现出对良好乡村邻里秩序的重建意识。当前社会经济发展带来的物化感，现代化进程中城市与乡村的隔离感，都深刻影响着乡村人际关系的变迁。

从爱情与伦理、生存与情爱、乱伦与人性、理想与现实四个角度探讨伦理、情爱、生存的关系。关于爱情与伦理关系呈现为两种不同的形态：保全道德压抑情欲与违背伦理追求爱情。面对生存与情爱的道德抉择，追求爱情而舍弃生命，维持生存背叛情爱伦理。西部作家探讨人的情爱错位乱伦现象，更多突出农民乱性的无知与罪恶，乱伦的主要形态，乱伦发生的原因与接受的道德惩罚等问题。关于爱情选择的两种形态问题，西部乡土小说展现出人们向往理想爱情的自由与美好，现实爱情则更多地受各种功利因素的制约。

从人的正义、自然正义、人的存在与异化三个方面来分析正义伦理的表现和变化。西部作家创作上呈现寻求生命审美意象，敬畏生命本真，回归自然正义的生态审美写作趋向。从正义与功利视角探究西部乡土小说中民正义与官正义的两类人群的伦理表现，以此探讨人在道德悖论和道德困境中的价值选择问题。西部作家分析人的生存形态与人的异化现象，展现出多元文化背景下伦理形态的多样和人的道德观念的嬗变。

再次，从乡村文化与作家心灵视角探讨西部作家伦理书写的姿态与立场、作家创作的心路历程与伦理思考困惑等问题。西部乡土作家的创作姿态整体呈现为：一是苦难伦理情怀，鬼子的小说创作坚守苦难叙述，冯积岐以乡村权力视角来书写农民的苦难与人性压抑，罗伟章从底层病态苦难立场书写边缘者生存的艰辛，冉正万、王华站在乡村留守者的立场，诉说着现代乡村家园的苦难困境。二是乡村浪漫情怀。雪漠、郭雪波、漠月在小说创作中以浪漫伦理书写，抒发对生存之地大漠、戈壁、荒原的敬仰与热爱之情；郭文斌在他的乡土小说中建构着乡村诗意真善美的伦理世界，以传统儒家伦理改变现代人的浮躁心灵，试图回归平静与安详。三是农家感恩情怀。宁夏西海固作家群中的石舒清、马金莲坚守农家感恩姿态进行乡土伦理叙事，了一容和李进祥则坚守着为农家底层而写作的伦理立场。四是探讨贾平凹20世纪90年代以来乡土小说中坚守平民立场与精英意识并存的写作姿态，从早期创作中对现代伦理的期待转向为当前的质疑与批判以及对乡土伦理发展思考的困惑。

最后，探讨西部乡土小说伦理书写的艺术表现。在艺术手法上，西部乡土小说呈现以现实主义为主的多重艺术借鉴，大部分乡土作家坚守纯正的乡土写实风格；极少作家的创作手法上借鉴西方现代小说艺术，形成一股先锋艺术的余温与现实现代手法融合并用的格局；少数民族作家用特殊的民族宗教背景与神秘氛围的烘托，小说创作中呈现魔幻与超现实色彩；乡土小说的文体特征上，因西部特殊的自然景象与人文情感的融入，小说呈现诗性的意境、诗性的抒情、诗性的语言与散文化特征；另外，乡土作家创作中融合了西部地方民俗、民歌与方言的运用，呈现出西部地域色彩与多元民俗文化相融的艺术审美特征。由西部乡土小说中伦理书写命题研究引发的启示与思考，通过整体研究得出西部乡土小说中伦理书写整体向度呈现为：作家热衷于当下乡土伦理价值的探讨，力求重建当代社会的伦理精神；作家进行自我伦理精神层面的建构，从多种伦理角度来反思现代社会的伦理变迁。以此探讨西部乡土小说伦理书写的文学价值与现实意义以及对西部乡土小说伦理书写局限做出反思。

本书在写作过程中，尝试以文学审美感悟与伦理阐释相结合的原则，从对西部主要文学期刊进行大量搜集与整理中，去发现和挖掘有关西部乡土小说创作中涉及的伦理书写与道德现象，西部中青年作家的乡土小说创作成为本书展开的重点与支撑。自20世纪90年代以来，我们深切地感受到现代社会的剧烈变革，对于文学发展形态与作家创作产生的影响和变化。对于西部乡土小说而言，作家关注伦理主题、道德现象、价值取向的变化，创作中展示的人文精神、道德意识、生存困境等问题的思考，无疑与这个变革时代的经济发展和政治体制改革，以及西部特殊的地理环境、民族文化、宗教民俗等方面都有着密切的关联。

第一章

社会变迁中西部乡土小说伦理书写的基本状况

20世纪90年代以来，在市场经济体制改革与城市化进程的大潮中，西部乡村社会发生了巨大变化，农民的生存方式与价值观念也随之变动，这都无形地影响着乡村伦理的发展。近年的农民工进城热潮进一步加强了城市与乡村的联系，"根据国家统计局抽样调查结果，2015年农民工总量为27747万人，比上年增加352万人，增长1.3%"。① 这些奔走于城乡之间的人群把现代城市文明带入乡间，进而影响着乡土社会的发展。现代化进程给乡村发展带来巨大利益的同时，也带来负面因素，甚至破坏了原有的乡土文化，传统村落逐渐消失，据有关部门证实："目前我国有较高保护价值的传统村落不到5000个，传统村落遭破坏状况日益严峻。"② 现实的乡土变革在很大程度上深刻地影响着人文精神的导向，西部地区是中国近年扩大改革的重要对象，一方面政府加大扶持力度，另一方面由于经济体制改革的影响，部分农村地区发展显著。近年来的西部乡土小说作为关注乡土变革和农民生存的文学体裁创作日趋呈蓬勃之势，文学作品中的伦理书写也在发生变化，因此，应对西部乡土小说中伦理书写的基本现状、发展趋向和特征进行一个整体面貌的概述。

第一节 西部乡土小说伦理书写的概况

探讨20世纪90年代以来西部乡土小说中伦理书写的总体概况，离不

---

① 中华人民共和国统计局：《2015年农民工监测调查报告》中央政府门户网站（http://www.gov.cn/xinwen/2016-04/28/content_5068727.htm），2016年4月28日。

② 韩洁、高立：《中央财政未来三年投百余亿元保护传统村落》中央政府门户网站（http://www.gov.cn/xinwen/2014-04/30/content_2669762.htm），2014年4月30日。

开对新时期西部文学发展历史背景的了解。20世纪80年代的中国西部文学，因王蒙、张承志、张贤亮、马原等外来作家的融入，促使西部小说创作呈现出一度繁盛的局面，而西部本土作家的小说创作则处于起步阶段。相对来说，整个80年代文学创作主流思潮仍然属于东部地区，如伤痕文学、反思文学、改革文学、寻根文学、新写实小说等主流作家也基本是以东部地区的作家为主，除了贾平凹早期创作的寻根小说，而路遥的小说几乎一度被当代文学史所遗忘。在一定意义上，80年代的西部乡土小说创作在整个文坛处于边缘地位。虽然有许多作家从事乡土小说创作，西部本土的文学研究者和评论家也曾在80年代中期掀起一股西部文学研究的热潮，但是这股热潮持续时间极其短暂。从文学意义来看，西部作家取得的文学成就和影响远没有东部文学的主流优势那样突出。因此，长期以来西部作家有着自觉地寻求靠拢主流文学的写作心理，如西部文坛的"陕军三次东征"文学趋向本身就是向主流展现自我地位。另外，还一些乡土作家选择了富有西部地域特色的"本土写作"，面对乡村大地，以自身的乡土生活经验为基础，书写乡土人情道德，融入西部地域景象描写，如山川、高原、戈壁、黄土、沙漠、荒岭、村庄、农家等景象，形成了西部乡土小说的地域风情审美风格。正如评论者所言："西部小说作为'无法与世界雷同'的这'一个'，在20世纪80年代，便已有意识地从对文化中心的遥望和追赶中艰难而缓慢地转过身来，面向西部大地，唤醒沉睡的西部经验，努力重塑新型。"[①]

西部乡土小说的边缘地位一直延续到20世纪90年代中期，随着一些地域性文学创作群体的涌现（如宁夏西海固作家群，甘肃作家群，陕西作家群，广西桂北作家群等），一大批茁壮成长起来的中青年作家从事乡土小说创作，这些作家大部分自来于乡村底层，因此很大程度增加了乡土书写的力度，形成西部乡土小说中伦理书写的一股强势力量。如广西作家鬼子、东西；贵州的冉正万、王华；甘肃的雪漠、王新军；陕西的冯积岐、贾平凹、高鸿、吴克敬等；宁夏的石舒清、马金莲、了一容、郭文斌、李进祥、漠月等；四川的罗伟章、阿来、贺享雍、李一清等；云南的夏天敏；内蒙古的郭雪波；新疆的刘亮程，曾生活于新疆并书写新疆的温亚

[①] 李兴阳：《中国西部当代小说史论（1976—2005）》，安徽大学出版社2006年版，第16—17页。

军、红柯等；重庆的刘运勇；青海的龙仁青、多杰才让等。作家从事乡土小说创作，关注乡土伦理受现代文明发展的影响，探讨社会变迁背景中西部农民思想观念与生存方式的转变，以及乡村社会发展存在的伦理问题。90年代以来西部乡土小说中伦理书写的主要内容、作家姿态、艺术表现的创作概况呈现如下。

一　伦理书写内容集中化

西部乡土小说书写内容集中于农村内部、城乡之间、人与自然的关系。其中农村内部的伦理关系主要表现为家庭成员、邻里风情、官民关系、情爱伦理等方面。西部作家在关注乡村现实的同时，持质疑与审视的姿态书写现代乡土社会变迁中乡村人际关系的发展和变化。家庭伦理书写的代表作家作品主要有：贾平凹的《高老庄》《秦腔》、冯积岐的《母亲》《气味》、温亚军的《火墙》《红棉袄》、张学东的《河湾》、火会亮的《年的声音》、曾平的《母亲》、胡琴的《父亲》、宿好军的《回乡》、石舒清的《歇牛》，雪漠的《丈夫》、夏天敏的《土里的鱼》、阎强国的《天狗吃月亮》、王中云的《月光下的麦地》、了一容的《大姐》、罗伟章的《不必惊讶》等。这些作品书写乡村社会中父子、夫妻、兄弟姐妹等伦理关系由传统型到现代型的发展历程，现代社会经济发展背景下人际关系的变异现象。作家探讨乡土人情伦理变化的实质原因，人们面对当前物化社会的诱惑中应如何把持自己的亲情、伦理和价值等问题，以此呼唤平等、和谐友好、互敬互爱等家庭伦理美德的回归。关于乡土邻里关系的伦理书写代表作品主要有：温亚军的《天气》、马金莲的《富汉》、曾平的《母亲的官司》、阎永祥的《邻居》、魏华的《车祸之后》、郭文斌的《中秋》、张冀雪的《农民兄弟》等。作品探讨由传统邻里风情的和睦友好，到现代邻里关系的淡化与人情冷漠，作家在创作中呼吁重建和谐的乡村邻里伦理。

对于乡村社会中官民关系书写的主要作品可以分为两种类型：一类是书写和谐的官民关系。例如：贺享雍的《村级干部》、谷禾的《我们的村长》、和军校的《大西北王升》、冯积岐的《乡政府人物》等作品书写官民关系的友好和谐，正面塑造为民请命的清官形象，为现代官场正义伦理代言，颂扬现代社会需要正能量，更需要一个公正和谐、廉洁奉公的社会生存状态。一类是书写物化的官民关系，例如：夏天敏的《好大一对羊》

《随水而去》《村长告状》、季栋梁的《正午的骂声》、张学东的《晨光依旧》、葛林的《杏黄时节割麦子》、王新军的《乡长助理》等，作品中书写官民关系受各种功利因素影响而呈现的道德失范行为，采用讽刺手法书写官民之间的隔阂感与虚假行为，官对民的关爱更多是对处于生存困境中农民的一种变相压抑，当这种救助给农民带来痛苦折磨时，这种官对民的扶贫行为变得毫无意义可言。官员在个人前途与民众利益的抉择中只顾完成上级命令不顾百姓生死的道德变异。情爱伦理书写方面的主要代表作品有：阎国强的《新土地》、傅爱毛的《庄户人家的闺女》、李建学的《七妹》、才旦（藏族）的《月亮里有一棵娑罗罗树》、周仁聪的《篱笆墙》、轩畅明的《洗山雨》、秦怀勤的《月食》、宋树理的《草栏》等。书写乡村青年男女追求爱情由受传统伦理压抑的状态发展为追求现代爱情的大胆和开放，呈现坚守道德而压抑情欲和追求爱情而违背伦理，甚至是舍弃生命等不同形态。作家重点探讨人的情欲、生存与情爱之间的关系以及乡村乱性和乱伦等现象。西部作家深刻地剖析了现代社会中自私自利、唯利是图、人情淡薄等因素影响了乡村人际伦理的发展，对传统人伦美德的逐渐退却趋向表示担忧。

  城乡领域的伦理书写主要是探讨现代化进程中农民生存伦理的变化。20世纪90年代以来，西部乡土小说中伦理书写的范围并不完全局限于乡村社会内部，而延伸到城市化进程中奔波于城乡之间的农民工群体，由这一体群体引发出现代化进程对乡村伦理的影响和农民的生存伦理问题的探讨。晓芳的《老板还乡》、施祥生的《离婚》、邵永义的《重返乡村》、冯积岐的《苹果王》、曾平的《三弟》、李一清的《农民》、王华的《回家》《在天上种玉米》等作品，书写了农民工在进城与返乡过程中因两种不同生存环境导致的心理落差和生存压抑。一类是青年农民工进城后先是坚守自我原则，鄙视城市文明，但面对城市边缘者的身份困境与金钱物化的诱惑甘于走向道德堕落。另一类是中年农民工因生活所迫不得已流入城市，他们心系乡土和家人，却为生存无奈地奔波于城乡两地，内心承受着进城的谋生压力与无法久居乡村的双重心理煎熬。

  有些作家针对留守人群、进城务工的农村女性等特殊人群的生存问题，城乡进程中带来的劳动力流失、土地荒芜和工业文明入侵乡村带来的环境污染导致农民无法生存等问题进行深入的探讨。李一清的《灰白》、冉正万的《奔命》《种包谷的老人》、王华的《母亲》《新媳妇》、李进祥的《狗村长》《挂灯》、张冀雪的《新麦地》、罗伟章的《河畔的女人》等作品中展现农民工进城带来的乡村留守人群的生存问题，年过古稀的老人仍然从事沉重的劳动，常年留守乡间的妻子等待丈夫早日归来的精神压抑。莫凯·奥依蒙（彝族）的《青刀豆收获的季节》、夏天敏的《牌坊村》、冯积岐的《遭遇城市》、陈继明的《青铜》、季栋梁的《野麦垛的春好》、李建学的《野花》等作品，书写城市化进程中导致乡村女性在进城求生存中背弃道德贞节，甘于做有钱人的情妇或者小姐，走捷径谋财而违背伦理。当这类人群回归乡村后，村人持两种态度来审视她们，羡慕钱财却鄙视道德污点，在家人的冷漠和排挤中走向自生自灭的悲剧。

人与自然关系领域的伦理书写主要集中于对生态伦理的探讨。西部作家通过对自然万物生命意识的强调，勾勒出人与动物、人与自然和谐共生的理想状态。陈继明的《在毛乌素沙漠边缘》《一棵树》、石舒清的《锄草的女人》《两棵树》、季栋梁的《享福》、了一容的《野村》、红柯的《麦子》《树泪》《四棵树》等作品，书写人类保护自然生态的正义行为，人类在追求经济利益中付出了土地沙化的沉重代价。作家呼吁人类应该誓死守护生态家园，告诫人类应从大自然的制裁者身份转变为大自然的守护者。郭雪波的《沙狼》《沙狐》《苍鹰》等、叶广芩的《猴子村长》《老虎大福》等、雪漠的《猎原》《狼祸》、王新军的《羊之惑》《牧羊老人》等作品，书写人与动物的生态关系，人类善待动物、珍视动物生命的伦理行为，作家谴责人类的发展大量地侵占动物生存之地和残杀动物生命的行为，以此传达人类应该坚守敬畏生命、保护自然的生态理念。

二 作家伦理书写姿态与批判立场的多样

20世纪90年代以来西部乡土小说中具有代表性的乡土作家主要以苦难、浪漫、感恩三种姿态和立场进行伦理书写。

一是苦难伦理写作的坚守者，代表作家有：鬼子、冯积岐、罗伟章、冉正万和王华。鬼子以平民立场进行苦难叙事，如《农村弟弟》《被雨淋湿的河》《你猜她说了什么》《瓦城上空的麦田》《大年夜》等作品，注重从社会最底层生存者的情感和心灵苦难视角，来剖析现代社会给予小人物生存悲剧的宿命。冯积岐则以乡土权力视角来探讨农民受制权势压抑的苦难困境以及由权力带来的人性的复杂多变，如小说《村子》《遍地温柔》《非常时期》等作品，发掘乡村权势给予人的生存苦难与欲望诱惑引发的精神苦难等问题。罗伟章站在底层民众立场书写城市化进程给农民一种新的"病态苦难"。《故乡在远方》《大嫂谣》《我们的路》《河畔的女人》等探讨农民工群体徘徊城市与乡村缝隙处的尴尬人生，内心承受着不想走却难留的双重心理伤痛。冉正万和王华的小说分别以乡村留守者与边缘者立场书写现代化发展致使乡村农民痛失乡土家园的苦难困境。王华的《回家》《雪豆》等，冉正万的《树上的眼睛》《乡村话语》《纸房》《谁规定谁》等作品，质疑工业化入驻乡村给农民带来的家园苦难与人性道德的变异，身陷苦难绝望困境的边缘者无法坚守个人的道德原则。

　　二是以乡村浪漫姿态进行伦理书写，代表作家有：雪漠、郭雪波、漠月、郭文斌。前三位作家对生存故土中的大漠、戈壁、荒滩充满着敬仰之情，因此常以一种大漠豪情、人性纯美的浪漫伦理姿态来书写西部的乡土人生。当然，这种释怀的伦理书写离不开作家的宗教伦理与民族审美情感的表达。雪漠小说创作由前期的"大漠三部曲"（《大漠魂》《猎原》《白虎关》）关注西部农村和农民的现实生存状况，到近年创作的《西夏咒》《西夏的苍狼》逐渐把宗教伦理情感融入文学创作之中，表现为对人的精神和灵魂的拷问，信奉超越现实苦难"大彻大悟"的伦理精神。郭雪波的《大漠魂》《狐啸》《金羊车》等作品把自身民族崇尚的"尊敬自然，敬畏生命"萨满伦理精神融入生态小说，以引导人类坚守敬畏万物生灵与拯救自身的伦理精神。漠月的《锁阳》《冬日》《湖道》《放羊的女人》等作品中以唯美乡村姿态书写西部漠野深入清贫淡泊的乡村生活背景，衬托出乡村人安贫乐道中却不失寻求生命的热情和浪漫，传达出一种未受现代文明入侵的平淡和谐的人情美。郭文斌则从民俗传统视角来建构乡村诗意真善美的理想世界。《大年》《中秋》《点灯时分》《吉祥如意》《农历》等作品大多以乡村儿童视角书写西部民间习俗，以乡村的人性美和风俗美来引导人们走向心灵美，整体叙事超越乡村现实生活，基于精神形态的乡土伦理书写。

　　三是以农家感恩与底层立场坚守人伦书写，代表作家有宁夏西海固作家群中的石舒清、马金莲、了一容、李进祥。石舒清和马金莲两位从西海固走出来的回族作家因有着相同的乡村生活经历，小说中以农家感恩立场进行伦理书写。石舒清小说中的农家感恩更多体现为书写故土人情琐事的民间状态，特别注重人物心理的描写，《果院》《家事》《娘家》《旱年》《韭菜坪》《清水里的刀子》等代表作品，书写内容涉及家族人物轶事、乡村邻里风情与宗教生活体验等方面，对农民生存理念和人伦道德持同情与批判两种态度，又难以掩盖作家内心强烈的自省意识。马金莲小说更多是以一种回望故乡姿态来书写乡土父老的农家生活与人情伦理。代表作品有《碎媳妇》《长河》《父亲的雪》《难肠》《永远的农事》《马兰花开》等，以乡村农家生活琐事为背景，探讨农民在贫瘠的生存环境中仍然坚守着韧性品格，人事变迁中美好乡土伦理秩序的瓦解，颂扬乡土人性美和人情美的同时，强烈批判时代变迁所导致的人性丑恶。因民族原因，两位作家小说创作中都流露出神圣的民族尊严感和高洁的宗教精神，石舒清小说表达珍视生命的怜悯情怀，马金莲小说则突出回民淡定面对死亡的高贵精神。

了一容和李进祥两位作家坚守农家底层立场写作，书写底层民众徘徊于城乡之间的生存艰辛与道德困境，以此来呼唤现代社会回归正义，以人道主义情怀关注底层人群。了一容的《绝境》《在路上》《向日葵》《挂在轮椅上的铜汤瓶》《揭瓦》等作品，在主题表现上既有底层流浪者的生死挣扎，又有普通农家的生存艰辛和人伦温情，揭示被人性虚伪遮蔽的现实残酷和道德丑恶，鼓励底层民众以坚强的毅力和豁达的心态面对现实生活。李进祥的《屠户》《换水》《女人的河》《害口》等作品，以底层民众立场书写现代化进程中乡村农民的两种生存状态：进城谋生者的生存尴尬与道德迷失和乡村留守者的心灵孤独、凄凉处境。

另外，贾平凹20世纪90年代以来乡土小说《秦腔》《高老庄》《土门》《怀念狼》《带灯》《老生》坚守一贯的平民立场与精英意识，书写家庭伦理关系、官民关系、人与自然、人与动物关系、城乡矛盾冲突等伦理问题。贾平凹早期乡土小说中的伦理书写姿态呈现批判传统伦理与向往现代伦理，进入90年代后则转变为批判现代与回望传统的写作立场。贾平凹小说创作中因对乡村伦理发展思考的困惑，徘徊于传统与现代两种伦理观念的模糊书写状态，而造成其伦理书写局限的一面。

三　艺术表现的多姿多彩

首先，在创作艺术手法上呈现以现实主义为主的多重艺术借鉴。20世纪90年代以来西部乡土作家李一清、贺雍亨、王新军、夏天敏、季栋梁、温亚军、马金莲等坚守纯正的乡土写实风格，创作了《农民》《村级干部》《农民父亲》《村子》《大漠祭》《厚街》等具有强烈的社会现实感与批判精神的现实主义小说。鬼子、东西、红柯等为代表的小说创作，借鉴现代西方小说艺术手法，充满先锋叙事特征的现代小说。红柯的《太阳发芽》《老镢头》《胡杨泪》等，东西的《我们正在变成好人》《商品》《关于钞票的几种用法》，鬼子的《苏通之死》《叙述传说》《学生作文》等作品采用"元小说"叙述手法，故事结构上消解时空叙事，具有荒诞离奇、颠覆现实的反传统叙事风格，语言上运用戏谑、隐喻、夸张、象征等手法。红柯和东西的现代小说都注重以生命感官与心理感应来激发读者的直觉震撼，体悟生命存在的虚无与社会人性的极度冷漠，鬼子小说更多从死亡暴力、绝路自虐等反常态形式来探讨人存在的荒谬与无助的宿命。贾平凹、冯积岐两位作家创作手法上以写实为主导基调，又表现出对西方现代小说手法的借鉴，因此呈现出"现实现代主义"创作风格。少数民族作家石舒清、郭雪波、阿来因自身民族文化与宗教生活背景的影响，把宗教氛围、信仰仪式、民族传说等融入小说创作中，作品富有民间文化氛围中的魔幻与超现实主义色彩。

其次，乡土小说的文体特征呈现诗性与散文化倾向。漠月和王新军小说中大量的乡村景象描写，营造出一种诗性的意境与情态。漠月的《遍地香草》《草的诗意》《荒地》《挽歌》等，王新军的《艾草》《大草滩》《夏天的河》《吉祥的白云》等，小说中的"夕阳""秋日""浓烟""碧野""羊群""村庄"等寓情于景的物象描写增加了乡土小说的诗性意境、情感和语言特征。马金莲和石舒清小说创作无论叙事内容还是艺术手法表现都颇具散文之风，诸如自传性的写实，主题叙事的日常生活化，儿童视角的借用，语言的质朴清新，乡土抒情的真实流露以及作品篇幅的短小精悍等。

再次，西部乡土小说对地方民俗、民歌与方言的借鉴和运用。这也是乡土作家增加艺术审美与伦理审美的表现手法，地域人情风俗描写更好地推动故事情节的延续，烘托了人物伦理情感表达的氛围，增加了西部乡土小说的民俗文化色彩。贾平凹小说中对陕地相亲、婚嫁、丧葬、祭祀等的民风习俗细致入微的描写，增加了作品的乡土气息与民俗色彩。王华小说中插入黔地少数民族节日习俗、接亲婚俗、死亡风俗的描写。回族作家石舒清、李进祥、马金莲小说中融入回民族宗教背景下的节日礼仪、婚嫁习俗、丧葬仪式等场景的描写，增添了乡土小说多彩的民俗特质。贾平凹小说中对陕南商地方言、俚语、民间古语的大量借用，试图以本土语言来丰富文学语言。石舒清、李进祥、马金莲乡土小说中经常使用一些民族方言与宗教语言。雪漠、红柯、郭文斌、卢一萍等小说中借用西北地区民歌"花儿",王华小说中借用山地情歌和祭神歌,郭雪波小说对萨满巫歌"安代"有数次描写。地域民歌文化的借用不仅丰富了小说人物情感表达的语境氛围,而且形成西部乡土小说艺术表现的多彩特征。

第二节 西部乡土小说伦理书写的发展趋向

20世纪90年代以来,西部乡土小说中伦理书写的发展变化与社会变迁存在密切关联。每个时代的文学发展都会在不同程度上受到社会历史发展背景和人文因素的影响,对于西部乡土小说的创作来说亦是如此。文学主题内容的书写、作家伦理观念的表达等都无形地折射出社会发展的时代性,这其中包括不同社会发展阶段的文化背景与审美价值立场,社会主流意识形态和文艺观念的导向等。近30年来西部乡土小说中的伦理书写发展趋向并不一致,而是存在一定程度的变化。

关于20世纪90年代以来乡土小说创作的趋向与转型问题,已引起学界的讨论和关注[1]:一是社会发展的变化和转型中乡土小说创作的题材和范围问题的探讨。二是多元文化背景带来了乡土小说的叙事视角、艺术手法、审美风格、价值观念等的变化。在开放多元的社会背景中,经济化体制主宰着社会的发展,信息化进程加快生存方式的变革,人们对伦理问题的探讨也不断地向外围扩展,不再局限于宏观伦理现象,如人与社会、人

---

[1] 丁帆、李兴阳在《中国乡土小说:世纪之交的转型》一文中阐述:"在世纪之交复杂的文化背景下,中国乡土小说重新整合中国乡村社会现代转型带来的陌生的新'乡土经验',将乡土叙事疆域由传统的乡村日常生活拓展到'农民进城'、'乡土生态'和'乡土历史'等领域,形成乡土现实主义、浪漫主义、现代主义、生态主义和宗教文化'返魅'等重要叙事现象,叙写了中国社会大变革时代历史的与现实的种种矛盾,揭示和批判了混乱无序的社会价值观念失范。"参见丁帆、李兴阳《中国乡土小说:世纪之交的转型》,《学术月刊》2010年第1期。

贺仲明在《论1990年代以来乡土小说的新趋向》一文中指出:"20世纪90年代以来,中国乡村发生了巨大的改变,乡土小说创作出现了许多新的趋向。在创作姿态上,作家们更热衷于对乡村文化的感伤式怀恋,或站在乡村立场上为乡村代言;在创作观念上呈现出更复杂和多元的面貌;题材范围从传统的乡村领域拓展到在城市边缘谋生的'打工族',艺术表现也有许多新的变化。"参见贺仲明《论1990年代以来乡土小说的新趋向》,《南京师大学报》(社会科学版)2005年第6期。

与国家的关系，而更趋向现实性与细微化问题的探讨，如社会进步对个人的影响，经济效益带来生活环境的变化（生态环境污染）；农民工热潮导致家庭婚姻的破裂和留守人群的生存困境等问题。当前文学发展被媒体化和视觉化逐渐驱向边缘，但从侧面看这无疑扩宽了文学发展的范围和途径，网络文学的兴起，博客、日志的走红，见证了文学发展的宽泛和包容。在这种文学整体发展的大背景下，近30年来的西部乡土小说中的伦理书写也呈现出显著的阶段性变化。

一 伦理批判的转变：从传统到现代

西部乡土小说中伦理书写以新世纪为界呈现两个不同时段的书写趋向：20世纪90年代初中期的西部乡土小说创作仍然沉浸于改革开放大潮的余温中，角逐于批判传统伦理而迎合现代伦理之势；揭示并质疑社会转型中现代伦理的弊端。另外，对于乡土人情伦理美德的坚守、呼唤人伦和谐，成为两个时段乡土作家伦理书写的共同特点。

20世纪90年代的西部乡土小说创作整体上集中于对传统伦理狭隘因素的批判，有意拥护和向往现代伦理的正面书写，其中也包括个别乡土作家坚守对乡土人情美德的书写。这种伦理书写趋向与当时社会经济发展的背景密切相关。90年代初期，一场针对市场经济商业大潮带来的价值危机与精神迷失等问题的"人文精神"大讨论，波及整个90年代的文学思潮，"其主题是社会转型期知识分子价值取向和精神立场问题，其触发点是在商品经济的冲击下，文学是否存在危机的问题"[①]。在这个社会经济快速发展时代，人们过于注重商业利益与金钱功利而甘于在世俗化的语境中随波逐流，针对人文知识分子理想放逐的道德焦虑现状，作家张承志和张炜提倡一种道德理想主义，"对古典人文精神的呼唤；对道德人格的现代思索；对精神、理想、信仰的坚持；对终极、灵魂和宗教情感的呵护"[②]。可以说，这种道德理想主义情怀深深地影响了西部文学的创作。

与中国东部地区相比，西部地区的现代化进程节奏相对缓慢。90年代初期，当东部文学创作呈现主流发展的辉煌时刻，而西部大多数乡土作

[①] 王庆生主编：《中国当代文学史》，高等教育出版社2003年版，第273页。
[②] 朱栋霖、朱晓进、龙泉明主编：《中国现代文学史1917—2000》（下），北京大学出版社2007年版，第266页。

家仍关注乡土传统在现代文明背景的境域与变迁。成名较早的西部乡土作家王家达、邵振国、柏原、雷建政、浩岭、张冀雪等创作的小说《西部纪事》①《大庄窠》②《远嫁》③《黑沟》④《塬上朝朝夕夕》⑤《老白杨》⑥等，更多表现出对传统乡土伦理的批判，西部封建宗法伦理思想的顽固严重阻碍着现代文明进入乡村，封建伦理思想的保守与乡村权力的驱使导致人性恶的显现。作家在颂扬农民身上的传统美德的同时，批判农民在面对现代文明与传统文明的角逐中仍然退回到后者的队列，要么成为现代社会进步的阻碍者，要么利用现代经济改革的外衣延续着封建宗法伦理势力的存在。王家达的《大庄窠》中，作为知识分子的"我"深切地感受到大庄窠是个"充满了因循守旧和惰性，充满了神秘与蒙昧的高在的土围子……我怀着郁闷的心情离开了大庄窠……多年来我那样怀念，那样依恋的大庄窠的热情忽然消退了。我隐隐约约地感到，一条深深的沟壑已经横在了我和大庄窠之间，一股莫名的惆怅和伤感涌上了我的心"。⑦由此可见，作家对现代文明发展中封建宗法伦理在乡间的根深蒂固感到深深的痛斥。正如研究者所言："20世纪90年代以来新乡土小说中，传统文化积习深重与家庭血亲关系稳固的西部村镇是其叙述的主要场景，西部乡村人的凡俗人生及其在现代文明和商品意识冲击下所发生的经济和文化的震荡则是叙述的主要对象。"⑧

　　进入21世纪之后，西部乡土作家创作更趋向于对现代伦理的批判与质疑，同时回望传统伦理的美好。作家更多探讨社会变革与市场经济背景下的现代伦理问题，如人的生存状态与伦理困境等。伦理书写内容上呈现琐碎化的日常生活叙事，伦理思想表达更倾向于个人化，褪去了作家肩负的启蒙激情，正如研究者指出的："社会主义市场经济新秩序的建立，使

---

① 浩岭：《西部纪事》，《朔方》1991年第1期。
② 王家达：《大庄窠》，《飞天》1996年第9期。
③ 邵振国：《远嫁》，《人民文学》1993年第11期。
④ 邵振国：《黑沟》，《飞天》1995年第10期。
⑤ 邵振国：《塬上朝朝夕夕》，《中国作家》1999年第3期。
⑥ 雷建政：《老白杨》，《飞天》1999年第3期。
⑦ 王家达：《大庄窠》，《飞天》1996年第9期。
⑧ 李兴阳：《中国西部当代小说史论（1976—2005）》，安徽大学出版社2006年版，第29页。

得人们的利益关系发生了巨大的变化,那种片面强调集体利益的道德原则和价值观失去了过去曾经有过的权威性和号召力,人们的价值观和道德原则也开始出现分化。"① 因此,西部作家创作揭示现代人在寻求物质满足后,却陷入道德危机的精神困境,为争夺权势尔虞我诈,借助权势欺压百姓,几近道德崩溃与精神颓废的边缘,农民面临生存焦虑与人格分裂,人情淡薄的观念在乡村社会蔓延,传统人伦美德逐渐退却。西部作家直面现代文明给乡村和农民带来的生存悲境,极力颂扬农民性格的坚韧,但却无法掩饰对现代乡村困境的焦虑。为此,贾平凹曾对农民进城问题进行质疑:"为什么中国会出现打工的这么一个阶层呢,这是国家在改革过程中的无奈之举、权宜之计还是长远的战略政策,这个阶层谁来组织谁来管理,他们能被城市接纳融合吗?进城打工真的就能使农民富裕吗?没有了劳动力的农村又如何建设呢?城市与乡村是逐渐一体化呢还是更加拉大了人群的贫富差距?"② 由此可见,西部作家更多对现代伦理视域下乡村和农民作出自己的质疑与反思,有意回归传统伦理美德,呼唤家国本位与道义、人伦和谐的伦理观。

进入 21 世纪之后的西部作家创作整体上呈现出一种由个人到社会、由个别到普遍、由"小家"(家庭)到"大家"(国家)的现代伦理书写意识。贾平凹在《〈秦腔〉后记》中谈到:"作品涉及的是生老病离死,吃喝拉撒睡,这种密实的流年式的叙写……写的是一堆鸡零狗碎的泼烦日子……"③雪漠在《〈大漠祭〉自序》中也谈到:"《大漠祭》的构件不过就是驯兔鹰、捉野兔、吃山药、喧谎儿、打狐子、劳作、偷情、吵架、捉鬼、祭神、发丧……没有中心事件,没有重大题材,没有伟大人物,没有崇高思想,只有一群艰辛生活着的农民。"④ 作家关注的主题不再是宏大叙事的范畴,内容更是紧贴世俗人生。可见,西部乡土小说中伦理书写呈现个性化与细碎化特征。贾平凹新世纪以后小说创作的时代主题表达并不像早期小说中那样鲜明地凸显,完全立于日常生活中鸡毛蒜皮的琐事来展现社会发展变迁中复杂多样的伦理关系,社会问题与当前的农民生活状态

---

① 邹广文:《论改革开放中的文化价值冲突》,《求是学刊》2001 年第 3 期。
② 贾平凹:《高兴后记(一)〈我和高兴〉》,《高兴》,安徽文艺出版社 2010 年版,第 342 页。
③ 贾平凹:《〈秦腔〉后记》,载《秦腔》,安徽文艺出版社 2010 年版,第 498 页。
④ 雪漠:《〈大漠祭〉自序》,载《大漠祭》,敦煌文艺出版社 2009 年版,第 10 页。

等。大部分西部作家从自身的乡村生活经验和感受出发，真实地再现西部乡村原貌和农民本真的生存心态，细碎地呈现农家琐事和小人物的伦理观，完全回避了20世纪90年代西部乡土小说中批判传统、向往现代的伦理书写趋向。

21世纪以来，西部作家创作中呈现出客观中立的现代伦理书写姿态，退却了20世纪90年代初期作家那种满怀激情的颂扬与启蒙，作家的伦理情感表达也更加个人化，伦理使命意识有所消解。雪漠认为："文学的真正价值，就是忠实地记录一代'人'的生活，告诉当代，告诉世界，甚至告诉历史，在某个历史时期，有一代人曾这样活着。"[1] 作家的情感立场更为客观，只是充当着叙述者与记录人的角色，雪漠小说中的西部农民依然面临着物质贫瘠的生存煎熬，乡村女性仍然面临着婚姻不自由的痛苦与命运悲剧，乡村青年再也没有像高加林那样走出乡村、脱离土地的"伟大抱负"，而沉迷于个人的情欲放纵。贾平凹小说创作中有意模糊自身的伦理立场表达，只是呈现道德美好与丑陋现象，不再融入深厚的伦理情感表达。[2] 从贾平凹对故乡的态度变化可以见出其故土情怀的消减，他曾在《〈浮躁〉序言》中说道："之所还要沿用'商州'这两个字，那是我太爱我的故乡的缘故罢了。"[3] 而在21世纪后的《〈秦腔〉后记》则叙述道："故乡是以父母的存在而存在的，现在的故乡对于我越来越成为一种概念……我清楚，故乡将出现另一种形状，我将越来越陌生。"[4] 贾平凹对故乡情感的变化也影射于他小说创作中的伦理感情表达，早期饱含激情地颂扬故土的民风民俗和农民身上凝聚的传统美德；新世纪后的小说创作多以客观的写作情感来呈现社会问题，贾平凹采用了"我只描绘，不想解释"[5] 的中

---

[1] 雪漠：《我的文学之"悟"（代后记）》，载《猎原》，敦煌文艺出版社2009年版，第398页。

[2] 谢有顺认为："贾平凹在《秦腔》中选择了一种仁慈、平等、超越善恶的立场，以此来重新表达中国当代的乡土现实。"参见谢有顺《贾平凹小说的叙事伦理》，《西安建筑科技大学学报》（社会科学版）2009年第4期。

[3] 贾平凹：《〈浮躁〉序言之一》，载《前言与后记》，海豚出版社2013年版，第178页。

[4] 贾平凹：《〈秦腔〉后记》，载《秦腔》，安徽文艺出版社2010年版，第496页。

[5] 贾平凹指出："我的任务只是充分描绘故乡的生活，故乡的亲人们当然有他们对自己生活的解释，但这都是我的对象，我只描绘，不想解释。"贾平凹、章学锋：《文学是光明磊落的隐私——贾平凹访谈录》，《语文教学与研究》2009年第1期。

性写作姿态，没有宏大的伦理主题，更没有一味地弘扬时代伦理精神，而是揭示伦理现状，引发人们的反省与深思。陈忠实新世纪创作的短篇小说《腊月的故事》①《日子》②中以不温不火的伦理情感表达现代农民的生存心理与极端麻木的行事态度，很难再找到作家激情的道德立场呈现，乡土对农民那种厚重的责任意识，以及用文学来改变乡土社会的伦理使命。

二 伦理视野的扩展：由人文转向自然

西部乡土小说的伦理书写视野从关注人的伦理扩展到关注自然万物。20世纪90年代的西部乡土小说中，作家集中于对乡村人情世故的书写，对人物形象的塑造和道德观的书写更为注重人性的复杂与多元，探讨人的生存、欲望、利益与伦理道德的关联。进入21世纪之后，一些西部作家把伦理书写视野投向大自然、动物、生命等领域，在颂扬人与大自然亲密和谐的同时，反思现代人在追求利益中抛弃自然，人对自然造成的破坏，以此来呼吁人类反省自我行为，试图保护人类最后的生态家园，造福子孙后代。西部作家通过对生命意识的强调，试图勾勒出人与动物、人与自然和谐共生的理想状态。郭雪波、陈继明、漠月、王新军等小说创作中从人与自然关系入手，探讨人对大自然的依恋，建构人与自然相融的生存之境。有些西部作家把伦理关怀投向动物生命，颂扬人类对生命的敬畏之情，并以悲愤的格调书写人类给予动物生命无情的摧残，生态链遭到严重破坏，探讨在现代工业发展中人类将如何挽救乡村生态平衡等问题。雪漠、了一容、石舒清、贾平凹等小说创作深切关注人与动物的关系，红柯小说则把伦理视野投入生命万物。西部作家试图建构一种生命存在谐有意义的大伦理观。

近30年来的西部乡土小说书写形式也表现出由追求鸿篇巨制的长篇小说创作到中短篇小说的盛行。20世纪90年代初期茅盾文学奖评奖热潮的兴起中，长篇小说创作受到作家的关注和重视。西部作家路遥、贾平凹、陈忠实等纷纷由早期专注于中篇转向长篇小说创作，《平凡世界》和《白鹿原》获得茅盾文学奖标志着西部长篇乡土小说创作方面达到了兴盛并获得了文坛的认可，贾平凹进入90年代后也以主攻长篇小说创作为主。

---

① 陈忠实：《腊月的故事》，《中国作家》2002年第5期。
② 陈忠实：《日子》，《人民文学》2001年第8期。

但是，从整体的西部乡土小说创作而言，中短篇小说创作表现较为活跃。21世纪前后，在市场经济体制改革的盛行中，人们极力地追逐市场化与商业化的利益竞争，文学似乎也无法逃离社会体制的影响。相对来说，由于地理环境、经济发展等因素的影响，西部文学发展的节奏较为缓慢。因此，西部成长起来的中青年作家仍然立足对西部本土的重新发现，关注乡土和农民，创作出大量的乡土题材小说。

随着文学刊物数量的增多，加之鲁迅文学奖、少数民族文学"骏马奖"等各种评奖机制的兴起与盛行，直接促进了西部中短篇小说创作的再次兴盛。西部作家石舒清的《清水里的刀子》、郭文斌的《吉祥如意》、红柯的《吹牛》、温亚军的《驮水的日子》、次仁罗布（藏族）的《放生羊》等获得鲁迅文学短篇小说奖。作家鬼子的《被雨淋湿的河》、东西的《没有语言的生活》、夏天敏的《好大一对羊》、吴克敬的《手铐上的蓝花花》等奖得鲁迅文学中篇小说奖。西部作家的总体创作表现为，雪漠以长篇小说创作著称，东西、红柯、冯积岐则在长中短篇小说创作方面各有千秋，夏天敏、鬼子、罗伟章、冉正万、漠月、郭文斌、温亚军、石舒清等以中短篇小说创作成名，其中少数民族作家王华（仡佬族）、郭雪波（蒙古族）等以长中篇小说创作为主，而了一容（东乡族）、马金莲（回族）、李进祥（回族）等均以中短篇小说为主。总体来说，20世纪90年代以来西部乡土小说创作中短篇小说较为突出。

三　评判标准的分化：从狭窄到多元

20世纪90年代以来西部乡土小说创作，作家伦理评判的标准发生了明显变化：由狭窄和单一转向开放和多元。90年代初期的西部作家在创作中呈现的伦理评判标准更为保守正统与单一化，统一地坚守美好的主流伦理观念。作家路遥曾在90年代初感慨："在当代的现实生活中，我们常常看到这样一种现象：物质财富增加了，人们的精神境界和道德水平却下降了；拜金主义和人与人之间表现出来的冷漠态度，在我们的生活中大量地存在着。如果我们不能在全社会范围内克服这种不幸的现象，那么我们就很难完成一切具有崇高意义的使命。"[①] 西部作家在关注社会现实、揭

[①] 路遥：《这束淡弱的折光——关于〈在困难的日子里〉》，载《路遥文集》（第二卷），陕西人民出版社1993年版，第440页。

露人类不幸与痛苦的同时,其内心深处无不寄托着对现代伦理发展的美好期待,向往现代伦理开放健康与积极正面的因素,自觉地表达平等、友爱与和谐的新型伦理发展观。如有些作家书写现代社会中女性地位的提升,夫妻之间平等意识的增强,婆媳间的互敬互爱,父子间平等友爱地相互理解,兄弟姐妹间的团结互爱、邻里间的和睦互助等,都成为西部作家现代伦理书写的典范。作家评判伦理的力度也比较明确,批判乡村传统伦理的落后和愚昧的同时,揭示现代文明带给社会的负面因素。

21世纪以来的西部乡土小说中呈现出伦理评判标准的多元走向。这源于多元文化共生时代背景的延伸,陈思和教授认为当代文学进入"无名"状态,"当时代进入比较稳定、开放、多元的社会时期,人们的精神生活日益变得丰富,那种重大而统一的时代主题往往拢不住民族的精神走向,于是出现了价值多元、共生共存的状态"。[①] 西部乡土作家则有意弱化其伦理批判的力度,甚至只书写而不评判,从而致使伦理评判标准陷入相当模糊的状态,并游离于现实之外。造成这种伦理书写状况的原因有:一是作家为满足现代社会多元化的审美需求而有意放宽伦理评判的标准;二是作家自身的伦理认知以及现代人道德观念的开放,以往违背伦理的行为而在当下变得"正常化";三是少数民族作家的介入,因民族文化与信仰观念的差异而形成伦理评判标准的多样;四是作家在目睹社会发展现状中书写社会现实,但出于个人原因与外在因素,只是揭露而不评判。如冯积岐小说中书写乡村社会非正常化的两性关系,作家不表达任何批判意向,写作目的是在于探讨人性的本真与人灵魂的私密复杂性。冯积岐在谈到这些伦理问题时,曾直言这源于他多年的乡村生活经验[②]与童年的家庭生活经历,[③] 并坚持抛开道德去写被忽略的人性心理和情感等。但是,文学源于生活的同时,应高于现实生活,文学的审美性是不可忽略的,作家一味真实地表达个人经验,有意模糊道德界限,很难给读者带来审美感受,使作品的批判性大打折扣。贾平凹的《高老庄》中乡村人对子路的

---

① 陈思和:《共名与无名》,载《陈思和自选集》,广西师范大学出版社1997年版,第139页。

② 李继凯、冯积岐:《复杂人性的探询和文学生命的建构——关于冯积岐小说创作的对话》,《文艺研究》2012年第12期。

③ 邰科祥、冯积岐:《"好作家要能表达边缘的东西"——冯积岐访谈录》,《宝鸡文理学院学报》(社会科学版)2011年第2期。

大小妻妾制持默认姿态与羡慕心理,《秦腔》中乡村社会对庆玉弃妻偷情行为的默认等,侧面说明现代伦理评判的标准日趋模糊与多元。另外,少数民族文学作品中倡导伦理与信仰的结合,把克制与忍耐、承受痛苦等视为一种美德,因不同民族的文化差异而致使伦理评判标准的不同。文学创作的个体化走向,作家集中对自我经验与个体情感的书写,从而使西部乡土小说中伦理评判标准变得宽泛和多元。

第三节 西部独特文化背景下的伦理书写特征

作家的创作与其生活的自然环境和民族生存文化背景有着密切的关联。西部自古以来就是多民族杂居之地,因此凝聚着多种文化杂糅的生存背景。西部乡土小说中的伦理书写深刻地呈现了多元的地域文化特征,作家早年的生存环境与文化背景,影响他(她)的人生观、伦理观和价值观的形成,这无形地融入其文学创作之中。正如丁帆先生所说:"我们必须站在历史的、多元文明形态的高度,用一种西部文化精神的整体观来统摄西部文学中的每一个文学现象、社团流派和作家作品。"[①] 总体来说,西部乡土小说中伦理书写呈现为多元文化背景的多元伦理、地域伦理因素和丰富多彩的民族审美特质。

一 多元文化背景中的多元伦理书写

西部特殊的地理环境形成的地域文化氛围与中部和东部沿海地区有着完全不同的文化形态。"西部有丰富独特的文化资源,既悠久又自成体系,如黄河文明、巴蜀文化和滇文化等都有几千年的生成发展历史,且与吴越文化、荆楚文化、齐鲁文化、中州文化和三晋文化相比较,有自己独特的个性和品格;而历史上民族流动造成的多种文化的交合,又形成了类似河西走廊、藏彝走廊、茶马古道等多个民族文化融合共生的次生带。"[②] 文化的特殊性决定了西部文学的独特性,丁帆先生认为:"如果从'地域

[①] 丁帆主编:《中国西部现代文学史·序言》,载《中国西部现代文学史》,人民文学出版社2004年版,第1页。

[②] 汪涌豪:《西部开发的文化发展战略》,载中共上海市委宣传部理论处编《西部开发与中国的现代化》,上海人民出版社2012年版,第305页。

人种'和文明形态的视角来看,西部现代文学又存在着迥然区别于中部和东部文学的极其特殊的一面,一直伴随着'抵进本土'、'发现本土'的内在追求和艺术超越,从而凸显了多民族文化融合的景观和风貌。"[1] 因此,应从历史发展和多元文化的视角来审视西部乡土小说中的伦理书写。以本论题研究所涉及的西部12个省份为例,根据文化生成地带可分为:西南川地四川、重庆的巴蜀文化,贵州的黔文化,云南的滇文化;西北地区陕西的三秦文化、甘肃的河西文化、宁夏的回族文化;西南边疆地区云南、广西多民族相融的滇桂文化、西藏的雪域文化、新疆的沙漠绿洲文化和内蒙古的草原游牧文化,不同地域文化传统与背景铸就了西部作家文学创作的多元趋向。20世纪90年代以来,西部地区富有代表性的作家群体有陕西作家群、甘肃作家群、桂西北作家群、云南昭通作家群、宁夏西海固作家群等,其中大部分作家早年均有着乡村生活的经历,有的至今仍生活在农村,可以说他们对中国西部乡村有着深刻的体悟,以各自不同的生活文化背景为源泉,创作出具有地域文化色彩的乡土小说。

　　西部多元的文化背景中蕴藏着多样的审美格调。由于作家生活环境与文化背景的不同,其在文学创作中表达价值观与伦理观各有特色。西部多元文化背景下,乡土小说中伦理书写也呈现多元的姿态。红柯、温亚军小说创作中的西北疆域文化展现,两位作家都有着多年的新疆生活经历,因而浸受着天山文化的滋养。温亚军曾坦言新疆在他心中地位举足轻重,[2] 16年的新疆生活,丰富了他的创作灵感,并给予作品边地的民俗风情和疆域特色,"新疆的一切触动了我心中最柔软的地方。环境对一个作家影响非常大。地域特色往往对一个作家起着决定性作用。如果一个作家的作品中没有属于自己的地域,那么,他的作品会像羽毛一样轻飘"。[3] 红柯在新疆生活十年,他也多次表示这段生活经历给予创作丰厚的底蕴,因此,中亚地带的民俗民情与原生态文化因素给予红柯文学表达的大气豪迈

---

[1]　丁帆主编:《中国西部现代文学史》,人民文学出版社2004年版,第1页。
[2]　温亚军曾谈道:"新疆在我的心目中永远占据着重要位置。我的大部分作品都是写新疆的,但我心里的新疆,不是那么神乎其神,我喜欢简单、直接地描述一个清晰的、明朗的新疆……对新疆,我肯定不是一般意义上的想了,那是扯心扯肺的一种牵挂。"参见温亚军、姜广平《寂寞使我产生了写作的偏狂和执拗》,《西湖》2010年第8期。
[3]　温亚军:《我坚持,因为我热爱(自序)——与"上海东方网"访谈实录》,载《燃烧的马》,文化艺术出版社2006年版,第2页。

和悲壮的诗性美,小说中时常弥漫着疆域的空旷、苍凉、浪漫、神圣的审美情调。雪漠曾谈到生长之地凉州,独特的地域文化造就了凉州人性格沉稳守旧、安分忍让、洒脱大度的习性,表示文学创作深受当地"贤孝"文化的影响,"后来我才发现,听贤孝,是我最早的艺术熏陶,它直接影响了我。要是没有贤孝的熏陶,也许就没有我的创作"。[①] 郭雪波生长于内蒙古科尔沁沙地,自小深受草原萨满文化熏陶,创作上带有"沙漠文化"风格;漠月在漠野文化熏陶中书写着西部人淡定又纯美的生存品格;宁夏西海固作家群中的回族作家创作中流露出回族文化精神等。

冉正万、王华、夏天敏等的小说书写西南云贵高原上红土地文化浸透下的乡土人生。东西和鬼子小说创作不约而同地表现桂西北地带的生存文化。贾平凹乡土小说充满秦地文化色彩,他曾多次表达他的创作离不开故土商州与西安这两块"宝地"。商州位于陕南地区,那里拥有秦地最优越的地理环境和怡人的自然气候,以山地为主,夹杂着河流冲积的小块平原,气候湿润多雨适宜农业种植,这里充满着浓重的农耕文化韵味,"安土知足的处世态度;重农轻商的经济传统;务实、厚重的民俗文化传统"。[②] 深受农耕文化氛围的影响,贾平凹的乡土小说中不自然地流露淳朴又自足自乐的乡土民风。他的作品中总是存在这样一类信赖与守护土地的农民群体,满足于知足常乐的乡土生活,如《小月前本》中默默守护土地的才才,《鸡窝洼人家》中满足于衣食温饱的灰灰,《腊月·正月》中抱有小农经济思想的韩玄子,《秦腔》中不满子孙进城让土地荒芜的夏天义为造福后代不惜独自进山垦荒,《商州初录》中山村人自给自足的原始生存风貌,乐在其中的无为情调。近年来的乡土小说《高老庄》《土门》《怀念狼》《秦腔》《带灯》以现代工业文明入侵乡村传统文明为创作背景,面对生态环境的破坏与人们伦理道德的变异,贾平凹又不时对富有农耕文化色彩的传统文明充满留恋。受秦地浓厚的民俗文化氛围的影响,贾平凹的乡土小说创作在展现秦地民俗风情的同时,更多传达出农耕文明浸浴下的乡村传统美德,农民勤劳善良、厚重务实、纯朴节俭的生活态度,真实坦诚、谦卑厚道的人格魅力。

[①] 雪漠:《凉州与凉州人(3)》,《收获》2003年第2期。
[②] 毛曦:《自然环境与三秦文化的地域特征》,《唐都学刊》1997年第3期。

二 内陆封闭地理环境下传统伦理氛围的深厚

中国西部地区特殊多样的自然环境和地理特征对于乡土小说表现的人文景观与作家伦理观的表达有着深刻的影响。正如评论者所说:"地理对文学的影响,是通过作家这个中介环节来实现。它直接表现为地理给文学提供了一种表现的对象和材料,间接地表现为对作家审美风格和作品风格的影响,并进而影响到一个区域的文学整体风格和面貌。"[1] 中国西部乡村相对于东部地区,因地形与交通方面都有较大的差异,存在深居内陆、信息闭塞、远离外界、出行不便等劣势,所以在经济发达程度、生活观念上也略显不同。我曾有过走访云南昭通作家群的亲身经历,从市级下到县级,公路盘山而行,当汽车行驶在山谷底,抬头向上望去,瞬间产生巨石落头的恐惧感,随时面临着山体塌方、停车等待的场面,因此生发出对生活在这片高原山地间人们的一种敬畏之情。当我的老师谈到他当年从乡村到城市求学需要在高山丛林中穿梭两天之久的经历,当我见到质朴的农民作家,在无法满足温饱的情况下仍然坚守写作的热情,内心对这些从大山深处走来的人群油然而生出敬佩之情。这些从乡村走向城市的西部人要比同样生活在东部地区农村的孩子付出几倍甚至几十倍的艰辛与努力。

中国西部自然环境大多呈现出高原、山脉、沙漠、戈壁的地形特征。上至世界屋脊青藏高原,西南有横断山脉、四川盆地、云贵高原、桂地的喀斯特地貌;西北有新疆天山山脉、准噶尔盆地、塔里木盆地、塔克拉玛干大沙漠、黄土高原、秦巴山地、河西走廊、内蒙古草原等地形分布特质。气候特点上西南地区相对西北地区较好,其降水量自南向北呈依次递减趋势,尤其是新疆沙漠地带与宁夏、甘肃等部分区域为半干旱与干旱地带,至今农民常年面临着干旱灾害。总体来说,西部地区"面临三大生态环境问题,一是水资源短缺与浪费并存,二是水土流失,三是风蚀沙化"[2],"山大沟深,土地贫瘠,水资源条件差,地形地貌复杂,气候寒冷阴湿,冻、旱、涝、雹、滑坡、泥石流等灾害频繁,不利于农业生产和农

---

[1] 张向东:《20世纪中国西部文学地理学论纲》,《兰州交通大学学报》2011年第2期。
[2] 胡苏云:《西部的人口、生态和可持续发展》,载中共上海市委宣传部理论处编《西部开发与中国的现代化》,上海人民出版社2012年版,第166页。

村发展"。① 因此,西部特殊复杂的地形地貌与气候原因导致它在经济发展、生活水准、价值观念更新方面都相对缓慢于东部地区。

西部内地封闭的自然环境直接或者间接地影响着作家的创作观和伦理观。"特定的自然孕育着生活于其中的民族,是他们形成自己社会文化、心理结构和审美情趣的重要原因之一。"② 作家东西、鬼子童年生活在桂西北闭塞的大山之中,向往外界的美好人生造就了他们对大山、对贫穷产生憎恨心理。东西曾自言:"其实悲剧和我的生活息息相关,我童年生活的地方不通公路不通电,现在仍然是如此。吃粗糠野菜算不了什么,贫苦疾病是家常便饭。童年一睁开眼睛就没有喜剧的舞台,所以悲剧就深入骨髓无药可救。"③ 这不由让人联想到东西小说中解构现实、反讽、戏谑人生的写作风格与他早年的生存阅历密切相关。东西曾谈到自然环境和乡村生活经历对他创作的影响,"这种生活已经成为我血脉的一部分,比如我对自然的认识,对人性的看法,甚至对美好的向往,包括在封闭状态下对远方的想象,它都进入了我的血脉,在后来的写作中再慢慢地流出来。封闭的生活能开掘我的想象力"。④ 鬼子也曾谈到自小对于外面世界的渴望,因民族语言障碍让他无法与外界正常交流,闭塞山区求学艰难坎坷,贫困的家庭生活现状,让他深刻地体悟底层民众面对苦难的无奈。⑤ 因此,他把苦难视为小说叙述的主题。红柯坦言是新疆成就了他的文学之梦,"沙漠已经成为我生命的一部分"。⑥ 他曾谈到与外界隔离的遥远边塞生活,让自己能够更好地沉浸于天地和大自然更近地接触,激发出更真挚的创作情感。作品中经常出现新疆地名奎屯、阿尔泰、伊犁、准噶尔大地、乌尔禾等;空旷苍凉的田野、河流、荒原、沙漠、戈壁等壮观背景。红柯在创作中时常流露出那种亢奋的"疆域情怀",自然万物在他眼里都赋予了生命的本真,"大自然、大戈壁、大沙漠、大群山这些东西里面所蕴含的东西永远不会消逝……沙漠更让人觉得心惊,到处有驼马的枯骨和死人的骨

---

① 曲玮、涂勤、牛叔文、胡苗:《自然地理环境的贫困效应检验——自然地理条件对农村贫困影响的实证分析》,《中国农村经济》2012年第2期。

② 肖云儒:《中国西部文学论》,青海人民出版社1988年版,第41页。

③ 东西:《时代的孤儿》,昆仑出版社2002年版,第29—30页。

④ 东西、符二:《东西:不顾一切的写作,反而是最好的写作》,《作家》2013年第1期。

⑤ 鬼子:《艰难的行走》,昆仑出版社2002年版,第15—18页。

⑥ 红柯:《无边无际的夏天》,《时代文学》2014年第5期。

头。自然的变形在这里太大了，它会让一个人感到渺小与恐惧"。①

宁夏西海固作家群的小说创作呈现西部自然的地域审美，山壑间贫瘠的村庄和土地、干旱难耐的骄阳当空，漠野深处荒芜的湖道以及羊群和农家小院等。马金莲谈到故土西海固，"到处是山，越过一座，又是一座，无数无数，应接不暇。随着渐渐靠近，你就会发现，眼前的景致越来越粗砺，坚硬，干渴，贫瘠"。②她在小说中也多次写到干旱的自然景象："一步一步踩在烈日烤晒的土地上，每走一步，灼热就加剧一些。我们的村庄像笼罩在一个巨大的火盆下……面对年复一年永远重复的干旱的煎熬，我们欲哭无泪，只能默默忍受。"③石舒清在《印象老家》中说："我们这里是一块酷旱之地，十年九旱，形容的正是我们这里。我的印象里，日头的确是很毒的……庄稼给晒得丢了魂虚脱了一般的样子……因此现在村里不少的土地都荒着，种也是白种，运气不好连种子也收不回来。"④但他仍然把故乡比喻为他的另外一个心脏，而且"更壮硕、更有力、更慈悲也更深情"⑤。漠月在《贺兰山以西（代后记）》中谈到家乡阿拉善高原上的人们面对连年的干旱，早已是司空见惯，但是他们清晨起来的第一件事就是抬头望天，满载沉重地祈祷与期盼能够得到苍天的厚爱，然后才开始新的一天沉默又缓慢的生活。⑥郭雪波曾描写到故乡的沙地给予他的深刻记忆："一座座沙包沙峰，一片片沙湾沙梁，半月形沙、盆地沙，组成形态万状、奇谲诡异的莫测领域；一到风季，黄沙便拉起遮天蔽日的黄色帐幕，浑沌一片，不视一物；可雨后，那里又安静得像熟睡的婴儿，晴晴晰晰，纹丝不动，峰是峰坡是坡，一切又那么坦荡裸露，赤诚千里。"⑦可见，西部作家在特殊生活环境产生的地域自然情怀，让他们能够把真实的乡村体验和内心体悟呈现于文学创作之中，使它成为一种情感抒发的对象。

西部内地封闭的自然环境致使人们的伦理观念相对传统与保守，却更

---

① 红柯、姜广平：《在"嘉峪关"之外等着红柯的到来》，《西湖》2012年第6期。
② 马金莲：《在西海固大地上》，《作品》2010年第5期。
③ 马金莲：《蝴蝶瓦片》，《作品》2010年第5期。
④ 石舒清：《印象老家》，《六盘山》2011年第1期。
⑤ 石舒清、马季：《笨拙·深情·简单·迅疾》，《文学界》2008年第10期。
⑥ 漠月：《贺兰山以西（代后记）》，载《放羊的女人》，宁夏人民出版社2012年版，第289页。
⑦ 郭雪波：《大漠日落（外一篇）》，《北京文学》1999年第10期。

为注重仁义道德精神。"封闭性地形是中国宗法伦理形成的重要因素，使人们缺乏流动性，安居乐业成为心理常态，易生成以血缘亲情和家庭、家族为核心的宗法伦理关系。"① 传统家庭伦理成为20世纪90年代初期西部乡土小说伦理书写的重点。作家对于西部农民身上凝聚的古老、善良、仁厚的传统美德与生存伦理精神一致地持认可态度。路遥小说中书写陕北农民在贫穷艰难的生存环境，依然保有着那份厚重又传统的善良与仁义，他在谈到《人生》中巧珍与德顺爷爷两个人物的传统美德和牺牲精神时曾表示："不管社会前进到怎样的地步，这种东西对我们永远是宝贵的。不管发展到任何阶段，这样一种美好的品德，都是需要的，它是我们人类社会向前发展最基本的保证。"② 贾平凹在早期的"商州小说"系列中颂扬西部乡村传统的人性美和人情风俗的质朴，那时他开始疑惑："诚挚的人情是否只适应于闭塞的自然经济环境呢？社会朝现代的推移是否会导致古老而美好的伦理观念的解体，或趋尚实利世风的萌发呢？"③ 20世纪90年代以来贾平凹乡土小说中伦理书写表明，他的质疑得到了证实。现代文明波及后的乡村现状，高速公路的修建占据乡村大量的耕地，村庄的搬迁、故乡的老街的废弃和腐烂、村人打工伤亡、赌博斗殴、选举宗族纠纷，劳动力流失，土地荒芜，人性美德的逐渐消失，再一次引发他的质疑："真的是在城市化，而农村能真正地消失吗？如果消失不了，那又该怎么办？"④ 从贾平凹对乡村现状担忧的深切发问之余，不难见出他对乡土传统美德的向往与眷恋。

20世纪90年代以来西部作家雪漠、季栋梁、石舒清、马金莲、了一容、王新军、漠月等仍然坚守乡土伦理美德书写，他们分别以自己对故土自然环境的深切体验，以强烈的情感表达西部闭塞的生存环境下，乡村农民却保有着那份纯正的真诚、克己的自律、厚重的仁义精神。另外，西部山村的闭塞和贫穷滋生野蛮异化伦理观念的蔓延。王华在小说《傩赐》

---

① 张本顺：《自然地理环境视野下的中西法律传统——以地形、土壤与气候为中心》，《西部法学评论》2013年第6期。

② 王愚、路遥：《关于〈人生〉的对话》，载路遥《路遥全集：散文·随笔·书信》，太白文艺出版社2003年版，第131—132页。

③ 贾平凹：《变革声浪中的思索——〈腊月·正月〉后记》，载《天狗》，译林出版社2012年版，第99页。

④ 贾平凹：《〈秦腔〉后记》，载《秦腔》，安徽文艺出版社2010年版，第496页。

中阐释着西南山区古老又野蛮的一妻多夫的婚俗,她谈到写这篇小说源于做记者时进山采访的一次经历,村支书向她介绍了这个与外界隔绝的小山村,交通闭塞、经济收入低薄,导致村中拥有大量的"光棍"。冯积岐小说书写陕西乡间一种变异、愚昧甚至是违背人伦常态的婚外情现象,他曾表示这源于真实的乡村感受,乡土社会中农民对于婚外情所持的默认友好态度。[①] 从作家对乡村底层农民两性道德愚昧状态的书写和感触中,见出西部农村封闭的自然环境导致人们思想观念的狭隘,民间长期约定俗成的传统观念却成为维系人们行为道德准则的"伪标准"。

三 丰富多彩而又独特的民族特质

中国西部是汉族和少数民族共同生活的聚居之地,几经历史长河的发展变迁和融合,各民族保留下来的民族信仰、风俗民情和文化精神,在当前仍然具有着自身的审美特性与伦理意义。西部多元的民族文化背景造就了不同的民族审美心理,正如研究者所言:"既有异族文化与本土文化相融的古道热肠,沉郁内忍,强悍坚毅,古朴、厚重的高原风格;又有原始审美意识的萌发、追求生命永恒的执着、崇尚自然万物有灵的神秘风格;以及热爱生命、友善平和、重礼好客、善待生死的伊斯兰文化民族风情。"[②] 20世纪90年代以来,从事西部乡土小说创作的少数民族作家主要有西北地区的回族作家石舒清、马金莲、马妙琴、李进祥等,东乡族作家了一容,蒙古族作家郭雪波;藏族作家梅卓、央珍、阿来等;西南地区的仡佬族作家王华、仫佬族作家鬼子、白族作家潘灵、景颇族作家玛波等。西部乡土小说中伦理书写因众多少数民族作家的参与而变得丰富多彩,作家创作中无形地流露出自身民族的文化特质、审美心理、宗教伦理情怀等。

回族作家石舒清、马金莲、李进祥等作家的创作,无论是小说书写的主题内容还是思想情感和伦理观念的表达都带有鲜明的回族文化特质,"既继承了伊斯兰文化的两世兼顾和终极关怀理念,又吸收了汉文化的价

---

① 李继凯、冯积岐:《复杂人性的探询和文学生命的建构——关于冯积岐小说创作的对话》,《文艺研究》2012年第12期。
② 李天道:《西部地域文化心态与民族审美精神》,中国社会科学出版社2010年版,第27页。

值理性和厚德载物精神"。① 回族崇尚绿色、白色和黑色，日常民居与清真寺等建筑以绿、白相间两种格调为主，象征着安详平和的生命意蕴；在服饰装扮上喜欢白色和黑色格调，男子以戴白帽，穿白、黑两色为主的衣服，女性戴头盖也以白、青、绿三种颜色为主。② 回民亡者净身后以白布裹体下葬，白色源于宗教文化中的尚洁精神，白色象征着纯洁和高贵，回族的审美风格是清新、淳朴、素净。回族追逐着心灵圣洁和人性尊严，珍视生命本真之美，敬重生死，信仰经典教义"《古兰经》倡导积极的生活美德和人性智慧"。③ 在回族审美意识中，"智慧就被看成了代表最高境界的美，同时也被看成为代表最高境界的善。美和善被统一于'智慧'之中。在日常生活中，那些被称为'智者'的人有着无比的荣耀和崇高的威望，他们不仅被认为是有德者，而且也被看成是最美的人"。④ 回族作家小说中时常提及阿訇、教主等就是信仰的智者，阿訇在回民生活中具有至高无上的地位。回族家庭的孩子出生后要请阿訇起个经名，结婚请阿訇主持念经文证婚，死亡时请阿訇诵念清真言，入土搭救也要请阿訇念经文。回族作家在创作中深受民族审美心理的影响，崇尚民族情感，颂扬西部农民对待信仰的虔诚之心，尊重生命、崇尚智慧、身心洁净、乐观积极的生活心态。回族作家小说中对富有民族特点的日常生活细节描写，如人物戴的白帽、头巾以及婚嫁服饰、用铜汤瓶净洗等。同样信奉伊斯兰文化的东乡族作家了一容，在《挂在月亮上的铜汤瓶》中以一只洗涤常用的普通铜汤瓶传达出一位老母亲对瘫痪儿子的心灵信仰和精神寄托，它是穆斯林在生活逆境中保持积极向前的心态，是对苦难生活抱有一丝美好的遐想和活下去的精神支柱。

　　回族文化信奉"两世吉庆"的人生观，重视以宗教礼教修身，清洁净心，处世平和，诚实守信，敬畏生死等民族信仰观。回族的伦理观念"强调宗教伦理（顺主）、社会伦理（忠君）、宗法伦理（孝亲）三者的

---

① 孙俊萍：《试论回族文化的内涵及其基本特征》，《宁夏社会科学》2009 年第 1 期。
② 丁克家：《回族的色彩观》，《回族文学》2011 年第 2 期。
③ 龚黔兰：《信仰与美——回族文化的审美人类学研究》，博士学位论文，中央民族大学，2003 年，第 62 页。
④ 同上书，第 87 页。

统一，才堪称最完善的道德（至道）"。① 回族的宗教伦理深入农民的日常生活中，表现为："顺从真主的意愿；坚忍以不气馁的毅力面对生存逆境；待人处事的守中原则，对现实不僭越不逃避，对物既不纵欲又不禁欲的态度；以善心懂得施舍美德，注重孝敬父母，尤为重视'厚养薄葬'的孝道习俗。"② 石舒清小说中对回族宗教生活与信仰仪式的展现，如修身养性、克己自制、静坐沉思，真诚追逐精神信仰，回族农民的为人诚信，不卑不屈、自尊自重的人性观，善待生灵的怜悯之心，大方施舍的伦理美德；李进祥小说中对回族尚洁、净心习俗的描写；马金莲小说中对回族注重生死深刻意义的细腻阐释等，都带有浓厚的回族文化色彩。东乡族也信奉伊斯兰文化，东乡族作家了一容的《去尕楞的路上》以一个小男孩的视角和心理极其深刻地展现出伊斯兰文化宗教仪式的意义。由小男孩内心对割礼的畏惧，到克服紧张完成仪式后的心理成长，这一切都源自宗教信仰的熏陶。《黎明前的村庄》中对东乡民族一场简单又朴素，念经送别亡者的穆斯林葬礼，传统开斋节期间一系列的生活禁忌和庆祝活动的阐释。

仡佬族作家王华小说中展示的人与自然万物生命平等的意识，源于仡佬族的"自然崇拜"情结，敬拜山、植物和动物。仡佬民族尤其信奉自然神灵，如"将山看成是主宰一切的神灵，赋予山与人一样的形象、情感、性格，形成了审美心理的原生形态。就植物崇拜而言，仡佬族从远古时期就产生了树木有灵的观念，树木演变成为一种庄严神圣的图腾，而竹崇拜情结表达着仡佬族人对生命传承的一种敬畏和信仰，对生命美的一种追求和向往"③。《家园》中安沙人过着自由自在的原生态生活，颂唱祭神歌中感恩于阿依神赐竹，源于仡佬族的"竹"图腾意象，祭祀神灵赐谷、赐云朵、赐生灵、赐肉身等，他们对动物从没有扼杀之心，与动物为伴，以草木为友、以天为被、以地为床的生活姿态，懂得感恩、乐于分享的处世风格，更多源于仡佬族信仰珍爱生命、敬畏万物的民族文化。

仫佬族作家鬼子小说的怪诞与神秘受先锋小说影响的同时，也源于自

---

① 张乃兴：《浅论回族的伦理道德文化》，《西北第二民族学院学报》（哲学社会科学版）1996年第4期。
② 同上。
③ 蔡承智、张文、梁颖：《仡佬族原生态文化：精神特质与审美心理》，《生态经济评论》2013第4辑。

身民族文化的影响。仫佬族是一个敬鬼神的民族,"仫佬族民间有本民族的从教法师,亦称道师、鬼师。每逢有人生病或有自然灾害,都请道教的法师来求神禳鬼。法师能够主持各种法事仪式,沟通人神,祈神保佑,降福消灾"。① 这些神秘的民间宗教文化受到仫佬族农民的信服和依赖。鬼子在仫佬族古老民族文化氛围的熏陶中长大,他回忆童年时曾经常爬坐在围墙上,望着山脚下的坟场发呆,"默默地张望着在淫雨中飘来飘去的那些招魂的纸幡"。② 亲身体验乡村巫医治病的经历,生了大病后,"找到了一位老女人,让她在脊背上挑走了几根细白细白的'筋'……之后大约半年全身无力,但却因此而突然间长高了,而且长成了一条1.78米的汉子,浑身都是力气"。③ 这些潜在的民间宗教文化无形地影响鬼子的小说创作,时常有着离奇的情节发展、人物行为与死亡的怪异,充满着神秘的野性。

蒙古族作家郭雪波从自身民族文化与宗教信仰出发寻找其小说中生态意识的理论来源。蒙古族自古拥有崇尚英雄心理,造就不畏艰难的大漠求生精神,誓死与沙化做斗争,为保护大漠生灵而甘于献出生命。蒙古族独特的草原游牧生存方式,深知大漠中生命的可贵,奔波的游牧生活让草原人遵从着大自然的生存规律,形成崇尚自然的生存观,他们与马、牛、羊、鹰等动物有着深厚的情感并坚信:"草原上的一草一木、飞禽走兽、河流湖泊都有灵性和神性,不能轻易地扰动、射杀和破坏……作为天父地母之子的人类,应该像孝敬父母那样崇拜天宇、爱护大地、善待自然。"④ 蒙古族信奉"长生天","天是蒙古人最高的崇拜对象,在蒙古人看来,天操纵着自然界和人类的命运,凡事向天祈祷,祈求上天保佑和帮助"⑤。郭雪波小说中展现视死守护大漠生灵、抗击草原沙化的勇者,无不源于游牧文化中的敬生意识。郭雪波创作中寻找着蒙古族即将遗失的民族文化,小说中时常展示萨满歌舞惊天地泣鬼神的壮观场面,蒙古族说唱艺人精湛琴技的魅力,延续着神秘的萨满文化。

---

① 李燕宁:《仫佬族的宗教民俗》,《经济与社会发展》2003 年第 12 期。
② 鬼子:《艰难的行走》,昆仑出版社 2002 年版,第 18 页。
③ 同上。
④ 陈寿朋:《草原文化的生态魂》,人民出版社 2007 年版,第 36—37 页。
⑤ 张碧波、董国尧:《中国古代北方少数民族文化史》,黑龙江人民出版社 1993 年版,第 386 页。

西部少数民族作家创作中表现自身民族的文化特质、审美心理、宗教信仰等成为现代文明发展中不可或缺的组成部分。正如研究者所言："我们讲地域文化的时候千万不要把地域文化看成完全封闭的、凝固的，它只不过是我们大文明系统中，以其独特的因缘和相互的关系，而变异着的一个子文明、一个小系统。"[1] 相对来说，这些作家的小说中伦理书写更为纯真与质朴，其伦理观也更为传统和正直，似乎与现代文明格格不入，但是这些具有少数民族特色的乡土伦理恰恰是现代人所缺失的道德品行。因生活方式和生存环境的原因，少数民族的伦理观更多来源宗教信仰，他们的伦理表达也更为真切。如对大自然的敬畏与崇拜，热爱生命和眷恋故土，在艰难生存逆境中的坚韧不拔，厚道真诚的人性美，已成为西部乡土小说中一种独特的伦理美。

---

[1] 杨义：《重绘中国文学地图与中国文学的民族学、地理学问题》，《文学评论》2005 年第 3 期。

第二章

西部乡土小说中的伦理书写之一：家庭伦理

　　家庭伦理关系是中国乡土小说主题书写的重要组成部分，如家庭的存在状态与社会关系、家庭成员内部的关系、邻里往来等都成为乡土作家探讨的话题。20世纪90年代以来，中国社会实行市场经济改革，加之受西方文化的影响，人们的审美取向与价值观念日益趋向多元。因此，在这样一个多元文化共生的社会背景中，人们对待亲情、爱情、邻里情的态度都无形地受到金钱、利益、欲望、个人主义等因素的影响而发生转变。西部乡土作家试图从中国传统伦理之重心——家庭伦理来阐释西部乡村在现代化进程的冲击与影响中人伦关系的变化。

　　黑格尔将人的伦理道德的表现领域阐释为："主观的善在外部社会生活中的展现是在这样的三个社会领域：家庭、市民社会与国家。"[1] 在这样一个社会经济稳定发展的时代，国与家的关系在人们心中被置于怎样的位置？人们从传统伦理的束缚中逃离出来，又将进入一个怎样的现代伦理体系？这是当前社会发展中值得引人深思的问题。近年来，针对现代人的道德滑坡现象，学界引出对家庭、人际、职业、企业、市场、环境等领域中的一系列伦理问题的探讨。家庭作为社会发展中最基本的结构单位，其中包含的伦理关系则是社会伦理的重中之重。"家庭则是存在于一定范围内的亲属之间的共同组织……在所有的人类社会伦理关系中，家庭是最悠久而又最现实的伦理关系体系与伦理实体，是一种以一定的婚姻关系为基础的伦理关系与伦理实体。"[2] 20世纪90年代以来西部乡土小说中的家庭伦理书写主要集中于父子、夫妻、兄弟姐妹与邻里关系，探讨在社会发展变迁中伦理关系呈现的类型，并结合社会环境与人文因素来分析其发展

---

[1] 龚群：《社会伦理十讲》，中国人民大学出版社2008年版，第4页。
[2] 同上书，第56—57页。

变化的趋向。西部乡土小说创作中由点及面地展示西部乡村社会独特的伦理风貌，为当前乡土小说的发展增添了一道多元的人伦景观。

第一节 父子关系

父子关系，在父权社会家庭中特指父亲与儿子的关系，传统封建人伦中女性的地位比较低下，对于女性则以更为严格的道德规范约束其言行。中国古代社会讲究"五伦"，是指"父子关系、君臣关系、夫妇关系、兄弟关系、朋友关系，这是人生中最重要的五种关系，其中父子关系又是最重要的，居于五伦首位"。[1] 在时代的变迁中，五伦关系的排序发生了变化，现代家庭伦理中的夫妻关系似乎已超越了父子关系。中国农村家庭内部更多是以"孝道"为中心来衡量父子关系的变化。父子关系可阐释为：父母对子女的态度，子女如何尽孝于父母，父母与子女关系的状态，其特征表现为："既是血缘关系，又是两代人的关系。"[2] 中国人的伦理观念与赡养制度导致了现代父子关系处于失衡状态：父母对子女的关爱远超子女对父母的关怀，前者的爱是无私和不求回报的，而子女对于父母的爱更多抱着功利因素，他们会在孩子与父母之间毫不犹豫地选择前者。西部作家对传统伦理的糟粕给予批判与摒弃，颂扬现代伦理的平等和谐与公正自由，但是面对当前现代伦理的弊端，人们继承传统美德的意识淡化，作家创作中更多呼吁对传统伦理精神的复归。

一 多元的父子关系展现

西部作家创作中通过社会孝道观的演变，来展现父子关系的发展变化。古人认为孝道是子女对父母报恩的一种伦理方式，孝道伦纲在某些方面规定着子女要对父母尽道德义务。"传统家庭伦理的核心规范是'孝'，个人的基本德性也是'孝'。'孝'为传统社会中子女敬养父母的道德要求。"[3] 这也是孝道延续至今的重要原因，现代家庭伦理中必然也把孝道视为衡量父子关系的主要因素。20世纪90年代以来西部乡土小说中涉及

---

[1] 肖波：《中国孝文化概论》，人民出版社2012年版，第153页。
[2] 林建初：《现代家庭伦理》，安徽人民出版社1992年版，第90页。
[3] 龚群：《社会伦理十讲》，中国人民大学出版社2008年版，第76页。

孝道书写的作品较多，主要涉及对传统伦理孝道观的坚守，现代伦理视野下的孝道观，现代人的孝道异化现象，从孝道的发展变化来探析西部乡土小说中父子关系的存在形态与变化的特点。

（一）传统型父子关系

此类型中展现的孝道伦理较为清晰，既有传统和睦的父慈子孝，又有封建家长制的父严子从。中国古人提倡父慈子孝，注重父子情意。何为"孝"？子曰："生，事之以礼；死，葬之以礼，祭之以礼。"（《论语·为政第二》）"按照中国古代传统道德的理解，'孝'就是'善事父母'，就是要以善意的思想和行为来对待自己的父母，使他们生前能够过幸福的生活，在他们死后给予很好的安葬。"[①] 现代孝道观在传统伦理的基础上演变为平等地善待和敬养父母，在父辈言之有理的情况下听从父母，在其不合理的情况下耐心开导，抛弃传统孝道中的"三纲五常""唯命是从"等过激观念。中国西部因自然环境和地理位置的原因，经济发展相对较慢，山区、高原地带信息闭塞，思想观念也相对保守，人伦观念较为传统和保守，一定程度上延续了"父慈子孝"的传统美德。

20 世纪 90 年代初期，西部乡土作家更多集中于探讨西部农村社会中由传统大家庭向现代小家庭的过渡，家庭成员间关系复杂，父辈坚守传统的农耕模式，子辈则追求现代化的生活方式，尽管两辈人追求不同的生存方式，却依然保留着"父慈子孝"的伦理关系。余振东的《塬上风》[②] 中黄土塬峁上一个由父母维系着传统又现代的家庭体系，家庭成员因身份和生存观念的不同，伦理观念存在显著的差异。父亲与大哥夫妇坚守传统农耕模式拒绝现代机器化的农业生产方式，寻找劳作的成就感；二哥夫妇转向小农经济，崇拜和向往现代化技术；三哥夫妇脱离土地迈向城市的强烈意愿；五弟保家为国的军人身份；六妹追求自由恋爱、发展事业的现代意识；七弟作为时代反叛者，以自我为中心、无所事事的浮夸作风以及"我"作为乡村公务员一心为民的沉稳作风。作家由"小家"来展现"大家"（国家），在时代变迁中，个体都朝着自己选择的生活目标发展，家庭成员间存在着复杂的矛盾纠葛，但因血亲关系艰难且融洽地维系着：晚辈对长辈的尊敬和孝顺，长辈对晚辈的关爱和宽容、支持和理解等。爷爷

[①] 罗国杰：《"孝"与中国传统文化和传统道德》，《道德与文明》2003 年第 3 期。

[②] 余振东：《塬上风》，《飞天》1990 年第 4 期。

奉行先君臣后父子的忠君观，严格要求"我"作为国家干部不能利用职位为家人谋私利，"国事比家事，国为上，家为下，自古忠孝难全"。[1] 传统伦理认同的父慈子孝表现为子女为父母养老送终。中国传统孝道观要求在父母活着的时候要赡养他们，去世后应遵从礼制埋葬，并要加以追祭，才算真正的尽孝。袁先行的《归去》、[2] 曦震的《孝子》、[3] 马金章的《喜丧》[4] 等作品中，子辈对病重的父母不离不弃、小心翼翼地守护着父母而养老送终。作家凸显出浓重的父慈子孝行为的可贵与可敬。

传统型父子关系的另一种形态是"父严子从"。西部乡土小说既表现出传统美德在乡村社会的延续，又揭示传统伦理保守迂腐的一面。"中国的传统道德具有鲜明的矛盾性和两重性。它既有民主性的精华，又有封建性的糟粕；既有积极、进步、革新的一面，又有消极、保守、落后的一面。而且在有些情况下，精华与糟粕又互相结合，良莠混杂，瑕瑜互见。"[5] 宋明理学强调子女要绝对服从于父母，甚至是牺牲人格尊严与忍受不平等的待遇。西部作家书写父严子从的孝道，一方面是对中国文学中严父形象的继承，另一方面表现出乡村社会宗族伦理对现代家庭伦理演化的干预。王家达的《大庄窠》[6] 中作家以时代变迁与历史回忆叙述为线索，再现了横跨几个时期的社会变迁，传统伦理纲常仍然存在于西部村落，好似年轻者在片刻的挣扎后都无法逃离传统人伦意义上的"家"与"孝"。父辈年少时曾为自由和仕途反叛祖辈的封建家长制，但年老时却不约而同地回归传统的父严子从，以严格的礼教训斥子辈，维持着守旧又古老的伦纲。"我"在参加祖父这场隆重的传统葬礼中，深切地感受到传统封建伦理的根深蒂固。社会的进步和发展改变着乡村农民的生活面貌，却无法消解其对传统封建宗族伦理的沿袭，反而随着经济水平的提高而愈演愈烈。

雪漠的《大漠祭》中父亲与子女间不平等的对话方式，父母掌握着子女的婚配权力，为固守香火传承宁可逼死亲生女儿换亲。父权制度让子

---

[1] 余振东：《塬上风》，《飞天》1990年第4期。
[2] 袁先行：《归去》，《青海湖》1998年第2期。
[3] 曦震：《孝子》，《四川文学》2000年第11期。
[4] 马金章：《喜丧》，《飞天》2006年第2期。
[5] 罗国杰主编：《中国传统道德》，中国人民大学出版社1994年版，第4页。
[6] 王家达：《大庄窠》，《飞天》1996年第9期。

女背负着顺从父母的权势压力,乡村憨头生活于"不孝有三,无后为大"的煎熬中,在不孝自责与不幸婚姻的重压中英年早逝。乡村女性兰兰更是父严子从的牺牲品,父命难违破灭了她的爱情梦想,并因此葬送了生命。西部农村社会因经济落后与信息闭塞,父母权力胜于一切,"父为子纲"的伦理观摧毁了子女的人生。西部乡土作家对这种父严子从的孝道观持强烈的否定和批判态度。李建学的《大木看人》[1]、温亚军的《出鬼》[2]、许记民的《天斋》[3] 等作品书写父严子从孝道伦理导致子女的人生悲剧,批判封建家长制话语权力的罪恶,让子女成为孝道的牺牲品,断送了自己的幸福甚至是生命。西部作家对父慈子孝与父严子从两种传统父子类型的阐释,对其合理之处持赞同态度,同时批判其狭隘保守的弊端,充分说明传统的孝道理念具有一定的延续性,并在乡土伦理中占据重要地位。

(二) 现代型父子关系

现代型父子关系中父子间的平等意识增强,但由于父子两代人因思想观念与价值行为方式相异而形成矛盾和对立关系。现代社会发展背景下,乡村家庭中子女的地位有所提升,父子关系呈现互敬互爱的平等友好状态。"成年子女与父母在人格上是平等的,但对父母的感情却是天然的,是维系家庭关系的重要因素。"[4] 陈然的《有一个农民》、[5] 张学东的《河湾》、[6] 谢芳儿的《秋夜》、[7] 火会亮的《年的声音》[8] 等作品书写现代家庭中父子间相互尊重与理解,父辈平易近人,对儿女现实生存压力表示同情和支持,子辈在观念更新中对父母表示尊重和感激,父子间呈现亲情平等。曾平的《母亲》、[9] 傅太平的《归》、[10] 胡琴的《父亲》[11] 中父母给予子女宽容、温暖、无私的亲情。80 岁的老母告诫儿子做官要有良知,取

---

[1] 李建学:《大木看人》,《飞天》1999 年第 3 期。
[2] 温亚军:《出鬼》,《中国西部文学》2000 年第 9 期。
[3] 许记民:《天斋》,《飞天》1992 年第 9 期。
[4] 龚群:《社会伦理十讲》,中国人民大学出版社 2008 年版,第 112 页。
[5] 陈然:《有一个农民》,《广西文学》2004 年第 4 期。
[6] 张学东:《河湾》,《朔方》2004 年第 5—6 期。
[7] 谢芳儿:《秋夜》,《飞天》1992 年第 6 期。
[8] 火会亮:《年的声音》,《朔方》2000 年第 5—6 期。
[9] 曾平:《母亲》,《四川文学》2003 年第 5 期。
[10] 傅太平:《归》,《山花》2000 年第 8 期。
[11] 胡琴:《父亲》,《飞天》1998 年第 10 期。

财有道,切勿滥用官权误入歧途,母亲以正义精神感动儿子。远在异乡多年的儿子回乡探母,母亲想让儿子为她送终,让其再无牵挂,拒绝看病而去世,传达出感人至深的母爱。

如果把父子关系向外延伸,"婆媳关系是与父子关系相对应的另一种亲子关系。婆媳关系处理得是否得当,直接影响到夫妻关系、父母与子女关系、祖孙关系,姑嫂关系以及其他家庭关系"。[①] 西部乡土小说中突出农村婆媳关系的和谐与平等。在现代社会发展中婆媳关系发生逆转,媳妇地位有所提高,与婆婆享有平等的发言权,婆媳为共建美好家庭而平等互助。西部作家以生活和事业两方面来表现乡村家庭中新型的婆媳关系,农村新女性朴素、心胸大度与善解人意的道德美。唐光玉的《秋子》[②]、贺雍享的《村级干部》中书写现代婆媳关系的平等与融洽友好。农村婆媳间宽容豁达、相互尊重对方的人格,婆婆支持媳妇的事业,媳妇孝顺婆婆。贾平凹的《秦腔》中乡村女性白雪与公婆之间相互关怀的深情感人至深。白雪对公婆的尽善尽孝得到夏家人的认可与清风街人的首肯。白雪与婆婆之间胜过母女,只要婆婆召唤,她从不推脱。在家庭生活中,放下秦腔名角的身段,挑水、扫院、洗衣做饭,毫无身架,与公婆和睦相处,对家庭尽心尽责。当然,人与人之间的关爱、理解和支持都是相互的。夏天智夫妇大力支持白雪从事秦腔事业,在生活上加倍关怀和照顾。当夏风与白雪婚姻破裂时,夏天智大义灭亲,只留儿媳妇不认儿子,维护了白雪的尊严。西部乡土作家在作品中对和谐婆媳关系的讴歌更显得弥足珍贵,颂扬乡村人朴素的道德美,从而表现出现代女性处理姻亲关系方式的转变。

现代社会观念的更新加剧代际伦理差异,父辈无法理解和接受子辈对传统伦理的背离,子辈也无法认同父辈对他们过多的生活干预,现代父子矛盾油然而生。"在价值多元的社会条件下,代与代之间由于生活经历的差异而产生的价值判断可能相差甚远,因此导致代与代之间发生冲突的可能性增加。"[③] 雷建政的《老白杨》、[④] 雪漠的《大漠祭》中父子两代人不

[①] 林建初:《现代家庭伦理》,安徽人民出版社1992年版,第98页。
[②] 唐光玉:《秋子》,《飞天》2004年第3期。
[③] 龚群:《社会伦理十讲》,中国人民大学出版社2008年版,第95页。
[④] 雷建政:《老白杨》,《飞天》1999年第3期。

同生存观念的差异引发父子冲突。父辈坚守传统伦理观念，子辈追求思想开放和理想化的现代生存方式。《大漠祭》中父亲老顺与儿子们的父子冲突，更多是思想观念差异所致。前者思想保守、讲究仁义，后者则更为自私与追求个人欲望。在父亲老顺眼里，不务正业的猛子，考不上大学的灵官，都是不知天高地厚、自不量力的莽撞青年。他常常为儿子们的做人担忧，为无法让他们娶上媳妇而自责，而猛子的偷情行为对父亲造成致命的打击，这让他在全村人面前痛失人格和尊严。猛子却把自己的纵欲行为归因于父母无能，这种自私观念让他无法理解父亲。父子间伦理观念差异导致亲情的失衡：父母为支撑家庭而苦心经营，子女却无法理解父母的辛苦。

（三）异化型父子关系

父子关系位置的颠倒形成父子"倒孝"局面。社会发展改变了人们的伦理观念，传统父子关系中的父高子低演变为子女地位高于父母，因此造成父子关爱的比例失衡，父母的辛勤付出换来的却是自身的悲哀。石舒清的《歇牛》[①]中马清贵老汉一辈子辛苦劳作就想为十个儿子娶上媳妇，结果只娶上四房儿媳妇就让他万分操心，儿子多并没有给他带来福分，反而让他整日心事重重，最终倒在儿子的耕田里。作家反映出中国农民父母的普遍处境，一辈子为子女操心，换来的却是子女的冷漠与无情。高凤翔（蒙古族）的《良心》[②]、无为的《爷爷》[③]书写子女自私的功利化心态，只认钱财不认父母、视父母为累赘的异化心理。父辈在饥饿年代可能养活一大群子女，而子女却抛弃父母，甚至狠心地让父母绝食而死。作家以父辈的讲良心来衬托子辈的无良心，父母的无私与子女的自私，进而表明现代乡村孝道的缺失。芭茅的《来福》[④]可视为现代版的《包氏父子》，农村父亲生活艰辛，卖血为城里的儿子寄钱，而儿子却在省城的大餐厅里与"兄弟们"一醉方休。父亲为给儿子凑齐500元钱进山砍柴误坠山崖丧命，临终前仍念叨还差20元钱没凑齐，而儿子却用父亲卖命的钱花天酒地。作品传达出现代年轻人的道德沦丧，中国传统孝道观被现代人的自私行为无情地消解了，必然加剧亲情的异化现象。

[①] 石舒清：《歇牛》，《青海湖》1997年第11期。
[②] 高凤翔：《良心》，《草原》2006年第8期。
[③] 无为：《爷爷》，《飞天》2002年第11期。
[④] 芭茅：《来福》，《四川文学》2005年第1期。

异化型父子关系最为严重的现象是父子相弑。如子对父的直接弑母和间接弑父，父对子的大义灭亲行为。西部作家以此探讨现代人性的崩溃与父子矛盾的激化。冯积岐的《气味》[①] 中母亲因生活压抑与心理欲望无法得到满足，转嫁为苛刻地虐待女儿，女儿在实施多次计划中毒死了母亲，作家透过悲剧背后引发出对现代人性变异的反思。寇宗国的《七爷》、[②] 无为的《周老汉当家》[③] 等中子女的间接弑父行为：父亲受到子女百般虐待与嘲弄，因晚年生活悲惨而自缢；家庭矛盾激化而导致父母自缢身亡。子女对父母尽孝本是天经地义，这里却表现出孝亲伦理的极度缺失。乡土社会对虐待老人自缢持集体无意识的认同，村人背后谈论七爷背走了一副棺材还算不错，另一个村的五妈活着受罪，死后喂狗。相反却对现代子女间接弑父的不孝行为保持沉默。作家强烈地谴责现代人的罪恶与传统美德的遗失。古人讲究对父母的孝顺，不仅是赡养父母，而且还要让父母晚年过得心情舒畅，"只有以发自内心的敬爱之情与表现于外的愉悦之容去尽心地侍待父母，才能说是孝"。[④] 现代人却表现出极端异化行为，背弃了人性最基本的道德底线。

父子相弑的另一类型中，父辈对子辈过激言行不满，自责教子无方，无计可施地走向大义灭亲。刘成思的《山雾沉重》[⑤] 中老汉面对儿子强占少女、欺辱乡民等价值失范的不良行为，拿起斧头奔向熟睡中的儿子，自己也随之跳潭身亡。阎强国的《天狗吃月亮》[⑥]、石舒清的《牺牲》[⑦]、温亚军的《金子的声音》[⑧] 中父亲极力维护做人尊严，但儿子的罪恶行为让其失望，在维护正义与道德责任中，以过激的方式杀死了亲生儿子。这种大义灭亲的行为背后暗含着两代人价值观念的差异：父亲坚守为民除害，维护正义和公理，而儿子却在时代大潮中张狂地放纵自我与破坏社会。两种伦理观念的激烈冲突中引发了人性的悲剧。

---

① 冯积岐：《气味》，《青海湖》2007 年第 3 期。
② 寇宗国：《七爷》，《飞天》1991 年第 9 期。
③ 无为：《周老汉当家》，《飞天》1999 年第 3 期。
④ 刘曙光：《婚姻与家庭》，金城出版社 1999 年版，第 5 页。
⑤ 刘成思：《山雾沉重》，《飞天》1990 年第 11 期。
⑥ 阎强国：《天狗吃月亮》，《飞天》2005 年第 6 期。
⑦ 石舒清：《牺牲》，《飞天》1997 年第 8 期。
⑧ 温亚军：《金子的声音》，《当代》2002 年第 6 期。

二 父子关系的复杂趋向

家庭是社会生活的基本组成单位，而父子关系是最重要的血缘关系，它是人类最自然、最原始的情感，也是一个人所有社会关系的出发点，构成了传统农村宗族关系的基础。"父慈子孝"是最基本的且最合理的父子关系基本准则。然而，现代化进程带给农村的巨大冲击已经渗透于这种最基本的伦理层面，20世纪90年代以来西部乡土小说中的父子关系书写呈现出复杂的特征：

一是整体形态上呈现从传统到现代转变的复杂趋向。西部乡土小说中父子关系的书写总体表现出书写传统类型的较少，大多集中于20世纪90年代初中期，作家对传统父慈子孝的书写，难免有些牵强的成分。余振东的《塬上风》中揭示社会制度变迁中生存观念的更新，传统农耕家庭模式的尴尬状态。虽然父辈努力地维系着传统农耕的生存方式，拒绝使用现代化机械设备，但现实社会的变化已把它推向生产体制转变中的"半封建和半社会主义的混合体"的过渡状态。西部作家对传统的父慈子孝持充分肯定态度，但却回避了传统伦理在现代文明冲击背景下，父子间的代际伦理、生存观念差异而生发的矛盾。西部作家只表现出一种貌似和谐的理想化孝道观，他们有意识地极力挖掘父慈子孝的传统美德而遮蔽其现实弊端。传统的父严子从更是表现出极大的弊端，父母主宰子女的命运，使子女成为传统伦理的牺牲品，并因此断送了人性的本真。

总体来说，书写现代型父子关系的作品相对较多，呈现出复杂的变化形态。其中友好平等的父子关系中更多是父辈对子辈作出的适当让步，父子矛盾的产生更多源自代际间生存观念的差异。在现代化进程中，父子生活状态大多呈现为：父辈守望乡村，子辈走入城市，但父子关系却能达到美好和谐的状态。如陈天佑的《年事》[1] 中青年农民工刘毛年夫妇常年在外务工，孝顺父母，承担家庭重担，父母对儿女在外求生存表示理解和支持。冯积岐的《母亲》、[2] 王建国的《脚溜谣》、[3] 毓新《守望儿女》[4] 中

---

[1] 陈天佑：《年事》，《飞天》2008年第4期。
[2] 冯积岐：《母亲》，《青海湖》2002年第2期。
[3] 王建国：《脚溜谣》，《飞天》1992年第7期。
[4] 毓新：《守望儿女》，《飞天》1999年第2期。

生活在乡村的父辈不愿打扰子女而甘于留守乡村,双方保有各自的生活状态,形成互不干涉、和谐友好的父子关系。这种父母与子女分离的生存现象在当前乡村社会中普遍存在。从乡村走向城市的子辈因价值观念和生活方式的改变,与父辈坚守做人坦诚本分、讲究良知显得格格不入,父与子间相互审视。如宿好军的《回乡》,[①] 杜曙波的《博士儿子回家》[②] 中父亲希望儿子做人踏实厚道、理解父母、讲究良心,不能只顾官场虚伪而忘记自己的农民之根。从海外留学归来的博士儿子的言行让父母非常反感,子辈人情观念的丢失,瞧不起父母,让父母备感心寒。西部乡土小说中父子关系书写整体上呈现出由传统向现代的复杂转变,作家肯定两种伦理观念的积极因素,同时也指示出其中存在的弊端,西部作家颂扬传统的父慈子孝和现代的友好平等父子关系,而对传统的父严子从与现代的父子对立持批判姿态。

二是作家在伦理书写姿态上呼吁父子伦理关系回归正常化。从西部作家对于父子关系的书写现状中,发现当前乡村父子关系处于一种尴尬的畸形状态。传统伦理视角下的父子关系有它狭隘滞后的一面,而现代伦理中的父子关系同样陷入社会形态逼迫与人性异化的窘境。随着农民工进城热潮的不断演进,乡村社会出现大量的留守老人,不是子女不孝,而是现代人的生存压力所致,让他们不得不远离父母,在这样的生存境域下,父子关系很难维系和谐友好。儒家"孝"道讲究"父母在,不远游,游必有方"(《论语·里仁第四》),而这种孝的原则在当前社会发展中已完全削弱它的意义,却更加突出了父母对子女的无限付出,而无法享有子女的关爱。胡琴的《父亲》[③] 中单亲父亲把子女养大成人后,宁可孤独终老乡间,也不愿跟随子女进城。在乡土伦理的视域中,让父亲忍受凄凉和孤独是子女最大的不孝。现代生存方式转变中当前乡村父子关系陷入非正常状态。

在现代社会经济发展中,人的物化利己观致使子女背弃传统孝道,父子关系掺杂着更多的个人功利因素。当子女注重自我利益先行,在处理父子关系时很容易会误入极端。子女为获取父母钱财,限制父母自由,不惜

---

① 宿好军:《回乡》,《飞天》2002 年第 3 期。
② 杜曙波:《博士儿子回家》,《朔方》2006 年第 7 期。
③ 胡琴:《父亲》,《飞天》1998 年第 10 期。

违背做人良知。如张行健的《晚风渐凉》、① 蔡保风的《秦二婶》、② 夏天敏的《土里的鱼》③ 中,子女处理父子关系以个人追求利益私欲为主导原则,金钱至上观冲淡了正常的父子关系。引发父子"倒孝"与父子相弑的极端异化现象的原因,除了金钱物化因素外,更多源于代际间的伦理差异,这种差异本身也是当前中国现代化进程中传统伦理与现代伦理冲突的一个缩影。传统伦理观念的弱势,并没有促使新的合理的伦理观念涌现,人们忙于生计奔波,无暇顾及自身道德观念的省察,才使人性异化现象层出不穷。西部作家书写父子伦理由传统到现代转变的同时,更多展现当前的乡村对传统伦理美德的背离与抛弃,作家一面质疑现代化进程中人们应如何审视现代伦理,一面呼唤其平等和谐等实质精神的回归。

第二节　夫妻关系

夫妻关系在家庭伦理中占有重要的位置,在古代家庭伦理中父子占据榜首,随着现代社会的发展、人与人之间关系的变化,现代家庭伦理重心转移为夫妻关系。夫妻在一个家庭中占有重要地位,它建立于婚姻基础上,"夫妻之间在家庭中不仅仅是核心角色,支柱地位,也是协调家庭内部成员关系和家庭外部关系的重要使者"。④ 夫妻关系处理的好坏影响到整个家庭关系的稳定,它在乡村家庭中的地位如图所示:

```
                父辈间的父子关系
                      ↑
兄弟姐妹关系  ←   夫妻关系   →  邻里关系
                      ↓
                子辈间的父子关系
```

由上可见夫妻关系在现代家庭关系的中心地位,它既起到调和家庭内部不同代际间和同辈间关系的作用,又肩负着协调家庭外部的人际关系的

---

① 张行健:《晚风渐凉》,《红岩》2009 年第 3 期。
② 蔡保风:《秦二婶》,《飞天》1997 年第 12 期。
③ 夏天敏:《土里的鱼》,《当代》2005 年第 1 期。
④ 王恒生:《家庭伦理道德》,中国财政经济出版社 2001 年版,第 210 页。

重任。男女两性关系是人与人之间最基本的关系,正如马克思所说:"男女之间的关系是人和人之间最自然的关系。因此,这种关系表明人的自然的行为在何种程度上成了人的行为,或者人的本质在何种程度上对人说来成了自然的本质,他的人的本性在何种程度上对他说来成了自然。"[①] 以两性关系为主题的文学创作自古以来颇受文学家的钟爱,在《诗经》、唐诗、宋词、元曲及明清小说中都能寻找到文学家对它的书写。黑格尔曾说过:"婚姻本质上是伦理关系……婚姻是具有法的意义的伦理性的爱。"[②] 因此,夫妻关系的变化更能展示整个社会伦理的发展演变。

一 传统与现代交织的夫妻关系

西部乡土小说中的夫妻伦理书写离不开西部经济发展的社会背景。西部地区因地缘因素,人们的思想观念相对保守与传统,西部作家书写夫妻关系中女性地位低下的类型相对较多,充分显示出传统男高女低观念的延续,从而导致夫妻关系的不平等现象。另有一些作家试图从夫妻伦理书写中展示乡村女性追求自我平等、婚姻自由意识,甚至是颠覆男权制夫妻关系的伦理书写,凸显出现代社会发展中女性地位的提升并超越于男性。

(一) 男权视角下女性地位的低下

由于特殊的地理条件和相对封闭的民族文化传统,加上西部地区与外界交流相对较少,因此在中国西部乡村社会中,男权制度依然影响着现代女性的家庭地位。"中国传统社会中对女子的基本德性要求,就是'三从四德'。所谓'三从',《礼记·郊特性》有言:妇人从人者也,幼从父兄,嫁从夫,夫死从子。女子的一生都置于男子的支配之下,听从男子的安排。所谓'四德',也就是妇德、妇言、妇容、妇功……要女子做到对男子的顺从与依顺,做到贤妻良母。"[③] 西部乡土小说中书写夫妻关系的不平等,女性仍然处于的弱势地位。在男权视角下的夫妻关系中,丈夫在家庭中处于绝对的主导地位,妻子对丈夫完全服从,处于被动和附属地位。这种类型的夫妻关系中又包含着女性地位不平等的三种状态:

---

① [德]卡尔·马克思:《1844年经济学哲学手稿》,刘丕坤译,人民出版社1985年版,第76页。
② [德]黑格尔:《法哲学原理》,范扬、张企泰译,商务印书馆1961年版,第177页。
③ 龚群:《社会伦理十讲》,中国人民大学出版社2008年版,第74页。

首先，妻子仰视丈夫姿态。中国传统社会要求女子在出嫁之前要听从家长的教诲，不得反驳长辈的训导；出嫁之后要礼从夫君，与丈夫共同持家执业，养育子女，孝敬亲长。传统伦理以"内外有别"和"男尊女卑"等原则来规范女性行为，因此，在传统家庭中丈夫地位高于妻子，演变于现代家庭中则表现为妻子对丈夫持仰视的生活姿态。贾平凹的《高老庄》中夫妻因身份和地位的悬殊导致妻子在婚姻关系中处于自卑的地位。妻子菊娃长期生活于农村，丈夫子路则是省城大学的教授，丈夫在身份地位改变后极力地转变妻子的思想观念与生活方式，当夫妻不能达成一致时，子路开始无故嫌弃妻子"脾气固执急躁，无故爱叹气、舍不得花钱，不注意打扮"[1] 等。丈夫在改变妻子无望后，投入现代城市女性的怀抱。菊娃婚姻失败后仍然寄居农村婆家，带着孩子与婆婆共同生活，她本期待着复婚，但丈夫却另娶新欢。菊娃对此表示大方地友好相待，并积极参加前夫父亲的周年祭祀，她对子路念念不忘，却无可奈何。这说明婚姻主导权完全由丈夫掌控，夫妻关系的不平等注定了婚姻的失败。菊娃能坦然地面对与接受前夫的新婚妻子，而子路却无法承受前妻与其他男人的传言，这极大地表现出女性在男权社会中不平等的地位。

女性自身狭隘的思想观念也是导致夫妻不平等的重要原因。雪漠的《丈夫》[2] 中妻子对丈夫持万分崇拜的姿态，因为妻子是位农民，丈夫却是在城里上班的工人。这无疑让妻子在村里倍感自豪，并处于自我羡慕状态。每当丈夫从城里回家，她总是加倍地关爱和伺候丈夫，并故弄姿态向村人展示丈夫在她心中的伟大地位。然而，丈夫只是满足了她的虚荣心，面对乡村现实生活，丈夫干农活总不如其他男人利索，相对于其他女人，她要承受更多的生活压力。当妻子与村里泼妇发生争执时，丈夫根本不懂农村的人情世故，以小知识分子式的清高，弃妻子尊严而不顾。表面光彩与现实生活的落差，让妻子由对丈夫的挚爱转化为怨恨，在失落中自缢。作家对乡村女性的生活观、虚荣心理等进行了细致的剖析，乡村女性希望丈夫能给予她应有的生存尊严。西部作家批判农村女性狭隘的夫妻观，以丈夫为中心，自身缺乏独立意识，失去了丈夫等于失去了一切。

其次，现代版的"典妻"现象。中国现代文学中有关"典妻"题材

---

[1] 贾平凹：《高老庄》，安徽文艺出版社2010年版，第43页。
[2] 雪漠：《丈夫》，《飞天》2001年第6期。

的书写有许杰的《赌徒吉顺》、台静农的《蚯蚓们》、柔石的《为奴隶的母亲》、罗淑的《生人妻》等,深刻地揭示乡土封建宗法陋习的野蛮与非人性的道德罪恶。"典妻"是封建夫权制度下受到乡土伦理认可的一种集体无意识行为,这充分说明封建社会女性地位极其低下:在生存窘境中为丈夫获得经济来源,作为传宗接代的工具,就像丈夫的私有财产和商品那样被随意地典卖。这种陋俗仍然在中国西部乡村演进为现代版的"典妻"现象,一些闭塞经济落后的山村,女性在夫妻关系中处于不在场的地位,可以被丈夫用来下赌注、典当获取生存手段(粮食等),或者是借给别人生育。西部乡土作家批判传统男权专制依然束缚着女性命运的悲剧。牛正寰的《风雪茫茫》[1]中农民金牛在不知情中借了别人的媳妇,作为受害者,他面对这位"典妻"充满无奈和无助:一是她嫁来后很贤惠,对家庭尽心尽责;二是她有不得已的苦衷。当金牛寻找到妻子后,发现妻子一家过得幸福和谐,心地善良的他只能痛苦地独自承担着"典妻"恶果。作家有意弱化人的道德层面,强调当事者不得已而为之,这对夫妇毫无出路只是为活命,才把妻子当妹子换粮食来维持家人生命,但这不能作为包庇人性道德丑陋的借口。郭增源的《赌汉》、[2] 敖德斯尔·阿尤尔扎纳(蒙古族)的《贺兰戈壁》[3]中书写西部农村赌妻和借腹生子现象给现代女性带来的命运悲剧,妻子为保住家庭与生存必须忍受丈夫与其他女人的私情,养育私情者的孩子。妻子、丈夫、情人的三者关系中,妻子毫无地位和尊严。现代版"典妻"不仅反映女性地位低下,其实质是人们道德意识的退化。

再次,夫为妻纲的延续。中国传统夫权制家庭中男尊女卑思想严重,对女性有严格的伦理要求:一是性道德的忠贞,二是要求妻子对丈夫的绝对服从。研究者指出:"传统家庭把夫妻之间的性别差异以及由此引起的其他差异与专制制度相联系,根据这种差异,赋予男子和女子一种专门的标志和义务,男子是主动和占统治地位的,女子是被动和理应被统治的。"[4] 这种极为不平等的男权观念导致女性被视为一件私有财产或者是

---

[1] 牛正寰:《风雪茫茫》,《飞天》2000年第7—8期。
[2] 郭增源:《赌汉》,《草原》2004年第7期。
[3] 敖德斯尔·阿尤尔扎纳:《贺兰戈壁》,《草原》2004年第9期。
[4] 林建初:《现代家庭伦理》,安徽人民出版社1992年版,第71—72页。

生育工具。西部作家批判西部乡村社会中女性忍受丈夫冷漠和压迫，导致她们对生命希望的破灭，男权社会中夫权势力的强大是导致女性不幸的直接原因。温亚军的《遥远的"塔尔拉"》①中农村女性秋琴因生不出男孩，年复一年地忍受丈夫和家人的压迫，然而她却在生下男孩后自缢。丈夫得知妻子死亡后却万分冷漠，看到挂在树上的妻子异常平静，他只关心是否生下男孩，随后表现喜悦和兴奋。可见，在夫权制家庭中，妻子毫无地位可言，处于从夫状态的婚姻悲哀中。秋琴悲剧中不乏有着自身原因，选择没有爱情的利益婚姻，当志向被命运所毁灭，在极力证明自己的能力后，以死亡来反抗不平等的夫权制度。夏青的《古镜》②中书写"夫为妻纲"夫权压制人性情欲的罪恶。年轻的乡村寡妇在"先长后幼，先尊后卑，男尊女卑，不能违犯"③的传统夫权镇压中度过了余生，连与家人同桌吃饭的最基本权利都没有。她把对丈夫的满腔情思寄托于一枚古铜镜，视镜为夫直至去世，"古镜上有条飞腾的龙，又好像是两只狂舞的凤"④，图案象征正常人对两性关系的需求，暗示人性情欲备受压制。当然，女性自身缺乏追求平等意识，间接地导致了其命运的不幸。由此可见，即便社会变迁中人们思想观念有了更新，但传统伦理观念依然影响着乡村女性的婚姻生活。

（二）平等相爱的现代型夫妻关系

在现代社会发展中，农村家庭生活得到很大改善，人们的文化素质也有所提升，夫妻伦理观念呈现平等与开放趋向，"以爱情为基础的婚姻已成为现代社会家庭生活的潮流"。⑤因此，现代型夫妻关系是以爱情为基础，以平等为准则，受到现代婚姻道德规范的制约。正如研究者指出："婚姻是男女两性基于生理差别之上的结合方式，这种结合形成了为当时当地的社会习俗、道德和社会制度所确认的夫妻关系。"⑥西部乡土小说中书写现代夫妻平等相爱、相互尊重；现代女性有着强烈的自我觉醒意识，积极追求夫妻平等地位与婚姻幸福。

---

① 温亚军：《遥远的"塔尔拉"》，《中国西部文学》1994年第5期。
② 夏青：《古镜》，《飞天》1991年第10期。
③ 同上。
④ 同上。
⑤ 林建初：《现代家庭伦理》，安徽人民出版社1992年版，第68页。
⑥ 龚群：《社会伦理十讲》，中国人民大学出版社2008年版，第57页。

现代夫妻伦理具体表现为双方尊重人格平等，互敬互爱，相互沟通、理解和尊重。西部乡土作家以清秀的格调描写乡间平淡深厚的夫妻感情，表现一种富有乡土气息的现代夫妻伦理观。这种乡土气息并不是指保守，而是指作家以平淡清新的笔调书写夫妻情感，就如同乡村人无需修饰的质朴之美。这些乡土小说并没有像当前文学中对性关系、性场面等的大肆渲染，试图来刺激和吸引读者的阅读兴趣，而是以乡村爱情的纯洁与厚重引领读者回归文学审美。王中云的《月光下的麦地》①中妻子以宽容和真诚感动心系恋人的丈夫。丈夫处心积虑地为心爱的女人悄然奉上一份新婚贺礼，妻子心疼丈夫中默默地帮助丈夫实现自私的心愿，妻子以行动证明对丈夫的期待。男人为妻子的宽容大度所感动，深知自己应该忠于妻子和家庭。江岸的《改口钱》、②杜永的《走丈人》③中书写乡村新婚夫妻的善良和真诚，相互谦让宽容、相濡以沫的深情。乡土作家通过乡村风俗的描写，以平淡的笔调表达夫妻间浓浓的深情。这也是西部作家对乡村生活的真实体验，农民夫妻即便是感情深厚，也不会大方地流露，他们会以看似冷漠，甚至是相互厌倦的形式表现出来，其实夫妻以无声胜有声地形成情感默契，这是乡村夫妻表达爱意的特殊方式。

西部乡土小说书写乡村女性追求自我意识的觉醒，在夫妻关系中力争自我平等权利。在当代社会主流话语中，女性解放及其地位的提升，似乎已经成为一种共识，但在相对偏僻的西部农村地区，乡村女性自我意识的觉醒却相对较迟缓，因此，西部作家对女性主动争取自身权利和婚姻幸福的书写具有重要的启蒙作用。正如评论者所说："写出妇女自我意识的觉醒，似乎已不新鲜，其实仍具有很强的现实意义，尤其在农村。"④温亚军的《火墙》中书写乡村女性主动追求夫妻地位平等与婚姻幸福。两地分居的农民妻子总以打火墙为借口捎话让在偏远县城当教师的丈夫回家，但从不舍得让匆匆回来的丈夫干活。妻子一直为没孩子而深深自责，丈夫却在城里另立家庭，让妻子无辜地承担罪名。当妻子得知丈夫欺骗自己的真相后，她突然地彻底醒悟，明白火墙对于一个乡村女人的真正意义，她

---

① 王中云：《月光下的麦地》，《飞天》2000年第11期。
② 江岸：《改口钱》，《四川文学》2004年第9期。
③ 杜永：《走丈人》，《飞天》1993年第1期。
④ 陈德宏：《编者语》，《飞天》2005年第9期。

需要是一个疼爱自己并给予温暖的丈夫。妻子平静地与丈夫离婚，奔向了每年给她打火墙的男人。小说围绕"砌火墙"的生活琐事，演绎着令人心痛的夫妻故事，心理描写和细节描写细致入微，把婚姻中各种复杂因素带给人的疲劳和迷茫表现得淋漓尽致，而夫妻双方的分合却显得平和自然，无可指摘。作家以"火墙"为情感的载体，寓意着女性真正需要的是能够疼爱自己的男人，作品强烈地表现出乡村女性追求婚姻幸福意识的觉醒，女性同样具有保护自我、与男性平等相待的权利。

（三）现代女性地位的颠覆

随着现代女性社会与家庭地位的转变，获得了独立的经济能力，其夫妻地位的格局也随之发生改变，从而颠覆了以男权为中心的两性地位，女性转弱为强，甚至出现因金钱而抛弃丈夫和家庭的极端行为。西部乡土小说扭转了传统家庭男性强势地位的书写，而转为女性在家庭中占据强势而男性处于弱势状态。温亚军的《有关大舅的话题》[1]中完全颠覆传统夫妻形象和地位描写，舅母的男性化特点，让大舅这个七尺军人变成一个居家的"小女人"。男女两性颠倒了家庭地位，女人的强势让大舅变得不再像个男人，整日忙于柴米油盐的家务琐事，作家有意深化男女两性颠倒原本男高女低、男强女弱的夫妻家庭地位。乡村女性的强势还表现于社会地位的提升，积极参与乡村政务工作。金帆的《选个妖精做村长》、[2]和军校的《村长太太》[3]中女性从事基层干部工作，现代观念已势不可当地进入乡村，人们期待和向往民主理念，乡村女干部能干好强，热心为村民解决难题，因而获得民众的大力支持。现代农村新女强人相对于男性，她们表现出勤劳正直、讲究信义、克己奉公等人性美好的品德，从而使她们在时代发展中超越男性，在家庭地位和夫妻关系中占强势地位。

西部乡土小说中书写了现代女性抛弃丈夫的极端现象。在现代夫妻争夺家庭主权的两性战争中，往往是现代女性占据主导，丈夫受到妻子的压迫，夫妻关系中的男性地位彻底颠倒。温亚军的《冬天的歌谣》[4]中懦弱可悲的父亲终年生活在母亲长期的压制与百般虐待中，终因离家出走而去

---

[1] 温亚军：《燃烧的马》，文化艺术出版社2006年版。
[2] 金帆：《选个妖精做村长》，《四川文学》2003年第11期。
[3] 和军校：《村长太太》，《飞天》1998年第3期。
[4] 温亚军：《冬天的歌谣》，《辽河》2005年第3期。

世。父亲的死并没有改变母亲的家庭专政，儿子对母亲的独裁进行坚决抵抗，他不断地为夺权而反抗母亲，他要证明农村家庭是以男人为主导地位。作品深刻地反映出两性家庭地位的颠覆：女性压抑男性，女强男弱，女尊男卑等。这篇小说的题材有很大创新，改变以往乡土小说中男尊女卑主题的常态书写，新颖之处在于以女性的高姿态来写男性的被动与弱势。现代女性经济地位的提升也是导致夫妻地位变化的原因所在，"夫妻之间的感情真挚是金钱权势不能动摇的，这既是内部关系也是基础"，[①] 一旦此根基有变动，必引其内部关系的变化。邱有源的《天要下雨》、[②] 桑原的《空屋》[③] 中书写市场经济体制与城市化进程中农民生存方式与女性经济地位变化导致的婚姻家庭破裂。在乡村社会中女性主导金钱，必然引来传统舆论压力与家庭秩序的混乱。现代夫妻在生存观念与价值追求上无法达成一致，最终妻子抛弃丈夫。对于现代夫妻来说，家庭的幸福感并非仅仅来自物质，仍然需求精神方面的充实。作品反映出农村女性拥有追求幸福平等的权利，已经摆脱传统观念的束缚，勇于把握自己的人生和命运。

二 夫妻关系的逆转

综合20世纪90年代以来西部乡土小说中关于夫妻关系的书写形态，可以发现整体呈现出从传统男权主导到现代夫妻地位颠覆的逆转趋向：

其一，西部乡土小说中夫妻伦理书写展现出乡村夫妻关系变化的多元交织，女性在夫妻关系和家庭地位中发生逆转走向。书写传统夫妻关系与现代夫妻关系的作品比例相对持平。西部作家着重探讨了传统夫妻观念延续的三种类型，见证了西部乡土社会中女性在夫妻关系中地位的卑微与低下，其原因为传统夫权制在西部乡间的滞留，"传统的婚姻伦理对于夫妇关系的伦理界定，正是以男女两性在家庭关系中的差序地位为基本要求的"。[④] 这必然导致夫妻关系的悲剧化。如黑子的《年关》[⑤] 中在男权话语的社会境遇下，女性面对村人的误解以极端化的方式维护自己的名誉。另外，乡村女性自身甘于顺从、缺少自省意识，也是传统夫妻观念延续的重

[①] 王恒生：《家庭伦理道德》，中国财政经济出版社2001年版，第207页。
[②] 邱有源：《天要下雨》，《广西文学》1994年第7期。
[③] 桑原：《空屋》，《四川文学》2005年第3期。
[④] 龚群：《社会伦理十讲》，中国人民大学出版社2008年版，第75页。
[⑤] 黑子：《年关》，《四川文学》2005年第4期。

要原因。西部作家对于现代夫妻关系的书写,肯定了新时代背景中夫妻关系的平等和谐,现代经济发展带来夫妻在家庭中的地位颠倒现象,呈现极端化女高男低倾向。西部作家在表达价值认同中引发事物现象背后所隐藏的社会现实问题:传统夫妻观念必然让位于现代夫妻伦理。现代经济的发展对西部乡村人际关系产生了巨大的冲击,传统的男强女弱、男主外女主内的夫妻关系模式也在不断进行演变,甚至是呈现反转性的颠覆。这必然改进乡村夫妻关系。如于戈的《信》① 中父亲坚持一封不拆的信表达对离世妻子的尊重与信任,直至离世前,还叮嘱"我"让这封未拆信随他而去,并告诫儿子:"夫妻之间应在平等的基础上相互理解忍让,从而达到一种和谐的互尊互敬。"② 当"我"忍不住地拆开这封信,却发现信封里只是一页信纸上写的几句寒暄和对父亲与母亲的祝福而已。这位父亲坚守永不拆信的行为背后是在遵守着夫妻间平等、信任、尊敬、忠诚的现代伦理观。高深的《船公的婆姨》、③ 毓新的《归途茫茫》④ 等中,乡村平凡夫妻共同分担家庭重担,互敬互爱,不离不弃,共建美好生活。西部作家从侧面写出乡村生活的艰辛,颂扬患难夫妻的深厚感情,面对生活窘境依然充满感激和理解,只有相互信任才能过上幸福的生活。传统夫权伦理与现代夫妻伦理两种形态的交织与并存形成了西部乡土小说中夫妻关系书写的多元。

其二,西部作家整体认同现代夫妻关系的演化,它已成为社会发展的一种必然趋向。西部农村地区女性地位的提升可以视为社会进步的一种标志,女性摆脱传统观念的束缚,勇于追求自己的幸福,充分发挥自己在家庭事务和社会事务中的作用。欢镜听的《艳花涩果》、⑤ 施祥生的《离婚》、⑥ 柏原的《瘪沟》⑦ 等中乡村女性在自我意识觉醒中向男权主义发出挑战,追求在平等的家庭地位与做人的权利,期望丈夫能够给予应有的尊重与平等。乡村女性注重夫妻情分,面对夫贵抛妻、他人金钱诱惑等现象

---

① 于戈:《信》,《飞天》1990 年第 8 期。
② 同上。
③ 高深:《船公的婆姨》,《飞天》2007 年第 2 期。
④ 毓新:《归途茫茫》,《飞天》1996 年第 10 期。
⑤ 欢镜听:《艳花涩果》,《飞天》2005 年第 9 期。
⑥ 施祥生:《离婚》,《飞天》1995 年第 5 期。
⑦ 柏原:《瘪沟》,《飞天》2000 年第 3 期。

不为所动,坚守着自己的立场和尊严。由此可见,乡村女性为维护个人尊严、争取自我平等做出的努力与挣扎,现代婚姻中更为注重两性的人格平等与心灵共识。

其三,西部作家通过对夫妻关系逆转的书写,表达了对乡村夫妻生活艰难与无奈的同情。由于进城务工农民权益时常受到侵犯,男性迫于生计,无奈中使妻子进城务工,自己留守家中,表面看来是女性的积极性得到了发挥,实质上是经济发展体制建设不完善导致的一种消极后果。了一容的《金马湾轶事》、[①] 周应合的《村长的日子》[②] 中城市化进程中农村女性进城务工浪潮,强势扭转了乡村原本的"男主外,女主内"的夫妻关系模式。"男人在农村家中种地,带孩子,村长要给猪煮食,给驴添草,还要烧炕。他觉得不好好干,就对不住在外打工的老婆。"[③] 虽然男性因家庭地位的改变,让妻子外出挣钱感到有失尊严,但面对农民工常被拖欠工资,一年到头拿不到血汗钱,走投无路中让女人外出打工,自己无奈地带着老人和小孩留守乡村。男性因家庭主导地位的转变而暗自担心,又为女性外出是否保守道德深表质疑。由于几千年来的传统家庭夫妻分工布局的影响,女性角色的转变似乎并不意味着其地位的真正提高,更多掺杂着复杂的因素,间接地呈现了当前农民夫妻生存的艰辛。

第三节 兄弟姐妹关系

西部乡土小说中呈现出现代多元化的兄弟姐妹关系。"兄弟关系是由父子关系派生出来的一种家庭关系,包括兄弟关系、姐妹关系、姐弟关系、兄妹关系等等。"[④] 西部作家书写乡村兄弟姐妹关系的变化,由坚持传统手足的情深义重,转为现代物化形态下的兄弟姐妹情分,因争夺利益冲突而致使手足情分崩溃现象。西部作家创作中表现出一种道德启蒙意识,引发人们对当前亲情变异现状的警觉和深思,体现出作家重构乡村亲情的写作立场。现代人应在重视物质发展的基础上,提升精神层次的需

[①] 了一容:《金马湾轶事》,《飞天》1998年第7期。
[②] 周应合:《村长的日子》,《飞天》2005年第3期。
[③] 同上。
[④] 林建初:《现代家庭伦理》,安徽人民出版社1992年版,第109页。

求，尽可能避免人的精神荒原和心灵空虚，更好地创造有利于个人全面发展稳定友好的亲情观。

一 兄弟姐妹关系的演变

西部作家书写在现代化进程中乡村家庭成员关系的变化。从血缘关系来说，兄弟姐妹是除父母以外最亲近的人群，由于这种同根生的血缘关系，加上相同的家庭成长背景，相互间更容易交流和亲近。在现代社会中这种关系建立于平等的同辈间，相处无拘束，"这种同辈伙伴身份使他们产生一种天然的平等感"。① 这里主要探讨西部乡土小说中呈现兄弟姐妹关系的演变，由传统到现代、由纯真到物化、由相亲相爱到矛盾对立的发展趋向。

（一）传统美德视域下的手足情深

传统伦理观念中兄弟之间讲究长幼有序，并且有着一系列严格的道德规范，"传统道德以孝悌为仁之本，悌就是处理兄弟关系的行为规范，兄弟关系的规范包括'兄友弟恭'，兄长对弟幼应仁爱友善，弟幼对兄长应尊敬、顺承"。② 因此，古人非常注重手足之间的情分，而现代人相对淡化。西部乡土小说书写乡村兄弟姐妹间的手足情深。温亚军的《红棉袄》③ 中乡村一对孤儿姐弟在相依为命的苦难中建立起的患难情深。19 岁的姐姐为了能让"我"当兵脱离苦难，甘于嫁给村长的白痴儿子，牺牲了终身幸福。作家反复地突出"血红"颜色的意象，"血红的出嫁红棉袄和血红的入伍通知书像一堆滚烫的炭火，那炭火烤灼着我的心，也烤灼着姐的心……那入伍通知书就是血，就是姐的血"。④ 以"血红"象征着姐弟间浓重的手足情深。作家以姐弟深情来衬托出中国乡村社会官场的黑暗与世态炎凉，农民谋生的艰难。漠月的《人亲》⑤ 中面对生活与亲情的两难选择，母亲不顾父亲的责备，全心全意地关爱着娘舅，拿出家中并不常见的鱼肉招待娘舅，兄妹情分感人至深。张学东的《二桃》⑥ 中乡村女性二桃为照顾傻哥哥与赡养老父而不惜牺牲自我幸福。作家在创作中更多赋

---

① 林建初：《现代家庭伦理》，安徽人民出版社 1992 年版，第 110 页。
② 张怀承：《中国的家庭与伦理》，人民出版社 1993 年版，第 254 页。
③ 温亚军：《红棉袄》，《中国西部文学》1993 年第 3 期。
④ 同上。
⑤ 漠月：《人亲》，《青海湖》2000 年第 4 期。
⑥ 张学东：《二桃》，《朔方》2004 年第 1 期。

予了乡村女性的勤劳善良、无私奉献的人性美。曾冠华的《筹》[①] 中兄长如父般不求回报地全力支持养妹读书，铸就人间无私大爱，这与当前社会那些为争夺名利而反目成仇的亲兄妹相比，尤其显得弥足珍贵。

广义上的兄弟姐妹关系还包括叔嫂、妯娌、姑嫂等因姻亲而建立起来的同辈关系，这种关系区别于血缘意义上的兄弟姐妹关系，是由婚姻而后天建立的亲情关系。因家庭、性格、生活情趣等的不同，这种关系易于产生各种矛盾和冲突。但是由于辈分相同，加上以婚姻关系为纽带，同样也可以培养出和谐友好的亲情。罗伟章的《大嫂谣》中叔嫂间真诚的关爱传达出浓浓的亲情。年近半百从未迈出过山村的大嫂，全力承担家庭重担只身远赴广州打工，这不由引起"我"的担忧和自责，因为她对"我"有着长嫂如母般的培育恩情。家境贫寒的大嫂常以节省来支持"我"的学业，得知"我"高考生病住院，她四处借钱送往医院，为提前知道"我"的高考成绩，不惜夜宿学校草地苦等两天。当"我"进入城市整日为理想四处奔波，因没有接济贫困的家庭而深深自责，大嫂仍默默地支持着我，从不向"我"奢求什么，深知城市生活的艰难。大嫂在收破烂中偶然发现"我"写的书而欣喜若狂，视如珍宝，突然给"我"打来电话。作家颂扬嫂弟间的感人情怀，侧面反映出社会底层者生存的挣扎与无奈。

（二）现代物化的手足之情

西部乡土小说中书写受现代社会物化观与经济利益影响的亲情关系，具体表现为家庭内部亲情的淡化与现代人情的冷漠。兄弟间因个人经济利益与自私欲望的膨胀导致兄弟情感的疏离。当"一切利害关系均以个人为中心作为判断的标准和行为准则"[②] 时，这种自私狭隘的价值观和人生观很容易导致矛盾的激化。乡土社会因家庭矛盾的复杂化和人情势利的虚荣观等多种因素引发出兄弟关系的功利化倾向。

罗伟章的《不必惊讶》中西部农村家庭中父亲与儿子、兄弟间、姊妹间、妯娌间各持不同的生活态度、处世原则和人生价值观。兄弟姊妹间因经济利益和生存压力不惜无视血缘关系，这是经济利益观主导人的思想与个人私欲的结果。老二成米夫妇奉行金钱物质观，只顾个人利益、不管家人死活的自私自利处世原则。在兄弟们商议兴修家中倒塌的老屋时，成

[①] 曾冠华：《筹》，《飞天》1997年第4期。

[②] 刘建国：《主义大辞典》，人民出版社1995年版，第23页。

米完全不顾兄弟情分,首选新房,把修房任务推给老大成谷。成谷修房时宁愿请外人来帮忙也不愿求自己的兄弟,他的一段独白传达出现代手足情的淡化和冷漠:

> 请外人帮忙,一天三顿酒肉,十元工资,事情做完,彼此谁也不欠谁,可是请自家人帮忙,即使吃了酒肉,拿了工资,我好像还欠着一份情……老实说,我把血缘关系看淡了,彻底看淡了。没有人记得我的好处。尤其是成米。谷和米本是不可分的,谷壳保护着米,可是,米一旦脱壳而出,就看不起壳,谷壳就改名叫糠,米让人吃,糠让猪吃,这两年,猪也不吃糠了,糠就只能拌着肥料,再一次滋养忘恩负义的米。这就是谷的命运。①

从这段深刻的比喻中品味出亲情的冷漠,借谷壳和米喻原本兄弟情的深厚,用米和糠的关系喻现代兄弟情的淡薄,不禁让人想起曹植的《七步诗》以豆与萁来表达兄弟情分破裂的悲哀。现代人为了私利而放弃兄弟情分,同样令人深思。姐妹情感因生存利益而破裂,小夭由二姐引见来北京打工,但现实并不像二姐说的那样美好。姐妹俩一直没有找到工作,小夭成了长期寄居二姐家的食客。姐夫由开始的客气到后来的摆脸色,再到为小夭的迟迟不走与二姐吵架,可悲的是最终连二姐也不理睬小夭。小夭只好悄然离开了二姐家,本以为二姐会为她的不告而别担心着急,结果出乎意料的是,十天之后,竟然发现二姐为甩掉她而换掉了手机号码。二姐夫妇迫不及待地摆脱走投无路的妹妹。作家借这一冷得令人战栗的细节描写,表达现代社会亲情因个人利益而变得疏远和冷漠。

(三)手足的对立与冲突

西部乡土小说书写乡村家庭中兄弟关系受金钱利益与功利观的影响而出现一些极端的异化现象。在这种异化的亲情关系中,情感密切与否,亲密关系的维系,"在很大程度上取决于自己是否能满足他人的利益,特别是满足能力的大小。人的一切活动都是为了特定利益的满足,人类的进步与发展也是不断改造自身的能力,力争以最小的代价获取最大的利益"②。

---

① 罗伟章:《不必惊讶》,四川文艺出版社2007年版,第56页。
② 王恒生:《家庭伦理道德》,中国财政经济出版社2001年版,第338页。

兄弟间身份地位与利益差距导致亲情的变异。李广智的《人貂》① 中书写农村家庭中身份不同的四兄弟对父亲尽孝方式的不同表现,极大地讽刺现代手足之情的崩溃。当局长的大哥、做生意的二哥、做军官的三哥都因耽误公事为由无法孝敬父亲,只有身为农民的"我"守在父亲身边尽善尽孝。父亲归西之际,二哥因忙于谈生意,无心顾及父亲的丧事,却在信里惦念父亲留下的家产。"我"因长年独自承担父亲的医药费,无力置办一场隆重的葬礼,兄弟们无一相助反而雪上加霜,抱怨"我"的无能。当父亲的遗体受到损坏后,毫不犹豫地把"我"送进了监狱。作家书写现代人孝道的遗失,兄弟情的异化,各自为政,互不往来,进入城市者已完全脱离了父母和乡村,对待农村的亲兄弟,竟不如一个可以为他带来利益的外人。

魏华小说《车祸之后》② 中乡村少女月娇面对父亲在一场突如其来的灾难中车毁人伤,无奈之中找到做生意的叔叔,虽生活节省,爱钱如命,但亲兄弟遇难应该不会见死不救。可事实证明,叔叔面对眼前的实际情况不想借钱救亲兄弟。在他与儿子是否借钱的争执中,体现出钱财重于亲情的生存观念。

> 子:"爹,大忠伯与你是同胞兄弟,有骨肉之情,即使这笔钱不送他,也该借给他,帮他解决燃眉之急呀!"
>
> 父:"都二十好几的人啦,还头脑发昏,这钱是好借的么?如今,你大伯那个家,千疮百孔,别说一万,就是十万八万,也是肉包子打狗,有去无回!在这个时候,谁愿意把别人家的棺材抬到自家门前哭?"
>
> 子:"为人做事凭良心,你不能一头钻进钱眼子,让钱蒙住你的眼,黑了你的心!"
>
> 父:"住嘴!混账东西,世上谁还怕票子咬手?就你这个天下第一号大傻瓜!良心,良心值多少钱一斤?这钱存进银行有利息,良心能生利息吗?"③

---

① 李广智:《人貂》,《中国西部文学》1993 年第 11 期。
② 魏华:《车祸之后》,《边疆文学》1992 年第 10 期。
③ 同上。

这段对白活生生地展示出现代人的金钱观：金钱比兄弟的命重要，经济利益重于借钱救命。作家批判现代人背弃亲情的丑恶嘴脸，当人把金钱看得重于良心，因此也失去了做人的意义，他可能在满足金钱和物质的同时，却失去了人世间亲人、恋人、朋友间最宝贵的爱，这些感情是无法以金钱来衡量的，尤其是血浓于水的亲情。

农村重男轻女观念导致兄长对妹妹的忘恩负义，妹妹为兄长付出一切，换来的却是冰一般的冷漠。西部作家书写兄妹情分的崩溃，却不时流露出浓厚的人文关怀，使其作品充满厚重感。罗伟章的《我们的路》、宋剑挺的《水霞的微笑》中，作家把笔锋深入乡村人性内部，展现最令人心战栗的兄妹情义。乡村少女为承担家庭重担进城谋生，误入歧途却遭受家人唾弃，以此引发人们对乡村社会"以女养儿"现象的深思和反省。《我们的路》中农村姑娘春妹进城挣钱让兄长年复一年地复读，被骗生子回乡却不受父母待见，等待她的仍然是再次离家继续供兄长上学。《水霞的微笑》中水霞为了改变贫困的家庭现状，医治好父亲的肝病，为哥哥盖上新房、娶上媳妇等，完成一切家庭使命后，自己却陷入万丈深渊。水霞之所以做起"小姐"，与家庭的逼迫有着直接的关联。文本中多次写到关于父亲打电话向水霞索要钱的对话：

"爹的肝病很厉害，最好寄点钱去。"
"别人给哥说个媳妇，媳妇家说，先把房盖好才结婚；盖不好房子，啥都甭说……爹叫我尽快给家里寄些钱。"
"爹急乎乎地说，你哥准备订婚，快点寄点钱来。"[1]

从中见出父亲只顾向女儿索钱，无心过问女儿的生活情况，水霞在家庭重压中误入歧途。她曾试图改变自己的人生，但在自救过程中，却遭到作为受益者的父亲和兄长的鄙视与唾弃。作家以细腻的心理描写来表现兄妹情分的冷漠，"水霞感到哥哥的冷落。这种冷落是从骨缝里冒出的，一股一股地扑向水霞。她像泡在冷水里，将要瑟瑟发抖了。她停下手，用铁锨支着身子，但觉得身子还是轻飘飘的，像片叶子，晃悠晃悠的就要落

---

[1] 宋剑挺：《水霞的微笑》，《飞天》2004年第1期。

下。"① 作家批判兄长的狭隘自私,他以冷漠惩罚做"小姐"的妹妹让家人在村中痛失尊严,对之持轻视与排斥态度。水霞为成全家人牺牲自我,并没有换来家人的同情,却受到一味的责备与拒绝。作家深刻地批判人性的自私自利、虚伪和丑恶,家人在走出困境后却以居高临下的姿态鄙视受害者的悲哀。

西部乡土小说中关于"小姐"题材的书写,深刻地揭示了乡村家庭社会普遍存在的社会问题。中国传统的"养儿防老"观念,让农村父母总是把儿子置于供养地位,女儿在出嫁前尽可能地供给家庭和扶持兄长,如打工赚钱供兄长读书,承担兄长盖房子与娶媳妇的费用等。这原本应该是家中男子承担的责任和义务,却严重错位地转嫁给无力的少女,这极大地增加了少女误入歧途的机率。这种现象的直接原因仍然归结于"重男轻女"的传统思想。中国大多数农村家庭中父母极力培养儿子,对于女儿初中毕业后(或者根本不让读书),就让她们进城打工。这些少女的人生观、价值观均未稳定,缺少价值判断意识,进入城市后,很容易受到物质利益的诱惑。当她们在城市面临生存困境,加之家庭贫困的逼迫,极易误入歧途。当这些女孩在城市中谋生多年,回到乡村试图重新自救,父母与兄弟并不是感到自责与同情,而是鄙视和抛弃她们。正如:"水霞的悲剧首先是道路的悲剧。作为一个中国女性,一旦误入'妓途',这就从根本上决定了她的悲剧性命运,纵使迷途知返,弃娼从良,也难免悲惨结局。"② 近年来,许多乡土作家书写这类主题的作品,更多的是想引起社会关注与反思,以避免这类异化问题的出现。

二 日趋恶化的手足情分

综观20世纪90年代以来西部乡土小说中呈现的兄弟姐妹关系,可以发现西部作家探讨现代伦理视域下兄弟姐妹关系物化与冲突的作品占据重位,整体上呈现从传统的"兄友弟恭"的深厚情感到现代手足的物化与对立。正如马尔库塞所批判的:"现代文明使客观世界转变为人的精神和肉体达到了什么样的程度。异化概念本身因而成了问题。人们似乎是为商

---

① 宋剑挺:《水霞的微笑》,《飞天》2004年第1期。
② 王喜绒:《让思绪在历史与现实的重叠处放飞——论水霞的悲剧》,《飞天》2004年第8期。

品而生活。"① 西部作家的创作姿态也显现出由赞扬传统转向批判现代：

第一，金钱利益和个人私利成为现代人衡量兄弟姐妹关系最重要的评判标准。随着现代社会的高速发展，兄弟姐妹关系发生了急剧的变化，由传统的手足情深变为物化式的亲情，并导致情感的严重淡化，只顾私利而不顾兄弟姐妹的性命。西部乡土小说揭示兄妹情分中掺杂着私利化因素，造成现代亲情关系的疏远。如冯玉雷的《陡城》、②无为的《傻子段二牛》、③黄建国的《蔫头耷脑的太阳》、④冯积岐的《干旱的九月》⑤中令人痛心的手足情分，农民因虚荣心与利益冲突问题，引发兄弟情感的功利化，出现哥哥出卖弟弟、妯娌互相检举的场面。中国乡土社会自古注重血缘亲情，现代化进程中却消解了血亲意义，更多表现为因自我利益而抛弃亲情。

除了经济利益之外，导致兄弟姐妹关系淡化的重要原因是西部乡村社会存在浓重的"重男轻女"传统观念，女性被迫放弃自己的正当权利，进城务工为家庭谋利益，至于她们的实际遭遇则无人问津。一旦误入歧途，不仅无法得到家人的宽慰，反而受到包括家人在内的所有人的鄙弃，最终无路可走。陈继明的《青铜》⑥中的招儿做"小姐"重病回家后，父亲在不容中把她逼死。季栋梁的《野麦垛的春好》⑦中的春好被家人视为"摇钱树"，父亲与哥哥总是想法设法向她索取钱财。西部作家对这种现象的书写，揭示了西部农村严重异化的兄弟姐妹情分，激发社会对现代化进程中农村人际关系的日益恶化给予更多关注。

第二，西部作家创作中批判日益恶化和丑陋的兄弟姐妹关系，其实质是呼唤传统手足情深的回归。如果人们把外在功利因素融入亲情，那么就失去了人性的意义，兄弟姐妹间血浓于水的亲情是无法以私欲利益等来衡量。西部乡土小说中展示因极度私欲仇恨等引发人性变态的行为，在一定

---

① [美]赫伯特·马尔库塞：《单向度的人——发达工业社会意识形态研究》，刘继译，上海译文出版社1989年版，第10页。
② 冯玉雷：《陡城》，《飞天》1993年第5期。
③ 无为：《傻子段二牛》，《飞天》2002年第3期。
④ 黄建国：《蔫头耷脑的太阳》，《延河》1994年第2期。
⑤ 冯积岐：《干旱的九月》，《朔方》1995年第6期。
⑥ 陈继明：《青铜》，《朔方》1999年第2期。
⑦ 季栋梁：《野麦垛的春好》，《北京文学》2013年第2期。

意义上阉割了以往文学人性美好的伦理书写。温亚军的《红棉袄》① 中兄弟因利益和仇恨而引发亲情的崩溃与人性恶化。二叔因父亲杀人犯的罪名影响他的政治前程,而生发出一种仇恨心理,并把这种仇恨转移给"我"和姐姐。因此,二叔像奴隶主那样非人化地奴役和折磨"我们",他要父亲的孩子做牛做马来偿还他。视兄弟的后代如狗一样,手足情分几近崩溃。针对兄弟姐妹关系恶化的现状,西部作家呼吁社会关注农村人伦发展,经济发展提高农民的生活水准与农村人际关系的改善,二者相互影响又具有相对独立性,现代化进程不仅是促进乡村经济发展,同时更应关注乡村人伦发展,才能确保乡村人伦关系的好转。

第四节　邻里关系

邻里关系作为农村最基本的人际关系之一,费孝通先生曾说:"乡土社会的生活是富于地方性的……这是一个'熟悉'的社会,没有陌生人的社会……生活上被土地所囿住的乡民,他们平素所接触的是生而与俱的人物,正像我们的父母兄弟一般,并不是由于我们选择得来的关系,而是无须选择,甚至先我而在的一个生活环境。"② 因此邻里关系对于农村家庭的重要性不容忽视,也间接地影响着家庭伦理的发展。乡村邻里关系主要由两类人群构成:一是同姓宗族内的亲属关系,二是异姓非亲属的村人关系,范围可以扩大为整个村子内生活的人群。因农村人喜欢在茶余饭后闲谈聊天,走街串巷是他们沟通交流的主要方式,共同的生活经历让他们更容易走到一起。西部乡土小说中的乡村邻里关系总体呈现由和睦友好到日趋淡化,作家在总体书写上表现出对重建现代和睦邻里关系的期待。

一　和睦与淡化的邻里关系

中国古人非常注重邻里间的和睦,孔子曾说:"里仁为美,择不处仁,焉得知?"(《论语·里仁》)即是说:"住地邻居之间要有仁厚的风俗才好。选择住处没有仁风,怎么算是聪明呢?这是孔子主张应把他倡导的

---

① 温亚军:《红棉袄》,《中国西部文学》1993 年第 3 期。
② 费孝通:《乡土中国》,上海人民出版社 2007 年版,第 9 页。

仁，贯穿体现在邻里之间，邻里之间应相互仁厚友爱相处。"[1] 西部作家书写和睦的邻里关系，颂扬现代乡村社会继承邻里传统美德，在互敬互爱中相互帮扶。

孟子主张"道性善"（《孟子·滕文公上》），认为人有"四心"：恻隐之心、羞恶之心、辞让之心、是非之心，由"四心"生发出"四端"："恻隐之心，仁之端也；羞恶之心，义之端也；辞让之心，礼之端也；是非之心，智之端也。"（《孟子·公孙丑上》）因此，"仁义礼智，非由外铄我也，我固有之也，弗思耳矣"（《孟子·告子上》）。孟子强调道德是人本身固有的，而非外界强加的，并认为"人都有道德意识的萌芽，这萌芽是有待于培养扩充的"[2]。孟子所说人的"恻隐之心"，也就是人的"不忍之心"，自动对他人的不幸遭遇生发善意同情和怜悯之心。江岸的《药渣》中以西部乡土风俗来见证乡村邻里由"恻隐之心"生发的互敬互爱意识。辣椒婶平时总因家长里短的琐事与邻里吵闹，村人对她总是避之不及。乡村流传着病人"熬过的药渣就倒在出村进村的路口上，被千人踩万人踏，病魔就会被吓退，吃药的人病情就会迅速减轻"[3] 的传统风俗。辣椒婶生病倒掉的药渣却无人去踩，她备受打击，深知自己不得人心。但村人在她的儿子为国牺牲成为烈属后，改变了对她的态度，纷纷主动探望病情。当她再次把药渣倒在村口，"人们像赶集似的拥到村口，发了疯似的踩药渣。来晚的人挤不进去，在外围干跺脚，急得像没头苍蝇似的"。[4] 在无人问津到簇拥而上的鲜明对比中，见出村邻由同情生发的仁慈之心。作家以乡村人情风俗的描写，来展现邻里相互关爱、谅解的正义感。俗话说"远亲不如近邻"，因为地理位置的临近，生活空间的相连，所以邻里彼此间很容易建立起深厚的感情，遇事相互帮助。

乡土社会中邻里相助往往是一种不求回报的互敬互爱关系。乡土社会的人际交往有着它约定俗成的人情规则和道德习俗，并受到乡邻的认可，不像城市社区那样需要法律来保障和约束，相对来说更为自由自在。正如费孝通所说："在一个熟悉的社会中，规矩是'习'出来的礼俗。乡土社

---

[1] 王恒生：《家庭伦理道德》，中国财政经济出版社2001年版，第320页。
[2] 张岱年：《中国伦理思想研究》，中国人民大学出版社2011年版，第77页。
[3] 江岸：《药渣》，《四川文学》2004年第2期。
[4] 同上。

会的信用并不是对契约的重视，而是发生于对一种行为的规矩熟悉到不假思索时的可靠性。"① 乡土社会中"自给自足的自然经济铸就了农民真诚待人的宽厚品格，传统社会重义轻利、重农轻商的思想又使农民缺乏商品意识，因而在农村大量存在的农民间的产品互赠（如张家给李家两个南瓜，李家给张家一筐土豆）和劳动互助多是一种感情投资而非取利行为"。② 邱广平的《干妈》、③ 郭文斌的《中秋》书写乡邻间浓浓的互敬互爱之情。《中秋》中农民父亲教导孩子向乡邻赠送自家树上摘下梨子的过程与心理变化，间接表达乡村邻里间"你敬我一尺，我敬你一丈"的邻里风情。作家以细腻的儿童心理描写，把孩子对吃梨的期待、摘梨的激动、送梨的不舍及送梨后收获巨大的惊喜等心理写得生动逼真。父亲在摘梨、分梨、送梨中教育孩子待人处世，要懂得与邻里共同分享。"但当把六十只梨送到十二户人家，看到伯伯婶婶们的感谢，听到他们的夸奖，特别是当他们想方设法从家里搜寻着给他们姐弟俩装各种好吃的东西时，他们就为出门时的小气惭愧，心里暗暗升起对爹的佩服。"④ 孩子们从乡邻的回赠中感受到给予的快乐，得到远远比送出的多，于是深受启发，决定把剩下的梨送给父母，因为父母为他们付出更多的爱，从中体现出乡村人善待亲邻、将心比心、乐于分享的伦理精神。

与此相对，西部乡土小说中也展示了日趋淡化的邻里风情：现代乡村因财富与权势力量的悬殊而导致邻里相互欺压现象。现代乡村社会因经济利益与权势争夺出现以强凌弱现象，民众因忌惮强者而不敢帮助弱者，乡邻关系走向淡化。正如荀子所言："今人之性，生而有好利焉，顺是，故争夺生而辞让亡焉。"⑤（《荀子·性恶》）马丁的《混沌》⑥ 中忠厚老实的大臭面对乡村横行霸道者的无奈，身陷污蔑后村民不敢出面作证为他主持公道，大臭坚持维护正义，但现实却给他带来痛苦与不平。杨声笑的《东边日出西边雨》⑦ 中乡邻依靠财权的仗势欺人行为，民众却在强者与弱者

---

① 费孝通：《乡土中国》，上海人民出版社2007年版，第9—10页。
② 王喜平：《城乡人际关系差异成因的系统考察》，《系统辩证学学报》2001年第3期。
③ 邱广平：《干妈》，《飞天》1999年第1期。
④ 郭文斌：《中秋》，载《吉祥如意》，宁夏人民出版社2008年版，第33页。
⑤ 张岱年：《中国伦理思想研究》，中国人民大学出版社2011年版，第80页。
⑥ 马丁：《混沌》，《飞天》1996年第3期。
⑦ 杨声笑：《东边日出西边雨》，《飞天》1990年第3期。

的较量中保持冷漠。忠厚老实的农民为争取自己应得的公道，却在有钱得势邻居的凶残报复中家破人亡。以致善良软弱的农民感叹现代人性："人有钱，咋就变得那么坏？甚至恩将仇报。"① 富商邻居早已忘记危难之际乡邻曾经给予自己的救助。村人同情弱者，却不能为维护正义而舍弃自己的生存利益。农民在求救无望中走投无路。作家批判乡土人性被金钱吞噬的道德丑恶，现代人在求得个人利益时，很容易丢失人性的本真，因此也侧面反映出乡村基层官权与钱势勾结的不正之风，农民的伦理道德在强大势力面前无形地退让或者是集体沉默。

西部乡土小说书写现代乡村邻里因经济地位差异而产生的嫉妒心理，具体表现为普通民众对富者的仇视现象。"仇富心理作为一种社会心态，沉淀于人的内心世界，具有潜藏性、隐蔽性，是不可直接感知的，但它又要通过一定的方式表现于外。仇富心理主要包括酸葡萄心理、甜柠檬心理，通过不合作行为、关系疏离和攻击等方式表现出来。"② 乡村人因羡慕、争强好胜而产生强烈的嫉妒心理，从而导致邻里关系的淡化与破裂，大多归于酸葡萄心理，即"当自己的需求却无法得到满足时产生挫折感时，为了解除内心不安，编造一些'理由'自我安慰，以消除紧张，减轻压力，使自己从不满、不安等消极心理状态中解脱出来，保护自己免受伤害"。③ 这种心理在乡间表现得尤为突出，农民看到他人生活富有，自己却落后，无法满足像他人一样需求时，内心产生不平衡心理，进行口头言语攻击的不道德行为，在变相的报复中寻求一种非正常的心理安慰。马金莲的《富汉》、④ 刘平勇的《一脸阳光》⑤ 中乡邻间相互攀比的虚荣心和争强好胜心理，揭示出农村人际关系的势利化。农民向往有钱人的生活，在可欲不可求中产生嫉妒心理，认为富人就是不好，纷纷议论并以毒言恶语咒骂富邻，这种嫉妒他人强于自己的仇富心理是极不正常的生活心态。

仇富心理很容易导致邻里情感的疏离和破裂，这也是当前社会普遍存在的一种现象：处于相同经济水平的邻里群体，如果有人先发家致富，相

---

① 杨声笑：《东边日出西边雨》，《飞天》1990 年第 3 期。
② 朱敏：《中国人仇富心理及其动机分析》，硕士学位论文，南京师范大学，2011 年。
③ 同上。
④ 马金莲：《富汉》，《朔方》2007 年第 3 期。
⑤ 刘平勇：《一脸阳光》，《边疆文学》2006 年第 10 期。

互间会产生攀富心态,邻里交往变得频繁而密切,这种交往中更多包含着目的性,是寄希望于富者能给自己带来价值和利益。与之相反的现象是,人们渐渐从心理上疏远致富者。这种心理落差会产生不满、妒忌、怨恨,从而促使邻里关系疏离。张冀雪的《农民兄弟》[1] 中由穷富差距导致邻里关系破裂。秦、魏、齐三人本是村里最要好的邻里兄弟,曾经患难与共,团结和睦。但在乡村经济发展中,齐提前发家致富而且生意越来越好,却招致村人的疏远与秦夫妇的嫉妒和辱骂。齐感叹道:"买了车有一种仿佛理亏,仿佛做了什么错事似的窘迫……这乡里的人,笑人穷,恨人富。"[2] 齐一家在乡邻的排挤和仇恨中悄然搬家。若干年后,秦也发家致富了,却时常愧疚地想起齐。"我容不下齐先买了个车,我见不得人比我强。我的天地,就只有这么大一点吗?"[3] 齐与秦邻里关系的变化源于贫富差距带来了落后者的不平衡心理。作家以此批判乡村狭隘自私的邻里风情,在现代社会变迁中,人与人之间的关系时常经不起金钱、物质、私心杂念等因素的影响。

现代邻里间因个人私心利益而薄情寡义,人与人之间因缺乏尊敬与信任,呈现维护邻里关系与个人尊严的矛盾状态。温亚军的《天气》中农村人常常因一些偶发巧遇的奇怪事而产生猜疑的迷信心理,为此破坏邻里感情。乡邻建成叔家每逢碾麦子必会下雨,因此总会遭受损失。这种霉运一直伴随着他,导致村人把他视为村里的活"天气预报",在麦收时节他成为全村人关注的焦点,村人都根据他行动而决定是否劳作。即便在"失灵"的时候,村人宁愿迷信他的运气也不相信科学依据。乡邻的行为引起建成叔的反感和恼怒,因此发生冲突而导致其家破人亡,儿子不满村人的侮辱,失手打死村邻而入狱,女儿因家事外出打工而被拐卖,建成叔在面对生活的无奈中死去。曾平的《母亲的官司》[4] 中母亲以个人电话为村里在外务工乡邻架起了与家人沟通的桥梁,无论何时她总是热心地扯开嗓子叫邻人接电话,尽心尽力地为乡民服务,从不为此抱怨。乡邻也常与母亲分享着电话带来的喜怒哀乐,母亲拿出家中的

---

[1] 张冀雪:《农民兄弟》,《飞天》1996年第7期。
[2] 同上。
[3] 同上。
[4] 曾平:《母亲的官司》,《四川文学》2005年第9期。

茶水、食品招待乡邻，逢年过节，家中常常是川流不息的人群。但在一次接电话中，邻居谢三娘被家里的狗咬了，母亲在慌忙中喊村人把她送进了镇医院。而在 20 天后，谢三娘的丈夫通过母亲的电话告诉妻子，应该向母亲索要医疗费，母亲就这样被邻居告上了法庭，因热心帮助乡邻而惹上官司让母亲倍感委屈：

  母亲不服，说，我没收他们一分钱！我 60 多岁的老婆子不管是刮风下雨半夜三更还是腰酸背疼生病吃药都给他们喊电话！母亲很委屈，说，我每次都给他们吆了狗！我给他们端木凳送茶水招待他们吃这吃那！他们还要告我！母亲想不通。母亲说，他们不讲良心！①

但法律是不会和母亲讲"良心"的，母亲因此赔偿了上千元的医疗费和诉讼费。母亲在心灰意冷中扯断电话线，砸烂电话机，结束了乐于助人的行为。作品中反映的伦理问题是典型案例，世态炎凉，人际间缺少同情与关爱，但是坚守正义和讲究良心的人，热情并无怨无悔帮助乡邻，却被一些不道德、行为丑恶的人利用与诬赖，这让有道德的人无法坚信自己的伦理行为，甚至是无奈地放弃对道德的坚守。

二　重建现代邻里美德

从西部乡土小说中邻里关系书写的总体状况来看，和睦友好的邻里关系书写较少，而日趋淡化邻里关系的书写占据较大比例，现代邻里矛盾和隔阂日益加剧。从而引发出一些乡村伦理问题，如农民复杂的仇富心理、邻里同情心的缺失等。西部作家在创作中不断追问现代人应该如何坚守邻里伦理，保持个人良好的道德感和价值观。

近年来，乡村人际关系的淡化已成为不争的事实，探讨其原因主要有：一是市场经济发展背景下，现代人的"经济理性"取代了传统伦理情感占据了人际交往的主导地位。"理性需要从自身的利益出发，最大化其利益。但资源总是稀缺的，于是人们之间免不了要竞争，竞争易导致不

---

① 曾平：《母亲的官司》，《四川文学》2005 年第 9 期。

和谐，甚至冲突。"[1] 现代化进程对农村人际关系的冲击是全方位的，不仅局限于家庭成员内部，也表现在邻里之间。二是随着城市化进程的加速，大量的乡村在拆迁和扩建中消失，加之农民工进城热潮的兴起，乡村人口流动幅度较大，改变了农村原本的生产结构与农民的生活方式等，促使邻里关系的疏远，这也是邻里人情淡化的重要原因所在。农村邻里之间因财富和权势的不均衡而产生的相互欺压和仇富现象，农民在追求利益中丧失了人性本真，致使邻里关系日趋淡化。张学东的《群众狂欢》、[2] 张发海的《我是你儿子》、[3] 柏原的《白雨葫芦沟》[4] 中乡邻间因钱财与权势较量而矛盾重重，在玩弄心计的利益斗争中反目成仇。西部作家揭示在经济利益和个人私欲的驱使下，农村邻里关系的异化，呼吁回归传统和谐的邻里关系。

　　西部作家创作中整体表现出对良好乡村邻里秩序的重建意识。乡村邻里之间理应建立起和谐的关系，由于长期居住于同一村落内，地理位置上的毗邻关系，邻里之间相互往来、互相帮助，是生活顺畅的必要条件之一。如刘林的《天火》[5] 中邻里间的相互帮助，率先致富的农民热心真诚地扶持村邻共同致富的人性美。陈天佑的《年事》[6] 中一对农民工夫妇回乡过年热心照顾乡邻留守老人。从丈夫说服妻子侍候邻里老人的细节描写中，传达出浓厚的乡土人情气息，农民的心地善良和互助精神。唐代王梵志对于邻里关系曾赋诗曰："邻并须来往，借取共交通。急缓相凭仗，人生莫不从。"[7] 但是，由于各种原因，常常出现邻里关系不和，导致邻里关系的破裂，因此，重建邻里伦理非常重要。"邻居伦理准则可以用'四互'来概括，即'互尊'、'互助'、'互让'、'互谅'"，[8] 也就是说邻里

---

[1] 杨群宝：《农村人际关系的淡化与构建和谐农村》，《科学咨询》（决策管理）2007 年第 1 期。

[2] 张学东：《群众狂欢》，《朔方》2007 年第 5—6 期。

[3] 张发海：《我是你儿子》，《飞天》2001 年第 3 期。

[4] 柏原：《白雨葫芦沟》，《飞天》1998 年第 11 期。

[5] 刘林：《天火》，《四川文学》1999 年第 10 期。

[6] 陈天佑：《年事》，《飞天》2008 年第 4 期。

[7] 孙望辑录：《全唐诗补逸卷之二》，载陈尚君辑校《全唐诗补编》，中华书局 1992 年版，第 103 页。

[8] 林建初：《现代家庭伦理》，安徽人民出版社 1992 年版，第 129 页。

之间要互相尊重彼此的人格和生活方式。当邻里发生利益冲突时，不可以邻为壑，更不可无理取闹，发生矛盾冲突时，彼此要互相谅解，只有宽以待人，才能创造一种安宁和谐、文明友好的邻里关系。

西部乡土小说中对新农村建设中互助互爱邻里美德的特别书写，提倡乡村社会需要带正能量的人物去带动改善人伦关系。田瞳的《离城很远的小村》①中以村子里相邻的理发店和酒馆的不同命运，理发店的年轻小伙李发洁，为人正直善良、工作认真负责，因做事干净利落受到乡邻的爱戴，这种积极向上的生活态度带给村人很大的精神启发。与之相邻的黄酒馆老板只顾挣钱，增加乡村醉酒现象，村人对之厌恶。西部展示良好道德行为改善乡村道德发展，期待积极健康的现代邻里风情。魏华的《车祸之后》②中以月娇家偶然遇难为例，展示众乡邻间不同的道德表现：一是"落井下石"行为。邻居刘红眼乘人之危，托人给白痴的儿子提亲，一家缺钱，一家缺人，正是一举两得。这种缺德行为引起了村人的强烈不满但无法反抗。二是"见义勇为"行为。阿丑主动为月娇家无偿捐钱，不求任何回报。这种见义勇为的义举感动村人，唤醒村人的责任感和正义感，纷纷伸出援助之手，慷慨解囊。两位作家都是通过两种不同道德行为的对比，来表达现代人道德意识的转变，社会需要更多正能量因素。

第五节　城市化进程与乡村人伦变化

西部乡土小说展示出辗转于城乡间特殊的农民工群体影响着乡村伦理的发展。中国自改革开放以来，大量的农民涌入城市务工，这种趋势愈演愈烈，据统计，"2013年全国外出农民工16610万人，增加274万人，增长1.7%；举家外出农民工3525万人，增加150万人，增长4.4%"。③ 这一群体拉近了城市与乡村的关联，在一定程度上影响了中国乡土伦理的发展。总体来说，农民对城市充满着向往、憧憬和膜拜，在其思想观念中城市总是高于农村。城市文明也随着这一群体的流动间接地影响着乡村伦理

---

① 田瞳：《离城很远的小村》，《飞天》1992年第9期。
② 魏华：《车祸之后》，《边疆文学》1992年第10期。
③ 中华人民共和国统计局：《2013年全国农民工监测调查报告》中央政府门户网站（http://www.gov.cn/xinwen/2014—05/12/content_ 2677889.htm），2014年5月12日。

的发展。进入 21 世纪，城乡结合力度加大，国家对"三农"问题高度重视，出台了一系列关于新农村建设的优待政策，向西部农村建设投入大量资金，改善生活条件、兴修公路、铁路等，极大地方便了农村地区和外界的沟通和交流。国家在社会主义经济体制的发展中大力提倡缩小城乡差距，不断扩大城乡结合范围，使农民的物质生活有所提高。现代青年农民工，在追求改变物质生活中，其精神观念方面也受到城市文明的影响，当他们返回乡村后会无形地影响着乡村人际关系。西部作家书写社会经济发展与城市化进程对乡村人际关系的影响，城市与乡村的隔离感仍然存在，具体表现为亲情的物质化，爱情的金钱化，邻里美德的缺乏，等等。面对现代人的传统美德走向流失的现状，乡土作家呼唤回归乡土人情美德。

一 城市进程对乡村人际关系的影响

中国传统乡村社会尤为注重人情，家庭血亲和姻亲是建构与维系人际关系发展的基础。"中国乡土社会的基层结构是一种我所谓'差序格局'，是一个'一根根私人联系所构成的网络'。"[①] 社会经济体制变革促使乡村传统的人际关系格局转变，人际交往扩大化和人情关系复杂化。在社会发展的快节奏形态中，政府对农村经济结构不断地进行调整，闭塞的农村社会人口变得相对流动，农民从农村走向城市，市场经济体制特有的等价交换、公平竞争意识严重地冲击着农民的乡土观念，从而给农村人际关系带来正面与负面的双重影响。正如研究者所言："正向变迁为：农村人际关系日渐平等化，人际交往的开放性和流动性，农民之间竞争意识的增强；负面变迁表现为：农村人际关系的功利化，自我主义化和表面化，干群关系冲突的紧张化等等。"[②] 在社会转型时期，引起农村人际关系裂变的因素较多，其中"经济因素是农村人际关系裂变的最基本原因。在市场经济条件下，经济利益举足轻重，人与人之间的交往与利益直接相关。市场经济发展要求人们注重利益和效率，如果只讲情面，就会使自己的利益受损。这使一些人把人际关系当成金钱关系，使人与人之间的感情、友谊都湮没在利己主义打算的冰水之中"。[③]

[①] 费孝通：《乡土中国》，上海人民出版社 2007 年版，第 30 页。
[②] 闫丽娟、胡兆义：《社会转型期中国农村人际关系的变迁》，《长白学刊》2007 年第 6 期。
[③] 胡晓飞：《试析转型时期中国农村人际关系的变迁》，《经济与社会发展》2003 年第 7 期。

社会形态的变化在一定程度上影响着乡村人伦的发展。如市场经济发展加剧了人情的商品化与贫富悬殊，城市化进程导致农村劳动力的减少，发展建设的潜力弱化，城乡权利的不平等因素致使乡村人际关系转变显著。在西部乡土小说中则表现为：金钱利益主导人际关系的发展，晓芳的《老板还乡》[1]中作家以讽刺手法批判农民工在社会经济大潮中迷失自我的恶果。村长指挥全体村民修路，迎接城里曾抛家弃妻的老板返乡投资，结果见到的却是身无分文回乡讨饭的"老板"。从乡民对老板回乡的期待到得知他一无所有后嘲弄的态度变化，凸显出金钱势利主导着现代人情。施祥生的《离婚》[2]中丈夫进城发家后，回乡以金钱诱导村长说服发妻离婚。金钱改变了人性，夫妻共患难却不能同享富贵。马丁的《伤感》、[3]赵新的《尾巴》[4]中，作家批判城市化进程影响着乡村人际关系趋向金钱化与人情冷漠。现代人奉行的经济利益观念改变了父辈注重"滴水之恩，当以涌泉相报"[5]的传统人情。现代经济观在对传统人情观的消解中，提升了金钱意识，只注重现实利益而不讲人情美德。

乡村社会人际结构的转变也会引发人情伦理的变化，正如费孝通先生所言："在中国乡土社会中，差序格局和社会圈子的组织是比较的重要。"[6]相对于传统乡土社会的格局来说，现代农村政治体制结构更具有开放性，但这种开放性的负面是导致人际关系的不稳定，形成人为权势之争。"社会结构格局的差别引起了不同的道德观念。它包括着行为规范、行为者的信念和社会的制裁。它的内容是人和人关系的行为规范，是依着该社会的格局而决定的。"[7]夏天敏的《村长告状》[8]中老村长退休变为普通农民后，在其身份的转变中，村民对他的态度也随之改变，由以前的友好爱戴变成现在的憎恨与欺侮，可见权力对维系乡村人际关系的重要性。在村民落井下石的报复中，老村长反省自己在位时是如何地轻视村民，如

---

[1] 晓芳：《老板还乡》，《山花》2002年第5期。
[2] 施祥生：《离婚》，《飞天》1995年第5期。
[3] 马丁：《伤感》，《飞天》1999年第7期。
[4] 赵新：《尾巴》，《飞天》1993年第1期。
[5] 同上。
[6] 费孝通：《乡土中国》，上海人民出版社2007年版，第36页。
[7] 同上书，第30页。
[8] 夏天敏：《村长告状》，《边疆文学》2003年第12期。

今终于体会到低头求人的谨慎与小心翼翼。两种不同身份与生存心态的转变，反衬出权势体制对人际关系的影响。温亚军的《在路上》[①]中探讨社会身份转变带来了人际关系与个人道德的变化。一位受村人尊敬、德高望重的农民医生，变成被人看不起的村长，最终成为令人讨厌的农民，这种变化背后隐藏着人会随着社会环境和地位的转变，引发出复杂多变的人际关系，人置身其中必然受之影响。

二 城市化进程中农民工群体的道德变化

西部乡土作家书写城市化进程中农民工热潮给乡村人际关系带来的影响。农民工是流动于乡村与城市的一个特殊的群体，一方面建起乡村与城市沟通的桥梁，另一方面又无形地加剧乡村与城市的隔离感。费孝通先生认为，乡村社会是一种"熟人社会"，相互之间非常熟悉，遇到困难可以相互帮助，"从熟悉里得来的认识是个别的，并不是抽象的普遍原则。在熟悉的环境里生长的人，不需要这种原则，他只要在接触所及的范围之中知道从手段到目的间的个别关联。在乡土社会中生长的人似乎不太追求这笼罩万有的真理"。[②] 农民工从单调的乡村进入喧闹繁华、灯红酒绿、琳琅满目的城市，完全由一种"熟人社会"来到一切都处于陌生状态的生存环境中，面对陌生的人际关系与生活方式，人会变得无所适从，很难把持住原本的伦理本位。"在我们社会的急速变迁中，从乡土社会进入现代社会的过程中，我们在乡土社会中所养成的生活方式处处产生了流弊。陌生人所组成的现代社会是无法用乡土社会的习俗来应付的。"[③] 尤其对于新一代农民工来说，他们的思想观念和道德认知与传统农民截然不同，对于乡情的依恋也在逐渐淡化，面对城市生活时更易融入其中，对城市人的态度也不是盲目的向往，而是充满理性的期望，追求与城市人享有平等的生活权利。

西部作家书写乡村人眼中的城市情结，探讨农民进城后思想观念的改变，面对生存与道德困境，呈现两种迥异的道德形态：

一是保全道德坚守自我，平静对待城市文明。农民工在保持自我中坚

[①] 温亚军：《在路上》，《中国西部文学》1999 年第 2 期。
[②] 费孝通：《乡土中国》，上海人民出版社 2007 年版，第 10 页。
[③] 同上书，第 11 页。

守乡村伦理，追求与城市平等的生存尊严与生活权利。邵永义的《重返乡村》、[①] 梁志玲的《梳头的声音》[②] 中，女性农民工面对城市各种诱惑，坚守自我尊严与把持做人的道德准则，坚定返回农村。贾平凹的《针织姑娘》中善良能干的农村姑娘沙沙通过自己的努力奋力追求着与城市人平等的人格尊严。沙沙因被进城的未婚夫退亲走进城市从事针织工作，当她得知自己被弃的真正原因后，立即决定告别省城返回乡村，誓言要过好属于自己的生活。"沙沙从此再也没有到省城去针织，她要留在土地上劳作，她相信农民总是人，总会像人一样生活下去。她给谁也没有说，心里下了劲，争取把庄稼做好，给弟弟找个媳妇，把妹妹出嫁，然后，她就也立即嫁出去。她的丈夫一定将是个能行的人，一定将是个爱她的人。"[③] 这是贾平凹书写农民工题材较早的乡土小说，农民进城后而坚定地弃城返乡，不再对城市充满向往，追求与城市人平等的生存权利，农村人靠自己的勤劳同样可以获得生活的幸福。这显然是贾平凹早期创作中建构美好的乡村生活净土，坚守乡村伦理的写作立场。与此相对，近年来西部乡土小说中书写新一代农民工更多是选择与针织姑娘相反的道路，抛弃土地走向城市，奋力留守城市而远离乡村，正如《高兴》中由农村进入城市的刘高兴那样，无论城市生活多么艰难可悲，不惜失去性命在城市谋得一席之地，永远地脱离农村，这也是当前社会发展趋向所致。

二是农民工在城市生存压抑中走向道德迷失。道德是一种社会意识形态，"是在人们的社会实践中产生的，它通过人们的内心信念、社会舆论和传统习惯来约束人们的行为，从而有效地调整人们之间的相互关系"。[④] 但是，当这种意识形态受到动摇后，坚守的信念受到破坏，人极易走向道德颓废。谷丰登的《民工富强》、[⑤] 蔡发玉的《因果之间》[⑥] 中，青年农民工生存于包工头的压榨与欺侮的煎熬之中，现实的乌烟瘴气让这些原本

[①] 邵永义：《重返乡村》，《四川文学》2005年第6期。

[②] 梁志玲：《梳头的声音》，《广西文学》2005年第11期。

[③] 贾平凹：《针织姑娘》，原载于《飞天》1982年第8期，后复载于《飞天》2000年第7—8期。因这篇小说中表现的农民工生存观代表着早期农民工生存发展的一种重要走向，所以在此选择此篇加以探讨。

[④] 郭良民：《社会主义人际关系指要》，红旗出版社1993年版，第16页。

[⑤] 谷丰登：《民工富强》，《草原》2003年第8期。

[⑥] 蔡发玉：《因果之间》，《昭通文学》2009年第1期。

善良、充满正义精神的农村青年失去了对道德本分的坚守，不自觉中走向了报复社会与自我沦陷。曾平的《三弟》[①]中原本老实本分、传统保守的农村青年三弟，进城以后，在工友的鼓动和影响下，学会了喝酒、赌博和嫖妓，最终走向道德的沦丧，一场意外夺去了他的生命。三弟的悲剧，更多是城乡生存环境和价值观念的差异所致。杨轻抒的《六个农民工》[②]中，作家从人伦理精神层面展示农民工城市生活的艰难。忠诚于妻子的刘道学，坚守独善其身，但终究抵挡不住欲望的诱惑，执迷录像厅中意外身亡。张学旺在无钱回家之时仍然发扬拾金不昧精神，但却被误为盗窃犯，城市人对于农民的偏见剥夺了农民工坚守美德的权利。何学军因长期生活重压与精神压抑，以跳楼结束了人生痛苦。作家书写农民工受压抑的心灵苦难，批判现代社会对农民工的误解与歧视，导致他们无法坚守个人道德。农民工在城市是一个巨大而特殊的弱势群体，其边缘者身份导致话语权力的消失，"他们的权利被不断地剥夺、自由被不断地限制、尊严被一次次地侵犯"。[③] 由此说明，城市人与农民工心理层面的隔阂感，形成了两者关系的定向隔离。

西部作家书写农民工由城市回到乡村后的生存状态。社会体制转型改变了农民原本的生存方式，他们离开土地涌入城市，但极少有人能够立足于城市，若干年后，当他们回归乡村，经历了不同生活环境与价值观念的影响，将如何重新面对土地与乡村生活？王华的《回家》中农民工失业回家后，四处筹钱赎回被政府征收的原本属于自己的土地，生活再次陷入一无所有的困境。李一清的《农民》中老农民牛天才一辈子依赖并耕植于土地，本想与妻儿在乡间平凡地度过余生，但社会经济改革转变了他的人生，儿子因没钱上大学而离家出走，女儿进城后做了小姐，争强好胜的妻子为此而跳河身亡。孤身一人的牛天才在生活无望中，只身摸进了城市。牛天才进城后，面对生存环境与人际关系的改变，随波逐流中他学会了偷情、偷盗、占小便宜。在参与一次偷盗失败后，他心惊胆战地逃离了城市，走了三天三夜回到了自己的村庄。这时他的家已经变成了狗窝，耕地变成了荒原，仍然是一无所获。乡土作家创作中引发出一些社会现实问

---

① 曾平：《三弟》，《四川文学》2008年第10期。
② 杨轻抒：《六个农民工》，《飞天》2005年第8期。
③ 陈占江：《新生代民工的发展困境及其解决机制》，《求实》2006年第1期。

题，农民在社会经济体制转型中如何把握自己的命运，处理道德与生存的关系等等。

　　西部乡土作家深入乡村生活内部，表达真诚的人文关怀，以当前乡村农民工逼真的生活窘状，再现了城市化进程给乡村人际关系与农民生活带来的巨大影响和改变。总体来说，西部作家创作中伦理情感表达是客观平淡的，有些作家甚至把评判和同情留给读者，在一定程度上继承了新写实小说的风范，"作者的零度情感介入，纯客观的冷静叙述；小说中人物的精神理想的缺席以及作者批判精神的退场"。[①] 但对于一些发人深思的社会现象与人伦困境，有些作家缺少一定的批判和启蒙精神，更没有指出解决问题的途径。学者赖大仁提出与90年代文学个体化写作趋向相对的"社会化写作"，"一种站在社会立场、承当社会责任与道义的写作，甚至是一种社会代言式的写作，这不只是意味着文学直面现实生活，关注社会问题，而且也意味着如萨特所说的，文学以特有的方式介入现实，旨在实现某种社会启蒙，使人们在社会化活动的自由选择中，能够意识到并承担起相应的社会责任。"[②] 这也是文学家应引以为鉴的。

[①] 朱栋霖等编：《中国现代文学史（1917—2000）》（下册），北京大学出版社2007年版，第289页。

[②] 赖大仁：《关于90年代文学转型》，《创作评谭》2000年第2期。

第三章

西部乡土小说中的伦理书写之二：情爱伦理

爱情是人类生存价值的重要组成部分，它"是由自然的生物因素和社会的伦理、审美等因素构成的"。① 爱情本身包含着充分的道德体验，正如保加利亚小说家基·瓦西列夫所言："爱情，这不单是延续种属的本能，不单是性欲，而且是融合了各种成分的一个体系，是男女之间社会交往的一种形式，是完整的生物、心理、美感和道德体验。"② 中国传统伦理长期倡导禁欲思想，要求人对情欲的克制与矜持，而现代伦理则注重对人的情欲本真的追崇，伴随而来的是人对欲望追求的扩大化。五四启蒙运动倡导人性解放，把中国人从几千年的封建思想禁锢中解放出来，人们的爱情观受现代观念的影响而发生巨大变化，反对封建专制不平等的传统两性伦理观，追求爱情的自由平等意识。鲁迅的《伤逝》对生存与爱情关系的深刻探讨，沈从文的《边城》中建构田园式浪漫的爱情伦理美，丁玲的《莎菲女士日记》探讨情爱伦理中的女性意识，曹禺的《雷雨》对乱伦与人性意识的刻画，张爱玲的《倾城之恋》对爱情功利性的揭露等，都充分表明五四运动之后，作家开始对爱情与生存、人性与欲望等伦理问题的深刻思考。中国社会观念从传统伦理迈向现代伦理的过程中，最为显著的变化是人们评判情爱伦理的标准更为尊重人性的发展，"人成为思考一切问题的中心和判断一切问题的标准"。③

20 世纪 90 年代以来，在经济稳步增长和价值观念多元共生的时代背景中，人们追求爱情的标准和表达爱情的方式也呈现多元的变化，现代人更多徘徊于纯正的精神恋爱与物质化爱情观的角逐中。从爱情与伦理的关

---

① 林建初：《现代家庭伦理》，安徽人民出版社 1992 年版，第 27 页。
② [保] 基·瓦西列夫：《情爱论》，赵永穆、范国恩等译，上海三联书店 1984 年版，第 38 页。
③ 王爱松：《中国现当代爱情小说综述》，《湖南人文科技学院学报》2008 年第 1 期。

系中，更能窥现人们伦理观念的变化，正如研究者指出："爱情是人类道德生活的一个重要领域，反映着人类文明进步的程度，社会道德发展的水平。"[①] 本章试图从西部乡土小说中呈现的情爱伦理书写，探讨人的情欲与伦理、爱情与生存、乱性与乱伦等道德问题，并试图发现农民情爱意识的转变与人性的道德展现。

第一节 情欲与伦理

文学中的爱情书写包括精神层面上的情感交流和欲望层面上的性爱表达。丹麦哲学家克尔凯郭尔在《直觉情欲的诸阶段或情欲音乐喜剧的诸阶段》中阐释欲望发展的三个阶段："第一阶段不切实际地渴望一般；第二阶段在多样性的范围内欲求特殊；第三阶段是二者的统一。在特殊之中，欲望有其绝对目标；它绝对欲求特殊。简单可称为梦想、寻找和欲求。并极力强调精神恋爱与肉体的情欲是截然不同的。"[②] 在这里，克尔凯郭尔更为注重爱情的精神层面与心灵感应。美学家李泽厚认为："性欲成为爱情，自然的关系成为人的关系，自然的感官成为审美的感官，人的情欲成为美的情感。"[③] 因此，人们情爱伦理的发展在一定程度上反映出个人道德与社会伦理的现状。无论是在古代社会还是现代社会，人们在追求爱情的同时，不可避免地会受到社会规范和家庭伦理等因素的束缚，超出一定的伦理道德范围，爱情就不会得到社会的认可。西部乡土小说书写追求爱情受阻中的农民，在追求情爱与坚守伦理之间的两难选择，从而揭示传统伦理与现代伦理两种不同伦理观念的对立。

一 保全道德而压抑情欲

西部乡土小说书写乡村农民因传统伦理观念的影响，消极和被动地对待自己的爱情和婚姻。"情爱是男女个体之间的强烈吸引、深切依恋和积极奉献，是相互认同之后由对方激发而产生于内心深处的一种生死相依的

[①] 张怀承：《爱情的伦理思考》，《湖南师范大学社会科学学报》1995年第6期。
[②] [丹麦] 索伦·克尔凯郭尔：《或此或彼》（上卷），阎嘉等译，四川人民出版社1998年版，第78、74、448页。
[③] 李泽厚：《批判哲学的批判》，人民出版社1984年版，第435页。

情感，是渴望与对方全身心融合的热烈的表达。"[1] 但是西部乡村社会中的情爱现状却不容乐观，其主要原因是保守传统观念的压抑，西部乡土小说中的书写形态表现为：

一是主动追求爱情权利的丧失。乡村农民的保守意识与愚昧观念常常压抑人性的正常发展，为顾全传统伦理观念，不惜失去追求婚恋幸福的主动意识。阎国强的《新土地》、[2] 朱永锋的《逡巡》[3] 中青梅竹马的青年男女深恋着对方却为避嫌故意疏远，保持着自身固有的矜持与隔阂，内心亲近而表面却故意冷淡。作家细腻地呈现出恋人之间因传统观念而压抑情欲，向往与惧怕、期待与排斥交织的情感纠葛。男性想表达对恋人的尊重却惊慌地放弃主动追求；女性希望得到男性尊重，却担心自己过于主动而受到恋人的轻视，最终导致爱情悲剧。许记民的《天斋》、[4] 黑子的《黑黑》、[5] 傅爱毛的《庄户人家的闺女》[6] 等作品中书写封建伦理伦理扼杀了青年男女怦然心动的爱情，听天由命的思想泯灭了人们追求幸福的权利。这些青年男女期待着美满爱情的来临，但总把寻求幸福的希望寄托于他人和上天的安排，传统伦理观念束缚着乡村男女主动追求爱情的权利。杨玉珍的《山月弯弯》、[7] 大平的《退亲》[8] 中乡村女性因遵循传统伦理观念而放弃爱情。三姐追求爱情婚姻自主，退掉父母安排的亲事，但面临众多登门的求亲者，她却无法做主，再次把决定权让给父母。当心上人出现时，传统道德的压力与村人的舆论熄灭了她二次退亲的勇气。乡村女性追求爱情受制于道德压抑，主要因为"对于农村女性来说，婚姻问题不仅是个人的情感问题，还是决定其人生前途和未来生存状态的大问题"。[9] 西部作家呼吁乡村女性抛弃传统理念，重视人的正常情爱发展。

---

[1] 张怀承：《爱情的伦理思考》，《湖南师范大学社会科学学报》1995年第6期。
[2] 阎国强：《新土地》，《飞天》1992年第11期。
[3] 朱永锋：《逡巡》，《飞天》1991年第9期。
[4] 许记民：《天斋》，《飞天》1992年第9期。
[5] 黑子：《黑黑》，《四川文学》2002年第8期。
[6] 傅爱毛：《庄户人家的闺女》，《朔方》2007年第3期。
[7] 杨玉珍：《山月弯弯》，《边疆文学》1995年第1期。
[8] 大平：《退亲》，《山花》1998年第3期。
[9] 仰和芝：《农村打工女跨地区婚姻模式出现的成因及影响分析》，《农业考古》2006年第6期。

二是备受压抑的人性情欲。传统贞节观要求女性宁可失去生命也要保守贞节,"贞节又称贞操,原指坚贞的节操,后来主要指女子不失身和从一而终的操守"。① 西部乡土小说中书写乡村女性正常的情欲受到传统贞节观的压抑。符浩勇的《霜降》② 中,作家强烈地讽刺乡村保守愚昧的传统观念。村民为维护军人烈士身份,极力掩盖他未婚先育行为,却四处寻找当事者,让未婚妻独自承担责任,虚伪的道德感与名誉观念吞噬了人性本真。李建学的《七妹》③ 中七妹把所有的青春与激情都献给了男友,最终却遭到抛弃,主要原因是她在追求爱情过程中太过于主动和开放,导致男友怀疑她是一个不正经的女子。在男权话语体系下,农村女性在爱情和婚姻中总处于被动地位,过于主动仅被认为是不守妇道,封建贞节意识的愚昧毁灭了纯真的爱情。邵远庆的《露水》、④ 周仁聪的《篱笆墙》、⑤ 西剑的《感情荒年》、⑥ 轩畅明的《洗山雨》、⑦ 晓力的《闯山》⑧ 和吴广川的《杨柳依依》⑨ 中,乡村女性坚守贞节,一生恪守妇道,贞节与人性相悖的悲哀中压抑正常情欲的发展。她们在丧夫后也曾想勇于摆脱束缚,追求人生幸福,但在传统伦理观念的束缚中,只能遵循着不幸的生活轨迹继续前行。王涛的《灰鸽子》⑩ 中,思想守旧的农村丈夫无法接受妻子学会城市人开放、大胆的婚姻生活方式,从而导致他怀疑妻子在城里做小姐,最终无知地杀害妻子。人的正常情欲在受封建传统观念浸浴的乡村人眼里却变成了不道德。

乡村农民在对个人的爱情权利的追求中处于消极和被动状态,他们在面对爱情与伦理的抉择时,更多选择保全道德、压抑情欲的处理方式,造成这种现象的主要原因:一是西部乡村社会中封建传统观念的滞留与传统

---

① 张怀承:《中国的家庭与伦理》,中国人民大学出版社 1993 年版,第 177 页。
② 符浩勇:《霜降》,《四川文学》1996 年第 1 期。
③ 李建学:《七妹》,《四川文学》1993 年第 6 期。
④ 邵远庆:《露水》,《四川文学》2001 年第 6 期。
⑤ 周仁聪:《篱笆墙》,《四川文学》1995 年第 2 期。
⑥ 西剑:《感情荒年》,《青海湖》1997 年第 11 期。
⑦ 轩畅明:《洗山雨》,《青海湖》1992 年第 2 期。
⑧ 晓力:《闯山》,《飞天》1993 年第 5 期。
⑨ 吴广川:《杨柳依依》,《飞天》1991 年第 11 期。
⑩ 王涛:《灰鸽子》,《飞天》2007 年第 2 期。

贞操观的延续。在一些闭塞的山村中，农民非常注重个人声誉，视声誉重于一切，子女对爱情和婚姻的追求仍受制于父母的意愿，爱情本身的价值被忽略，婚姻更多依靠传统道德规范维系。正如研究者指出："农村婚姻家庭未发生变化之处，主要受制于农民传统的居住环境和社会交往方式，是社会变革难以触动的。因而婚姻家庭行为中一些传统特征有理由保持下来。"[①] 从根本上说，当前农村家庭中"婚后从夫"的观念没有改变，加之"养儿防老"观念，在财产继承上仍是以男性为主，财产传男不传女，女性出嫁后与娘家只有感情的关联，物质上则没有任何联系，因此对于乡村女性来说，很难改变爱情婚姻的不自主状态。二是现代社会发展给农民带来巨大的生存压力，农村夫妻在忙于生计中更容易忽视情感发展。当前农村家庭大多是丈夫外出谋生，妻子守家的生存方式，长期两地分居导致夫妻情感的压抑。研究者调查显示："对于当代中国西部农村妇女而言，在维系夫妻关系的因素，把子女作为第一维系因素的占 62.15%，而把爱情作为第一维系因素的只占 16.14%。"[②] 由此可见，农村夫妻的婚姻更多是靠责任与义务维系，无从顾及爱情因素。农民思想观念的保守与社会生存模式的转变等因素让其在追求爱情时呈现保全伦理道德而压抑情欲的价值取向。

二 违背伦理而追求爱情

在现代社会发展中，人们受西方现代观念的影响较大，追求爱情的自由平等意识有所提升。美国哲学家 E. 弗罗姆主张："爱是一种积极的活动，并不是一种被动的情感；它是主动地'站进去'（standing in）的活动，而不是盲目地'沉迷上'（falling for）的情感。如果用最通常的方式来描述爱的主动特征，那么，它主要是给予（giving）并不是接纳（receiving）。"[③] 这里的"给予"不是放弃、失去或者牺牲某些东西，"给予最重要的意义并不在于物质方面，而尤其在于人性方面（如快乐、兴趣、

---

① 王跃生：《社会变革与当代中国农村婚姻家庭变动——一个初步的理论分析框架》，《中国人口科学》2002 年第 4 期。

② 许传新：《西部农村留守妇女婚姻稳定性及其影响因素分析》，《中国农业大学学报》（社会科学版）2010 年第 1 期。

③ ［美］E. 弗罗姆：《爱的艺术》，康革尔译，华夏出版社 1987 年版，第 18 页。

同情心、谅解、知识等）"。① 因此，"爱还包含了爱的一切形式所共有的某些基本因素：关心、责任感、尊敬和了解"。② 弗罗姆的爱情观强调人应该积极主动地去追求自己的爱情，更为注重爱情的精神层面与心理共识。20世纪90年代以来西部乡土小说中展现出人们为追求爱情而违背伦理的情爱表现方式，这其中包含着两种道德评判态度：一是受到社会认可的为追求恋爱自由而放弃伦理的情爱观；二是不被社会道德认可的违背伦理的情爱观。这两种情爱观同样都违背伦理，但应根据个体的行为是否符合社会道德规则来评判情爱伦理的实质意义。

西部乡土小说书写乡村青年男女为获得爱情自由和追求婚姻幸福，在不得已的情况下放弃了对传统情爱伦理的坚守。现代大多数农村的青年男女都有着进城务工的经历，他们有着自己所认同的人生观与价值观，当自主追求爱情受阻时，会为追求爱情而违背父母固守的传统伦理，甘于为爱情而私奔，甚至是出现未婚先孕现象等。这种婚恋行为最初不会被家庭认可，但是随着时间的推移，由于浓厚的血亲关系，父母也会作出适当的妥协，以谅解子女的行为。李应富的《私奔》、③ 何纯芳的《今夜荷花香》、④ 蔡竹筠的《婚事》⑤ 等作品书写农村青年强烈追求爱情与婚姻的自由平等意识，打破了父辈们顽固坚守的旧观念，扭转了乡村传统婚姻的不道德陋俗。子女在面对父母反对的较量中不惜违背伦理而私定终身。乡土作家表达现代人的婚恋自主趋势不可阻挡地影响着乡村伦理，同时又对传统保守的婚姻思想给予否定。在中国西部农村，子女在婚前与他人私奔被视为一种极大的羞耻，但是随着现代文明的发展，青年男女为获得婚姻自主不得不作出适当的道德牺牲。乡村女性因婚姻不幸而勇于追求人生幸福而违背传统伦理的行为，也会获得社会的认可与人们的同情。柯真海的《界镇》、⑥ 何生祖《蜂儿》⑦ 中勤劳善良、坚强能干的乡村女性对生活执着换来的却是丈夫的背叛。因此，当爱情再次来临之时，她们会勇于抓住

---

① ［美］E.弗罗姆：《爱的艺术》，康革尔译，华夏出版社1987年版，第20页。
② 同上书，第22页。
③ 李应富：《私奔》，《飞天》1991年第11期。
④ 何纯芳：《今夜荷花香》，《四川文学》2001年第7期。
⑤ 蔡竹筠：《婚事》，《飞天》2002年第6期。
⑥ 柯真海：《界镇》，《红岩》2007年第5期。
⑦ 何生祖：《蜂儿》，《飞天》1997年第1期。

机会，找到属于自己的幸福。现代乡村女性敢于冲破不幸的婚姻，在追求个人自由与幸福中甘于放弃伦理，与恋人私奔或者改嫁，从而打破嫁后从夫的陈旧伦理观念。总体来说，西部乡土作家对以上违背传统伦理的婚恋观持肯定和认同姿态，侧面表现了农民婚恋意识的进步。

  西部乡土作家探讨违背道德而放任情欲的婚外情现象。现代人因过于放纵个人欲望，违背道德束缚而走向婚外情，这种异化的恋情给社会与家庭造成不良影响和破坏，消解了婚姻的神圣感与其中包含的责任意识，这种违背伦理现象受社会的排斥与鄙视。近年来，随着农民工进城务工热潮的涌进，很多农村夫妻长期处于两地分居状态，留守乡间的妻子承担着繁重的劳动与生活压力，长期的情感无助中很容易导致婚姻危机，放纵情欲而丧失道德自律。葛林的《野杏树》[1]中年轻妻子因丈夫常年在外，耐不住寂寞与本村青年偷情，引发村人的鄙视和责骂。卞卡的《莫道不风流》[2]中年过半百的农村妇人抛弃家庭，跟随他人私奔，不禁引发村人感慨。李进祥的《你想吃豆豆吗》[3]中进城务工的农村青年在城市以道德约束自己，但赶回家中却发现妻子早已背叛自己，城市化进程让无数这样的乡村夫妻面临着婚姻和家庭分离的悲剧。西部作家进一步探讨因情欲而引发现代人的道德底线问题。冯积岐的《苹果王》[4]中探讨情爱的道德底线问题，现代人应该如何坚守婚姻道德。乡村女性卞的一次精神外遇而导致婚姻破裂，徘徊在丈夫与恋人田的情感纠葛之中。卞与田两人虽是真心相爱，但卞已为人妻，这种恋情是不道德的。作家有意强调这对恋人爱情的真诚，但是爱情的本质是忠贞专一，婚姻更是以忠诚与责任为基础，现代婚恋伦理的开放意识，当前社会对婚外情持一定的宽容态度，但不能因此消解爱情忠贞与婚姻道德的意义。

  在西部乡村社会中，农民常常把一些不道德的复杂婚外情现象简单化，这并不是因为乡村人心胸宽容或者思想开放，而是面对现实生活，以牺牲家庭来追求爱情忠贞的代价太大，重新组建家庭对于农民来说太难。因此，他们宁可容忍与默认婚外情的存在，这种纵容造成了婚外情在乡村

---

[1] 葛林：《野杏树》，《朔方》2005年第4期。
[2] 卞卡：《莫道不风流》，《飞天》1991年第4期。
[3] 李进祥：《你想吃豆豆吗》，《回族文学》2005年第5期。
[4] 冯积岐：《苹果王》，《青海湖》2003年第3期。

社会中的"合法化"现象。作家冯积岐曾谈到农民对于婚外情的默认与宽容,[①] 我们认为这并不是丈夫对妻子的宽容,而更多是迫不得已的忍让。中国上千年来的男权思想绝对不允许妻子对丈夫的背叛,但面对自己更可能会失去妻子和稳定家庭生活的结局,他只有选择默认与接受。我们不能因个别现象而忽视和否认婚外情的负面影响:"婚外恋不仅是对传统夫妻伦理的蔑视和破坏,也是对现代夫妻伦理的干扰和挑战。"[②] 由此可见,婚外恋是不被社会认同的情感,更是违背人类发展应遵循的道德原则。才旦(藏族)的《月亮里有一棵娑罗罗树》[③] 中瘫痪的丈夫担心年轻妻子耐不住寂寞,主动提供机会,恳求妻子外遇,但内心却备受自虐,在嫉妒的煎熬中自亡。张英俊的《雨疏风骤时候》[④] 中乡村少妇月妹子嫌弃与鄙视忠厚老实的丈夫不够热情,不会温柔絮语。求医中偶遇的乡医院院长以甜言蜜语很快征服了她。丈夫发现妻子不贞后远赴外地谋生。当她得知自己被玩弄与抛弃后,心怀内疚地等待丈夫的归来,却因悔恨与焦虑而抑郁病危。作家细腻地刻画出农村少妇善良单纯地寻求爱情的浪漫,却在情感受骗后才懂得丈夫本分的好处,又因没有恪守妇道而深深自责,但已经无法回归正常生活。充分证实了情爱的排他性,婚外情违背正常的情爱伦理,冲破爱情婚姻的道德底线,人性也随之被摧毁。

西部乡土作家探讨人的情欲与伦理关系,书写了两种主要的情爱观念:一是保守道德压抑情爱的传统情爱观,二是违背伦理追求情欲的现代情爱观。应该辩证地看待这两种情爱观念,传统情爱观对于个人欲望的压抑,造成了一系列不良后果,但是其中包含肯定爱情专一性的积极成分,对于维系家庭和谐与社会稳定具有重要的作用。现代社会的发展和观念的进步,鼓励人们冲破传统伦理的束缚,勇于追求自己的幸福,这是值得肯定的,有利于个人自我价值的更好实现,但是如果把欲望的解放推进得足够远,完全不顾情爱伦理的约束,只是追求自己欲望的满足,就会给家庭和社会造成不可挽回的后果。"爱情,作为兽性和神性的混合,本质上是悲剧性的。兽性驱使人寻求肉欲的满足,神性驱使人追求毫无瑕疵的圣洁

---

① 李继凯、冯积岐:《复杂人性的探询和文学生命的建构——关于冯积岐小说创作的对话》,《文艺研究》2012年第12期。
② 林建初:《现代家庭伦理》,安徽人民出版社1992年版,第83页。
③ 才旦:《月亮里有一棵娑罗罗树》,《青海湖》1994年第7期。
④ 张英俊:《雨疏风骤时候》,《青海湖》1992年第6期。

的美,而爱情则试图把两者在一个具体的异性身上统一起来。"① 西部作家批判传统落后愚昧的道德规范制约着人的正常情爱的发展,颂扬现代人为获得自由爱情而勇于冲破狭隘的伦理观念,对于放纵情欲发展而背叛婚姻的不道德现象持否定批判态度。从西部乡土小说中情爱伦理书写现状,发现农民处理情爱与伦理的关系存在一些极端化倾向,大部分农民夫妻的婚姻因思想观念的差异和现实生存压力等削弱了情感交流,导致婚外情等异化现象的发生。

第二节 生存与情爱

西部乡土小说书写乡村农民处理生存与爱情伦理关系的变化:由20世纪90年代初期表现为追求爱情而不惜舍弃生命,到新世纪前后则因维持生存而违背情爱伦理。西部作家探讨乡村社会中现代人的爱情观、生命观和道德观的转变。黑格尔曾说:"在爱情里最高的原则是主体把自己抛舍给另一个性别不同的个体,把自己的独立的意识和个别孤立的自为存在放弃掉,感到自己只有在对方的意识里才能获得对自己的认识。"② 可见,爱情是对彼此的一种相互依赖,个体在爱情发展的过程中在某种意义上失去了之前的自我意识,通过彼此磨合,重新获得了一种与以往不同的自我认识,当然其中也掺杂着一些非理性的因素。现代乡村社会中两性关系日趋呈现开放性与超前性,青年男女自由恋爱的机会有所增加,进城务工热潮无形地扩大了跨地域婚恋模式,一些负面因素导致了婚姻不稳定现象,这类婚恋很难得到乡土伦理的认可。

一 舍弃生命追求爱情

20世纪90年代初期的西部乡土小说中书写为争取婚姻爱情自由而不惜舍弃生命的悲剧现象。现代社会中乡村青年思想开放,平等意识增强,追求两情相悦,但结局却不容乐观,主要是代际对爱情婚姻观念的不一致而导致自由恋爱成功的可能性降低。父母务实的生存观与传统意识,更倾向于认同现实的"门当户对"而忽视青年人理想的爱情模式。现代西部

---

① 周国平:《人生哲思语编》,上海辞书出版社2001年版,第163页。
② [德]黑格尔:《美学》(第二卷),朱光潜译,商务印书馆1979年版,第326页。

一些农村地区，女性地位仍然无法达到真正意义上的平等，父权家长制依然干预并制约她们追求爱情婚姻的自由权利，因此导致农村女性因父母的逼婚而轻生的现象；侧面反映出乡村女性追求爱情的坚贞，受制于道德约束的无奈。文莲的《那一夜》[①] 中一对恋人在爱情受阻后共同选择跳崖身亡，宁可失去生命也要保全爱情。宋树理的《草栏》[②] 中贵与恋人奎因违背家长的警告而私自幽会，被父亲用土枪双双打死，父亲泯灭人性的极端表现是一种道德行为的异化。作家深刻地表现乡村青年男女追求爱情自由的两难困境，在追求爱情的悲剧中坚信爱情的永恒。秦怀勤的《月食》、[③] 蓝晶莹的《山女泪》[④] 和杨若冰的《大沙河，流向沙漠》[⑤] 等作品中，西部作家极力赞扬乡村女性执着于婚恋自主的强烈反抗意识。虽然在男权社会中这种反抗可能无法改变其悲剧的命运，但是女性勇于争取婚姻自主的毅力是值得肯定的，为寻求爱情而不惜接受以生命为代价的道德惩罚，体现了爱情力量的伟大。正如弗罗姆所言："这种人与人之间结合在一起的愿望是人类进步的最强大的驱动力。它是最基本的情感，是把人类、种族、社会、家庭维系在一起的力量。如果达不到结合在一起的目的，就意味着愚昧和毁灭——毁灭自身与毁灭他人。"[⑥] 西部乡土小说展现出的乡村女性渴望婚姻自恋而放弃生命现象的书写，表明单凭个体力量无法改变乡村社会中维护传统伦理、压制婚恋自主的集体无意识行为的存在。引发这种情爱伦理悲剧现象的背后主要有两个原因。

首先，现代人争取婚恋自主意识的增强。现代化进程为农村青年提供了寻求婚恋自由的机会，增强了爱情自主意识，改变了传统婚恋模式。20世纪20年代书写婚恋自主的小说中，一些作家常常以争取爱情自由来抗衡封建传统伦理，大力宣扬爱情自由和婚姻自主，鲁迅在《伤逝》中借子君之口说出："我是我自己的，他们谁也没有干涉我的权利！"[⑦] 冯沅君在《隔绝》中呼吁："生命可以牺牲，意志自由不可以牺牲，不得自由我

[①] 文莲：《那一夜》，《四川文学》1993年第10期。
[②] 宋树理：《草栏》，《飞天》1992年第8期。
[③] 秦怀勤：《月食》，《飞天》1994年第6期。
[④] 蓝晶莹：《山女泪》，《飞天》1992年第2期。
[⑤] 杨若冰：《大沙河，流向沙漠》，《飞天》1990年第10期。
[⑥] [美] E. 弗罗姆：《爱的艺术》，康革尔译，华夏出版社1987年版，第15页。
[⑦] 鲁迅：《伤逝》，《鲁迅全集》（第二卷），人民文学出版社2005年版，第115页。

宁死。人们要不知道争恋爱自由，则所有的一切都不必提了。"① 一方面，作家创作中强化追求爱情自由的反抗意识，这与当时五四思潮的时代背景是密不可分的；另一方面，也见出追求自由是人类的本性，婚恋自由代表着社会文明的进步，"自由是爱情的基础。这种自由首先体现为抉择的自由，即爱情的主体本身是自己情感、意愿和人身的主宰，而非受制于任何他人或外力的约束。抉择的自由依赖于意志的自由"。② 当前人们追求婚恋自由是建立在良好的社会发展背景下，开放的现代观念让人们萌发出强烈的爱情自主意识。当这种需求无法得到满足的时候，加之外界的强压必然引发为爱情而轻生的行为。

其次，社会外在因素的阻碍与异化。恩格斯曾谈到："如果说只有以爱情为基础的婚姻才是合乎道德的，那么也只有继续保持爱情的婚姻才合乎道德。"③ 20世纪90年代以来的西部乡土小说描绘出中国西部农村中大部分农民夫妻的婚姻缺少真正的爱情，他们完全凭借道德责任与义务维系着，绝大多数的人在婚后能够安于现状，融于家庭生活之中，而少部分人群不甘于无爱婚姻，为争取婚姻自由与外部阻碍进行较量。这种外部阻力主要来源于家庭的压制与社会舆论压力。对于前者来说，家庭阻碍的方式过于极端，必然导致子女殉情之类的悲剧。如《草栏》中当父亲为压制女儿自由恋爱而打死男方后，毫不犹豫地又打死了自己的女儿，因为他要坚持所谓的公平："只是他觉得眼下必须做得公平才好，人生天地间，做啥事都不能亏了理。人家孩子死在他的枪下，可他的女儿还活着……"④ 这种人性极端异化的行为必然酿出悲剧的发生。对于备受社会道德舆论阻碍的后者来说，这类人群多为已婚女性，寻求爱情自由更为艰难，受到婚姻伦理的制约。即便是无爱婚姻或者是几近破裂，但追求爱情必是不道德的，时常会发生两种悲剧：一是当事者在事后无法承受道德谴责，甘于接受惩罚，走向死亡。如《大沙河，流向沙漠》与《山女泪》中分别是两位女性同样面对无爱婚姻寻求真爱的悲剧，前者被捉奸后跳河身亡，后者追随恋人跳崖而亡。这种违背道德的行为引来村人的诅咒："按祖宗的规

---

① 冯沅君：《冯沅君创作译文集》，山东人民出版社1983年版，第4页。
② 山月：《爱情的理性思考》，《清华大学学报》（哲学社会科学版）1993年第2期。
③ ［德］恩格斯：《家庭、私有制和国家的起源：就路易斯·亨·摩尔根的研究成果而作》，载《马克思恩格斯选集》（第四卷），人民出版社1995年版，第81页。
④ 宋树理：《草栏》，《飞天》1992年第8期。

矩——该把她扔进河里喂鱼!"① 当事者因无法承受巨大的舆论压力而走向轻生。二是有些乡村女性在自由选择爱情后,可能面临着被爱恋者玩弄后抛弃的结局。如《大沙河,流向沙漠》中的岁岁,《山女泪》中的山妹,都为追求爱情自由与恋人私奔,却遭到抛弃后自杀。西部乡土小说中对于因为爱情而失去生命的伦理现状书写,充分表明现代社会转型中西部农村婚恋自由仍然欠缺,因此西部作家呼吁农村青年对待婚恋自由应采取正确的途径与方式,向现代婚恋自由迈进。

二 生存与伦理的两难选择

西部乡土小说中书写人们在维持生存与坚守伦理的两难困境,人们的道德意志会显得相对薄弱。具体表现为:一是物质极端贫瘠的生存状态下,求生存与守贞节的悖论;二是乡村变异的伦理行为,在金钱物化中主动走向道德迷失;三是现代生存物化观产生集体无意识的自相矛盾、自我否定的伦理状态。20世纪70年代末美国著名社会学家詹姆斯·C.斯科特在《农民的道义经济学:东南亚的反叛与生存》中阐释农民"生存规则"的道德涵义,用农民对饥荒的恐惧来解释农民社会的许多奇特的技术的、社会的和道德的安排"。② 他认为:"生存问题最直接地关系到农民生活的根本需要和忧虑。"③ 因此,他提出农民"安全第一"的生存原则,"当农民处于生存危机水平的界限以下,在生存、安全、身份地位和家庭的社会内聚力等方面,就会有巨大的、痛苦的质的退化"。④ 对于农民而言,其生存伦理是保持家庭基本的生存需要和长期稳定的生存保障,追求降低生存风险而不是经济利益的最大化。由此可见,维持最基本的生存目标和生存保障是挣扎在生存边缘的农民坚守的生存伦理。美国心理学家马斯洛在《动机与人格》中提出人的需要层次理论,明确指出生理和安全的需要是人生存的本能需求,也是人生活的基本保障。当农民连这种基本生存都无法达到时,就有可能产生社会问题,如引发反抗与不满,而对于一些乡村小农经济地区来说,农民可能会选择其他途径谋生,以违背道德、出卖良

---

① 蓝晶莹:《山女泪》,《飞天》1992年第2期。
② [美]詹姆斯·C.斯科特:《农民的道义经济学:东南亚的反叛与生存》,程立显、刘建等译,译林出版社2001年版,第1页。
③ 同上书,第8—9页。
④ 同上书,第21—27页。

知来获得生存,这种异化的求生方式在当前农村女性群体中获得了认可。

其一,乡村女性求生存与守贞节的道德悖论。西部作家对于乡村女性陷入情爱道德困境的矛盾状态给予深刻剖析,她们并非自愿背叛婚姻和爱情,实为现实生存所迫,自身备受道德拷问,在煎熬中违背情爱伦理。作家对这种情爱道德困境往往持同情态度,寻求正常健康的生存伦理回归乡土。夏天敏的《牌坊村》① 中乡村女性秋霜深陷于生存与贞操的困惑之中。她因丈夫体残无能而去县城卖淫来维持家庭生存,但她深受着背叛婚姻道德的自我谴责。她在出卖身体后,悔恨地掐拧、抽打自己,疯狂地把全身掐得伤痕累累,抱怨丈夫在知情后,不埋怨和打她。因此,秋霜为自己的不道德行为感到耻辱;但面对无能的丈夫与现实生活,她又不得不继续下去。从秋霜的自责行为中表明她具有一定的自我意识却无法自救的内心矛盾状态。莫凯·奥依蒙(彝族)《青刀豆收获的季节》② 中,一位乡村少妇因不甘于乡村生活的清贫与劳累,与丈夫激烈争吵后离家失踪。当丈夫三个月后在城市找到她时,她已经完全变成了城市女人,并带回了夫妻俩一辈子都没有见过的存款,他们成为村中真正的有钱人,但仍然得继续着披星戴月的乡村劳作生活。妻子又开始感叹生活的艰辛与劳作的疲劳,当丈夫得知她的谋钱方式后,突然陷入了日子将如何过下去的恐慌中,他不知道应该抱怨妻子的不道德、还是责备自己劳作乡间的无能?作家采取第一人称和第三人称穿插的叙事手法,把乡村夫妻清贫生活中的无奈心境刻画得十分深刻,加之对乡间农忙景色背景的烘托,在乡村美景中带着淡淡的忧愁。作家以小人物的生存困境引发出整个社会中人的道德与生存问题的探讨,这对夫妻深知出卖肉体赚钱是极不道德的,内心备受人性的谴责。但是相对于农村劳动的艰苦,这种谋钱方式又是容易的,因此,是放弃伦理获得生活的富足,还是坚守道德过着清贫的生活?对于乡村女性来说,面对生存与伦理的抉择时,只能把生存放在首位,而无视自身的贞节。对于男性来说,无形地把家庭重担转嫁于女性,安享着妻子以不道德方式带来的馈赠,这不能不说是乡土人性的悲哀。

其二,人们寻求生存方式的变异。现代人在追求金钱物质主导的经济生存观中,甘于在道德沉沦中迷失自我。如果说夏天敏在《牌坊村》中

---

① 夏天敏:《牌坊村》,《边疆文学》2003 年第 3 期。
② 莫凯·奥依蒙:《青刀豆收获的季节》,《边疆文学》1990 年第 1 期。

表现秋霜因家庭生存而不得已违背伦理,而另一位乡村女性荷花则是自主走向道德堕落。她漂亮能干、机灵自主,没有家庭负担,完全可以靠正当方式维持生存,但她却在有钱就拥有一切的诱惑下,违背情爱道德,主动选择追求发财的捷径。荷花在这一过程中,心理上并未感到耻辱,却认为是理所当然,这种变异的生存观念,显示出人正常情爱伦理的丧失。冯积岐的《遭遇城市》、① 郭晓力的《带着月光上路》② 中从农村走向城市的乡村少女,经受不住城市物质金钱的诱惑,纷纷成为高官和富商的"二奶"。麦琴因高考落榜进城谋生,起初瞧不起姐姐的"赚钱"方式,本想通过正当渠道来养活自己,但在陷入生存困境后,由先前的视金钱如粪土变为视钱如命,奉行钱可以摆平一切。作家从乡村少女生存观的急剧转化,深刻地展现出城市经济物化观的影响力之大,导致农村女孩甘于卖淫或者是被人包养来谋取物质化的城市生活,陷入不以为耻、反以为荣的道德沦陷困境。

近年来,作家书写乡村少女进城沦为"小姐"的主题作品居多,这也反映出社会普遍存在并引人深思的道德现状,为家庭所迫而走向"不轨之路",或者是经受不住城市诱惑而自愿迷失自我。乡村女性承担家庭重担,很容易走向极端,农村父母把生存困境转嫁于进城的子女身上,必定造成悲哀的结局。李建学在《野花》③ 中有意改变"小三""情人"的悲剧结局,更多美化婚外恋意图,这是作家伦理态度的模糊表现:农村女性在家中没地位,被丈夫用来偿还赌债,过着无爱冷漠的婚姻生活,其精神情感与物质享受都是空白,这些却在情人那里得到了满足,这种异化的情爱伦理应如何加以评判?但这种背叛婚姻的爱情是不道德的,作家伦理书写的视角与表现"情人"美好结局的伦理立场,不得不引发人们对当前生存方式与情爱伦理观念的质疑,这与当前社会伦理价值要求是背道而驰的。

其三,乡村集体无意识状态下的道德矛盾。当前农民求生方式的变异不是个体行为,而是普遍存在的现象。乡村的旁观者或者亲属对进城失足少女的态度和行为是处于集体无意识的矛盾状态。一方面受传统伦理的贞

---

① 冯积岐:《遭遇城市》,《青海湖》2002 年第 12 期。
② 郭晓力:《带着月光上路》,《绿洲》1995 年第 1 期。
③ 李建学:《野花》,《飞天》2004 年第 3 期。

操观的影响村民鄙视这种不道德的求生之道；另一方面他们又对这种牺牲个人换来家庭财富的行为却发自内心的羡慕。作家季栋梁曾在《创作谈：卑微的青春》中谈道："那个贫困的家庭，就因为一个十六七的小女孩的沦落风尘而风水大转，一家人的生活大有起色，哥哥娶了媳妇，家里起了新屋，父亲还到大医院看了病。但是让我感到难受的是，当人们提到这个家的时候，充满了羡慕，可谈及那个女孩的时候，无不嗤之以鼻，即使是女孩的家人也是如此。一个女孩让一个家脱离困境，她却得不到丝毫的同情。"① 因此，乡村社会整体对农村"三陪女"现象处于一种集体无意识的愚昧可悲状态。

　　夏天敏的《牌坊村》中村民对少女荷花卖淫赚钱的态度是充满矛盾的，在不知情的情况下，他们欣然接受荷花的帮助和接济，并热情地敬重、称赞和讨好荷花。但得知实情后，村人却开始咒骂、疏远和鄙视荷花。村人行为的前后变化，原本可能是出于坚守乡土伦理，憎恨违背道德行为。但令人感到可悲的是，当村人生活拮据时，又想起荷花慷慨借钱的好，在金钱和物质的驱动下，村人又恢复了对荷花的热情，继续接受救济，不再嫌弃荷花的钱来得不干净。作家对乡村人这种集体无识意地"掩耳盗铃"行为给予极大的讽刺。村人行为的转变，一方面是自知卖淫是不道德的，要坚守伦理，但受卖淫者钱财无偿帮助的诱惑，却表现出坚守伦理的虚假。另一方面是生活的贫困与物质的缺乏，让他们丧失人的道德意志，呈现出集体无意识的道德麻木状态。事实证明，金钱留不住人与人之间的情分，当村人听说荷花被抓后，并不惊讶和同情，只有在借钱借物时才会想起她。毓新的《山里火焰》、② 王熙章的《牌坊》、③ 季栋梁的《野麦垛的春好》④ 和陈继明的《青铜》⑤ 等小说以不同情节展现了相同的主题：进城闯荡数年的"小姐们"回乡受家人和村人嫌弃与鄙视的悲剧。西部作家由乡村人集体无意识的愚昧可悲行为，引发对乡村人伦问题的探讨：一是在现实生活中我们应该如何对这类人群的行为进行道德评价；二是对乡村大众的愚昧态度，一面鄙视与唾弃误入歧途的少女，以一种旁观者的姿态来审视她们，另一面却极为羡慕她们

---

① 季栋梁：《创作谈：卑微的青春》，《北京文学》2013 年第 2 期。
② 毓新：《山里火焰》，《飞天》2001 年第 8 期。
③ 王熙章：《牌坊》，《飞天》2005 年第 10 期。
④ 季栋梁：《野麦垛的春好》，《北京文学》2013 年第 2 期。
⑤ 陈继明：《青铜》，《人民文学》1999 年第 1 期。

给家庭带来的财富,甚至形成相互攀比之势,这不能不说是乡村人伦道德复杂的变异。

西部乡土小说书写人们面对生存与情爱的道德选择的转变:由誓死追求爱情到因求生而违背情爱。西部作家在创作主题上存在雷同现象,如对乡村女性婚恋极端不自由现象与当前农村少女"小姐"主题的书写,前者主题强调封建传统伦理观念的桎梏性和劣根性,婚姻苦难和不幸依然主宰着乡村女性命运的话题显得过于陈旧。关注乡村"小姐"主题的伦理书写,内容与情节存在相似,如毓新的《山里火焰》与陈继明的《青铜》都是写乡村少女做"小姐"患病后回乡自杀的不幸结局。季栋梁的《野麦垛的春好》与宋剑挺的《水霞的微笑》中乡村少女在城市做"小姐"的理由具有类似性:摆脱家庭贫困,承担家庭重担,为挽救病重的父亲盖新房为兄长娶媳妇,被家人视为"取款机"等。当然,这也说明作家对乡村普遍存在的道德问题有所共识,但是,这种雷同题材和内容的书写,无形地限制了西部乡土小说的发展与创新,同时也从侧面反映了乡村女性在进城过程中遭遇不幸的普遍性。村里人对进城失足女性的复杂态度表明,他们并不赞同这种赚钱的方式,却艳羡她们从中获得的利益,归根结底还是金钱利益在其中作梗,物质化的生活观念对于乡村的渗透可见一斑,而很多农村女性甘愿出卖肉体换取各种利益,也是受这种观念的影响。这种变异的生存观念必定会给农村和农民带来无法挽回的悲剧。

第三节 乱性与乱伦

在人类文明的发展历程中,乱性与乱伦是人类情爱表达的一种错位现象,因此也常常成为文学家探讨伦理道德问题的范例。西方文学对乱伦现象的书写,重在探讨人类无法逃脱的命运悲剧,索福克勒斯的《俄狄浦斯王》中弑父娶母的命运轮回,奥尼尔的《榆树下的欲望》夹杂着人的命运反抗、物质欲望、情感压抑中的继母与儿子之乱,仇恨与情爱的混乱必将迎来道德惩罚的悲剧。劳伦斯的《儿子与情人》中极端异化的母子之乱给予人性窒息之悲。中国文学的乱伦叙事模式却大不相同,一是父权压制下的虐待,如《红楼梦》中公公与儿媳妇的乱伦等;二是因情欲与性欲缺失而导致的乱伦,《雷雨》中继母与儿子、《伏羲伏羲》中婶与侄间的乱伦行为等。可见,乱伦书写已成为作家发掘与探讨人性与道德悖论的热点问题。

研究者指出:"乱伦一词(incest),来源于拉丁文 incestus,意思是不贞洁(unchaste),用来指法律或风俗习惯不允许的、有血缘或姻亲关系的、不能产生合法婚姻的两个人之间发生性关系。"[1] 中国周代时就有着严格的婚姻禁忌规范,如母子不婚、兄妹不婚、不娶母党、同性不婚、翁媳不婚等,以严密婚配习俗来禁止乱伦。[2] "夫唯禽兽无礼,故父子聚麀。是故圣人作,为礼以教人。使人以有礼,知自别于禽兽。"(《礼记·曲礼》)。法国社会学家涂尔干在《乱伦禁忌及其起源》中指出:"乱伦不仅是被禁止的,而且被当作所有不道德行为中最严重的一种,所以,乱伦禁忌应该是社会规制的最初形式。"[3] 文学作品对乱伦的勾勒不单指人类肉欲的乱伦行为,也包含了精神上的乱伦意向。这里所说的乱性是指仅次于乱伦的情爱行为,过度放纵自我情欲而严重违背情爱伦理。西部作家通过书写乡土社会中人的乱性的无知与家庭成员的乱伦现象,探讨引发不伦现象的原因与人性悲剧。

一 婚姻禁忌与乱性

中国西部农村地区对于婚姻习俗有着严格的禁忌规定。西北地区的择婚禁忌讲究"忌同姓、忌表亲、忌男女生辰及属相相克、忌犯月等",[4] 西南少数民族地区则视"同姓婚配或同姓人发生性关系为乱伦,是大逆不道的行为,会触怒神鬼降临各种灾难,对人们进行严惩"。[5] 可见,西部乡村社会存在着民间约定俗成的婚嫁禁忌规范,一旦违背必将面临道德惩罚。因此,人类对乱伦禁忌规范的坚守,见证了人类道德文明的发展,"理想是爱情中的理性因素,它以某种特定的价值观念抑制着性爱的冲动性,约束着情爱的随意性,并把它们提升为对美好生活的追求。"[6] 性爱中既包含着自私性与排他性,又应遵守道德规范的认知性,如果人们背弃

---

[1] 薄洁萍:《乱伦禁忌:中世纪基督教会对世俗婚姻的限制》,《历史研究》2003年第6期。
[2] 李衡眉:《周代婚姻禁忌述略》,《人文杂志》1990年第6期。
[3] [法]涂尔干:《乱伦禁忌及其起源》,汲喆等译,上海人民出版社2006年版,第1页。
[4] 刘翠萍、赵利平:《陕北婚姻习俗述论》,《榆林学院学报》2013年第5期。
[5] 朱和双、李金莲:《中国西南少数民族的性禁忌及其民间信仰》,《宗教学研究》2005年第1期。
[6] 张怀承:《爱情的伦理思考》,《湖南师范大学社会科学学报》1995年第6期。

了婚姻的忠诚与性爱的专一，必将落入人性道德滑坡境遇，因为"人类性关系脱离动物生活的第一个标志是性禁忌"。① 石舒清的《赶山》中，妻子亲眼目睹丈夫的乱性行为后，自我难以承受，情绪压抑中突然猝死，表现出农村女性对婚姻的坚贞，以他人的不道德来惩罚自己的悲剧。乔臻的《山沟女人》② 中乡村女性山杏陷入乱性的愚昧与无知，她出于对同乡光棍延续香火的请求和同情而私奔。在她的意识中，自己是在做好事，丈夫应该理解她，国家也不应该治罪于她，因婚姻道德观念错乱而导致乱性的可悲。沈洋的《太阳相伴》、③ 吴金生的《岭上云》④ 等作品中，作家以人性与爱情的交织，批判人的乱情与乱性行为遭受道德惩罚的代价。无法生育的农村青年木生以传宗接代为借口，主动允许妻子与乡邻乱性，但两人却在多次肉体交欢中无法自制，最终导致了当事者的自缢和家庭的毁灭。乡土作家在批判农民愚昧无知的同时，深刻地揭示出西部落后地区农民道德意识的浅薄，违背乡村婚姻禁忌原则。

　　西部乡土小说对于乱性现象的书写，揭示出现代道德变迁的社会原因与人为因素。现代社会发展的多元化趋向，导致人们对于行为现象的道德评判标准的多元，一些传统道德评判的标准逐渐在适度放宽，如近年有些研究者提出对于婚外恋持双重评判标准。⑤ 现代化的快节奏生活方式带来了人情交流现实场景的缺失，加之人们对于情爱追求的要求在提高，生存空间的独立与隔离，无形地弱化了人的社会责任感与情爱道德意识，很容易陷入乱性的道德恶境。王建中的《乡村谋杀》⑥ 中，乡村青年企业家青云原本拥有幸福美满的家庭，但因经受不住妖媚时尚女性的情爱诱惑误入歧途。一边面对妻子充满负罪感，一边对情人难舍难弃。农民在获得丰盈物质后却因寻求精神刺激乱性而终将灭己。王奎山的《根子》⑦ 中，农村

---

① 张怀承：《中国的家庭与伦理》，中国人民大学出版社 1993 年版，第 131 页。
② 乔臻：《山沟女人》，《草原》2005 年第 2 期。
③ 沈洋：《太阳相伴》，《边疆文学》2004 年第 1 期。
④ 吴金生：《岭上云》，《山花》1992 年第 7 期。
⑤ 高媛：《对"婚外恋"的伦理审视》，硕士学位论文，天津师范大学，2006 年；张红莲：《隐私权的保护与限制——以婚外恋隐私权与配偶权的冲突及平衡为视角》，硕士学位论文，华中师范大学，2013 年。
⑥ 王建中：《乡村谋杀》，《草原》2001 年第 10 期。
⑦ 王奎山：《根子》，《四川文学》1998 年第 2 期。

青年为报复妻子与乡邻的乱性行为,金钱与尊严的羞辱激发了他暴杀乡邻的人性悲剧。西部作家探讨现代物化观与经济观导致人性发展的不稳定因素。总体说来,乡村农民的自我意识中缺少一种严格的道德自律与认知能力,在放任人性情欲发展中走向乱性的无知和愚昧。如《山沟女人》中的乡村女性山杏缺乏对乱性的不道德概念的认知意识,自认为帮助光棍生孩子是件好事,并没有背叛丈夫和抛弃家庭,因为她计划在完成"助人为乐"的大事后回归家庭,丈夫是不会怪罪于她的。因此,她面对法律制裁时陷入一片茫然。《岭上云》中丈夫为传宗接代而愚昧地以民间风俗为借口,主动促使妻子乱性。由此可见,除了社会发展的外部原因,人的自身因素也是导致乱性现象发生的成因所在。西部作家探讨现代人在情欲与伦理的较量中,违背人性道德的丑陋必然受到道德惩罚与伦理谴责,但乡土作家透过文本现象所要表达的道德批判与启蒙意识显得不够强烈,因此影响到文学作品的审美表现和艺术效果。

二 乱伦的主要类型

西部乡土小说书写乡土社会罪恶的乱伦现象,作家透过人违背道德的严重行为来剖析现代人性的丑陋,并试图呼吁人类遵守乱伦禁忌,回归道德文明的进步。正如研究者指出:"乱伦禁忌在未来的世界中仍然是人类两性生活的伦理准则,它将是永恒的。"[①] 乱伦之所以成为文学家热衷书写的主题,是因为乱伦现象更能体现出人性的道德问题,乱伦者背叛道德的恶果更能烘托出文学的悲剧性效果。西部乡土小说中呈现的乱伦现象大致可归为三种类型。

(一) 公媳之乱

这种乱伦类型又可根据其发生发展的性质与不同情况界定为两类:

一是男权强制型。男权专制的农村家庭中,父亲在儿子死后对儿媳妇实行强权占有,主要是封建愚昧和守旧思想的残留所致。乡村女性的弱势地位与边缘状态,让其在丈夫死后原则上仍然归属于夫家,公公与儿媳妇并无血缘关系,这在乡村传统伦理中被视为一种令人唾弃的丑闻,却并不会引起社会道德的强烈谴责。如王新军的《八墩湖》中三爷在儿子死后,理所当然地把儿媳妇占为己有,举办取消公媳关系的仪式后并名正言顺地

---

① 林建初:《现代家庭伦理》,安徽人民出版社1992年版,第178页。

结婚，"在取消这种关系的同时建立一种新的一个男人和一个女人的合理结局"，① 儿媳妇是他家的女人，是他用"十五只羯羊换来的"，② 属于自家的私有财产，因此他占有儿媳妇属于理所当然。作家极大地讽刺与批判女性"三从"封建伦理的滞留，失夫无子的情况仍然归属于夫家，女性被视为私有物品，没有选择自身幸福的自由。

二是公媳恋情型。乡村社会中公公与儿媳因家庭日常生活的相处，加之儿子长期不在场（外出或者是死去），从而萌发不伦之恋。这种乱伦类型中当事者因无法克制自我情欲而陷入道德困境，结局是无颜面对现实而私奔逃离，或者是因羞愧自责而自亡。柏夫的《尴尬》③ 中父亲、儿子、媳妇三者之间复杂混乱的情爱关系，父亲不满儿子对儿媳妇的暴怒，同情弱者的不幸。儿子离家若干年后，父亲与儿媳妇带着孩子相依为命，长年日积月累中萌发情感而发生乱伦行为。两人因无颜面对即将归来的儿子而悄然消失。作家有意弱化公媳乱伦行为的不道德意识，模糊伦理批判界线，违背伦理却值得同情，人的情欲超越道德底线问题，但是乱伦终归不可能得到社会道德的普遍认同。王奎山的《三九》④ 中年轻的三九在经受丧妻、丧子之痛后，在与儿媳妇相互扶持与共同应对现实生活中产生浓厚的深情，难以自拔中乱伦，而后三九羞愧致死。人在违背常理的过程中受到羞耻之心的惩罚，因违背道德而自责，乱伦禁忌规范着人们的婚恋行为和态度。对于乡土社会中的农民来说，个人名誉比生命还重要，人的道德高于一切。夏天敏的《舌头与灵魂》⑤ 中公公与儿媳间的一次误会却被婆婆误传，导致公公在村中无法抬头做人，因乡村舆论压力与传统伦理观念的自我束缚，致使公公被活活气死。由此可见，乱伦行为面临着来自社会道德压力与自我道德谴责的双重惩罚。

（二）叔嫂之乱

西部作家对叔嫂（或者是兄长与弟媳）的乱伦持认同与批判两种不同的书写姿态。相对来说，叔嫂乱伦给予的社会道德冲击不如公媳之乱与父女之乱那样引发人们强烈的道德反感。叔嫂属于同辈人身份，两者并没

---

① 王新军：《八墩湖》，《飞天》1994年第6期。
② 同上。
③ 柏夫：《尴尬》，《飞天》2000年第2期。
④ 王奎山：《三九》，《四川文学》1998年第2期。
⑤ 夏天敏：《舌头与灵魂》，《边疆文学》1999年第7期。

有血缘关系,在传统封建社会,女性在丈夫死后可以改嫁于丈夫的兄弟,这在原则上可以得到社会伦理道德的认可,因此这种类型的乱伦引起的社会影响弱于其他乱伦行为。在特定的情况与境遇下,乡土作家对这种乱伦行为持认可与同情的态度。20世纪20年代乡土作家台静农的小说《拜堂》中批判乡村陋俗与封建伦理思想对人的精神病态的桎梏,其中也无不包含着作家对叔嫂"过继夫妻"的同情,以主人公自言的丢丑与遮掩行为衬托出社会对这种乱伦的鄙视,但却可以得到认同。张爱玲在《金锁记》中对遭受精神与生理压抑的曹七巧与夫弟姜季泽可悲倾情行为也稍表同情。西部乡土作家对叔嫂乱伦现象的伦理姿态也是视不同情境相对而定。

　　西部作家对因丧夫或者是夫妻失和的女性,备受情感与生理压抑,叔嫂因爱情而乱伦持同情态度。西剑的《感情荒年》[①] 中乡村少妇彩珠因家庭原因嫁给长年卧床的瘫痪丈夫,情欲压抑让她对爱情充满渴望,因此深恋着丧妻的小叔子,两人在田间劳动中的一次温存,让这位少妇既感动又惊慌。这种乱伦行为背后夹杂着情爱的萌发与生存的无奈,同病相怜的爱情为苦闷的生活增添一丝期待。作家在创作中以一种启蒙的姿态来引导农民不应再承受更多的情爱苦难,人要转变自我的生活观念,勇于追求爱情的幸福。杜文娟的《我是山上一株菊》[②] 中"我"与丈夫的哥哥、赵波涛的《山峦深处》[③] 中琴与小叔子的叔嫂恋是建立在丧偶或者夫妻失和、婚姻失败的前提下,两人相依为命中产生爱意。因此,作家对这类叔嫂恋情更多持一种同情的伦理书写态度。

　　与此相对,一些西部作家批判乡土丑陋的民俗民风和狭隘愚昧的封建伦理行为所导致的叔嫂之乱以及对偏远穷困山村女性婚姻的压迫行为。徐超群的《哑巴女人》[④] 描写愚昧的婆婆为延续家族香火而强迫儿子与弟媳乱伦的极端异化行为。哑女为早日摆脱丈夫不育带给她的生活折磨,受婆嫂强制与丈夫的哥哥乱伦生子,但她却在承担引诱的罪名中跳崖身亡。哑女乱伦怀孕后选择自杀的原因是乱伦行为的自责,被欺辱却要承担乱伦的

[①] 西剑:《感情荒年》,《青海湖》1997年第11期。
[②] 杜文娟:《我是山上一株菊》,《朔方》2005年第7期。
[③] 赵波涛:《山峦深处》,《飞天》1991年第4期。
[④] 徐超群:《哑巴女人》,《飞天》1990年第7期。

罪名，生不出儿子的命运会更悲惨。王华的《傩赐》中边远闭塞山村中三兄弟共侍一妻的现象，生存贫困与丑陋民俗促使这种不正当的叔嫂乱伦婚姻潜存于乡间。乡土作家对这类非正常境域下的叔嫂乱伦持强烈的道德批判与否定态度。

（三）父女之乱

父女（或者是母子）间的乱伦行为是最为严重的道德变异行为，被人伦道德所不容，引发人性质疑的力度也最为深刻。这种乱伦行为的发生存在于一定的背景条件之中，大多为家庭的不完整或者是父母一方的长期不在场为乱伦发生创造了条件。如长期单亲家庭中母亲与儿子之间的乱伦行为，这种道德责任应归于母亲一方，长期的情感压抑导致心理畸形，在儿子成长的性朦胧期引导错位发生母子乱伦。父女之乱则更多归结为人性自身的道德变异，伦理约束的淡薄与道德自律的缺失，比如养女与继父之间的乱伦行为。文学作品中的乱伦现象通常被归结为人的宿命，无法逃脱的命运冲突与人性罪恶的报复。西部乡土小说中书写的父女乱伦主要有两类情况：

一类为带有血缘关系的亲生父女之间乱伦。马元忠的《九指姐》[1]描写亲生父女之乱的人性宿命与因果循环报应。作家把人间最惨烈的乱伦行为表现于文本中，赤裸裸地撕毁人性的丑陋面具。九指姐一生命途多舛，作为私生子出生后被生母遗弃，生活的困顿总是时时伴随着她，遭丈夫抛弃而回到养父家里。为寻得谋生，养父把她引荐给不知情的亲生父亲老简，她在老简的培养下成为乡村理葬队中侍弄死者的好手，从中获得丰厚报酬以维持生计。天生好色的老简在不知情的状况下，用棺材铺作为诱饵强行占有了九指姐。直到生母出现道出了不幸的真相，告知老简当年抛弃的私生女为九个手指时，九指姐与整个棺材铺在一场大火中化为乌有。作家以亲生父女之乱来表现人间最为惨烈的悲剧，一是人的命运冲突，九指姐的命运就如同《俄狄浦斯王》中的俄狄浦斯，无论怎样逃离也终归逃不出命运的安排；二是人性因果报应的循环，老简一生好色，占有女性众多，年轻时种下的恶果终归酿成孽债遭到报应，违背伦理的人性丑恶必将遭到道德惩罚。

---

[1] 马元忠：《九指姐》，《广西文学》2004年第2期。

另一类是继父与养女之间的乱伦。罗伟章的《哑女》① 中养父养母以各种借口阻碍哑女嫁人，丧失良知地强迫哑女为养父传宗接代，父权强制下的父女乱伦导致哑女备受身心折磨而致死。冯积岐的《村子》中继父田广荣与养女马秀萍的乱伦、《非常时期》中姑父金斗与妻子侄女的乱伦，更多掺杂着对人性本真丑陋的揭露，男性对年轻女子拥有强烈的占有欲望，以父辈身份充满情感关怀与带有物质性的引诱，无视人伦道德而达到个人情欲目的。这类乱伦行为背后隐藏着人有意放纵本能欲望与无视道德自律，更多是给予女性终身污点和生活不幸，男性却达到占有年轻女性的目的。由此可见，无论亲生父女还是养父女之间的乱伦行为，都会受到社会道德的强烈谴责，引发人们对现代人性变异的质疑。

三 乱伦原因与道德惩罚

乱伦禁忌制度的产生严格地约束着人类的性行为，但是人类却无法避免乱伦行为的发生，其中存在着一定的原因。引发乱伦的一个重要因素是人性潜意识中存在着乱伦意向，并随时可能被激发出来。弗洛伊德在《精神分析引论》中把人的心理历程分为意识、前意识、潜意识三个层次，其中作为底层的潜意识的观念是"遭受过压抑而被摒斥于意识领域之外的"。② 弗洛伊德认为这种被压抑的欲望主要是指人的性欲望，在通常情况下，它们受到社会道德规范和法律的约束而压抑，但这些被压抑的欲望又具有原始本能的冲动性和攻击性，一旦它们无法进入或者受制于人的意识层面，就面临着随机爆发的可能性。弗洛伊德后来又在《自我与本我》中对人心理的本能冲动作进一步阐释，他把人格结构分为本我、自我和超我三个阶段，其中本我"是充满动物式本能的潜意识，使人的心理充满活力。它服从于'快乐原则'（The principle of pleasure），但不具备得到满足的方法。'超我'是'道德化了的自我'，包括通常说的'良心'和'自我理想'"。③ 而"本我"与"超我"之间的矛盾和冲突则依靠"自我"来协调维系双方的平衡。在这里弗洛伊德又把这种被压制的东西（性冲动）归到人心理最底层的"本我"，仍然是带有动物性的本能冲动，完全

---

① 罗伟章：《哑女》，《上海文学》2008年第8期。
② ［奥］弗洛伊德：《精神分析引论》，高觉敷译，商务印书馆1986年版，第3页。
③ ［奥］弗洛伊德：《爱情心理学》，林克明译，作家出版社1986年版，第4页。

依托快乐需求原则行事,盲目性地寻求发泄。

虽然弗洛伊德的"力比多"原理有些泛性化倾向,但是他的深层精神分析中对于人心理的"潜意识"层次和心灵的"本我"阶段中的本能欲望和冲力因素的探究是有说服力的。因此,人的潜意识中存在的本能欲望是引发乱伦行为的一个重要因素。如冯积岐的《非常时期》中姑夫金斗对女性具有强烈的占有欲望,无视发妻的存在,以钱财和物质为诱饵,强势占有妻子年仅15岁的侄女,乱伦的动机是男性本能中对年轻美貌女性的性冲动与占有欲,并没有以道德意识进行自我克制,他的乱伦逼迫发妻自缢。娶到侄女后,又以同样方式占有其他女性,这无疑是人性本能欲望的显现,而作为人区别于动物的重要标志的情爱伦理荡然无存。《村子》中继父表面上顺其自然,实质上占有年轻的养女是早有预谋,并视为理所当然,毫无羞耻地达到本性欲望。可见,成熟男性占有年少养女的乱伦行为,可以归结为人性的本能冲动和低层次的欲望满足。

社会因素的偶然与人情命运的双重夹击也是引发乱伦现象的重要因素。中国历史的发展带有浓厚的"血亲性",上千年的封建制度的压抑导致血亲伦理的变异,正如研究者所说:"中国压抑的社会制度、道德观念和血缘婚传统风习给人的'血亲恋情结'这古老的'原始意象'制造了生存的空间。不仅传统中国人,不仅乡村边缘地区的中国人,就是在现代的中国人潜意识深处,还始终潜伏着这个性爱中的'乱伦倾向'。"[①] 乡土社会注重血亲伦理与权势结盟的延续,促成乱伦行为的滞留,如封建社会把姨表和姑表联姻作为婚配的首选,并在相当长的时段内是得到社会认可的。社会外部因素加之人情宿命必然引发乱伦,如乡土小说中亲生父女之乱大多是在不知情的情况发生的,强调人无法逃脱的宿命。《九指姐》中九指姐与生父乱伦的悲剧,她先是被父母丢弃,遭丈夫抛弃,历经多重循环与生父相遇,奸情坦然地发生,当得知真相后,悲剧注定诞生。

乱伦是人类违背伦理原则与道德规范的最严重的丑恶行为,"在家庭伦理中,最卑鄙、最丑恶、最不道德的莫过于乱伦了",[②] 乱伦的结局必然要受到道德惩罚。自人类远古部落生存时期,就有着相当严格的乱伦禁

[①] 徐剑艺:《血亲恋情结与乡村爱情小说——中国当代乡村小说的文化人类学研究之一 上篇:亲与爱》,《文艺评论》1992年第3期。

[②] 林建初:《现代家庭伦理》,安徽人民出版社1992年版,第173页。

忌规范和处罚方式。弗洛伊德在《图腾与禁忌》中阐述原始居民对乱伦的畏惧心理与严格的处罚方式。澳洲土著有着严格防范近亲乱伦的图腾禁忌,"每一个来自同图腾的人都是血亲,都属同一家族,在这个家族内即便最遥远的关系也是性结合的绝对障碍。图腾的族外通婚制,即同宗族的成员不可有性关系,似乎是防止乱伦的最佳方法"。① 如此看来,正如弗洛伊德所说,这些野蛮原始人的乱伦禁忌意识要远远超越于现代文明人,他们"尽其最大的努力,严厉而残酷地防范着乱伦的性行为"。② 图腾禁忌象征着一种道德规范的存在,违背者必然经受严厉的道德惩罚。弗洛伊德谈到澳洲土著一旦违犯了同一图腾的通婚禁忌,"全族的人都将对违犯者采取激烈的报复,犹如在处置一件对公众有威胁的危险事件,或加诸众人的罪恶"。③ 涂尔干在《乱伦禁忌及其起源》中也谈到对于乱伦者,"人们普遍有一种不容置辩的信念,那就是违禁者将会自然而然地受到惩罚,也就是说,受到诸神的惩罚……人们坚信这种惩罚是无法逃避的,甚至到了死心塌地的地步,以至于仅仅是负罪的想法本身就往往足以导致违禁者产生实实在在的机体紊乱,乃至一命呜呼"。④ 由此可见,人类早期对于乱伦现象就有着严格的惩罚方式。而在今天的文明社会中,乱性与乱伦现象更是会遭到社会道德的惩罚与个人良知自谴责,"道德评价一方面是依靠内在的尺度——即自我评价或良心来进行的;另一方面是通过社会评价即社会舆论的尺度来确立的"。⑤ 阿多(土家族)的《流失女人的村庄》⑥中的村长石柱默默地承受着年少轻狂乱欲的道德惩罚,乱性一瞬间毁灭了他的人生前程。谢树强的《村俗》⑦中哑叔与水莲乱情后,失去人们的信任和敬重,无地自容,接受村规的惩罚饮下毒酒而死,这种不伦行为打破村人美好生活的平静。王奎山的《三九》中公公与儿媳妇乱伦后,羞耻地跳井而亡。马元忠的《九指姐》中当事者在得知父女乱伦后,选择了自灭。由此可见,无论现实生活中还是文学作品中的乱伦行为必将是悲剧

---

① [奥]弗洛伊德:《图腾与禁忌》,文良文化译,中央编译出版社2005年版,第6—8页。
② 同上书,第2页。
③ 同上书,第5页。
④ [法]涂尔干:《乱伦禁忌及其起源》,汲喆等译,上海人民出版社2006年版,第6页。
⑤ 祖国华等:《社会伦理学研究》,人民出版社2013年版,第185页。
⑥ 阿多:《流失女人的村庄》,《红岩》1998年第2期。
⑦ 谢树强:《村俗》,《广西文学》1993年第3期。

的结局,毁灭人性地违背道德终将为社会伦理所不容。

第四节 理想与现实

西部乡土小说书写社会变迁中人们情爱观念与选择方式中出现两种不同的发展趋向:一是向往理想化的爱情,这种爱情观念伴随着积极道德观念的存在,注重爱情的精神层面的唯美、和谐与自由,以人性、人情、心灵等内在的道德美作为爱情选择的标准。二是追求现实性的爱情,现代人的爱情价值观中掺杂着金钱物化与权势利益等功利化因素的存在。学者周国平认为:"性是肉体生活,遵循快乐原则。爱情是精神生活,遵循理想原则。婚姻是社会生活,遵循现实原则。这是三个完全不同的东西。婚姻的困难在于,如何在同一个异性身上把三者统一起来,不让习以为常麻痹性的诱惑和快乐,不让琐碎现实损害爱的激情和理想。"① 这里更为强调人的道德和理想对于爱情和婚姻的重要性,这与瓦西列夫的观点是大致相同的,即"爱情是同一定社会结构中人的道德意识,同人的善恶观,同他对道德和不道德的认识联系在一起的"。② 由此可见,人的爱情与道德因素密切相关,脱离道德约束和理想追求的爱情价值观是不完善的。

一 理想爱情的唯美与道德

理想化的爱情是以道德情感作为衡量与评判的标准,追求爱情的和谐、唯美和自由。爱情是人心灵深处一种极其细腻的感情,人们在获取爱情过程中更倾向于超越现实去寻求唯美色彩,"爱情把理性和非理性,本能和精神美结合在一起"③。爱情是一种精神层面的心灵共鸣,抛开外在的物质因素,人们注重考量爱情对象的人格魅力和道德修养。黑格尔曾说:"爱情里确实有一种高尚的品质,因为它不只停留在性欲上,而是显示一种本身丰富的高尚优美的心灵,要求以生动活泼、勇敢和牺牲的精神和另一个人达到统一。"④ 因此,理想化的爱情是对人的内在道德情感的

---

① 周国平:《性·爱情·婚姻》,《道德与文明》1998 年第 4 期。
② [保]基·瓦西列夫:《情爱论》,赵永穆、范国恩等译,上海三联书店 1984 年版,第 42 页。
③ 同上书,第 126 页。
④ [德]黑格尔:《美学》(第二卷),朱光潜译,商务印书馆 1979 年版,第 326 页。

考察，人性美与道德感成为决定爱情是否成功的重要因素。

西部乡土作家肯定道德因素在理想化的爱情选择中发挥着重要的作用，"当一个人体验到真正的爱情时，他就会表现出自我牺牲的精神和巨大的道德力量"。[1] 胡旭东的《暮冬》[2] 中，作家以一对乡村青年男女的相亲事件的逆转，透视出人性美成为选择爱情的首要标准，如对方的善良、正义和责任感等。姑娘以一系列的行动表现出对这位农家青年的不满，一是男方的家庭太穷；二是小伙过于老实憨厚，不善于言辞，紧张失态。姑娘催促着媒人尽快告别，这意味着相亲的失败。青年不舍的送别再一次引起姑娘的反感，但是半路杀出两只凶猛的狼狗，表明了青年的真正用意，在解围中他受了伤，姑娘也因惊吓划破了衣服和皮肤。当双方告别走过一个山头后，姑娘和媒人远远望见青年冒着严冬着急地涉水过河，送来"一条花格布和一包砸好的草药……刀伤药，敷上就止血"。[3] 姑娘被这一幕深深感动，突然意识到自己匆匆临别非常不礼貌，强烈要求返回与青年的母亲好好地打声招呼。文本中几处写到暮冬的景色，沉寂、寒冷、无味，"暮冬的阳光好散淡，把他俩的影子拖在身后，长长的"。[4] 以此反衬青年男女内心相互感应的浓浓热情和温暖，内在的美战胜了外在物质的贫乏，正如歌德所说："外貌之美只能取悦于一时，内心之美方能经久不衰。"[5] 张梁子的《阿莲》[6]、石舒清的《花开时节》[7] 等小说中，作家表现出理想爱情的唯美与道德的和谐状态，注重爱情的纯洁与心灵精神的相通。真正的爱情是融合了双方精神方面达到的理解与共识。在理想化爱情产生过程中，人们关注的是对方内在的人格与心灵，"人的心灵美及其互相谅解，这就是和谐的心灵心心相印的共鸣的源泉"。[8] 可见，人们在寻求理想化的爱情观中是以道德精神作为衡量爱情的标准，这也表明乡土作家坚

---

[1] ［保］基·瓦西列夫：《情爱论》，赵永穆、范国恩等译，上海三联书店1984年版，第42页。

[2] 胡旭东：《暮冬》，《飞天》1992年第7期。

[3] 同上。

[4] 同上。

[5] 林建初：《现代家庭伦理》，安徽人民出版社1992年版，第51页。

[6] 张梁子：《阿莲》，《广西文学》1996年第10期。

[7] 石舒清：《花开时节》，《朔方》2000年第11期。

[8] ［苏］苏霍姆林斯基：《论爱情》，李元立、关怀译，工人出版社1986年版，第5页。

持道德爱情的伦理书写立场。

理想化爱情中人们还表现出对爱情自由的肯定与道德前提的认同。西部乡土作家在创作中把爱情与伦理关系处理得相当完美化。爱情中的伦理美通常表现为"人格美、行为美、个性美、和谐美",[①] 但是,这些爱情美德实现的条件是建立在双方自由平等的道德前提下。爱情是人性自由与个人权力自由的本质表现,作为主体的个人在追求爱情自由的同时,又需要道德责任来加以约束,才能达到爱情的完整。"爱情是一种道德关系,具有道德意义。每个社会都要对爱情关系进行道德调节,使个性化的诸多爱情关系都或多或少带有那个社会的道德色彩。"[②] 因此,爱情的自由平等与道德责任有着相辅相成的关联。高枫(壮族)的《山寨人家》[③] 中,乡村青年男女各自经历婚姻失败,仍然向往爱情自由与平等。少数民族女性玉兰勇敢地应对舆论压力,主动追求爱情的果断打动了恋人,两人决定重新组建家庭,共同承担生活责任。以爱情的纯洁与志同道合的信念战胜狭隘的乡村传统观念,表现了既有深厚情感又有道德责任依托的理想化爱情。式路的《欢乐的水》[④] 中高傲的少女千秀决定退掉门当户对的婚事而嫁给平凡的同村青年大路,"村人不明白千秀怎么会丢了那么富贵的人家和品貌双全的男友,却要和哪方面都比不上的大路结婚"。[⑤] 这说明人在爱情选择中更为注重情感的自由、人性道德和责任意识。王新军的《八墩湖》、[⑥] 季栋梁的《婚事》[⑦] 和温亚军的《火墙》[⑧] 中,现代农民向往爱情自由和婚姻幸福的生活观念不断更新,年轻人追求婚恋平等意识与精神幸福指数有所提升,这也是维系爱情长存的前提,"人的精神生活越充实,在理智和感情方面越崇高、越道德,他们的爱情生活也就越丰富、越甜美,他们所得到的愉快、幸福就越多、越持久"。[⑨] 西部作家书写理想化

---

① 蒋正明:《对爱情美的伦理探讨》,《道德与文明》1998年第3期。
② 程京:《爱情初探》,《道德与文明》1987年第6期。
③ 高枫:《山寨人家》,《边疆文学》1994年第6期。
④ 式路:《欢乐的水》,《飞天》1997年第8期。
⑤ 同上。
⑥ 王新军:《八墩湖》,《飞天》1994年第6期。
⑦ 季栋梁:《婚事》,《朔方》1993年第7期。
⑧ 温亚军:《火墙》,《天涯》2004年第4期。
⑨ 郭学贤:《爱情与道德》,《道德与文明》1994年第3期。

的爱情中明确地表达爱情是建立在道德基础上的，正如"在爱情关系的存续过程中，始终贯穿着一定的道德标准。没有道德的爱情，不是科学意义上健康的爱情；远离道德的爱情，意味着背离了人情和人性"。[①] 人内在的人性美和道德美主导着对爱情价值的评判，这也是作家自我伦理观的展现，理想化爱情中表现的道德和谐，是作家对于当前情爱伦理进步的期待与寄托。

二 现实爱情的功利与物化

西部乡土小说表现理想化爱情的同时，也展现了另一种爱情观念和选择方式，现代经济效益观念浸浴下的现实性爱情。人们注重经济物质观的实效性而放弃对理想道德化的爱情的坚持，爱情选择中常受到社会外部因素的影响，如金钱权势的诱惑，赋予爱情选择以功利世俗色彩。现实性的爱情也反映出现代人衡量和评判爱情标准的外化，从而体现出个体道德观念与审美价值的转变。张克盛的《春天的恋情》[②] 中，乡村少女玉香面对两位不同类型的青年，爱情选择的标准出现了混乱，见证乡土社会评判道德标准发生逆转，诚实的人无法得到认可。一表人才、为人忠厚的贵根一心想通过正当方式得到恋人玉香，因此在男女关系上稍显保守和木讷。长相丑陋的三宝对男女之事采取先下手为强，以不正当的手段抢先占有了玉香，因此获得了恋人。这不得不引起村人感叹："贵根本应娶到玉香，因为他各方面都比三宝强，但就是因为太老实了，所以娶不到玉香。"[③] 作家以此暗示人们择偶标准的转变，老实正直不再是美德而变成一种缺陷，传统美德显得与当前普遍的伦理认知相悖，这也是爱情选择方式的一种畸形变异。门光明的《真实爱情》，[④] 从农村进城少女崔英选择爱情的转变显出其追求爱情的现实功利化。她本与农村青年国胜订婚，进城上班后便另求新欢，但当她被工厂辞退后，回头挽留爱情时，遭她抛弃的国胜却坚定选择了志同道合的爱花。现实性爱情时常是不甘于生活的平淡，向往现实的物质享受，但结局却不容乐观。

---

① 郭学贤：《爱情与道德》，《道德与文明》1994 年第 3 期。
② 张克盛：《春天的恋情》，《四川文学》2008 年第 3 期。
③ 同上。
④ 门光明：《真实爱情》，《广西文学》1997 年第 3 期。

市场经济体制改革,带来人们追求公正、平等和自由等积极因素的发展与进步;另一面也因经济利润化与商品效益化让人们满足于物质需求而走向精神空虚。社会竞争和生存压力加大促使人对金钱与权势利益的向往,促使一些负面因素的兴起,社会风气的浮躁与人的精神麻木,缺乏道德同情与精神理想等,正能量因素逐渐走向丢失。"金钱至上和商品拜物观念导致了当前道德严重失范状态:追逐金钱的活动,在中国从未形成这样一种全民参与、铺天盖地、来势汹汹的金钱潮;对金钱意义的张扬,也从来没有达到这样一种藐视任何道德法则的地步。"① 因此,人们越来越注重获得现实利益的实效性与功利性,精神层面的爱情价值衡量必然让位于现实的物质利益。

现实性爱情的功利世俗因素导致人们在选择爱情中掺杂着外在金钱物质与权势利益的介入,极大地削弱了爱情自身的价值。当然,我们不能否认物质因素是爱情发展的重要保障,但如果抛弃了爱情自身的精神实质,一味地寻求以爱情来换取其他利益,这必将导致人的物欲膨胀与道德变异,"爱情的功利主义者一味崇拜财利,追求实惠,爱慕虚荣,其爱情生活也就被罩上了低级趣味的阴影,永远不可能达到真善美的境界"。② 当前的市场经济体制改革极大地推动了物质文明的进步,也引发精神文明相对的匮乏,"从哲学意义看,市场经济既具有主体性效应,同时又具有反主体性效应,体现着它们的二律背反"。③ 就后者而言,"市场经济存在着使人物化和单向度发展的倾向,它导致的后果将是他律性,因此与道德相悖"。④ 当人们仅仅满足物质丰盈的优裕,将会陷入精神的匮乏和空虚,其在追求爱情方面也会彰显功利物化的倾向。

贾平凹的小说《高兴》中,进城少女孟夷纯寻求爱情的方式充满着功利化色彩。首先,注重金钱物质的她心甘情愿地被有钱有势的大老板包养;其次,孟夷纯默认刘高兴对她的单恋,完全是建立在定期获取男方无偿的金钱帮助,这种情感温存中夹杂着功利因素。可悲的是,即便刘高兴深知实情,却仍视她为心中的女神,宁可把拾破烂的辛苦钱定期献上,以

---

① 何清涟:《中国当代经济伦理的剧变》,《开放时代》1998年第1期。
② 李树军:《爱情价值论》,《山东大学学报》(哲学社会科学版)1988年第4期。
③ 何中华:《对社会主义市场经济的几点哲学思考》,《文史哲》1993年第4期。
④ 何中华:《试谈市场经济与道德的关系问题》,《哲学研究》1994年第4期。

获得单恋的心理快感。事实上,他根本无法满足孟夷纯的物质需求,更不可能改变她的生存方式。再次,对于从乡村进入城市的孟夷纯来说,纯正的精神爱情已无法拯救她极度获取物质的贫乏心理,金钱物质的功利因素充斥着爱情选择方式的非正常化。思想家苏霍姆林斯基曾说:"物品的美应当服从于高尚的道德——审美要求,否则,人就会变成物品的奴隶。"①因此,人们应把握追求物质与精神两者之间的尺度。阮家园的《看家》②中探讨选择爱情的现实因素,农村青年刘庆平见到的相亲对象竟是他在城里曾数次沾染的风尘女子,一切都在两人的沉默中悄然地结束。乡土社会中女性的贞洁与婚姻命运密切相连,一旦违背道德将失去拥有爱情和婚姻的权利。冯积岐的《歌声灿烂》、③陈玉龙的《民工小黑》④和刘晓珍的《小雪》⑤等作品,探讨了现代人寻求金钱欲望的满足而背弃情爱道德。乡村女性黄翠霞追逐经济利益的诱惑而背叛爱情和家庭,面对丈夫的质问,她却从容地回答:"他能给我快活,能给我金项链戴,能给我买好衣服穿。"⑥赤裸裸地道出现代人的金钱物化腐蚀了人的正常爱情观,正如苏霍姆林斯基指出:"一个人精神上的需要越是贫乏,他寻求精神快乐的手段也就越低级。"⑦

西部乡土作家书写两种不同的寻求爱情方式:积极正面的理想化爱情与物欲功利化的现实性爱情。这种书写揭示了现代社会存在的一个普遍问题,什么是爱情?在爱情的考量中,物质与精神孰轻孰重?爱情本身包含三个维度:身体层面、物质层面和精神层面,只有三个层面和谐一致的爱情才可能长久,其中精神层面的爱情尤其重要。单纯追求身体快乐的乱伦和乱性行为,违背了基本的人类禁忌,必然受到道德的惩罚和良心的谴责,酿成无法挽回的苦果。随着市场经济的持续发展和现代化进程的推进,人们面临的现实生存压力不断增大。为了追求更好的生活,不断努力获取更多的物质财富,这本身无可厚非,尤其是现代农村女性,在社会发

---

① [苏]苏霍姆林斯基:《论爱情》,李元立、关怀译,工人出版社1986年版,第81页。
② 阮家园:《看家》,《四川文学》2006年第11期。
③ 冯积岐:《歌声灿烂》,《绿洲》1998年第2期。
④ 陈玉龙:《民工小黑》,《四川文学》2006年第6期。
⑤ 刘晓珍:《小雪》,《朔方》2005年第2期。
⑥ 冯积岐:《歌声灿烂》,《绿洲》1998年第2期。
⑦ [苏]苏霍姆林斯基:《论爱情》,李元立、关怀译,工人出版社1986年版,第80页。

展中眼界变得开阔，寻求通过爱情和婚姻获得更好的生活也是理所当然的选择。但是，真正的爱情本身更多在于心灵互通和人格的尊重，而单纯以物质作为选择对象的标准，只会导致自我的迷失和生活的挫败。只有建立在心灵契合和互相尊重基础上的爱情才可能长久，物质只是爱情考量的一个尺度，并非爱情的全部。西部作家以此告诫人们对于利益欲望的选择要把握好限度，超越这个度就极易滑向道德恶变，对于选择爱情亦如此，既要考虑外在物质因素，又要注重内在的精神本质，不能一味地偏离爱情的内在本质和实际价值。

第四章

西部乡土小说中的伦理书写之三：正义伦理

20世纪90年代以来西部乡土小说中的正义伦理书写，集中表现于对人的正义与自然正义的探讨。西部作家在关于人的正义伦理问题的探讨中，分析了现代化进程中民与官的正义行为表现的变化，官民之间关系的复杂状态以及人面对正义与利益冲突中的道德悖论现象。在现代人的正义与非正义的强烈对比中，作家鲜明地讽刺了虚伪道德行为存在的尴尬状态。西部乡土小说中表现的自然正义书写，主要探讨人与自然、人与土地、人与动物之间的生态关怀与生存困境：一是西部乡土作家受西方生态伦理观念的影响，造就了生态乡土小说的繁荣；二是现代工业化发展对乡村自然生态的冲击，人类盲目地寻求经济发展与利益最大化，带给乡村自然环境以极大破坏，如水污染、土地沙化、耕地荒芜、生存环境恶化等。西部作家书写乡土社会中正义伦理的整体变化状态，引发对人的生存与人的异化现象的深入探讨。乡土小说中展现出坚守正义者的善良与诚信，放弃正义者走向权势利益诱惑的道德沦陷，给整个社会和他人带来损失和伤害，奉行以人类为中心的狭隘发展观，违背生态规律引发了破坏自然环境的悲剧。

第一节 人的正义

人的正义伦理自古以来就是思想家探讨的重点，最为典型的是中国儒家对正义的阐释。孔子以"义"作为评判人的行为和道德的标准。如："君子喻于义，小人喻于利。"（《论语·里仁》）"君子之于天下也，无适也，无莫也，义之与比。"（《论语·里仁》）"君子义以为上。"（《论语·阳货》）[1] 孔子非常注重"义"的地位与作用，他以义来衡量人的德性，

---

[1] 杨伯峻：《论语译注》，中华书局1980年版，第39、37、190页。

"义"也是正义原则的表现。孔子在义与利的冲突中坚持义为上的立场，如"见得思义"（《论语·季氏》）、"见利思义"（《论语·宪问》）、"义然后取，人不厌其取"（《论语·宪问》）。① 孔子以义来权衡人获得利益的尺度，强调"应该"与"不应该""正当"与"不正当"作为评判的标准，人获得利益的前提是这种"利"是不是正当的，如果是正当的利则应当争取，不正当的利绝不能取。孟子继承并发展了孔子的伦理思想，指出人的"义"来源于人的"羞恶之心"（《孟子·公孙丑上》），后者在人的本性中是先天存在的。他提出"义，人之正路也"（《孟子·离娄上》）、"居仁由义"（《孟子·尽心上》）② 等，指出人应该保持内心生来本有的"仁"，在行为表现上应该坚持不懈地走合乎"义"的道路，这样才能成为一个品德高尚的人。

西方对正义的理解更为直观。古希腊哲学家尤为注重正义的地位，把它视为个人的首要美德，对社会政治来说涵盖善的和谐理念。亚里士多德把正义或公正（justice）视为人的一种品质，"这种品质使一个人倾向于做正确的事情，使他做事公正，并愿意做公正的事"。③ 他更为强调："公正是一切德性的总括。公正最为完全，因为它是交往行为上的总体的德性。它是完全的，因为具有公正德性的人不仅能对他自身运用其德性，而且还能对邻人运用其德性。"④ 现代意义上的正义的基本语义源于"拉丁语中正义（Justice）的正直、无私、公平、公道"。⑤ 美国哲学家罗尔斯把正义视为评价社会制度正当性的首要标准，提出："正义是社会制度的首要价值，正像真理是思想体系的首要价值一样。作为人类活动的首要价值，真理和正义是决不妥协的。"⑥ 从东方和西方哲学家们对正义观念的阐释，可以发现存在着相同的伦理理念：对人的美德行为与社会正义观念

---

① 杨伯峻：《论语译注》，中华书局1980年版，第36、71、177、149页。

② 杨伯峻：《孟子译注》，中华书局2008年版，第59、247、129页。

③ ［古希腊］亚里士多德：《尼各马可伦理学》，廖申白译，商务印书馆2012年版，第126—127页。

④ 同上书，第130页。

⑤ 廖申白：《论西方主流正义概念发展中的嬗变与综合（上）》，《伦理学研究》2002年第2期。

⑥ ［美］约翰·罗尔斯：《正义论》，何怀宏、何包钢、廖申白译，中国社会科学出版社1988年版，第3—4页。

的强调。文学作品中表现的正义也是如此，泛指个人内在的良知、正直、利他情感等以及社会公平公正的责任意识。

一 民的正义与变迁

近年来的"三农"问题受到国家和政府的重视，而农村和农民也成为乡土小说书写的重点。西部作家塑造的农民形象已成为时代话题的典范，如路遥小说中的德顺老汉、巧珍、孙少平等，贾平凹小说中的小月、白雪、小水、夏天义、高兴等，雪漠"大漠三部曲"小说中的老顺一家、孟三爷等人物身上所表现的伦理美，给无数读者留下了深刻的印象。西部乡土小说中书写农民的正义伦理观主要为：社会变迁中传统农民对儒家正义的保留与延续；现代农民新观念和新形式下的道德正义；农民在坚守正义中面临的道德悖论。

（一）传统农民的正义观

中国传统农民身上时常表现出儒家浓厚的"重义轻利"伦理精神，儒家的正义伦理教导人寻利和求富都要"合义"，必须遵循正义原则。[①]孔子并不反对人们谋利或获得财富，而是要建立在是否正当的前提之下，符合正义原则的利益与财富是可以获得的，要以"义"来克制"利"，如"富与贵，是人之所欲也，不以其道得之，不处也"（《论语·里仁》）、"不义而富且贵，于我如浮云"（《论语·述而》）。孟子更为强调"义"重于"利"，如"舍生而取义"（《孟子·告子上》），当义与利存在不可调和的冲突时，要求人们坚守正义而舍弃利益甚至是生命。现代社会中演变为人的正直无畏、大公无私、信奉良知等正义品质和行为。中国传统农民遵循着日出而作、日落而息的平凡农耕生活，但他们身上却有着极强的正义感，重情义、良知、信守承诺，不为私利地救助他人，表现出为坚守正义而舍弃生命或大义灭亲的伦理精神。由于他们长期受制于传统封建伦理的压制，面对政治权势时不免表现出胆怯与懦弱。

西部乡土小说中书写乡村正义伦理，塑造了一批不为私利、坚守本分、正直诚信、懂得感恩的老一代农民的正义形象。作为个体的人来说，主要是履行个人正义原则："主要是指个人的品德和行为对于正义的符合及践行，是正义的个体主观化形式，是一般正义即社会正义在个人品德和

[①] 蒙培元：《略谈儒家的正义观》，《孔子研究》2011年第1期。

行为中的落实，表现为正义感和公道。"① 夏天敏的《猴结》中知恩图报、不求名利的爷爷抵制金钱物质的诱惑，坚守与猴群之间的誓言与诚信。作家以人的正义与动物的正义相通，暗示着正义诚信与崇高信仰的永存。《拯救文化站》中乡村电影放映员老陈为维护和推广乡村文化工作，为农民谋取利益而遭受个人财产与生命的威胁，但他不顾名利与舍身取义的正义精神终将战胜道德邪恶。作家在此弘扬一种邪不压正的社会风范。石舒清的《恩典》中老木匠马八斤坚守自我尊严与生存正义，拒绝高官登门结亲的"恩典"，安分守己地凭借技艺维持生活，愤怒地面对权势的虚伪，这与当前的拜金主义和权势依附观念形成鲜明的对比。王新军的《父亲的生活》②中勤劳善良的父亲在坎坷艰辛的生活中奉行不为名利、不为回报、不求捷径，只求踏踏实实地努力与坚韧不懈的劳作精神。韩青的《德高大爷》、③ 才旦的《谁是凶手》、④ 和军校的《一个陕西人和一个甘肃人》、⑤ 刘亮程的《冯四》、⑥ 曾平的《父亲》⑦ 等作品，颂扬传统农民身上的人性善与正义美，他们坚信"这世道还是好人的世事"，无论处于强势还是弱势、高贵还是卑微，生命都应该平等相待，这源于他们曾共有的乡土苦难经历与传统人伦的厚重情感的熏陶。

　　西部乡土小说中书写中国传统农民坚守正义美德的同时，也真实地揭示出他们身上与生俱来的卑微和懦弱。鲁迅曾谈道："中国人向来就没有争到过'人'的价格，至多不过是奴隶，到现在还如此，然而下于奴隶的时候，却是数见不鲜的。"⑧ 曾定居中国多年的美国著名作家赛珍珠认为："农民的感情最为纯真，农民的生活最为真实。"⑨ "他们紧贴着泥土，紧贴着生与死，紧贴着乐与悲……在他们中间，我看到的是真而又真的

---

① 李巍、仲崇盛：《论社会正义的基本内涵》，《理论与现代化》2006 年第 4 期。
② 王新军：《父亲的生活》，《绿洲》2001 年第 1 期。
③ 韩青：《德高大爷》，《红岩》2003 年 6 期。
④ 才旦：《谁是凶手》，《青海湖》2002 年第 3 期。
⑤ 和军校：《一个陕西人和一个甘肃人》，《飞天》2000 年第 10 期。
⑥ 刘亮程：《冯四》，《绿洲》1995 年第 3 期。
⑦ 曾平：《父亲》，《四川文学》2008 年第 10 期。
⑧ 鲁迅：《坟·灯下漫笔》，载《鲁迅全集》（第一卷），人民文学出版社 2005 年版，第 224 页。
⑨ ［美］赛珍珠：《我的中国世界》，尚营林等译，湖南文艺出版社 1991 年版，第 156 页。

人。"① 农民是生活于社会最底层的一个阶层,现实生活与土地密切相连,他们的性格中时常带着乡土的真实和谦卑。西部乡土作家书写传统农民受权势欺辱,不得不变得软弱与卑微。冯积岐的《我的农民父亲和母亲》中,农民父母面对社会不公和上层权势欺压的生存艰辛与无助,真实地再现了底层劳动人民低微的命运。因验粮员一句轻言的不合格,父亲只能在冬夜露宿晒场,数次的恳求都无果而终。年轻的售货员仗势讹诈母亲的卖粮钱,赤裸裸地嘲弄着母亲的求饶,"姑娘吭地笑了,这年月,还讲什么善事?我只认钱"。② 一味忍让的农民父母在丧失尊严的一生中懦弱胆怯地活着,他们总是在不禁感叹,以往的世道讲究良知,现在却只有金钱堆砌的人情。夏天敏的《好大一对羊》中,现实生存的贫困让德山老汉变得更为胆小怕事,在潜意识中低人一等,加之性格的软弱和狭隘,行事总处于被动地位,面对上级权势的压制,盲目地服从而深陷痛苦的生活困境。德山老汉家破人亡的悲剧主要有两个原因:一是乡村权势的重压和形式主义,胆小的农民不敢反抗上级命令。二是长期的生存困顿,农民对乡村干部求助的期望值过高,麻木的知恩图报葬送了女儿的生命。这些卑微的农民以自己的生存方式和价值观念窘迫又无助地活着,虽然社会现实常常让其陷入无奈被动的状态,但是他们向往美好生活的信念却永不改变,这代表了农民群体的共同愿望,就如作家冯积岐小说中所说:"人生再艰难,生命之火是不会熄灭的。"③

(二) 现代农民的道德正义

在现代化发展的社会背景中,年轻一代的农民面临的生存压力更为巨大,他们一方面不安于父辈式的乡土劳作生活;另一方面又成为无法融入城市的边缘者,辗转于乡村与城市之间的尴尬生存状态。生存环境的改变与价值观念的更新更是对现代青年农民道德观念的一种严峻考验。总体来说,青年农民既受乡土文化的熏陶,又乐于接受更新的现代观念,他们的思想观念更为开放,处世风格更为民主和平等,勇于超越传统而迈向现代。夏天敏的《山墼里的邮道》④ 中,乡村邮递员红雁面对农村恶霸势力

---

① [美] 保罗·A. 多伊尔:《赛珍珠》,张晓胜等译,春风文艺出版社1991年版,第9页。
② 冯积岐:《我的农民父亲和母亲》,《朔方》1994年第8期。
③ 同上。
④ 夏天敏:《山墼里的邮道》,《边疆文学》2005年第7期。

团伙欺侮村民，不顾个人安危勇于上前制止，这与其他群众的驻足观望形成鲜明对比，红雁因此丢失了工作，但她坚守的正义精神却激励着他人。王新军的《文化专干》①中，乡村青年吴青在良知与正义的拷问中放弃了通过走后门求来的唯一转正指标，让给了默默耕耘而报酬极低的同事老林，拒绝不正当的利益，维护社会公平公正意识。现代农民面对与父辈传统观念的差异，他们坚持自己的价值立场，以开明的思想转变父辈的顽固与守旧。潘瑜的《枸杞红了》②中，新一代农民贵根发展农业种植，维护家庭和睦，开导父亲再婚，奔向现代生活之路。孙兴盛的《犟牛和他的女儿》③中，乡村女性三女子面对父亲的性别歧视和倔强，运用智慧和较强的技术能力，指导提高了养牛的质量，从而转变了父亲的传统观念，赢得了村民的尊敬。潘灵的《泥太阳》、柏夫的《回乡》、④谢友鄞的《守望边地》⑤等作品，颂扬青年农民讲究正义和良知、奉献他人、懂得感恩的道德美，启迪乡村文明进步，给社会带来巨大的正能量。

  西部乡土小说中书写现代青年农民工追求公正平等的意识。作家从人的精神层面来表现农民工的生存意识、自我意识、乡村意识，追求与城市人相同的权利意识，他们不断地回忆乡村生活的美好，又迫不及待地想融入城市，这些作品虽然书写的是农民进城的遭遇，但主题上仍然是书写农民意识与乡土情节，所以也归为本书研究的范围内。夏天敏的《接吻长安街》⑥中，青年农民工"我"进城后，最大的梦想是能够与女友在长安街上自然深情地一吻，这件看似平凡的事却使"我"费尽周折，自尊倍受打击。先是女友的乡村传统保守观念，心理惧怕导致两人误进派出所，后因在建筑事故受重伤使自信心受挫。这一行为中包含着农民工追求与城市人的那份平等权利的意识。面对农村与城市巨大的物质差距，新一代农民仍然坚持寻求人的权利公平，这不能不说是现代农民的思想道德观念的进步。从中见出，现代农民继承父辈坚守正义的伦理美德，两者又有着不同的特征：传统农民讲究正义更保守与坚定，现代农民却以开明和智慧来实

---

① 王新军：《文化专干》，《绿洲》1997 年第 2 期。
② 潘瑜：《枸杞红了》，《草原》2007 年第 9 期。
③ 孙兴盛：《犟牛和他的女儿》，《延河》1993 年第 2 期。
④ 柏夫：《回乡》，《飞天》2005 年第 8 期。
⑤ 谢友鄞：《守望边地》，《山花》1998 年第 10 期。
⑥ 夏天敏：《接吻长安街》，《山花》2005 年第 1 期。

行正义行为,传统农民通常是在物质方面重义轻利,现代农民在物质压力与浮躁的社会风气中坚守社会公正意识与个人权利平等,显得更为难得可贵。

(三) 农民道德的二重悖论

在日常生活中,人们依照道德规范表现出伦理美德行为,结果却遭受他人谴责的道德失落感,这就是所谓的道德悖论。伦理学意义上解释为:"一种自相矛盾,它反映的是一个道德行为选择和道德价值实现的结果同时出现善与恶两种截然不同的特殊情况……是在主体的道德选择行为和实践行为同客观环境建立某种统一性的关系中出现的特殊矛盾。"[①] 人们遵循道德原则履行道德义务,行为结果却出人意料,因此使人陷入两难抉择的道德困境。路轲瑜的《春天和冬天》[②] 中,正直开朗的乡村姑娘方玉姗敢于说真话、实话的"快嘴"事迹赢得了社会大众的认可,并因此获得了爱情。但好景不长,这种敢言的"快嘴"行为毁灭了她的人生,揭露丈夫以权谋私遭到休弃,揭发亲属私吞钱财被赶出家门,她的"快嘴"行为招致村民的暴打。作家以春天到冬天的变化暗示着"快嘴"姑娘的命运变化,真实地再现出一种道德悖论:一边受到维护自我利益者的厌恶,一边却受到社会正义者的认可。金帆的《小村有个狐狸精》[③] 中,正直善良的乡村女性秀揭发丈夫私营假酒行为,坚持"不赚黑心钱,不做亏心事",却引来村人的反感与排斥。浮石的《生命》[④] 中,同情弱者的正义行为却被社会舆论无情地消解。赵新的《真诚》[⑤] 中,一向乐于助人的贵成老汉执意拒绝被救县长的丰厚报酬,坚持助人与钱财无关。县长因感动而赠送名片并承诺定会相助。当老汉为身患疾病的乡邻儿童去求助县长时,却被误为上访者,他的真诚道义换来的却是县长的肤浅轻言,老汉在尴尬与心灰意冷中把那张名片转还给了县长,他的正直道义是自身的道德体现,而县长的感动却是瞬息万变的。

这种道德悖论形成的原因有:一是农民深受传统伦理美德的熏陶,注重乡土人情意识,他们在道德行为选择上会倾向于正义伦理,而忽略行为

---

① 钱广荣:《道德悖论的基本问题》,《哲学研究》2006 年第 10 期。
② 路轲瑜:《春天和冬天》,《飞天》1991 年第 7 期。
③ 金帆:《小村有个狐狸精》,《飞天》2003 年第 3 期。
④ 浮石:《生命》,《飞天》1990 年第 1 期。
⑤ 赵新:《真诚》,《四川文学》1991 年第 4 期。

后果带来负面的心理差距感。二是现代社会环境复杂多变，人们价值观念与道德意识发展转变，人与人之间信任感逐渐弱化，一些社会正义行为可能会引发他人对此行为动机的怀疑，这些负面因素的影响加重了社会道德悖论现象的存在。西部作家以此引发人们对这种道德现状的反思，以提倡与维护社会正能量的产生来改善人的道德两难困境。

二 官的正义与功利

在乡村社会中，民与官的关系是一种重要的人际关系，也是近年西部乡土小说较为关注的伦理主题。官员的伦理行为与道德表现代表着国家权力的形象，官民关系是否和谐很大程度上取决于乡村干部的正义观，官员行使权力是否恰当，是关乎民权民生的重大问题。对于官员来说，他们履行更多的应是社会正义，"社会正义是指作为社会准则的正义原则及制度和社会生活对于这些准则的符合状态。社会正义有两个层面的含义：一是指社会的稳定秩序、和谐统一及发展进步状态；二是指造成这种状态的价值原则即权利（义务）原则，具体为平等（差别）、自由（限制）等价值标准"。[1] 20世纪90年代以来西部乡土小说中呈现出乡村官员行使权力较为典范的三类伦理形态：国家正义化身的代表，权势诱惑下的道德失范，官场体制与自我道德选择的道德困境。从中见出西部作家对乡村官员回归正义伦理、回归官民和谐的呼唤。

（一）国家意识形态下的正义化身

西部乡土小说表现官的正义，具体为国家意识形态下清官形象的代言，为民办事、同情民众、维护公正的代表。在西方国家的社会中，"正义为行政官员的重要德性之一，它是指行政官员以正当的方式为了公共利益而行使行政权力，它包括目的正义和手段正义"。[2] 由此可见，官员行使权力正义应是以国家利益为重，坚守责任使命与公正为民的道德良知。作家书写中国基层官员的乡村干部（如村长、支书、乡长等）行使的正义行为，对上听从上级指挥，对下为民服务。谷禾的《我们的村长》[3] 中深知民情困境的村长，在见到为完成税款任务而逼死乡民的上级官员吃喝

---

[1] 李巍、仲崇盛：《论社会正义的基本内涵》，《理论与现代化》2006年第4期。
[2] 李文良：《西方行政伦理的正义论》，《中国行政管理》2000年第10期。
[3] 谷禾：《我们的村长》，《朔方》2001年第10期。

玩乐的丑态后，愤怒不平地把原本用来打点上级领导的经费用来抵消困难户的提留款，坚守做人的良知。和军校的《大西北王升》[①]中，村长大义凛然地把赌博者送进监狱，让村民当众收回贿赂，严守行事风范，铁面无私地处理村务，圆滑地应对上级不利于民众的政策，因而深得民心。贺享雍的清官系列小说《苍凉后土》《村级干部》《拯救》等作品塑造了一个个深明大义、正直无私、为国利民的清官形象，表明作家对当前乡村清官、好官的认可与期待。冯积岐的《乡政府人物》、[②]陈宗基《支书老吴》、[③]王新军《桥湾》、[④]施祥生的《移民村长和他的上司》、[⑤]吕斌的《我知道我是谁》[⑥]和闵凤利的《解冻》[⑦]等作品中，西部作家不约而同地塑造了一大批身居基层的乡村清官、正官，他们处事不是先为上级着想，而是一心为民办事，公正廉洁的人民公仆形象，他们平易近人、正直无私、乐观幽默、实事求是地履行国家权力与官员职责，深得民众的爱戴。近年来，西部乡土小说以弘扬官员正义廉洁为主题的作品较多，作家持积极颂扬的正面书写姿态，充分肯定乡村干部道德素质建设对于当前乡村伦理发展起到的重要作用。

（二）功利因素下的道德失范

在一些乡土作家以颂扬与肯定的姿态书写官的正义的同时，另一些作家却以讽刺批判的写实手法揭示受现代权势私利与欲望的诱惑，乡村官员行使权力时表现出的道德失范行为。"行政道德失范，是指行政权力异化，指本来是行政主体按照国家利益至上的原则行使行政权力，但是发展的结果，却变成了异己的力量，超出了政府的控制，行政权力变成行政主体损害国家及公众利益、谋取私利的工具。"[⑧]官员的道德失范行为引发的后果是损害国家形象和民众利益，行使正义权利与道德责任意识的丢失，因此痛失民心，带来国家权力威信受挫。西部乡土小说中表现的乡村

---

① 和军校：《大西北王升》，《飞天》1996 年第 7 期。
② 冯积岐：《乡政府人物》，《中国西部文学》1992 年第 1 期。
③ 陈宗基：《支书老吴》，《青海湖》2001 年第 8 期。
④ 王新军：《桥湾》，《绿洲》1997 年第 2 期。
⑤ 施祥生：《移民村长和他的上司》，《中国西部文学》1998 年第 11 期。
⑥ 吕斌：《我知道我是谁》，《草原》2003 年第 6 期。
⑦ 闵凤利：《解冻》，《红岩》2001 年第 5 期。
⑧ 白钢：《行政道德的失范及其治理》，《道德与文明》1999 年第 1 期。

官员行政道德失范行为主要集中于以下三种类型：

其一，乡村官员以权欺民行为。在中国乡村社会中，官员的权力压制导致农民对行政权势的惧怕，从而对国家权力失去信任，这种官民关系的存在无疑阻碍着乡村伦理的发展。施祥生的《狗祭》[①]中，作家以人的无耻与狗的正义形成鲜明对比，来反衬村长倚仗权势欺压民众的丑恶嘴脸，极大地讽刺了人性不如狗性的道德变异。史生荣的《村景》[②]中村长为得到乡长退旧的轿车，劳民伤财地搜刮村民的钱财，受巨额经济利润的诱惑而出卖良知地引导村民违法，引诱少女卖淫，在人性物化中走向道德败坏，严重地损害了国家权力形象。蔡竹筠的《女人是火》、[③]红日的《我的远房表叔英明》[④]中，乡村干部凭借权势欺压农民、霸占良家妇女的无耻行为，展现出现代官员的人性丑恶。赵新的《村长真行》、[⑤]季栋梁的《正午的骂声》、[⑥]张学东的《晨光依旧》、[⑦]邢庆杰的《害怕》[⑧]等作品中，作家以民与官的对立姿态来表现官民矛盾的恶化，官的强势欺民与弱势民众的被欺，且在官与民的冲突较量中，官总是处于强势地位，民在不堪重压中丧失对社会正义的维护。如村民的狗咬了村长，引发官的讹诈赔偿风波，民无奈中状告官，官不但没有任何影响，反而栽赃于民，加倍地索取巨额赔偿费。

其二，官场形式主义作风与民众利益的严重脱节现象。现代社会体制变革中，一些乡村干部因道德意识薄弱与自主信念的偏离，使其在履行权力职责的过程中带有官僚主义和形式主义作风，从而导致其行政道德理念与现实行为实践严重脱节现象，带给社会不良后果。西部作家讽刺乡村基层官员无心真正为民办事的官僚作风，这种作风给民众造成了无法言说的损失。葛林的《杏黄时节割麦子》[⑨]中，军烈属牛爷和牛奶心急如焚地望

---

① 施祥生：《狗祭》，《绿洲》1992年第1期。
② 史生荣：《村景》，《绿洲》1999年第4期。
③ 蔡竹筠：《女人是火》，《飞天》2003年第9期。
④ 红日：《我的远房表叔英明》，《广西文学》2004年第9期。
⑤ 赵新：《村长真行》，《广西文学》1996年第6期。
⑥ 季栋梁：《正午的骂声》，《朔方》2000年第7期。
⑦ 张学东：《晨光依旧》，《朔方》2000年第2期。
⑧ 邢庆杰：《害怕》，《四川文学》2003年第1期。
⑨ 葛林：《杏黄时节割麦子》，《朔方》2000年第9期。

着田里成熟的麦子，即将到手的粮食如果错过抢收的大好时节必是一年的抛撒，几次去找村长请求割收麦子，村长一心想帮忙却不敢违背乡长的指示，乡长说县长在检查夏收工作时要有亲自为烈属割麦子的电视镜头。结局却是一场急来的暴雨让麦子变成了麦芽，但是牛爷仍然没有等来苦苦盼望的县长。作家以形象生动的乡村生活情节，自然清新的乡村背景，真实地再现了基层乡村官员的官僚作风和等级观念，给无辜的农民带来了财产损失。吕斌的《秋日》[①]中，乡村干部下基层参加劳动锻炼的行动被村长与村民视为穷折腾，以此展现出官与民之间巨大的隔阂感与陌生化，村民并不认为乡村干部选择秋收后下乡助农行为能给他们真正地带来帮助，而只是搞形式主义罢了。张武的《村长拜年》、[②] 王新军的《狗咬村长》、[③]《乡长助理》、[④] 马孝军的《村长和狗顺》、[⑤] 天热的《清场》[⑥] 等作品描述乡村基层官员之间的钩心斗角、尔虞我诈。作家揭示官场权势斗争的黑暗和腐败，官员不是以为民谋发展为重任，而是走官场形式路线，以寻求自身利益为从官目的，这种作风严重危害了国家和人民的利益，使官民关系趋于紧张，违背行政道德，严重地损害了国家权力形象和意义。

其三，乡村选举的不公正现象。在国家提倡民主、公正、公平的社会发展环境的时代背景下，西部农村地区仍然存在着乡村选举买官谋利等黑幕。石舒清的《选举》描写了农民伦理视野中的民主选举。村民真正关心的不是选举的村长是否称职，而是能否帮助民众获得上级的救济粮，至于选举采取怎样的方式与他们无关。作家表达了一个反讽的主题：当村民自身的生存利益都无法得到满足，一切外在的价值信念都可能漠然置之。峥嵘的《选举年》、[⑦] 刘向喜的《调解》[⑧] 等作品中暴露西部偏僻山村选举制度和规则的不公正的黑暗面，人与人之间为争夺权力而相互猜疑，走向自私与自我。从西部作家对乡村官员道德失范现象的书写可以见出，失

[①] 吕斌：《秋日》，《草原》1992年第7期。
[②] 张武：《村长拜年》，《朔方》1990年第3期。
[③] 王新军：《狗咬村长》，《飞天》2012年第3期。
[④] 王新军：《乡长助理》，《中国西部文学》2000年第1期。
[⑤] 马孝军：《村长和狗顺》，《四川文学》2010年第4期。
[⑥] 天热：《清场》，《草原》2007年第9期。
[⑦] 峥嵘：《选举年》，《草原》1996年第4期。
[⑧] 刘向喜：《调解》，《广西文学》1998年第8期。

范行为的发生既来自个别官员自身道德素养的低下与道德意志薄弱,极易产生道德信念的偏离,造成行使权力的不正当。另外,受社会体制发展等外部因素的影响,一些政策与法规制度的不完善,存在行使权限漏洞,加之个体利益私心的滋生,导致官员为谋求个人私利而损坏农民利益的失范行为。

(三) 官本位中的道德困境

西部乡土作家书写乡村底层干部面临官场体制与自我道德选择中的道德困境。美国伦理学家麦金太尔在《道德困境》中把当代境遇中人们面临的道德困境分为三种类型:一是不同社会角色的不同责任之间的冲突:"一个道德上严肃的人发现,履行一个社会角色的责任将阻止自己去履行另一个社会角色的责任。"[①] 如"忠孝不能两全"。二是人在履行不同的道德规范之间的不可通约性:"道德上严肃的人不可避免地有这样的失误,即不在于不履行要求角色的责任,而在于不能按人们(不论他们的角色是什么)一般接受的道德规范要求行事。"[②] 例如保守秘密与不伤害无辜者两种道德意识的存在。三是"涉及品质的可供选择的理想。一个品行的理想的德性就是或引起了另一个品行的理想的邪恶"[③]。例如在实现不同的人格理想之间的冲突。西部乡土小说中书写农民出身的乡村干部,原本性情憨厚、老实勤奋,有较强的道德责任感,但在官场体制中遵循这种道德原则并没有给他们带来任何升迁的机会。因此,他们在官场磨练中改变了原本坚守的道德原则,以个人前程来主导一切,如耍小聪明、走后门打点上级等,久而久之地变得圆滑得体。作家以此反映乡村官场的微妙和关系复杂,坚守道德本分无法适应官场规则,违背人性道德却更能顺从体制,这种道德困境产生的原因有:

一是官场升迁与民众利益之间的矛盾冲突造成道德困境的产生。麦金太尔认为人的某种品质或者理想的实现可能会导致另一种道德品格的牺牲。乡村干部面临的最大的道德冲突是在个人名利与民众利益中进行两难选择。"道德冲突是一种主体难以选择的道德困境。在选择的过程中会处于举棋不定的尴尬境地,陷入左右为难的状态,面临进退维谷的局面,这

[①] [美] A. 麦金太尔:《道德困境》,莫伟民译,《哲学译丛》1992年第2期。

[②] 同上。

[③] 同上。

种难以调和的存在就是我们所理解的道德冲突"。① 夏天敏的《随水而去》② 中，官员面对坚守正义与自身仕途两者选择上进行着激烈的矛盾挣扎。乡村干部钟凯不顾农民的重大财产损失而坚决完成上级领导布置的任务，清理几百亩即将成熟的麦子，换成省里专员培育的烟苗样板田，试图借此获得官场升迁的机会。但当他面对即将暴发的山洪，一边是几百亩来之不易的样板烟苗代表的绩效工程，另一边是下游村庄的上百条人命，在经历内心挣扎与道德良知的谴责中，他只好无奈地选择放弃个体利益。面临道德两难的危急时刻，他最终以正义职责战胜了人性私欲。柏夫的《小乡》③ 中驻扎基层的乡村干部于谨面临着提拔升迁与实意为民的道德考验。满怀正义的乡长奔赴前线救援山体滑坡而遇难，受其正义人格的鼓舞，于谨改变了个人动机，正当他决定扎根农村、重建农民家园之时，上级却决定调他回城提升官职，但于谨内心却受到乡长遇难为代价的良知谴责。贺享雍的《苍凉后土》中村长本是真心实意为民办实事，却总是徘徊于完成上级命令与维护农民利益的两难选择，坚守正义的结局却招来是非人怨，既不被上级领导认可，又有愧于民众的道德压抑。西部乡土小说中表现的乡村官员面对正义道德与自我私利欲望的两难选择，必然是放弃私欲、维护民益才能实现人的社会责任与道德价值。

二是乡村干部坚守传统正义却违背现代伦理的道德困境。这种困境是麦金太尔所说的人在履行不可通约的道德规范时容易产生不可调和的矛盾与冲突，如人在履行传统正义理念却违背国家法律的规定。李一清的《山杠爷》④ 中村长山杠爷以一套完整严格的传统正义村规治理村庄，按时完成国家交粮任务，让在外务工人员回村重振农业发展，严惩村中不孝、打架斗殴、偷鸡摸狗、滥伐林木等现象，整个村庄被他治理得井然有序。但这种传统专制家规式的治村行为触犯了道德和法律，受他严厉惩罚不孝顺公婆的乡村少妇因被当众羞辱而自缢。山杠爷因此被逮捕，却引起了全体村民为他求情，因为他严格治村受到村人的信服，村民并不认为凶残而是治理有方，村官以传统正义伦理治村，却触犯现代法制文明的道德困境。

---

① 祖国华等：《社会伦理学研究》，人民出版社2013年版，第179—180页。
② 夏天敏：《随水而去》，《边疆文学》2001年第4期。
③ 柏夫：《小乡》，《飞天》2000年第2期。
④ 李一清：《山杠爷》，《红岩》1991年第3期。

贺享雍的《村官牛二》塑造既善又恶，既正直又混账，人性美丑兼具双重人格的村官形象，再现了当代中国农村干部真实的道德状态。海平、海明的《天遣》、[①] 路远、肖亦农的《村官难当》、[②] 季栋梁的《村长也是左撇子》、[③] 王建根的《本分》、[④] 吕斌的《遍地诱惑》[⑤] 等作品探讨乡村基层干部的尴尬处境，他们必须机智地应对官场的形式主义、利益贿赂腐败诱惑等不正之风，处理好上级意愿与农民利益之间的关系，在道德困境抉择中坚守正义立场。人在面临两种不同的道德选择时会出现相悖的结局：坚守其中一种道德规范存在的正当性，却受到违背另一种道德原则的惩罚。对于两者不可兼得的情况，这时更多需要人的道德意志来决定个体的最终选择。

官民关系是乡村伦理关系的一个重要方面，尽管农村基层权力的实质势力不大，但是在乡村社会中却具有巨大的影响力。官民关系是否和谐，直接影响到农村的稳定与繁荣。西部乡土小说从官与民两个层面书写人的正义，在民的层面上，农民正义观念表现为：由传统农民的仁义向现代农民追求平等公正的新型正义观念转变。在官的层面上，农村官员的伦理呈现为：一是坚守正义，作为国家权力正义化身的代表，大公无私地行使权力，为民谋利；二是违背正义，形式主义与重私轻义的道德失范行为。西部作家同时探讨了民的道德悖论与官本位的道德困境现象。在正与邪、善与恶的强烈对比中，西部乡土作家探讨现代西部乡村官与民的道德现状，揭示了现代社会的发展给农村人伦带来的变化，引发人们对乡村社会正义问题的关注。

第二节 自然正义

西部乡土小说中探讨的自然正义是指人与自然、人与动物、人与环境之间的伦理关系，具体表现为人保护生态正义伦理行为与道德观念。西部作家从早期单纯地书写人与自然的生态面貌，提升为一种生态审美与道德

---

① 海平、海明：《天遣》，《红岩》1999 年第 5 期。
② 路远、肖亦农：《村官难当》，《草原》2003 年第 1 期。
③ 季栋梁：《村长也是左撇子》，《飞天》1999 年第 1 期。
④ 王建根：《本分》，《四川文学》1999 年第 8 期。
⑤ 吕斌：《遍地诱惑》，《草原》2001 年第 11 期。

关怀的伦理写作。这与西部地区的民族信仰有着密切的关联,例如少数民族奉行"猎杀不绝"生存理念,在满足人类基本需求的同时注意保护生态平衡。乡土作家对生态主题的关注,也因受到西方生态文学的兴起与生态伦理思想的传入和影响,生态伦理思想兴起于20世纪二三十年代,引起中国学者的关注则到70年代末80年代初,大量的生态伦理著作开始被广泛翻译并传入中国。中国自改革开放以来,在追求经济效益发展中带来一些自然生态问题,因此90年代以来生态伦理问题越来越受到国家和社会的重视。生态伦理涵盖人与自然、生态、环境之间的伦理关系,以此来规范和约束人类发展造成自然生态的负面破坏效应。

生态伦理主要基于两个学派之间的理论论争,一是以整个人类为中心的"人类中心主义"伦理观,强调人的道德价值,"人是'万物的尺度'",[①] 以人的价值和利益为核心,探讨与生态环境相关的人际伦理问题。这种观念坚持人与自然的主客二分,以人为本的生态理念,认同"人是自然界中唯一拥有理性的存在物,这种理性使人自在地就是一种目的,自在地具有内在价值,因而伦理或者道德只是人类社会生活的专利,是专门调节人与人之间关系的规范"。[②] 因此,强调人类保护自然生态应该以人的整体和长远利益为基点,保护环境是为了更好地服务于人类的生存发展。二是以自然界为中心的"非人类中心主义"伦理观,即包括(生物中心论、动物解放论、生态中心论等)。它强调把伦理关注视野"从人扩到一切生命和自然界",[③] 主张它们与人类拥有同样平等的权利,"生命和自然不仅具有人类赋予其工具性和有效性的外在价值,而且具有其存在本身所固有的内在价值"。[④] 人类反省以人为中心的发展所带来的弊端和恶果,站在生命平等角度重新思考人与自然的关系,弘扬尊重自然、敬畏生命和保护生态的伦理观念。20世纪70年代后,在西方生态伦理领域,"非人类中心主义"逐渐占据主流地位,从而导致各类流派生态伦理观的兴起。20世纪90年代以来中国政府对西部发展大力扶持,21世纪之初国家提出并实施西部大开发战略,提高了西部经济发展的速度,加快西部乡

---

① [美]弗洛姆:《为自己的人》,孙依依译,北京三联书店1988年版,第33页。
② 曹孟勤:《人性与自然:生态伦理哲学基础反思》,南京师范大学出版社2006年版,第21页。
③ 傅华:《生态伦理学探究》,华夏出版社2002年版,第32—33页。
④ 同上书,第33页。

村的现代化进程,无疑给西部发展带来巨大利益,但也给西部地区的生态带来了负面效应。西部作家面对乡村生态为工业发展而付出的沉重代价,在文学创作中表达回归自然正义的伦理诉求。

一 敬畏生命本真与回归自然正义

20世纪90年代以来,西部乡土小说中兴起一股以自然为创作题材的生态审美文学热潮,作家表达博大的自然伦理情怀。在全球一体化发展的时代背景中,中国西部作家也积极融入并参与世界文学的交流与学习,雪漠、了一容、郭文斌、郭雪波等作家都曾参加国际文学写作交流活动,这无疑加速了东方与西方思想观念的碰撞。一些国外汉学家主动翻译中国西部作家的作品,如法国汉学家安波兰女士主动翻译石舒清和李进祥的乡土小说。贾平凹、郭雪波等小说已被译成多种外文出版,这极大地拓展了西部乡土作家的创作影响。随着西方现代生态文学的波及与关照,引发西部作家关注现代文明发展中的自然生态,呼吁保护生态环境,回归人类家园,坚守正义伦理。

伦理学研究者认为:"现代工业文明的出现本身就是在与自然相对立的功用理性的指导下进行的……它将不顾一切地攫取最大的近期利益作为行动的最高标准,从而即使是对自然的破坏性、毁灭性利用,也在所不惜。"[1] 这种功用理性发展观念的实质是单纯追求经济效应的实利主义态度,因此带来了一系列伦理关系的转变,人与自然、人与人之间的关系都变得更加功利化。人们追求外在的物质利益,其内在精神价值与道德观念也随之转变,生态环境不断恶化同时导致人类精神家园的逐渐荒芜,"人与自然的主客体的区分,既表明人类意识的觉醒,又表明人与自然的疏离"[2]。这种疏离具体表现为人类对自然生态的入侵和破坏,海德格尔试图以他的存在主义理论推翻这种主客二分的哲学观,他认同:"真理的本质就是'自由',自由就是'让存在',这个'让存在',就是让自然事物存在。人的本质不在于当自然的主宰者,而在于依赖自然而存在。"[3] 海

---

[1] 龚群指出:"所谓功用理性是一种目标理性,即盘算着如何以最小的付出得到最大的收益,而把其所产生的相应的副作用放在一边。"参见龚群《社会伦理十讲》,中国人民大学出版社2008年版,第406页。

[2] 龚群:《社会伦理十讲》,中国人民大学出版社2008年版,第407页。

[3] 同上书,第413页。

德格尔进一步指出:"作为存在之庇护,保护乃是牧人的本色。"[①] 因此,海德格尔要求人们从"自然的主宰者、统治者"转为"自然的看护者、倾听者"。[②]

西部乡土小说中表现出人类与自然关系两种不同的发展趋向:一是农民坚守自然正义,守家护林的正义行为。作家陈继明对西部农民防沙保林自然正义行为的书写,《在毛乌素沙漠边缘》[③]中的治沙能手牛作孚老人,《一棵树》[④]中誓死护树的信义老汉,都是护林守家的典范,支持信义老汉活着的唯一动力,就是保护那棵与他相伴终生即将枯萎的老树,面对葬身沙海的村落,老人仍然坚守着人在、树在、村在的自然规则。《寂静与芬芳》[⑤]中人面对日常现实生活的苦恼浮躁、消沉空虚的心理,走向阳光、乡村、田野寻找心灵沉静的自然空间。武诚的《树爷》[⑥]中树爷善待自然、守家护林,因在阻止滥伐行动中维护正义而失去生命。石舒清的《果园》[⑦]《锄草的女人》[⑧]《两棵树》[⑨]书写人静默于大自然的祥和心态,沉静于与土地情感相融的诗意境界。贾平凹的《高老庄》中高老庄人对神秘白云湫的迷恋和敬畏,迷胡叔守护林业,以蔡老黑为代表的农民与破坏乡村生态的掠夺行为作斗争。季栋梁的《享福》[⑩]、刘亮程的《家园荒芜》、贾平凹的《秦腔》中,老一代农民誓死守护土地的精神等都表现人与自然关系的深厚。

二是人类自私行为造成自然污染的沉重代价。人类一味地寻求自我生存而无视自然环境的恶化,因此大自然也对人类的罪恶行为给予无情的回击。了一容的《野村》中农民过度垦林造田带来土地严重沙化,加之政府政策的不完善,威胁着村民的基本生存。卢一萍的《夏巴孜归来》[⑪]

[①] 孙周兴选编:《海德格尔选集》,上海三联书店1996年版,第560—561页。
[②] 龚群:《社会伦理十讲》,中国人民大学出版社2008年版,第413页。
[③] 陈继明:《在毛乌素沙漠边缘》,《朔方》1999年第9期。
[④] 陈继明:《一棵树》,《朔方》2000年11期。
[⑤] 陈继明:《寂静与芬芳》,《人民文学》1998年第5期。
[⑥] 武诚:《树爷》,《飞天》2005年第10期。
[⑦] 石舒清:《果园》,《人民文学》2005年10期。
[⑧] 石舒清:《锄草的女人》,《青岛文学》1995年第2期。
[⑨] 石舒清:《两棵树》,《朔方》1995年第10期。
[⑩] 季栋梁:《享福》,《中国西部文学》1999年第9期。
[⑪] 卢一萍:《夏巴孜归来》,《中国作家》2008年第1期。

中，草原文明受现代化进程的入侵，牧民因无法生存而迁离草原。作家王华不禁为人类最后的生存之地被工业化吞没感到留恋和惋惜，《家园》《雪豆》中工业文明带给乡村农民灭人种族的罪恶，人们生活在严重的水质污染、空气恶化的环境之中，陷入精神荒芜，身心皆受摧残，面临着绝后的悲惨结局。这种生态现状严重威胁着人们的生存和发展，因而引发了乡土作家深切的担忧，鲜明地表达了人类应该保护大自然、改善生态污染、回归自然家园的伦理关怀。

西部作家通过自然正义书写来表达一种敬畏自然与生命的伦理美。法国学者阿尔贝特·施韦泽提出敬畏生命伦理，"善是保存和促进生命，恶是阻碍和毁灭生命。如果我们摆脱自己的偏见，抛弃我们对其他生命的疏远性，与我们周围的生命休戚与共，那么我们就是道德的"。[1] 他认为敬畏生命是人类最终应该遵循的基本生存态度和伦理行为，这里所说生命是指包括人类在内的一切具有生命特征的生命现象，人类对生命敬畏体现于"扎根于伦理的同情，它不仅涉及人，而且也包括一切生命"，[2] "有思想的人体验到必须像敬畏自己的生命意志一样敬畏所有的生命意志"。[3] 这里可以理解为人的敬畏之心与他的道德意识有着密切的关联，只有对生命和自然拥有敬畏的态度，才会向其他生命施善和行善。因此，敬畏生命伦理包含着人的"爱、奉献、同情、同乐和共同追求"[4] 的道德理念，强调人的道德责任感和奉献意识。随后美国哲学家泰勒提出"尊重自然"的生态伦理观，利奥波德提出的大地伦理观，都是以尊重自然界一切生命为道德原则，视地球为一个有机的共同体，人只是这个共同体中的普通成员，不再是征服者与统治者的角色，而是要尊重共同体中的动物、植物、土地、水等，它们与人类有着平等存在的权利。

西部作家中以郭雪波和红柯为代表的小说创作中崇尚自然正义，传达一种乡土生态审美伦理。郭雪波创作了以故乡科尔沁草原沙化为主题的生态小说系列，从早期的《高高的乌兰哈达》开始关注草原人工种草与治

---

[1] ［法］阿尔贝特·施韦泽：《敬畏生命》，陈泽环译，上海社会科学院出版社1992年版，第19页。

[2] 同上书，第103页。

[3] ［法］阿尔贝特·施韦泽：《对生命的敬畏：阿尔贝特·施韦泽自述》，陈泽环译，上海人民出版社2007年版，第128—129页。

[4] 同上书，第129页。

理沙化,到《沙狐》《沙狼》《沙葬》《大漠魂》《苍鹰》等作品展示现代文明入侵草原后,对草原的破坏性掠夺带来的生态恶果,草原日益沙化严重,给人类生存带来严重的灾难。郭雪波曾惋惜地感叹:"如果我们像现在这个样子继续对大自然巧取豪夺,无极限地破坏,大自然一定会通过它的方式来惩戒人类的。"① 郭雪波以文学创作来表达他对自然正义的坚守,力求在现代社会发展中树立生命万物与人类和平共生的生态理念,回归"崇尚自然、尊重生命"伦理。因此,他的小说中动物(狼、狐)是通达人性的,当受到人类侵略和屠杀时,它们会对人类进行反抗和报复;当人类对它们施于同情、怜悯和救助,它们又会自觉地视人类为忠诚的朋友。即便是人类畏惧的大漠也有它的温情时刻与壮美的景色,"火红的落日和沙漠连成一体,好比一面无边的金黄毯子上浮腾着一个通红的茸球。无比娇柔地,小心翼翼地,被那美丽的毯子包裹着,像是被多情的沙漠母亲哄着去睡眠……大漠一片宁谧,温馨,又是那样庄严肃穆地欢迎那位疲倦了的孩儿缓缓归来。天上和沙上,余留下一抹淡红,不肯散去。黄昏的暗影,悄悄地犹如一张丝绸织成的网般飘落下来"。② 因此,郭雪波把万物生命的大美特征融合乡土小说创作之中。

红柯的小说也表达出崇尚万物生命的自然正义理念。在他的小说中,无论是对人类脚下的大地、戈壁、沙漠、荒原,还是对鸟、羊、鹰、马、狗、狼、蚊子、树、河流、石头等都充满了敬仰和膜拜。在红柯眼里,万物的存在都是有灵魂和精神的,值得人们尊重和敬畏,他小说的生态伦理情怀和审美源于外来文化的影响与丰富的生活阅历。红柯接受西方文学与生态伦理思想的影响。他的大学时代曾着迷于《伊里亚特》《列王记》等希腊文学名著,③ 精读《草叶集》与《世界文学》,工作后倾心阅读叔本华、尼采、施蒂纳等人的哲学著述,阅读大量历史、宗教和文史资料。④ 红柯表示自己非常痴迷古希腊诗人传达的灵与肉搏斗的磅礴气势与热血沸腾之感,希腊文学崇尚人体的壮美,追崇人的自由欲望的放任不羁,深刻

---

① 郭雪波:《用文学传承萨满文化》,(http://blog.sina.com.cn/s/blog_4dcda3030102e2gg.html),2015年5月7日。

② 郭雪波:《大漠日落》,《北京文学》1999年第10期。

③ 红柯:《我是这样开始写作的》,载《敬畏苍天》,上海人民出版社2002年版,第264页。

④ 同上书,第266页。

地影响着红柯。因长期身居西部偏远之地，远离世俗，身临其境的感受和陶醉于雪山、荒漠的高贵大美，生命的真实与自由，因而造就了红柯小说浪漫诗意的审美气质。受美国作家梭罗自然思想的启蒙，红柯对西部自然尤为敬畏，他曾一边读着梭罗的《瓦尔登湖》，一边在天山脚下的边陲小镇享受着弄地种菜的田园生活。[①] 因此，"动物植物成了他膜拜的生命景观，牛羊马雄鹰和树构成小说的主题"，[②] 红柯视这些生灵的生命高于人类，因此表达西部自然的"生命力和生命意志终极大美的创世精神"。[③]

红柯受本土文学的熏陶与边地生活的丰富阅历形成小说的生态审美风格。红柯继承中国传统文学的底蕴，他对古典名著和描写战争题材的文学作品有着极深的兴趣，曾抄写王弼注解的《庄子》，刘熙载的《艺概》，[④]任教边陲技校期间曾摒弃传统语文教学，自编教材《老子》《论语》《孙子兵法》《周易》和中国古典诗词。[⑤] 由此可见，红柯对中国传统文学接受是颠覆常规的，充满着叛逆张扬的个性。红柯尤为追崇蒙古族英雄成吉思汗的历史事迹与草原文化的自由精神，对蒙古族民间史诗《江格尔》与《蒙古秘史》进行潜心研究。[⑥] 他仰慕草原游牧文化滋养生命万物的热血气魄，充满着神圣的敬仰和钦佩。红柯是陕西人，24 岁时远赴新疆，十年边疆生活体验成为他宝贵的人生阅历与文学财富。他曾表达初见新疆有博大神圣印象："辽阔的荒野和雄奇的群山以万钧之势一下子压倒了我⋯⋯能让你强烈地感觉到自己的渺小与无助⋯⋯新疆人难以泯灭的淳朴和单纯就基于此，而人的高贵和力量也基于此⋯⋯居于沙漠的草原人其心灵与躯体是一致的，灵魂是虔敬的。"[⑦] 西部疆域的宽广、草原的辽阔，人们处世性格的豪放，对待万事万物豁达的心态，带给从中原地区走来的红柯一种新颖的猎奇感与久久无法平静的壮美。因此，红柯的小说中时常表达对这片疆土的生命物类一种发自内心的神性敬畏，以至于他离开新疆多

[①] 红柯：《文学与身体有关》，载《敬畏苍天》，上海人民出版社 2002 年版，第 274 页。
[②] 同上书，第 289 页。
[③] 红柯：《神性之大美——与李敬泽的对话》，载《敬畏苍天》，上海人民出版社 2002 年版，第 341 页。
[④] 红柯：《阅读杂谈》，载《敬畏苍天》，上海人民出版社 2002 年版，第 305 页。
[⑤] 红柯：《获救之路》，载《敬畏苍天》，上海人民出版社 2002 年版，第 266 页。
[⑥] 红柯：《真境花园》，载《敬畏苍天》，上海人民出版社 2002 年版，第 281 页。
[⑦] 红柯：《敬畏苍天》，上海人民出版社 2002 年版，第 9—10 页。

年后对这段经历仍然难以忘怀。

红柯曾多次谈到新疆生活让他近距离地接触大自然的神秘和壮观,给予他创作的灵感。在《浪迹北疆》中他谈到:"弥漫在戈壁沙漠上的绝不是荒凉,而是沉静……我在黄土高原的渭河谷地生活了二十多年,当松散的黄土和狭窄的谷地让人感到窒息时,我来到一泻千里的砾石滩,我触摸到大地最坚硬的骨头。我用这些骨头作大梁,给生命构筑大地上最宽敞、最清静的家园。"[1] 在《泥土》中感叹:"在戈壁沙漠之间,泥土显示出它原始的风貌,大地之子也只有在这里才能感受到真正的人类气息。"[2] 在《大地之美》中感悟铁木真的蒙古民族给予沙漠深处中一个个富于诗意的地名,如"阿尔泰(金子),可可托海(绿色丛林),哈纳斯(美丽的湖泊),乌鲁木齐(美丽的牧场),博尔塔拉(青色的草原),布克赛尔(梅花鹿和马背一样的山)……"[3] 因此,他的作品也以地名而命名,如《可可托海》《哈纳斯湖》《额尔齐斯河波浪》《古尔图荒原》《金色的阿尔泰》等都表现出红柯对西部自然的热爱和敬仰之情。

红柯小说对自然万物生命的审美表达,也形成了他小说一种特有的生态审美表现。正如他多次对西部自然的深情表达:"真正的自然在西部,山脉、树和草甚至人的生命在这里才显得真切而细致",[4] "我钟情于大地,钟情于中亚的神奇"。[5] 红柯对西部自然、大地的依恋和热情延伸于小说创作中,则表现为对生命勃发的张扬与自然性灵的赞美。《太阳发芽》中老人展望一棵树的生命而感悟自我的生命历程,豁达而平静地看待死亡,人与土地关系如此亲密,一个生命的坠入必将代表着一颗种子的萌发。《蚊子》作家写人善待蚊子的夸张行为,实质是以此彰显荒芜的戈壁中生命的珍贵与神圣。《哈纳斯湖》中自然万物(鱼、马、鹿、树、草、河、雪等)都具有生命的灵性和活力,感悟着人类与万物灵魂相通互融的神性。《鸟》《乔儿马》[6] 中深居大山的人们与鸟兽相伴,视死护林,救助生灵的伦理精神而感动大河与雪峰的恩情回报。《大黄》《鹰影》《麦子》

---

[1] 红柯:《浪迹北疆》,载《敬畏苍天》,上海人民出版社2002年版,第12页。
[2] 红柯:《泥土》,载《敬畏苍天》,上海人民出版社2002年版,第15页。
[3] 红柯:《大地之美》,载《敬畏苍天》,上海人民出版社2002年版,第21页。
[4] 红柯:《大自然与大生命》,载《敬畏苍天》,上海人民出版社2002年版,第72页。
[5] 红柯:《感悟大漠》,载《敬畏苍天》,上海人民出版社2002年版,第269页。
[6] 红柯:《乔儿马》,《人民文学》1999年第5期。

《树泪》和《四棵树》中人与动物、植物之间的心灵互动，自然万物给予人类灵魂指引的神秘感，充满对生命本真意识的强调，尤其表现出人与自然生命的亲近感。《金色的阿尔泰》以西域自然万物生命神圣来感化着人心向真、向善、向美，人与自然万物一体的生存观，激励着人在荒芜的大漠戈壁之中战胜困境获得新生希望，面对死亡而不悲伤，并坚信"高贵的生命不会死亡，我们必将在植物中复活"，[1] 生命终将回归大地与自然。红柯小说书写西部独特地域自然景观给予人生命气象的震撼，追求自然万物生命的自由状态，以生态正义情感传达生命平等的自然和谐观念，并以浪漫主义手法表现了小说的生态审美风格。

西部乡土作家书写敬畏生命本真与回归自然正义的生态伦理形态，深刻地表达出对人与自然和谐共生存的共同期待。自然有着人类无法战胜的崇高和神圣力量，人类不应是征服自然的制裁者，而应以平等的姿态保护自然万物的生命，只有这样才能实现人与万物共存的伦理理想。

二 珍视动物正义与生命审美

西部乡土小说书写人类珍视动物生命伦理，如人善待动物的怜悯之情，人与动物平等共存的伦理状态等。由于西部生存环境的特殊，大型动物（如驼、马、驴、牛等）为人们提供重要的生活和交通帮助，它们已成为西部农民生活的重要组成部分，人与动物长期相伴中建立生死依托的深厚情感。20世纪90年代，西方阐释动物伦理书籍的译本在中国大陆盛行，[2] 这对中国保护动物伦理的兴起深有影响。澳大利亚伦理学家彼得·辛格于20世纪70年代中期提出"动物解放"伦理，主张并强调动物与人类享有平等权益，因为它们与人类一样具有感受痛苦的能力，"一个生命只要能感受苦乐，就有权益，如果一个生命会'痛苦'，我们在道德上就没有正当的理由可以忽视其痛苦，或把其痛苦跟其他生命的痛苦不平等视之"。[3]因此，人类应该消除物种歧视观念，停止杀戮动物或者进行动物实验，平

---

[1] 红柯：《金色的阿尔泰》，载《黄金草原》，浙江文艺出版社2002年版，第228页。
[2] 彼得·辛格的《动物解放》中文译本，1996年在台湾出版，1999年在大陆重印；汤姆·里根发表《为动物权利辩护》，后载与他人合著的《动物权利论争》，大陆2005年出版中文译本。
[3] ［澳］彼得·辛格：《动物解放》，孟祥森、钱永祥译，光明日报出版社1999年版，第205页。

等地给予动物利益以道德关怀,动物解放其实质也就是人类的解放。80年代,美国动物权利理论哲学家汤姆·里根发表《为动物权利辩护》,强调动物与人类一样也拥有生命平等与自身存在的"天赋价值",动物也是生活的主体,应该"平等地分享着相同的道德地位"。[1] 因此,动物伦理倡导人类应尊重动物的存在价值,让它们受益于道德权利的保护,"人们应该将自由、平等和博爱的伟大原则推广到动物身上"。[2] 西方动物伦理思想的传入和影响,对中国当前倡导的可持续发展观,提高生态保护意识,转变单纯注重经济效益的粗放发展模式,无疑起到了巨大的反省和借鉴作用。

针对现代社会一味地追求经济利益与生态保护相悖的发展,从而导致一些严重的生态问题,批判人类行为对动物造成的极端迫害现象,呼吁回归生态平衡成为近年来西部作家重要的伦理责任。作家叶广芩认为动物是具有灵性的,它们的生命与人类同样高贵,"能感受到快乐和痛苦的不仅仅是人,动物也同样,它们的生命是极有灵性的,有它们自己的高贵和庄严。我们应该给予理解和尊重"。[3] 小说《猴子村长》[4]《长虫二颤》[5]《老虎大福》[6]《黑鱼千岁》等客观呈现动物遭受人类无情猎杀的悲惨处境,但这些通达人性的生灵却有着自己独特勇敢的生命观。母猴面对猎枪而安详无畏地给幼崽喂奶,坚强地等待死亡,人类与动物关系的恶化,人类残酷地掠食动物,动物也报复人类。叶广芩创作的一些生态小说中极力宣扬人类应该尊重和善待动物的生命,改善人与自然的生态关系,"善待动物如同善待人类自己,动物也有它的喜怒哀乐,它和我们一样渴求幸福,畏惧死亡,同样具有生存的意义和价值"。[7] 作家雪漠也曾在小说中表达他的生态观:"人与自然和谐,乃是人与人相和谐的基础,破坏生态环境的

---

[1] [美]汤姆·雷根、卡尔·科亨:《动物权利论争》,杨通进、江娅译,中国政法大学出版社2005年版,第142页。
[2] 曹孟勤:《人性与自然:生态伦理哲学基础反思》,南京师范大学出版社2006年版,第32页。
[3] 叶广芩:《所罗门王的指环》,载《老虎大福》,太白文艺出版社2004年版,第226页。
[4] 叶广芩:《猴子村长》,《北京文学》2003年第5期。
[5] 叶广芩:《长虫二颤》,《当代》2003年第4期。
[6] 叶广芩:《老虎大福》,《人民文学》2001年第9期。
[7] 叶广芩:《老县城》,《中国作家》2003年第1期。

'人定胜天',实际上是自杀并断子绝孙。"①《猎原》和《狼祸》中呈现出工业文明带来了西部乡村生态的危机,野生物种陷入濒临灭绝的困境,政府与环境保护者极力挽救大漠生灵,由过去的猎杀狼到现在的保护狼,试图改善生态的不平衡状态。京夫的《鹿鸣》中具有神秘灵性的鹿终将无法逃脱人类私欲的残忍。葛林的《是谁赶走了我们的树》②中动物受制于人类的悲哀,以树拟人,引发人类应该善待自然的问题。董立勃的《野鹿》③中,铁子少年时曾怀着纯洁的爱心去救助受伤的野鹿,让它回归大自然。若干年后却为私欲而出卖捕捉野鹿,野鹿的灵性感悟着他回归向善的灵魂。《三个男人的战争》④中保护藏羚羊者与偷猎者之间的较量与战争,最终正义战胜邪恶,巡山警察艾力以生命为代价换回了藏羚羊生存的自由与安宁。

贾平凹在《怀念狼》《库麦荣》⑤探讨人类与动物关系的生存困境,保护动物者与残杀动物者并存的状态,从中也能见出贾平凹在其中建构着人与动物和谐共存的生态理想,善待动物就是善待人类自己。《怀念狼》中具有记者兼环保者双重身份的"我"与舅舅(以前是猎人)在寻找最后15只狼的过程中,表现人与狼之间复杂的关系:一是商州人憎恨狼。老百姓惧怕狼,以前狼的数量过多,深深地伤害无数村民,所以他们对狼恨之入骨,遇狼必杀,"敌死我活"的生存观。从雄耳川人集体追杀逃脱的三只狼的行动中,显出人与动物关系的恶化。二是猎人对待狼的矛盾态度。舅舅身陷从杀狼到保护狼的角色转变的尴尬处境,他后悔以前杀死太多狼,现在又无法挽救狼,体现了人与动物关系的复杂化。三是现代环护者挽救狼。"我"作为政府保护动物的倡导者,对狼充满敬畏,却又在挽救狼的行动中无能为力。"我"全力地守护狼却遭到村民反感和拳打,因挽救失败而陷入精神恐慌的道德困境。从捕杀狼、保护狼到灭绝狼,体现出人与动物关系面临崩溃。

与此相对的是,一些西部作家呈现人贴近大自然的另一种生态审美,

---

① 崔道怡:《地球是这样毁灭的——〈猎原〉读后有感》,载雪漠的《猎原·代序》,敦煌文艺出版社2009年版,第3页。
② 葛林:《是谁赶走了我们的树》,《朔方》2006年第3期。
③ 董立勃:《野鹿》,《山花》2005年第5期。
④ 董立勃:《三个男人的战争》,《啄木鸟》2008年第9期。
⑤ 贾平凹:《库麦荣》,《人民文学》2002年第10期。

动物和植物成为审美主体，它们在作家的笔下有了人的灵性和宝贵的生命意识，懂得回馈人的善意并奉献于人类。

王新军的小说《大地上的村庄》①《两窝鸡》《两条狗》，②饱含深情地书写西部村庄中人与动物、植物相伴的日常生活琐事。《闲话沙洼洼》③描绘出荒漠深处的绿洲沙洼洼四季更替，人善待家畜（牛马羊驴）、耕耘和收获的生态图景。《吉祥的白云》④中动物有着生命的疼痛、悲伤与相互关爱的善性，牧人懂得珍视牛羊，体现生命平等的伦理美。《旱滩》中草滩深处万物生命的珍贵，人视动物生命为自我生命的重要组成部分，"牛，羊，骆驼，人，都是生活在天地之间的一个生命，分不得彼此，分不得你我"。⑤《大草滩》⑥中牧羊人许三管拒绝以羊群换取四轮车，他沉浸于草滩、河流、村庄、羊群相融的自然美景，享受着人与天地自然共存的那份原生的自由和宁静。《与父亲有关的生活片段》⑦中放弃挣扎安静地等待死亡的大羯羊感染了一生杀羊的父亲，他为羊的灵性而停止屠杀，并为自己的杀生行为而深深的忏悔。《羊之惑》、⑧《牧羊老人》⑨和《卖羊》⑩中人与羊之间的深厚情感，尊重动物生命自由。《与村庄有关的一头牛》⑪以一头牛的口吻叙述老主人像对待儿女一样善待自己，阻止儿子杀害忠厚的它。牛因感恩于老主人而流泪，开明地面对生死，以洁净的身体和心灵等待着生命终结，在岁月的长河中，生命终将融于圣洁的大地。

张学东的小说《看窗外的羊群》⑫中父亲精心喂养照料他的羊群，我因年幼无知的疏忽造成一只羊羔丧命，因此遭到父亲的痛骂与惩罚，从父

---

① 王新军:《大地上的村庄》,《黄河文学》2006年第6期。
② 王新军:《两窝鸡》,《上海文学》2005年第9期；王新军:《两条狗》,《上海文学》2005年第9期。
③ 王新军:《闲话沙洼洼》,《飞天》2002年第6期。
④ 王新军:《吉祥的白云》,《中国作家》2007年第10期。
⑤ 王新军:《王新军小说》,《人民文学》2004年第10期。
⑥ 王新军:《大草滩》,《飞天》1999年第10期。
⑦ 王新军:《与父亲有关的生活片段》,《小说界》2005年第3期。
⑧ 王新军:《羊之惑》,《飞天》1999年第3期。
⑨ 王新军:《牧羊老人》,《小说界》2000年第4期。
⑩ 王新军:《卖羊》,《飞天》2006年第7期。
⑪ 王新军:《与村庄有关的一头牛》,《时代文学》2002年第5期。
⑫ 张学东:《看窗外的羊群》,《朔方》2000年第12期。

亲不畏艰难地为羊接生中,对羊群如同亲人般的关爱使我深深地懂得珍视生命的意义。韩天航的《鹿缘》、①袁玮冰的《山地的早晨》、②张永军的《假如你爱它就送走它》、③覃冒华的《黑牯牛》、④郭雪波的《天海子》⑤等作品呈现人与鹿、人与熊、人与牛、人与狼等动物和谐共生的理想状态。西部乡土小说展现人类善待动物、珍视生命的伦理关怀,这已成为作家书写西部精神与生态审美的一个重要层面。

近年来,西部作家面对现代工业文明给人类生存环境带来的负面影响,有意识地寻找自己的生态审美创作理念。一方面,受西方生态文学的影响。随着梭罗的散文集《瓦尔登湖》,蕾切尔·卡森的生态小说《寂静的春天》、奥尔多·利奥波德的自然随笔和哲学论文集《沙乡年鉴》等生态文学作品大量引入中国,这无疑带给中国作家文学创作上的启发。另一方面,西部作家有着回归本土生态伦理的自主意识。如古人崇尚的"天人合一"伦理观,本土化的民族宗教伦理思想等。西部作家对于西部自然环境的恶化有着亲身体验,目睹近年来生态环境的严重恶化,促使他们回归本土文化与宗教信仰,寻找一种民族认同的自然正义理念,有意地把敬畏自然、崇敬生命的生态伦理观念渗透于小说创作中,从而形成乡土小说创作的生态审美意象,这种创作走向全球生态环境持续恶化的大背景下无疑具有强烈的警示性。

第三节 人的存在与异化

西部乡土作家由对人的正义与自然正义伦理的书写,引发对人的存在与人的异化现象的探讨。西部作家因特殊的地域生活环境和亲临乡村的真实生活经历,加之受西方伦理思潮的影响,小说创作中呈现出对人的存在意义与人的异化问题的伦理思考。罗伟章则表示:"在过度强调城市化进程的今天,乡下人收获的是生存的窘迫和尊严的丧失……写作者的任务,

---

① 韩天航:《鹿缘》,《绿洲》2001年第2期。
② 袁玮冰:《山地的早晨》,《草原》2003年第4期。
③ 张永军:《假如你爱它就送走它》,《绿洲》1998年第3期。
④ 覃冒华:《黑牯牛》,《红岩》2005年第1期。
⑤ 郭雪波:《天海子》,《北京文学》2004年第12期。

看到的不应该仅仅是'底层'的问题,而应该是'人'的问题。"① 由此可见,对于人的生存问题的探讨已成为西部乡土作家正义伦理书写的另一种审美表现。

一 人的生存审美形态

克尔凯郭尔在《人格发展中的美学与伦理平衡》中阐释人的三种生活观:"美学的、伦理的、宗教的",② 后被学界阐释为"人生的三种存在境界(或者是存在方式)审美的存在、伦理的存在、宗教的存在"。③ 审美的存在表现为人凭直觉、欲望、情感支配的感性和世俗。伦理的存在是一种充满"理性的自醒存在",④ 在这种境界中"人所关注的不再是肉体的欲望,而是理性精神的自觉;不再是放纵、昏然和好情,而是善良、正直、节制和仁爱。伦理存在的关键是存在的抉择,即道德原则的决定"。⑤ 克尔凯郭尔认为:"持美学观者尽量试图沉浸于情绪中,而持伦理观者洞悉情绪,但情绪并不占主导地位。这是因为他意志坚定,能把情绪很好地控制起来。"⑥ 他进一步指出:"伦理观者清醒地认清自己,而审美观者却生活在混沌之中。"⑦ 因此,持美学观者应该以道德来校正自我。他把宗教视为最为让自己"感到震动的人生观……当我用这种方式超越有限、选择自我时,我就获得永恒"。⑧ 宗教的存在是人的最高境界,具体表现为"孤独个体能够凭借信仰而直接面对上帝,因而可以彻悟到真正绝对的自我存在,体会到绝望人生尖锐而壮烈的精神颤抖"。⑨ 可见,克尔凯郭尔坚信人只有在信仰或者宗教中人才能真正承担责任,才能成为其自身。20世纪 90 年代以来西部乡土小说中展示出人的生存状态更多强调的是人的伦

---

① 罗伟章:《我不是在说谎》,《四川文学》2006 年第 4 期。
② [丹麦]索伦·克尔凯郭尔:《或此或彼》(下卷),朱万忠等译,四川人民出版社 1998 年版,第 161—318 页。
③ 常健、李国山:《欧美哲学通史(现代哲学卷)》,南开大学出版社 2003 年版,第 50 页。
④ 万俊人:《现代西方伦理学史》(下卷),中国人民大学出版社 2011 年版,第 480 页。
⑤ 同上书,第 480—481 页。
⑥ [丹麦]索伦·克尔凯郭尔:《或此或彼》(下卷),朱万忠等译,四川人民出版社 1998 年版,第 236 页。
⑦ 同上书,第 259 页。
⑧ 同上书,第 248—252 页。
⑨ 万俊人:《现代西方伦理学史》(下卷),中国人民大学出版社 2011 年版,第 482 页。

理存在，人以道德原则来约束与克制自我，从而表现出伦理美好的一面。

（一）人的苦难生存哲理

雪漠在《〈大漠祭〉自序》中曾谈到他试图以西部一个农村家庭的日常生活来统括整个中国西部农民的"生之艰辛、爱之甜蜜、病之痛苦、死之无奈……他们老实，愚蠢，狡猾，憨实，可爱又可怜……他们也争，却是毫无策略地争；他们也怒，却是个性化情绪化的怒，可怜又可笑"。[①]因此，雪漠小说总是给予人深陷苦难的无奈，又有着让人在品尝苦难中学会逆境求生之道的激励。农民父亲因遭受官员强收提留款的权势压制，无法满足子女的婚姻欲望陷入困境与丧子的自责；青年因生存自卑而无法孝亲敬长与获得婚姻幸福；乡村女性以自身毅力战胜物质贫乏之苦，但却无法摆脱父权对婚姻的压迫，只能牺牲自我履行孝道，在婚姻生活的黑暗中寻找活着的一丝希望。雪漠小说蕴含着一种耐人深省的西部人生哲学：生存苦难是人生中一个又一个短暂的绊脚石，重要的是人应保持着心中那束被点燃的希望，鼓舞自己向前奔跑。

石舒清小说表现人在苦难困境中依然坚守自尊和内心的纯洁，《遗物》《出行》《韭菜坪》《疙瘩山》《迁徙》《上坟》等书写中西部回民虔诚的宗教信仰，坚韧克己地忍受万般苦难，心怀怜悯之心来追寻人存在的生命意义。罗伟章对于乡村苦难有着亲身经历，他能敏感真实地捕捉人在苦难中进退两难的纠结心理。《我们的路》《大嫂谣》《故乡在远方》《山歌》[②]等作品中的底层民众在现代化进程中仍然经受着生存苦难的悲痛，对他们来说无论是走出去（进城）还是留下来（乡村）都将陷入无奈又无助的困境。西部作家不约而同地书写着各自伦理视野下的苦难感悟，从而形成对苦难生存的审美思考。

（二）人的韧性生存哲学

西部乡土小说鲜明地表现出农民在苦难生存中继承并延续了人的生存韧性精神：人在困境面前能够摆正心态，不是愚昧地承受或者麻木地认可，而是在苦难中寻找乐观的精神依托。回族作家马金莲的小说创作更多彰显出人在逆境中的那种永不服输的韧性美，正如研究者所言："叙述弱者的痛苦，既不控诉，也不反抗，而是默默地忍耐，并在苦难中发掘温暖

[①] 雪漠：《〈大漠祭〉自序》，《大漠祭》，敦煌文艺出版社2009年版，第10页。
[②] 罗伟章：《山歌》，《中国作家》2011年第9期。

的片段,发掘生活内在的尊贵。像雪花覆盖大地一样,命运覆盖她笔下的人物,无论命运何其残酷,内心存有金子般的光芒。"① 《长河》《搬迁点的女人》《掌灯猴》《坚韧的月光》《永远的农事》《山歌儿》等作品传达西部农民性格中凝聚着几千年来中国农民逆境求生、踏实劳作和诚恳做人的朴素生存哲学,物质可以缺乏、但精神永远充实的韧性美德。面对贫瘠生存环境的人生磨难,从不抱怨而是坦然地接受并承担这份苦难。了一容把自己早年四处流浪的生活阅历融于他的小说创作中,《绝境》《在路上》《历途命感》《挂在月光中的铜汤瓶》等作品中极力地颂扬人在苦难和生死困境中坚强的求生毅力,学会慢慢品味苦难与珍惜生命的存在。陈忠实的《日子》②中人在面对清贫生活都有自己坚守的硬性精神与难以接受的致命弱性,可贵的是他在悲愤和困境中能够重新站稳,接受现实并面对未来的坚韧姿态。

（三）纯真的人性美德

西部作家深切地表达西部农民内心的人性美,纯朴、善良、乐观、正义、懂得尊重他人与知恩图报的道德厚重感。西部自然生存环境的艰苦与农民自身表现的优秀美德的强烈对比中,可见出这些农民保有的精神境界和人格魅力,打破了人的素养与教育程度和生存环境成正比关系的成见,改变了农民的俗与农村的穷相关联的偏见。季栋梁的《西海固其实离我们很近》③《婚事》④《山里的事情》⑤《归去来兮》⑥《妹妹》⑦《闰年闰月》⑧等作品颂扬中国底层农民最纯真的人性美与善,靠自己的诚实劳动过着清贫的生活,这种老实和本分似乎与当今社会的价值观显得格格不入,但是这些品质和人格正是现代人所缺失的。他们在恶劣生活环境中顽强地拼搏,贫困的煎熬让其显得有些木讷、迟钝和卑微,但是物质的匮乏并没有改变他们做人的善良和真实。正如:"他的'其实很近',是心灵可以契

---

① 申霞艳:《马金莲:以弱者的眼睛打量世界》,《黄河文学》2011年第9期。
② 陈忠实:《日子》,《人民文学》2001年第8期。
③ 季栋梁:《西海固其实离我们很近》,《朔方》2001年第5—6期。
④ 季栋梁:《婚事》,《朔方》1993年第7期。
⑤ 季栋梁:《山里的事情》,《朔方》1991年第9期。
⑥ 季栋梁:《归去来兮》,《百花洲》2008年第2期。
⑦ 季栋梁:《妹妹》,《时代文学》2008年第3期。
⑧ 季栋梁:《闰年闰月》,《朔方》2013年第4期。

合的接近,是感情能够相互交流的亲近,是朴实善良的灵魂深深地感染着人的贴近。这种'近'能够化解偏执,增进理解,使人间更多善良和爱心。"① 郭文斌的《吉祥如意》《点灯时分》《大年》《农历》等以农民坚守仁义孝道的传统美德,传达乡村人生活和谐,真诚善意,虽然物质贫乏但却拥有饱满的精神和乐观的生活心态。陈忠实的《腊月的故事》② 中乡村人生活心态淡定,以善良与宽容相待朋友。朱山坡的《陪夜的女人》③中陪夜女人的人性善感动了整个凤庄的乡民。西部农民坚守生存的人性美德受到乡土作家的一致肯定和认同,通过对人的苦难生存、坚韧生存和人性美德等审美形态的书写,探讨人的生存价值。

二 现代人性异化类型及原因

西部乡土小说在表现人的生存审美形态的同时,也呈现对人的异化现象的思考。异化以多样的形式弥漫于人与社会、人与他人、人与自然等各种伦理关系之中,其中探讨更多的是人的自我异化现象,即"指个人与他们的真实自我、他们的本性和他们的意识的分离。它是个人失去了个体的完整性、独立性,成为陌生于自我的一种状态"。④ 马克思在《1844年经济学哲学手稿》中提出资本主义社会的异化劳动现象导致人际关系的异化:"人同自己的劳动产品、自己的生命活动、自己的类本质相异化这一事实所造成的直接结果就是人同人相异化。"⑤ 艾里希·弗罗姆认为现代社会工业技术和经济的发展,人的性格也会随之发生变化,并深刻地呈现为人的异化,"所谓异化,是一种经验方式,在这种经验中,人感到自己是一个陌生人。我们可以说,他同自己疏远了……他的行为及其后果反倒成了他的主人,他服从这些主人,甚至会对它们顶礼膜拜"。⑥ 因此,异

---

① 慕岳:《贴近淳朴的心灵——读季栋梁小说〈西海固其实离我们很近〉》,《朔方》2001年第11期。
② 陈忠实:《腊月的故事》,《中国作家》2002年第5期。
③ 朱山坡:《陪夜的女人》,《天涯》2008年第5期。
④ [英]尼古拉斯·布宁、余纪元编:《西方哲学英汉对照辞典》,人民出版社2001年版,第36页。
⑤ [德]卡尔·马克思:《1844年经济学哲学手稿》,人民出版社1985年版,第54页。
⑥ [美]艾里希·弗洛姆:《健全的社会》,孙恺祥译,上海译文出版社2011年版,第97页。

化的实质表现为:"人不再感到他是自己的力量和丰富品质的主动拥有者,他感到自己是一个贫乏的'物',依赖于自身之外的力量,他把他的生存状况投射到这些外在于他的力量上。"[1] 弗罗姆还具体分析了现代人在工作、消费过程中的异化,人与他人、人与自身的异化,从而得出异化人格必然失去尊严、失去自我,表现为对外部力量的顺从等。20世纪90年代以来西部乡土小说中展现出现代人的异化现象,引发对现代人性的思考,警醒人们在获取物质满足的同时如何提升精神的进步。

(一) 权益诱惑与道德困境中的人格异化

人因权力、物质利益、个人欲望等因素导致自身的异化。现代社会中人们的道德观念与价值标准处于多元化状态,"人的本质不再是一些抽象的形式原则,而是充满肉体欲望和现代感受的'生命'"。[2] 冯积岐小说《非常时期》《村子》中由掌握官权带来经济利益、身份地位和个人欲望的权益效应,利益追求中导致人格变异,为获得官权而不择手段、出卖良知,利用权力获取经济利益以满足个人私欲,人已麻木得毫无道德羞耻可言。吕斌的《遍地诱惑》、[3] 刘向喜的《调解》[4] 中现代社会充满着利益诱惑,人为争夺权力和金钱走向人性迷失。红柯的《诊所》[5] 中众多女性为获得金钱和名利而甘于放弃贞节、委身权势。温亚军的《红棉袄》、罗伟章的《不必惊讶》中现代人赤裸裸的金钱利益观,维护个人利益而人性变得异常冷漠和自私,甚至是拒绝亲情。马金莲的《四月进城》[6] 中城市人鄙视乡村穷亲戚的冷漠行为,凸显出人性可悲的利己主义观念。石舒清的《赶山》中丈夫的偷情行为害死了妻子,造成无法弥补的悲剧,从而表现出人追求本性而忽略人作为人应有的道德和责任。夏天敏的《山坳里的邮道》[7] 中人们缺少正义与勇敢而带来的人性危机,少女邮递员因为见义勇为而遭受乡间地痞的打击报复,甚至是丢失工作,远走他乡寻求生

---

[1] [美] 艾里希·弗洛姆:《健全的社会》,孙恺祥译,上海译文出版社2011年版,第100页。
[2] 王岳川:《中国镜像:90年代文化研究》,中央编译出版社2001年版,第46页。
[3] 吕斌:《遍地诱惑》,《草原》2001年第11期。
[4] 刘向喜:《调解》,《广西文学》1998年第8期。
[5] 红柯:《诊所》,《山花》2009年第2期。
[6] 马金莲:《四月进城》,《朔方》2012年第3期。
[7] 夏天敏:《山坳里的邮道》,《边疆文学》2005年第7期。

路。可见，物质利益与金钱权势的获取和争夺是现代西部乡村中人性异化的主导因素。

　　人因备受道德精神压抑而产生心理畸形，走向人格异化。马步升的《知情者》①中村妇因生不出男孩，长期遭受全家的虐待，最终把丈夫推下山崖来解脱人生痛苦。女性被视为传宗接代的工具，能否生出男孩在根本上决定了她们在家庭中的地位与尊严，这是一种畸形的价值观念。雪漠的《莹儿的轮回》②因贫穷与传统重男轻女思想的压制，父母变态地无视女儿的存在，三番五次为儿子婚姻而出卖女儿，最终逼死女儿，人性道德已发生根本变异，人已不再是人而成为一种交换的物品。李建学的《野花》③中乡村女性因生活所迫和缺乏丈夫的尊重而沉迷于对情人生活的留恋。温亚军的《天气》中农民建成树遭受村邻相互欺辱造成精神压抑，在天灾人祸中悲惨地死去。夏天敏的《好大一对羊》中德山老汉在长期的生存困境与权势高压的双重夹击中流露出胆怯的奴性。人面对物质匮乏、生活愚昧、精神压抑等各种因素形成的道德困境中，容易导致道德评判失误，产生人格异化。

　　（二）现代观念变迁导致人的异化

　　西部作家对现代文明入侵乡村的书写，肯定了现代化生产提高农民生活质量的同时，又担忧其负面影响的扩大。马尔库塞认为："当个人认为自己同强加于他们身上的存在相一致并从中得到自己的发展和满足时，异化的观念好像就成问题了。"④"这个社会成了单向度的社会，使生活于其中的人成了单向度的人，即丧失否定、批判和超越的能力的人，这样的人不仅不再有能力去追求，甚至也不再有能力去想象与现实生活不同的另一种生活。"⑤乡村人受现代观念影响而呈现的异化行为：一类为乡村城镇化建设中，外来观念入侵乡村，不同价值观念冲突矛盾，从而造成乡土人性异化。石舒清的《深埋树下》⑥、温亚军的《天

---

① 马步升：《知情者》，《飞天》2007年第10期。
② 雪漠：《莹儿的轮回》，《中国作家》2003年第6期。
③ 李建学：《野花》，《飞天》2004年第3期。
④ ［美］赫伯特·马尔库塞：《单向度的人——发达工业社会意识形态研究》，刘继译，上海译文出版社1989年版，第11页。
⑤ 同上书，第2页。
⑥ 石舒清：《深埋树下》，《朔方》1991年第12期。

气》《金子的声音》《孝子》① 中揭露现代文明观念熏陶下，受现代实效物化观的影响，年轻人再也无法满足于正常的乡村传统生活，代之而是违背传统的人性异化，亲情、人情的卑微冷漠，金钱与自我的思想主导，在注重自我利益先行中丢失人性美德。

张冀雪的小说《农民兄弟》中因现代观念与乡村传统思想的矛盾夹击导致人的道德行为的变异。王涛的《灰鸽子》② 中乡村少妇进城后受城市人现代观念和生活方式的影响，回乡后改变生活方式，却因观念保守的丈夫怀疑其品性变质而惨遭杀害。雪漠的《美丽》③ 中现代生存观念摧毁了农村姑娘月儿的正常生活，吞噬了她作为正常人的婚姻幸福和生命。受外来观念影响的月儿一心走出农村，历经城市漂泊后回到父亲经营的乡村歌舞厅，长期淫荡的氛围消弭了她洁身自爱的心理防线，在成为城里人的诱惑中委身于北京老板而染上梅毒，最终走向自焚之路。方英文的《后花园》中乡村少妇珍子受现代开放意识的影响，放纵情欲走向贞节迷失。

另一类是乡村人进城后的人格异化，价值观念和生存环境的改变中丢失传统人性美德，极易走向道德沦陷。李一清的《农民》、曾平的《三弟》、④ 陈玉龙的《民工王小黑》，⑤ 书写农民工进城因生活环境的改变而呈现人性迷失，偷情盗窃，赌博嫖妓，甚至不惜出卖良知等。季栋梁的《水香与木瓜》、⑥《燃烧的红裙子》、⑦ 陆离的《季芹的日常生活》⑧ 等，描述在城市化进程中进城农民谋生方式的变异与乡村"看客式"的人情冷漠。农民寻求生存观念的转变而甘于走向道德迷失与价值异化，甚至为获得金钱物质而呈现出"以耻为荣"的道德变异。贾平凹的《土门》中的眉子、《高老庄》中的苏红都是乡村现代化进程的支持者与崇拜者，她们对城市充满极度的迷恋和向往，完全背弃乡村道德，

---

① 温亚军：《孝子》，《中国作家》2007 年 14 期。
② 王涛：《灰鸽子》，《飞天》2007 年第 2 期。
③ 雪漠：《美丽》，《上海文学》2005 年第 9 期。
④ 曾平的：《三弟》，《四川文学》2008 年第 10 期。
⑤ 陈玉龙：《民工王小黑》，《四川文学》2006 年第 6 期。
⑥ 季栋梁：《水香与木瓜》，《朔方》2007 年第 2 期。
⑦ 季栋梁：《燃烧的红裙子》，《时代文学》2005 年 2 期。
⑧ 陆离：《季芹的日常生活》，《山花》2003 年第 2 期。

充分享受着物质满足中畸形化的生存方式。处于现代化进程中的农民，如果不能把持好自我道德尺度，受负面道德因素的影响，很容易产生人格变异。

（三）人类维护自身利益而违背生态伦理导致的异化行为

人类在寻求和维护自我利益的发展中，不惜以牺牲其他物种的生命为代价。肖勇的《动物传说》[①]以动物视角审视人类为金钱利益而残杀其他物种的异化行为。人类抓住不明野兽后的处理方式：一是杀掉卖皮换钱或者是杀掉吃肉；二是鉴别兽的种类送往动物园；三是惨死在人类的屠刀之下。作家借动物的感叹来批判人类的罪恶："母亲说人类是这个世界上最残酷的杀手，我们家族的兴衰史就是一部被人类屠杀的血泪史……可是在这个世界上，还有人类没有控制的净土吗？""人类啊！你们要干什么？你们要独霸地球吗？你们把草原也灭绝了，动物也灭绝了，你们还能剩什么呢？你们能生存吗？"[②]人类主宰生物界的霸权行为，摧毁生态环境，争夺动物栖息之地，迫使各种动物走向灭绝，这实质是人类只顾自我发展，不求与他者共存的生存观念的异化。阿来的长篇小说《空山》中的"轻雷"卷中以拉加泽为首的机村青年人，奔走在发财致富的现代经济诱惑中，违法大量砍伐森木、倒卖木材。利润与金钱交易让整个机村陷入疯狂和道德价值混乱，人类极端求利的罪行造成极大的生态破坏，大自然灾难残酷无情地报复人类的异化行为。"空山"卷中拉加泽不惜一切代价来弥补村人异化行为带来的恶果。由此可见，人类为谋求发展和生存利益而无视生态伦理也是一种道德异化表现。

西部乡土小说中探讨人的三种生存审美形态，人的苦难生存哲理、人的韧性生存哲学以及纯真的人性美德，颂扬西部农民在艰苦的生存环境中坚守人性的忍耐、善良和乐观的高贵品质。与此相对，另有一些西部作家书写了现代化进程中农村地区和农民身上产生的异化现象，由于各种因素的影响，人与自己的本性和真实自我相分离，面对物质利益的诱惑、现代观念的冲击以及现实道德困境的压迫，一些乡村农民失去了自身的完整性和独立性，沦为外在对象的奴隶，丧失了人性的本真，对西部农村的人伦环境和自然环境的生态平衡造成了严重的破坏。乡土作家通过对西部农民

---

① 肖勇：《动物传说》，《草原》2001年第1期。

② 同上。

的生存哲学和异化现象的探讨，呼吁人们关注社会伦理发展，如果一味地追求物质利益，很容易会在变动不居的现代观念中迷失自我，必然产生更为严重的道德困境，最终阻碍人类自身的健康发展，从中表现出西部作家对"人"的问题的高度重视与人的存在意义的深入挖掘。

第五章

西部乡土作家伦理书写的姿态

文学作品中的伦理书写在一定程度上反映了作家伦理写作的立场与作家自身的伦理姿态,"文学的叙事,不仅关乎文学的形式、结构和视角,也关乎作家的内心世界,以及他对这个世界的基本认识"。[①] 作家的伦理姿态,包含其伦理观念的表达、伦理立场的隐含和明确、伦理书写的冲突与困惑。作家在创作中是如何建构他所坚守与认可的道德价值信念,这种伦理立场与道德信仰是否具有可行性等,这些问题值得商榷和研究。从一定意义上来说,作家的伦理姿态决定作品表达的伦理内涵,"小说叙事与作者的伦理态度密切相关"。[②] 因此,分别尝试从作家自身的生存环境、民族文化、宗教信仰、文学观念和道德意识等方面来对西部作家的伦理姿态进行探讨。

本章中选取西部乡土小说中伦理书写的典型姿态和代表作家来加以探析。西部作家坚守苦难伦理写作立场,其中鬼子以平民立场坚守苦难叙述,冯积岐则探讨乡村权势压制的生存苦难,罗伟章从底层立场书写现代化进程中农民的"病态苦难",冉正万和王华分别以乡村留守者与边缘者立场书写城市化带给农民的家园苦难。雪漠、郭雪波、漠月、郭文斌等坚守乡村浪漫情怀的伦理写作姿态,试图从民族审美与宗教伦理中寻求伦理和谐根源,建构乡村诗意真善美。以农家伦理立场写作的石舒清和马金莲,以农家感恩姿态进行乡土伦理叙事,了一容和李进祥坚守为底层农家而写作,四位少数民族作家一致地表现深厚的民族伦理情怀。贾平凹近年来乡土小说创作中坚守平民立场与精英批判意识,由早期小说中对现代伦理的期待转向当前的批判与质疑,同时表现伦理书写的困惑与不足。

[①] 谢有顺:《中国小说叙事伦理的现代转向》,博士学位论文,复旦大学,2010年,第14页。
[②] 李建军:《小说伦理与"去作者化"问题》,《中国社会科学》2012年第8期。

第一节　苦难伦理情怀

　　苦难是当前大部分乡土作家关注的重点，而相对来说，西部乡土作家对苦难有着切身的体悟。正如作家陈继明所言："生活在西部的作家，距离土地和苦难更切近，因而写得更多，这不应该受到非议。对于他们来说，这样的情形更是命运，而非策略。"① 因此，促使西部作家从不同伦理视角和立场来表现文学的苦难伦理情怀。如鬼子从平民立场探讨人的心灵苦难挣扎；冯积岐剖析受权势压制人的生存苦难；罗伟章从底层立场揭示当前农民负担的双重苦难；冉正万和王华则质疑现代文明造就的家园苦难等，西部作家在审视乡村伦理现状与农民悲境中，表现出强烈的人文伦理关怀。

一　鬼子：阳光下的苦难

　　广西仫佬族作家鬼子小说中坚守关怀普通民众的现实生存立场，以悲悯情怀书写人的苦难伦理。鬼子曾因生计问题而辍笔多年，后来得到友人的援助，于1995年决定回归写作。通过了解当时文坛的创作状况，找到了自己的创作基点："最后的发现简直让我有点不敢相信，几乎无人直面人民在当下里的苦难，偶尔有一些，却又都是躲躲闪闪的，很少有人是完完全全地站在民间的立场上……文坛竟然给我这个乡下的写作者留下了一块空地，就是关于对当下苦难的书写。"② 鬼子出身于农民家庭，对苦难有着的亲身阅历与真切的感悟，此后鬼子把平民的苦难视为自己的写作根基，"因为平民的苦痛是最接近本质的一种苦痛，是那种一刀见血的苦痛。关注底层的苦痛，是悲悯里最人性的一种情怀"。③《谁开的门》《农村弟弟》《瓦城上空的麦田》《被雨淋湿的河》《走进意外》《伤心的黑羊》《上午打瞌睡的女孩》《一根水做的绳子》等作品都是以平民立场书写底层小人物的生存苦难、情感苦难和心灵苦难，审视着社会发展中信任感的缺失和人的悲剧宿命。

---

① 陈继明、漠月：《对真正的文学性的坚决靠近——答朔方问》，《朔方》2006年第1期。
② 鬼子、姜广平：《直面人民在当下的苦难》，《西湖》2007年第9期。
③ 同上。

（一）乡下人在"田"与"城"隙缝间的生存挣扎

鬼子的小说善于抓住奔波于城乡隙缝处底层生存者的生存苦难。现代化进程的步伐加速了农村人口向城市的流动，从而加剧了城乡文化、生存方式与价值观念等各方面的碰撞，"'乡村/城市'的基本社会模式不再是简单的二元结构，都市与乡村之间的双向流动创造了当下中国最复杂而又丰富多姿的生活景观"。[1] 鬼子小说创作中常常突出"田"与"城"的两种意象，这里"田"代指乡村，也可进一步理解为乡土人情、乡村人朴实厚重的人情伦理；"城"则指城市的经济发达和物质丰富、现代生活方式以及利益追求中人情因素的流失。鬼子的小说重在揭示现代化进程中农村人对城市生活的向往。丁帆先生指出："20世纪90年代乡土小说强调的不再是农民被赶出土地的被动性和非自主性，而是他们逃离乡土的强烈愿望以及开拓土地以外新的生存空间的主动姿态。"[2] 但城市给予乡村人的往往是无情的报复和悲剧宿命，农村人在由"田"求"城"的过程中无法逃脱人的苦难宿命。

鬼子小说中书写老一辈农民期望子女能够成为城市人，但自身却难逃悲剧命运。《瓦城上空的麦田》中胡老父、李四作为乡土农民，他们曾千方百计地把子女送入城市，但结局却是无法摆脱悲剧的苦难宿命。胡老父的老婆跟随其他男人逃向城市，现代化发展的"城市"摧毁了他的婚姻和家庭，他在失落中带着儿子胡来成进城捡破烂为生，同时寻找妻子。虽然父子生活在城市贫穷区中的垃圾堆里，但胡老父始终坚信"人只要活着，办法总是会有的"，并告诫儿子："只要你永远记住了这句话，你就总有一天会成为瓦城人的。"[3] 胡老父对变为城市人的坚持，导致遭遇交通事故，落下个脑袋被撞飞的悲剧。而在农民李四的精神世界中，一直坚持要让自己的子女全都成为城里人，"因为瓦城是我心里一直向往的地方，我早就发誓要让我的三孩子，一个一个地都成为瓦城的人。那时他们还小"。[4] 但当李四含辛茹苦地把子女全部送进城市后，他却陷入了痛失亲情的尴尬境地，进城寻子却见证子女的冷漠无情，最终在绝望中选择自

---

[1] 徐德明：《"乡下人进城"的文学叙述》，《文学评论》2005年第1期。
[2] 丁帆：《中国乡土小说史》，北京大学出版社2007年版，第334页。
[3] 鬼子：《瓦城上空的麦田》，春风文艺出版社2004年版，第138—139页。
[4] 同上书，第152页。

杀。李四曾坚信子女与他的亲情,"死了怎么啦?我就是烧成灰,他们也应该认得出来!我是他们的父亲,他们是我养大的,他们在什么理由认不出我来?"① 其意识中仍然坚信传统伦理中子女以孝道回报父母的恩情,但是城市中的子女却以实际行为轻松地瓦解了父子情分。鬼子在这里以"城"与"田"代表两种不同的人情观:一是现代文明的自我生存观,具体表现为人性的自私自利与冷酷无情;二是传统伦理观念中纯正的亲情友爱,孝道严明。由此可见,鬼子以冷色调来写"城"而以暖色调描写"田"。

鬼子小说中书写另一类弃"田"求"城"者的悲剧命运,他们具有当下年轻人的背叛心理,离"田"进"城"后,却频频遭遇着一系列不公正的待遇和生存困境,被迫回"田"的经历。这在一定意义上证明农村人甘愿离乡弃"田",但进"城"后终归逃不出悲剧的宿命。《被雨淋湿的河》中,晓雷进城维持生存的过程中不断地受到"城"带给他的苦难。初次进城就被骗子卖给采石场老板,忍受身心的折磨,正当维权中打死了黑心扣压工钱的采石场老板。转到服装厂,他忍受不了老板对工人们的人格侮辱,为一位受欺压的女工抱不平而丢掉工作。晓雷人格中保有着救助弱者的正义和反抗精神,但让他感到可悲的是工人为生存而胆怯顺从的集体无意识行为。在"城"的两次波折的惊险中,晓雷回到了"田",又为父亲长期被扣的教师工资发动乡村教师聚集示威,与当权者产生矛盾,最终在人情关系与权势结合中遭陷害致死。晓雷的人格中夹杂人性的复杂,他是一个让父亲伤透心的坏孩子,打架、逃学、鬼混等,又是一个时代的愤青,讲究"仁义",敢于为弱者抱不平,为维护个人正当的权益而反抗,与恶势力拼命,这样的人在"城"中无法活下去,不得不返"田",但回到乡村终归无法改变悲剧的宿命。

鬼子小说中乡村人对"城"的向往最终都无法逃脱悲剧的宿命。正如评论者指出:"在鬼子的一系列小说中,有一个因素暗自起着根本的结构性作用,那就是宿命。在宿命或命运这个古老框架中,鬼子维持了普遍和个别的艰难平衡。"②《农村弟弟》中乡村母亲为儿子马思能成为城里人

---

① 鬼子:《瓦城上空的麦田》,春风文艺出版社2004年版,第136页。
② 李敬泽:《鬼子:通过考验——评鬼子悲悯三部曲》,鬼子《瓦城上空的麦田》,春风文艺出版社2004年版,第250页。

而甘愿终身守寡,等待在城里做干部的丈夫把儿子带回城市,这种向"城"梦想却换来了儿子的悲剧。儿子为早日变为城市人,甚至拿刀砍向自己的母亲,当进城市的理想实现后,城里却根本容不下他,他不得不再次回到农村。但马思仍不甘心,为了成为真正的"城里人"他不择手段、投机取巧,在一场突如其来的意外中被仇人捅死。进"城"的梦想毁灭了他的人性与生命。可见,在鬼子小说中"城"会给人带来厄运和悲剧,从而再一次证实:"城"背叛了农村人,它击溃了农民的亲情、爱情和家庭,最终让他们付出了生命的代价。因此,对于弃"田"求"城"的农民来说,终究是一个宿命的悲剧,这一切都归因于他们对"城"的渴望和追求。

鬼子小说敢于直面社会现实问题的本质,强烈地提出社会质疑与个人拷问。鬼子善于捕捉小人物与弱势者面对艰难的无奈和绝望,这与其早年的经历有着密切的关联。他生于广西一个偏远的仫佬族山寨中的农民家庭,父母是地道的农民,因此其求学经历要比普通人更为艰辛。他曾回忆道:"中学的记忆是知道什么叫做困苦……总是走在路上的时候天就黑了。除了冬天,走在路上的一双脚总是光着的。"[1] 不仅赶去十几里外的学校上学,还要急着回家完成繁重的农作劳动。后因辗转求学,四处求生中变得一贫如洗,伴随他的常是"一路走,一路想着往下的人生该怎么办?人生为什么就这般地艰难?"[2] 在西北大学求学时期,"西安那两年事实上离卖血已经近在咫尺……一天下来,也就基本控制在两元钱左右。一般是不敢多花的,花了就没有下餐了"。[3] 鬼子这种艰难人生的亲身感受,使他更深刻地体悟到平民谋生的艰辛和求人的艰难,因此他的作品能够更真切剖析普通小人物艰难困境中丰富的内心世界,这也使鬼子小说总是给人留有一种扪心自问的质疑空间。

读《瓦城上空的麦田》使人不自觉地会联想到自我或身边的人与事,深居城市的人真得就那么忙吗?忙得连自己乡下的亲爹都无心接待,最终活活地把父亲给逼死,这对个人乃至整个社会无疑都是一种极大的讽刺。人性中亲情都可能被轻易地消解掉,还有什么情感值得人们去依赖和追

---

[1] 鬼子:《创作与生活》,载《艰难的行走》,昆仑出版社2002年版,第25页。
[2] 鬼子:《罗城师范》,载《艰难的行走》,昆仑出版社2002年版,第30页。
[3] 鬼子:《西北大学》,载《艰难的行走》,昆仑出版社2002年版,第36—37页。

求？社会前进仅仅是为了满足物质的进步吗？这一系列的问题都是鬼子小说留给读者和社会的质问。《被雨淋湿的河》中小人物的艰难和无奈，难道小人物活着就不应享有社会的公正对待吗？一向老实沉稳的父亲陈村一生都处于为一双儿女不幸命运担心和悲哀之中，他承受着儿子死亡、女儿甘愿被人包养的内心痛苦，因局长为妻子付医药费而饶恕了局长杀子之仇，但最终仍逃脱不出苦难悲剧。鬼子小说中包含着一种强劲的张力，叙述普通小人物平常生活中不寻常的苦难，他善于准确地抓住人的苦难，"这里的苦难指的不是一般意义上的生存的苦难，而是包括了情感的苦难，以及灵魂的苦难"①。正是他小说中的这种苦难叙事打动了读者，从而让鬼子的才华在文坛浮出水面，"苦难永远是文学里的一个很重大的命题，只要文学还存在，只要文学里还离不开人，苦难在文学里的意义就应该是无穷无尽的"②。从中表明鬼子的小说创作中坚守着他所体悟和理解的苦难叙述。

（二）平民视角下小人物的"阳光苦难"

鬼子敢于站在大众立场，以平民视角叙述着小人物的"阳光苦难"。所谓"阳光苦难"，是指鬼子在创作中坚守的一种伦理书写原则，正面透明地书写苦难，即"主张把痛苦放在大街上去、放到阳光下去暴晒，这种痛苦才会有震撼力；纯粹地站在人性的角度上，带着悲悯的情怀去关怀一切"③。鬼子所说的这种"阳光苦难"显然与"关在房间里"和"下水道里"的苦难不同，"关在房间里"表达一种无病呻吟的痛苦，没有现实依据的个人主观创作；而"下水道里"应该是指作家审丑的写法，揭示社会存在的丑恶与黑暗。"阳光苦难"也可以理解为作家从社会现实看到的或者是感悟到的，那种赤裸裸又没有被解决的苦难，有根据的现实，作家似乎有些无可奈何，眼睁睁看它在那里存在着，像阳光一样刺眼，却无法解决。

鬼子小说书写小人物群体最为悲惨的命运，正如："因为你是最低层的，一压就压下来了，一压就压到了地面上……对于小人物来说，生活真

---

① 鬼子、姜广平：《直面人民在当下的苦难》，《西湖》2007 年第 9 期。
② 同上。
③ 鬼子：《鬼子的"鬼"话》，《东方丛刊》2004 年第 4 期。

的就像做梦，真的无法把握，不仅仅是把握不着，而是没有力量去把握"。①鬼子在《大年夜》《尘土飞扬》《一根水做的绳子》等作品中，都是以平民视角书写一群小人物承受着生存、情感和心灵的苦难困境。《尘土飞扬》中木头在老婆私奔后，忍受村人嘲笑，在饥饿难忍和情感空虚中，他把对社会和命运的愤慨发泄到儿子身上。在受到嫂子辱骂后，竟产生了杀死儿子的恶念。木头去警察局自首前，首先是要碗饭吃，唯恐报案后被关进牢里忍受饥饿，真实地再现人的本性。木头自首后带领警察找到儿子的尸体，做出埋葬儿子的决定，他坚持把坑挖再大一些，"我得连我的也一起挖了吧！"②小说的结尾给人留下一种对人类苦难和宿命的质问，他可以埋葬儿子，但谁来埋葬他？《伤心的黑羊》中因父亲交友不慎，给贫弱的家庭中"我"与弟弟带来噩运，寻求谋生中"我"被流氓奸污，在自救中成为了杀人犯。作家质问谁来挽救乡村社会中的贫弱者？

  鬼子小说中的弱者往往遭遇着更悲剧的命运，无人可怜和同情他们。相反，却遭受巨大欺侮和蹂躏，给人一种无路可走的绝望，弱者往往在悲剧中不知何去何从。《大年夜》中小人物莫高粱因一次麻木不仁地欺压大年夜出来卖扫把为生的老阿婆，死后却经受人的灵魂的拷问。从中见出小人物人性中的善与真，同情弱者让他承受让自我灵魂忏悔的痛苦。鬼子小说中对这种"阳光苦难"的书写达到了一种强烈的社会反视效果，正如评论者所言："当我们躲在我们平凡的生活中对世间的不公和不义充当看客时，我们是否看见了自己的灵魂？是否意识到，我们并不是清白无辜的，我们对这一切负有个人的、自己的责任？鬼子是一个都不饶的，文学直指人心的力量也正在这种对灵魂不屈不挠的揭露，它要穿过我们的躲闪、伪装、托辞和幻觉，它能够对人生提出根本的、不可逃避的问题。"③鬼子在作出自我拷问的同时也引发了对他人和社会问题的质疑。

  鬼子小说以人道主义的悲悯情怀，书写他观察到的社会真实与人的苦难历程。鬼子曾明确表达自己对当下平民苦难的关注："对当下苦难的书写，从某种角度上来说，其实是对现实的一种揭露……对我来说，我只关心我的人物在当下的现实里是怎么挣扎的，他们的生存与他们的欲望在发

---

① 鬼子、姜广平：《直面人民在当下的苦难》，《西湖》2007年第9期。
② 鬼子：《你猜她说了什么》，中国文联出版社2003年版，第40页。
③ 编者：《留言》，《人民文学》2004年第9期。

生什么样的苦难。"① 因此，普通民众视角下的苦难叙述成为鬼子小说中伦理书写的重点，他坚信："只要文学还存在，我觉得苦难叙述就永远是一座高山。"②《你猜她说了什么》中瓦村的女人们因不满现实的生活苦难而离家，却身陷被人贩子卖掉的苦难中，当警察找到她们时，从没命的哭声中倾诉着不幸的痛苦和折磨。《冬天的布告》中，作家反复提及这位老者表情的麻木、肢体动作的木讷，反衬出他内心失去儿子的痛苦。作家从围观者的语言交流和一位老太婆的诉说中来显示出老者失去儿子的伤痛。《一根水做的绳子》中的阿香父母双亡，与弟弟相依为命，但因为她的执拗而导致弟弟坠崖身亡，最终落得孤身一人的悲剧。阿香经受着几经波折的情感苦难，仍然固守与等待恋人直至死去，终归也没有得到恋人的正式答复。阿香的情感追逐是痛苦的，是充满着苦难和悲情，正如鬼子对这种爱情历程比喻："炒鹅卵石下酒的滋味。"鬼子以平民立场书写小人物的"阳光苦难"，饱含着作为一名知识分子浓厚的人道主义伦理关怀。

（三）死亡叙事美学

鬼子小说创作中表现出一种死亡叙事美学。相对于余华小说中冷漠死亡的血腥和暴力，鬼子的死亡叙事更为平缓，内容更为干净，包含着人物的真实情感。他曾表示选择"以一种正常的呼吸状态进行创作与叙述"，③这也成为鬼子小说中死亡叙事的基调。《瓦城上空的麦田》中胡老父在醉酒中迷糊地死亡，而李四则是在痛苦到极点后，在自己的不孝之子面前微笑着走向死亡。《被雨淋湿的河》中晓雷为主持正义而被权势者与财富者相互勾结悄无声息地害死，陈村备受中年丧子的打击和对女儿进城做情妇不解的煎熬中死去。《农村弟弟》中马思曾无数次逃脱做坏事的惩罚，却在恋人报复中被轻易地捅死。《古弄》中儿子为恋人杀死父亲。《尘土飞扬》中父亲因饥饿和村人的谣言无意地用一块石头打死了儿子。鬼子以平静的心态叙述着一个个小人物的死亡，营造现实生活中人的生命是何等的脆弱，平静地审视着小人物的死亡。

鬼子小说的死亡叙事具有"元小说"的因素，却不脱离现实。自1996年开始回归文坛后，鬼子在创作中试图走向"元小说"，他曾谈《遭

---

① 鬼子、姜广平：《直面人民在当下的苦难》，《西湖》2007年第9期。
② 鬼子、胡慧群：《鬼子访谈》，《小说评论》2006年第1期。
③ 鬼子：《创作与生活》，载《艰难的行走》，昆仑出版社2002年版，第2页。

遇深夜》中的"元小说"样式："'元小说'在圈内时常被叫好，但对普通的读者来说，却时常挨骂，觉得不好读……为了这一点，我把故事的进入方式调到了一个很好读的角度里，也就是悬念，给读者提供了一个进入的台阶……我希望别人读我的小说。"① 鬼子小说创作中坚守既保有先锋小说特色，又充满现实感，才能达到让读者读懂的效果。

　　鬼子在先锋与现实之间保持一种均衡，既追求小说叙述方式的与众不同，又得让读者能读得懂，这种均衡往往难以把握，从总体上说，鬼子小说创作中先锋特征较为显著。如《〈猴子继续捞月亮〉的审稿意见》完全运用先锋小说的叙事话语，"这小说是一篇现代寓言，故事荒诞，内容真实，有一定现实意义"。② 《狼》《叙述传说》《苏通之死》等作品都显示出"元小说"的叙事和语言特征。带领读者进入超现实的虚构、幻想、荒诞、审丑的世界，语言富有象征和隐喻。人的死亡、人的思维怪异、人存在的反常态化，复仇杀人、自虐堕落等象征着现代人存在的荒谬。《狼》中老人救助的小女孩死后变成一只狼凶残地扑向老人，老人错觉之中误杀了狼，却被警察以吃人的借口送进精神病院，人与狼难辨真假的荒谬。故事情节荒诞离奇，叙事话语充满先锋小说色彩，但却也充满了现实感，作家寄予一定的人生寓意，做好事不一定得好报，说不定终归是一场引狼入室。《叙述传说》中黄石的生活一直无法摆脱姐姐、姐夫杀死姐夫舅舅的阴影，他总坚信这事儿跟他无关，遭报应的应该是行凶者。但当生活一切不顺利，生孩子没屁眼，儿子夭折，妻子死亡，面对亲人一个个死亡的痛苦，他把噩运归因于姐姐的罪恶，从而致使他走向报复姐姐的行径，却被貌似姐姐的村邻打死。整体叙述中都以叙述者"我"的全知视角讲述黄石人生承受死亡的折磨和痛苦，最终走向死亡，结局叙述有多种的结果，假象、真实、误会等。《苏通之死》中充满反现实和反传统色彩，一个有理想有追求的现实主义作家苏通的人生命运与充满讽刺性的死亡噩运，隐喻着现实主义的必然消亡，颠覆人存在的积极意义。鬼子的"元小说"叙述方式，在坚持让读者读懂中不失现实原则，"我选择了这种现实精神和现代叙事的糅合……我给我的小说设置了三个支点：就是我

---

　　① 鬼子：《关于98、99年的几个小说》，《南方文坛》2002年第2期。
　　② 鬼子：《〈猴子继续捞月亮〉的审稿意见》，载《你猜她说了什么》，中国文联出版社2003年版，第99页。

的人物，我的读者，还有我这个叙述人，我极力让三者保持一种平行的姿态，谁都不能在过程中把谁给任意地丢失了"。① 鬼子小说创作中不断地寻求这种兼顾叙述者、读者、人物三者之间的平衡，但恰又很难在兼顾中做到三全其美。

鬼子小说死亡叙事的荒诞和诡异，源于早年故土神秘的生存氛围。鬼子小说常常表现人的灵魂游荡与诡异的精灵情节，如《古弄》《瘦狗·眼镜》《火眼》《大年夜》对狐狸、鬼魂的描写。这些关于死亡的离奇描写与鬼子的民族信仰和早年的生存环境有着密切的关联。虽然鬼子一再强调他的创作找不到与民族丝毫相关联的痕迹，但是他的民族（仫佬族）生存之地，桂北九万大山之中的罗城本身就充满着神秘色彩。鬼子谈到童年记忆中故乡山脚下的坟场："小时候，我几乎每天都骑到那堵围墙的上边，看着山脚下的那一个坟场发呆。从那里，我经常听到人的最伤心的哭泣，听到来自地狱的鬼的号叫；就连夜里我躺在床上的时候，还时常听到来自坟场里狐狸的喧嚣……"② 这不得不让人联想到鬼子小说中死亡的荒凉感，令人恐惧的凄凉与神奇鬼怪源于这种童年的深刻记忆。《一根水做的绳子》中阿香头发的神奇，树根下鹅卵石的爱情誓言充满神奇和梦幻。阿香一生为情而亡的行为近乎神经质的"歇斯底里"，导致弟弟的死亡、丈夫的悲死、情敌的自杀等。阿香迷恋爱人的长头发成为爱情的唯一支柱，一头乌黑的长发离奇地变成满头乱发，从而使人在精神崩溃中死去。鬼子小说中死亡叙事的荒诞情节和诡异离奇描写，与他的童年记忆和故乡的神秘氛围有着一定的关联。

自身民族的母语融合汉语的语言生存背景，造就了鬼子小说语言的先锋与张力。少数民族的母语背景决定了学习汉语的艰难，他从小因不会说官话（汉语）而被家人告诫不要去镇上，以免被汉人卖掉。在语言障碍环境中，他对语言充满了恐惧，但同时又深深地意识到："如果想走出那片土地，如果想与外边的人进行正常交流沟通……我们必须掌握他们的汉语，这世界是属于汉语的世界。"③ 因为语言原因，鬼子的创作比有汉语背景的作家更为艰难，"汉语的写作对我来说，永远是在借用别人的梯

---

① 鬼子：《创作与生活》，载《艰难的行走》，昆仑出版社2002年版，第47—48页。
② 同上书，第18页。
③ 同上书，第13页。

子,这是无法改变的事实,我唯一能够努力的,就是以自己的种植方式,使我的果园种得一年比一年更好!"① 正是在两种语言思维的交替中,鬼子小说的语言也略显特别,例如:"他弟弟说,这些年他去要过不知多少被拐卖的女人……他弟弟扶着她的两条胳膊说,没事了,我就是来要你回家的。"② 这里用"要",汉语里可能会说"找你回家",而很少说"要你回家"。再如:"她死命地忍着,又死忍不了,又只有死忍。那眼睛惶惶然,神色愤愤的。"③"山里的天在哭叫声中颠荡。"④ 这是仫佬族语言与汉语两种思维的融合,形成一种陌生化的效果,这也造就了鬼子死亡叙事的张力,小说中对于死,他运用了"砸死"(《尘土飞扬》)、"吊死"(《古弄》)、"捅死"(《农村弟弟》)、"摔死""撞死"(《瓦城上空的麦田》)、"烧死"(《被雨淋湿的河》)、"割下那颗人头"(《叙述传说》)、"戳死""饿死"(《大年夜》)、"坠崖而死""药死"和"病死"(《一根水做的绳子》)等。因此,鬼子特殊的语言背景让他尝试把握语言的力量,从而增添了语言陌生化和审美的张力。

鬼子在他的小说世界中坚守一种特殊的苦难伦理叙述立场,以平民姿态关注着小人物在社会现实中的挣扎,叙述着一种"阳光下的苦难",以悲悯和人道情怀书写着小人物的生存、情感和心灵苦难的悲剧宿命,并以作家的伦理责任毫无顾虑地直面社会和个人。童年贫困的家庭背景和早年的求学经历让他认识到"什么叫困苦",⑤ 青年时期为文学梦想奔波不定,经历着"几近卖血的日子"而放弃文学创作,后又回归小说创作,丰富的人生阅历让他对底层小人物的生活有着更深的体悟。鬼子小说追求一种死亡叙事美学,改变先锋特色的"元小说"因素,他更为重视现实,曾坦言:"我不敢远离现实这块大地。我必须在现实这块大地里,牢牢地抓住我的思想得以存在的位置和我的表达方式。"⑥ 作为一名作家,鬼子是一个能比较准确地根据实际情况,找准自己的创作位置和文学立场的创作者。

---

① 鬼子:《创作与生活》,载《艰难的行走》,昆仑出版社2002年版,第65—66页。
② 鬼子:《你猜她说了什么》,中国文联出版社2003年版,第95—96页。
③ 同上书,第323页。
④ 鬼子:《瘦狗·眼镜》,载《你猜她说了什么》,中国文联出版社2003年版,第338页。
⑤ 鬼子:《创作与生活》,载《艰难的行走》,昆仑出版社2002年版,第25页。
⑥ 同上书,第52页。

二 冯积岐：权势压制下的生存苦难

冯积岐出生于 20 世纪 50 年代初，曾在农村生活多年，经历了"文革"特殊时期与改革开放新时期，深刻见证了历史变革中的农村变迁。因此，他的大部分作品是在写农村和农民以及历史留给他的深刻记忆和心灵积淀。冯积岐谈自己创作的根基源于"童年、少年的苦难；关中西部的文化积淀；海量的阅读获得的知识积累"。[①] 他从自身的乡村经历出发，善于发现乡村人的生存苦难与精神困境：一类因受权势重压而过于卑微，备受苦难压抑；另一类是对乡村权力的过度迷恋而放纵人性欲望等，以此出发探讨乡村人因权势而导致的精神麻木与伦理崩溃。冯积岐以知识分子的责任意识勇于担当人类的苦难，挖掘乡村伦理的困境，他坚持认为："一个好的作家还必须有一个牢靠的支点，这就是精神向度。我曾告诫自己，要自觉担荷人类精神的苦难。"[②] 因此，冯积岐选择从乡村权力视角来书写乡村人的生存压抑，又从权力欲望中透视人性的复杂与悲剧，这种书写透露出作家伦理立场的暧昧格调。

（一）从乡村权力视角探讨人的生存苦难

作为一位在农村生活多年的乡土作家，冯积岐对乡村权力有着深刻的体验。自身的生活经历让他对乡村权力的强大有着真实的体悟，深知它对农民生存的重要影响。因此，冯积岐小说中常常表现出乡村权势的苦难压抑，让人变得卑微和无助，甚至令人窒息。从一定意义上说，乡村权力是一种只存在于乡间的特殊权力，虽然处于各级政治权力最底层，但是它所行使的权力可小可大，小到鸡毛蒜皮的农家琐事，大到维护国家的利益。因此，乡村权力在乡土社会中占据着重要的地位，例如乡村干部，他们整日与农民打交道，对待农民有着自己独特的处事方式：正义的官员正当行使乡村权力，给农民带来巨大的利益；而非正义的乡村掌权者带给农民的不仅是痛苦，更多是权势的压制。

乡土社会具有封闭性和狭隘性，乡村权力存在于有限的地域内，外界

[①] 宋小云、冯积岐：《恰当而完美地表达和揭示——冯积岐文学创作三十年访谈》，《延河》2012 年第 9 期。

[②] 冯积岐：《作家的劳动》，载李继凯、苏敏编《冯积岐评论集》，文化艺术出版社 2013 年版，第 321 页。

力量往往很难对其进行干预,因此导致了这种权力的扩大化与神圣化。乡村权力渗透于乡村生活和人际关系的各个领域中,美国汉学家杜赞奇指出:"权力是各种无形的社会关系的合成,难以明确分割。权力的各种因素(亦可称之为关系)存在于宗教、政治、经济、宗族甚至亲朋等社会生活的各个领域、关系之中。"① 农民在长期苦难生活的重压中产生了对权力的惧怕感,面对当权者常常小心翼翼,具有一种本能的服从和认命。冯积岐小说《村子》中卖猪老农祝义深受权势的人格侮辱,卑微地下跪于权势者。农民受到乡村干部的暴打后无人反抗,甘愿挨打。农民在权势面前毫无尊严可言,告状与反抗无法改变他们受制于乡村权力的苦难压抑。《我的农民父亲和母亲》② 中潜在的叙述者曾这样形容一位农民父亲,"即使在指甲盖大的权力面前,父亲的脾气也会变得像母亲的身躯一样瘦弱"。③ 冯积岐把众多苦难和权力压制集合于农民的生存现状中,不只是履行作家的道德责任,而更多是引起社会对农民阶层的关注,中国乡间存在着成千上万个像农民父亲这样承受权力给他们生存压力的农民。

冯积岐小说中总是设置一个知识分子身份的潜在叙述者,以此审视乡村权力带给人的生存苦难,当乡间的父母、兄弟姐妹受制于乡村权力的压抑,知识分子也是无能为力。《遍地温柔》中大学教授潘尚锋面对乡村权力带给亲人的苦难也是无能为力。一场交通事故导致家人伤亡,因肇事者是村支书的亲戚,迟迟得不到合理处置和申诉。面对不公正的反抗,三弟潘尚天被公安干警以正当防卫的理由开枪打死。痛失两位亲人的生命,潘尚锋心中充满诸多的不平,但只能痛苦地承受着,作为文人他没能力和勇气与庞大的乡村权力坚持对抗,只好在自责和内疚中接受残酷的现实。作家站在知识分子立场,质问不公正的乡村权力带给农民的生存苦难。《这块土地》④ 中作为知识分子的冯秀坤根本无法改变亲人受制于乡村权力压抑的无奈和悲哀。《敲门》中乡村权势带给丁小春家人的生存灾难,考学被顶替,打工者致残而自杀,母亲与妹妹遭到乡邻奸污等,在钱势与权势的双重勾结中无计可施,乡村权势置人于绝望之中。《逃离》中知识分子

---

① [美]杜赞奇:《文化权力与国家——1900—1942年的华北农村》,王福明译,江苏人民出版社1996年版,第4页。

② 冯积岐:《我的农民父亲和母亲》,《朔方》1994年第8期。

③ 同上。

④ 冯积岐:《这块土地》,《当代》1997年第1期。

牛天星感叹农民在强大权势面前的无奈："黑的可以说成白的，假的可以说成真的。"[①] 冯积岐讽刺权力使人性变得世俗卑微与冷漠无情，为追求权力而放弃道德操守，官官相护与玩弄权势给普通农民带来了巨大的生存艰难与精神痛苦。

（二）从权力欲望中透视人性的复杂

冯积岐小说批判人的伦理受制于乡村权力，放纵权力欲望导致人性复杂，间接造成普遍民众的生存苦难。冯积岐曾表示："我写作的背靠点是我的故乡，是我在小说中虚构的凤山县南堡乡松陵村。我只能在这个背靠点上开拓，它是我精神扎根的土壤，是我写作的源泉。"[②] 因此，他的多部小说都是从这个小村落入手，剖析在社会变革中乡土伦理的嬗变。冯积岐从人的权力欲望来探讨人性的复杂，力图"放弃'伪生活'，揭示被遮蔽的生活"。[③] 在冯积岐小说中，当权者总是以强势压制乡村道德正能量，丑恶势力吞噬了人性美德，从而给普通民众带来极大的权力压抑和精神痛苦。《沉默年代》中周雨人和弟弟周雨言在乡村权力压制和折磨中逃生，但多年后出人头地的周雨人却利用权势对村人进行无情的报复，人性在权力面前走向变异。《寻找父亲》中人为争权夺利而相互较量，尔虞我诈。

《村子》中田广荣对乡村权力充满崇拜与操纵欲望而沦为丧失人性的恶魔。他以权力驾驭村子，以官欺民而逼死村民，人在权力追寻中丧失人性道德。可悲的是，田广荣总是寻找借口来掩盖自己追求权力与放纵欲望的丑陋，一是披着正义的外衣损害民众利益；二是以正人君子的面纱无耻地强行占有马秀萍母女，不以为耻反以为荣。他以不正当的方式行使乡村权力，带给村民无尽的生存苦难和精神摧残。《非常时期》中金斗早年备受乡村权势欺压的痛苦，这导致他对权势的向往，得势后却展现人格的多面性：既有人性正义面，敢于为老百姓利益而怒骂镇长，用自己的钱为村民交提留费；又有为谋得私权而狡诈阴险的一面。他深知上级决定建立"瘟疫"村医院对民众伤害较大，却为不得罪上级而狡猾地把烫手难题顺水推舟抛给了竞争对手。当对手服输并恳求于他时，金斗的内心又为自己

---

① 冯积岐：《逃离》，太白文艺出版社2010年版，第172页。
② 冯积岐：《作家的劳动》，载李继凯、苏敏：《冯积岐评论集》，文化艺术出版社2013年版，第321页。
③ 宋小云、冯积岐：《恰当而完美地表达和揭示——冯积岐文学创作三十年访谈》，《延河》2012年第9期。

的所作所为而惴惴不安。谋求权力的欲望根本上是对经济利益和其他多种利益的渴望，正如费孝通先生所说："人也许因为某种心理变态可能发生单纯的支配欲或所谓 Sadism（残酷的嗜好），但这究竟不是正常。权力之所以引诱人，最主要的应当是经济利益。"① 冯积岐小说阐释由乡村权力引发的人性变异，而人的伦理道德在一定程度上会受制于权力的约束。

（三）作家伦理立场表达的含混

冯积岐小说中对一些伦理问题与道德现象的书写，其伦理立场表达得非常含混和暧昧。作家的伦理姿态或立场表现对于作品给予社会的伦理关怀与实现的道德效果起着至关重要的作用。作家伦理观念的形成源于自身的道德认识和价值观念以及生活环境的影响等。冯积岐长篇小说创作中反复出现类似的伦理剧情：精明能干的中青年男主角，他们大多掌握着乡村权势，同时又能博得各类女性的爱慕，但这种爱情具有不伦因素。如《非常时期》中的妻妾并存制，姑夫与妻子侄女的乱伦。《村子》中继父与养女的乱伦行为等。冯积岐小说中凸显人的本能释放原则，有意弱化人的道德意识，这与他个人早年的经历有着密切的关联。冯积岐多年的农村生活阅历使他对农村和农民较为熟知，"我目睹了我们村农民朋友的婚外情，令我惊讶的是，一些农民把性关系变成了亲情——丈夫明明知道，妻子是某个人的情人，丈夫非但不责备妻子，反而和妻子的情人一家相处得格外好，相互帮助，耕作、收获。这种'性际关系'引起了我的思考，我觉得，农村人的性爱有其纯粹的部分……"② 作家一味地追求生活的真实和人性的纯粹，忽视了人的行为应该受到一定的道德约束，不能单纯把继父与养女之间的不伦视为披着"爱情伦理"外衣的"性际关系"。人需要道德来约束本能欲望，这种含混的伦理立场无形地削弱了作品自身的道德价值。

首先，冯积岐小说中以"人性解放与精神拯救"来阐释人性的复杂和道德变异。作品中呈现的典型乱伦模式为：成熟男性与未成年少女的畸形恋。作家以男权视角有意地对这种现象进行合理化的阐释，扩大男性博爱、女性自愿的变异情爱观，而家庭伦理、夫妻伦理和亲子伦理却被作家

---

① 费孝通：《乡土中国》，上海人民出版社2007年版，第58页。
② 李继凯、冯积岐：《复杂人性的探询和文学生命的建构——关于冯积岐小说创作的对话》，《文艺研究》2012年第12期。

忽略。《沉默的季节》《非常时期》中母女共侍一男、两女共侍一夫；《村子》中继父与养女之间的乱伦，作家创作中不断重复偷情、婚外恋、乱伦叙事模式，以爱情解释男性纵欲乱伦的合理性，这些男人过于优秀和强大，这些小女人们不得不心甘情愿地接受这种变态的爱情。冯积岐曾谈到《村子》的创作："当时更多地考虑的是人性的复杂性，像田广荣那样的村支书是不能用'好'与'坏'的道德标准来评价的……"[①] 从中也见出他道德批判的姿态是犹豫不定的，以人性的复杂来解释违背道德的罪恶是不恰当的。继父田广荣是本性中对女人有着强大占有欲的成熟男人，而马秀萍只是14岁的未成年少女。当继父与养女发生暧昧关系时，男性想方设法占有少女，并没有以道德克制情欲，就像他抛弃发妻迎娶情人那样，以新换旧是自然规律，尽量满足本能欲望。如果以真爱为借口来解释这种乱伦现象是有悖于伦理的，哲学家瓦西列夫曾说："如果真正的爱情起了破坏家庭的作用，成了别人不幸的根源，那么，对这种爱情来说，不可能有其他出路，而只能牺牲自己，服从道德的义务。"[②] 由此可见，这种满足自我欲望、给他人带来伤痛的情感并不能称为爱情。

　　冯积岐呈现出男权视角下变异的两性关系：早期苦难生活，需要发妻与之共受苦难，生儿育女，种田养家，其中还需要情人的情欲供养；中年期发家之后，遇上少女而误为真爱，因此抛弃发妻和情人，一心追求与少女共享爱欲。《非常时期》中寄居姑母家的李红娟15岁时就被姑夫金斗名正言顺地占有，原因是一个中年成熟男人太爱青春少女了，而少女也被男人的财大气粗所诱惑，主动沉迷于情欲。虽然作家一再有意美化乱伦中的情感因素，仍然不能掩盖违背道德的人性丑恶。《逃离》《粉碎》《沉默的年代》《村子》等作品中都出现类似情节和人物行为。冯积岐这种伦理书写态度在一定程度上削弱了其作品的文学性和作家的道德责任意识。文学的本质是给予人向往美好和积极的动力，即便审丑也是从反面来提升审美，如果作家避开道德谈人性，只为揭示人性隐私和本能欲望，给读者留下的只能是满足眼球的离奇感与瞬间的异样而已。

---

① 李继凯、冯积岐：《复杂人性的探询和文学生命的建构——关于冯积岐小说创作的对话》，《文艺研究》2012年第12期。

② ［保］基·瓦西列夫：《情爱论》，赵永穆、范国恩等译，上海三联书店1984年版，第493页。

其次，冯积岐小说中家庭伦理、夫妻伦理和亲子伦理常常因为表现人性复杂而被作家忽略。《村子》中精明能干的村支书在生活好转时抛弃了曾经共患难的发妻，与同村妇人偷情，妻子却大度地容忍丈夫的偷情行为，为维护丈夫的权势和尊严而客死异乡，而丈夫却无视她的真情，正当地迎娶情人，在这里夫妻伦理和亲情因人的情欲而消解。《非常时期》中金斗一生拥有众多女人的原因是他有钱、得势、掌权。在发妻、第二任妻子和情人之间，作家显然把发妻置于最弱势和最边缘化的地位，发妻得知丈夫与侄女的乱伦行为后，只能是平静而无奈地喝农药自杀。《沉默的季节》中母亲宁巧仙自知以往情人与女儿秋月有着情爱关系，仍然毫无羞耻地向情人发出私会的信号，这些女性变成衬托男性魅力的工具，完全没有道德贞节可言。作家为刻画人性复杂，有意回避对夫妻伦理、亲情伦理的探讨。总体来说，冯积岐小说创作中个人主观因素的介入较为强烈，从而导致一些道德观念表达的含混，正如评论者所言："作者对于叙事的积极参与，强有力地干预叙事者的叙述，他常常是站在了叙述的前台，规定着叙事者的言说，作者的思想与情感始终笼罩着作品的叙述，甚至作者自己成为叙述者。"① 在他的小说中，男性多为违背道德的英雄，情人身份正常化，而原配发妻却被边缘化，因此，造成冯积岐伦理表达的模糊和矛盾。

冯积岐小说创作中掺杂着太多的个人体验和历史印迹，没有把握好文学与真实生活的审美距离。作家应该在历史发展的时代背景中，"将个体的生命情感体验，融会到国家、民族，乃至人类的生命情感之中，使其具有一种人类历史文化精神和生命情感的内涵"。② 冯积岐准确地找了他小说创作的"松陵村"，以这个周原文化发源地的小村落为创作背景，进行乡土伦理书写，他只有超越自己真实的个体生命体验，超越现实生活抒情，才会让他的作品在视野开阔中凝聚更高的精神哲思。冯积岐小说创作中非常注重人物的性格、心理和情感复杂化，敢于揭示人性"隐秘的真实"，却有意避开对人的道德问题的探讨，从而导致了其伦理立场的含混，道德评判的犹豫和偏颇，削弱了作品本身的审美价值和文学韵味。

---

① 韩鲁华：《执著的追求：对于人的求证及其叙述——冯积岐论》，《唐都学刊》2004年第4期。

② 同上。

三 罗伟章：病态苦难

罗伟章坚守作家的创作与现实要保持一种距离和张力，因为只有在这种特定的境域中，作家才能敏感地认知社会现实，从而更好地表现他的文学世界和道德观念。他主张："文学的本质（或）艺术的本质，是对现实的不满。文学的产生，是因为现实与理想之间永远存在着距离，对作家而言，这种距离非常重要，既是他创作的动力，也是他心灵的营养。但是，一个真正意义上的作家，他在揭示这种距离的时候，绝不是为颠覆某种秩序，而是希望向人们指出，在我们的社会上，还有这样一群人，还有这样一种生活，还有这样一种情感和思想。"[1] 这既是罗伟章坚守的文学创作理念，又是其伦理姿态的表现。罗伟章小说正视城市化进程带给农村和农民的"病态苦难"，坚持以知识分子的道德责任为乡村进城者"呐喊"与留守者"哭泣"的底层伦理立场，发现和体悟现代民众的生存苦难和艰辛。他指出："如果你是一个知识分子，却没有苦难意识，是相当可悲的；如果你是一个作家，没有苦难意识也是写不出什么好作品的。"[2] 他注视着城市化进程中，乡村人的生存状态和弱势者面对苦难的无奈和纠结。

（一）从底层立场正视人的"病态苦难"

罗伟章小说以关怀现实苦难的伦理姿态，探讨乡村社会中人的病态苦难与心灵纠结。这种姿态源于他的童年经历，他曾谈到自己童年时期曾面临两大问题："一是吃饭问题，二是精神问题。"[3] 这种深刻的个体经验和感受在一定意义上必然影响着作家的文学创作。罗伟章自幼丧母，整个童年生活充满着缺失母爱的恐惧和痛苦。在家庭的极度贫困中，饥肠辘辘时常伴随着他，甚至挨饿至晕，父亲无奈中把年幼的妹妹送给他人。童年的经历让罗伟章对苦难和饥饿有着特别的认知。罗伟章曾为追求文学而放弃了安定的生活，为能从事创作他不惜陷入衣食无着的生活困境，在现实与理想的两难选择中，又增加了他对乡村人进城求生之艰难的认知。这些经历造就了罗伟章坚定关注人的现实苦难的伦理立场，"我过着那样的童

---

[1] 罗伟章：《把时光揭开》，四川文艺出版社2013年版，第57页。
[2] 罗伟章：《我心目中的小说》，《当代文坛》2008年第4期。
[3] 罗伟章、姜广平：《"我是一个懵懂的写作者"》，《西湖》2013年第8期。

年，看到的是那样的人生，不写那些该我写的，你叫我写啥呢？"[1] 因此，罗伟章大部分作品的背景都离不开故土的人情是非，他写故乡、写农民、写饥饿、写人的穷困和艰难等。罗伟章的小说明确指出现代化进程中农民的生存困境："城市不能提供启蒙式的精神前景，乡村更不是浪漫主义的精神家园。"[2]《赶街》[3] 中穷困和饥饿让人变得软弱，苦难让人变得无奈；《窄门》中人在放纵欲望后陷入人性的罪恶；《清白》[4] 中人与人之间已经没有最基本的信任和同情，人们视名誉胜于人情；《公道》[5] 中一个拥有疯子的家庭过着非人的畸形生活；《水往高处流》[6] 中原本善良随和、乐于帮助学生的乡村教师孙永安在追求经济利益中失去了学生的爱戴。这都体现了罗伟章对社会发展现状的敏感，深刻体悟底层民众纠结的心态。罗伟章从底层民众立场出发去书写现代化进程中乡村和农民的"病态苦难"。

一是现代社会物化导致人的精神病态。现代化让乡村和农民脱离生活贫困的同时，又使其陷入精神困境。罗伟章小说在撕破社会现实丑恶的同时，无不给予社会和读者重重的一击，现代文明的进步是否真正意味着人的道德精神也随之进步？因此，他把笔锋指向现代化进程给予人的精神苦难："在过度强调城市化进程的今天，乡下人收获的是生存的窘迫和尊严的丧失……写作者的任务，看到的不应该仅仅是'底层'的问题，而应该是'人'的问题。"[7]《我们的成长》中追随城市化的乡村女孩许朝晖抛弃父母的殷切期望，在向往"自由"中走向伦理堕落，背负着"小姐"和未婚私生子的丑名，陷入了精神的痛苦和无奈。现代社会发展的外部因素与个人家庭等内部因素导致了人的精神病态。《骨肉》[8] 中独守乡土的农民父亲像足球一样被子女们无情地踢来踢去，无人愿意承担养老责任。农民父亲对此深感痛心，悲哀地感叹："儿女对他是不公平的。妻子去世

---

[1] 傅小平：《罗伟章：为心灵找到通向自由的路径》，《文学报》2007年3月1日。
[2] 李敬泽：《罗伟章之信念》，载罗伟章《我们的成长》，作家出版社2007年版，第3页。
[3] 罗伟章：《赶街》，《小说月报》2008年第9期。
[4] 罗伟章：《清白》，《清明》2008年第11期。
[5] 罗伟章：《公道》，《朔方》2010年第9期。
[6] 罗伟章：《水往高处流》，《清明》2006年第1期。
[7] 罗伟章：《我不是在说谎》，《四川文学》2006年第4期。
[8] 罗伟章：《骨肉》，《中国作家》2008年第6期。

以后，他把他们拖大成人，咬紧牙帮，还险些丢了性命，送他们读了大学，让他们进了城，有了工作、家庭和儿女，他们就不管他了！"① 作家极大地讽刺了现代人情的变异，人在过度追求自身利益中抛弃了人伦亲情。《大嫂谣》中从乡村走向城市的知识分子"我"同样备受无力拯救亲人的精神压抑。作家探讨在现代化进程中，人的精神追求应高于人的物质欲望，否则只能生活在精神荒芜和空虚的病态之中。

二是现代化进程转变了农民的生存方式，却使其陷入新的生存苦难。市场经济波及乡村后，农民已无法安于原本清贫的生活而走向城市打拼，但这种新的求生方式不仅没有改变原本的生存面貌，而且给家庭和个人带来别样的病态苦难。《山歌》② 中对城市的向往让心高气傲的乡村姑娘戴妹儿立志不做乡村平民，但却无法真正变为城市人，经历各种苦难，最终只能接受回到原点的痛苦。《故乡在远方》中农民父子对进城持截然相反的态度，儿子对进城务工充满新奇和向往；而父亲希望儿子能够安于乡村生活，继承他的手艺，因为城市人曾经掠走他的妻子，因此对城市心怀排斥和恐惧。父亲以死阻止儿子进城，但最终无法改变儿子养家糊口的窘迫之情。陈贵春进城后的种种遭遇和磨难证实了父亲的担忧，在多重摧残中走向疯狂，最终因抢劫罪被枪决。他的离乡也让家人陷入困苦，女儿的惨死，父亲的病重，妻子因家庭变故而崩溃。作家把人的苦难困境写得令人窒息，城市让农民陈贵春尝到了活着的可怕，把他曾保有的积极情绪一点一点地消磨。作家批判现实的人情冷漠，人与人痛失最基本的信任和同情。进城农民试图让生活变得更好，结果导致了家庭和个人的悲哀。作家以个别事例映射出进城农民群体的生存现状，现代化进程导致人陷入异样的"病态苦难"。

（二）为乡村进城者"呐喊"与留守者"哭泣"

罗伟章创作中始终坚守乡村伦理写作，"故土"与"打工者"成为他伦理书写的主要对象，尤其关注处于城乡缝隙处打工者的生存苦难与乡村留守者的艰辛。罗伟章曾谈到他的绝大部分小说都为故乡而作，如川东北地带的大山、河流和质朴的城镇，"我小说中涌动的血，我小说的骨，都是属于故乡的。故乡人举手投足中透露出的情感和思想，故乡叮当作响的

---

① 罗伟章：《骨肉》，《中国作家》2008 年第 6 期。
② 罗伟章：《山歌》，《中国作家》2011 年第 9 期。

方言，早已成为我生命的一部分，它挑战我的耐性，同时也警醒我的良知"。① 罗伟章深知乡村的贫穷导致农民离乡，进城后陷入他乡的心灵荒芜，城市中的农民无法得到应有的尊重，最终无奈中选择回归故乡，"我在城里是可怜虫，回到老家去还不行吗？老家不会嫌弃我，在那片贫瘠的土地上，我不是可怜虫，而是一个真正的人！"②《我们》③中从农村走向城市的知识分子"我"看不惯乡村城镇化中故乡亲人的道德价值转变，物质、金钱利益无形地侵蚀着人性，人变得世俗和浮躁，失去了乡村人固有的真诚、纯朴和厚道。

　　罗伟章深感乡村现代化趋向的势不可当，但他坚信"'农村永存'也就是善良永存"。④ 进城的农民工回乡后，并不能得到亲人的安慰，因为留守亲人承受的苦难并不亚于他们。农民工面临着进城思乡，回乡却无法生存，不得不再次离乡的双重苦难。《大嫂谣》中大嫂为乡村生活所迫，年过五旬的她不顾身体薄弱，独自远赴广州打工。她从不向亲人倾诉在外谋生的辛酸，因为深知留守乡村的丈夫更加不易。《我们的路》中打工者"我"与春妹为家庭、亲人不得不忍受思乡之苦与城市谋生的艰难悲剧。"我"因老板携款潜逃而多年未回家，春妹受人欺骗生下私生子，本都想借回家过年在亲人那里寻找安慰。但在回乡后，却无法开口向亲人倾诉在外经历的痛苦遭遇。在家庭的寄托和乡村的不容中，春妹只好再次背着孩子远走他乡、继续为亲人承担她那个年龄不应承担的责任。因深知城市务工的不易，"我"归乡后曾想放弃外出的念想，留守家中与妻女团聚，最终因生活的清贫和无奈被迫踏上征程。罗伟章深刻揭示出乡村务工者在城市与乡村两种不同生存背景中，忍受着离乡与回乡的双重苦难。

　　现代进城务工浪潮致使乡村留守者同样经受着生存煎熬和心灵苦难。当前乡村因大量劳动力的长年外出缺乏人气而变得日益萧条，留守乡间的老人、妇女和儿童备受孤单和无助的悲哀。《我们的路》中青壮年"我"长期在外，导致父女情感的缺失，妻子只能在病痛折磨中坚持劳作。"我"的回乡无疑带给妻女莫大的心理依靠和精神支持，但当"我"再次

---

① 罗伟章：《把时光揭开》，四川文艺出版社2013年版，第121—122页。
② 罗伟章：《我们的路》，载《我们的成长》，作家出版社2007年版，第123—124页。
③ 罗伟章：《我们》，《时代文学》（上半月）2013年第7期。
④ 罗伟章：《农村永存》，《天涯》2004年第5期。

离乡,她们又陷入了无助的痛苦中,离乡者与留守者各自都充满着生存的艰辛,不想走却又无法留的无奈。《故乡在远方》中,进城给农村家庭带来了噩梦,进城者陈贵春无助中走向犯罪,作为留守者的父亲、妻儿同样遭受苦难折磨。可见,罗伟章以乡村伦理姿态书写进城者与留守者两类生存群体的苦难困境。

罗伟章在小说创作中凸显文学与现实之间的张力。他认为:"一个写作者,尤其是小说作者,必须与现实时刻保持一种紧张关系。当这种关系松弛,甚至断裂,小说就没法写。"① 这种创作中保有的张力和敏感让罗伟章更多地反思现实,让他的作品带给社会和人一种共鸣,从而思考如何应对社会现实。城市化进程中农民的真实生存状态:留守乡村可能面临着更加清贫的生活,离开乡村又面对城市求生的苦难,从而陷入了一种"不想走却难留"的矛盾状态。进城打工者受到苦难无人倾诉,回乡后面对亲人只能遮蔽自己的伤痛。"你在城市找不到尊严和自由,家乡就能够给予你吗?连耕牛也买不上,连付孩子读小学的费用也感到吃力,还有什么尊严和自由可言?"② 现代化进程导致农民陷入物质与精神的双重压力,"离开还是留守,的确是一个问题;离开之后再也回不去,留守下来却守住了一个空,是一个更大的问题。内在的荒凉由此产生"。③ 因此,罗伟章小说中的伦理探讨常常给予人一种文学与现实的张力:一是底层现实写作中,他真实地揭示年轻农民群体的现实生存状态;二是以文人精神不断地挖掘现代化给予农民的一种病态苦难,提出城乡进程的真正价值是什么的疑问。这种张力写作姿态彰显了作家的人文情怀。

罗伟章小说中颂扬年轻农民的生存韧性,脚踏实地靠自己的劳动获取幸福的生活,虽然城乡差距带给他们更多的生存艰辛,但是其人性中充满着积极向上和追求美好生活的正能量。《河畔的女人》中进城浪潮让农村夫妻长期分离,生活永远无法安定。少妇莓子因无法忍受对外出务工新婚丈夫的思念,鼓起勇气去城市看望,在目睹丈夫的艰辛后,深深体悟到丈夫的劳苦让他无法顾及乡间妻子的孤独与艰难。莓子从此不再抱怨丈夫,由报怨孤独的软弱少女变成了敢于承担家庭重担的能干少妇。"莓子的道

---

① 罗伟章:《把时光揭开》,四川文艺出版社2013年版,第70页。
② 罗伟章:《我们的路》,载《我们的成长》,作家出版社2007年版,第175页。
③ 罗伟章、姜广平:《"我是一个懵懂的写作者"》,《西湖》2013年第8期。

德自律和对丈夫对家庭的热爱和珍惜，使她像星星一样始终行走在自己的轨道上。她能承受一切苦难，维护着丈夫的荣誉和家庭的尊严。"① 乡村少妇莓子在生活艰辛中品味着属于自己的幸福，为乡村姐妹所羡慕，她才是一个幸福的女人，因为有一个顾家吃苦、疼爱自己的丈夫，他们一起为理想的生活而奋斗着。

同时，作家探讨人的道德观念在社会发展中的嬗变，农民进城后能否把持自我道德。现代社会发展给乡村人带来了生活水平的提高，同时夹杂着道德的污垢，人在物质权势面前抛弃道德自律。与莓子相比，乡村少妇映红、王小花的留守生活更为凄惨。映红的丈夫因向往城市离乡多年，幻想能成为真正的城市人，但当理想失败后，走向了道德堕落，在外包养情人，抛弃发妻和女儿，忘却了乡村妻子为维持家庭而承受的苦难。更可悲的是，映红明知丈夫外遇，却不愿承认，只顾奔忙于乡间农活中。王小花在享受物质安逸的同时，却忍受巨大的精神痛苦，遭受父子两代人的欺侮，公公因有钱得势而强行霸占她，丈夫在新婚之夜弃她而去，最终在公婆的侮骂和折磨中走向死亡。正如评论者所说，罗伟章"不是一个看客式的'道德家'，他充分地体验着历史与个人、社会与个人的张力，人的炽热欲望与他的道德体验的张力，人的社会规定性、他的身份与他的选择和行动之间的张力，人的情感与理智之间的张力"。② 罗伟章的文学创作充分体现出作家的伦理职责和道德素养。

罗伟章坚守着"真道德"，他对道德与文学的关系有着自己独特的理解和阐释。他认为："道德是文学艺术要探寻的重要内容，但如果用道德去统治一切，这样的作品是软弱的……如果写作者舍弃纷繁复杂的人生世相，退缩到道德的外衣里，很可能意味着丢盔弃甲，因为这层外衣是不可靠的，即便它能永恒存在，也不是帮助你战斗，而只是教你防御。"③ 因此，作家不应在文学创作中纯粹地为推崇道德而写道德，或者时刻肩负着道德职责，陷入某种先验固定的伦理模式和道德理念之中。罗伟章坚持合宜的伦理立场写作："当秩序和谐地运转，可以歌颂道德；当秩序已变成教条，尤其是变成了某些不良利益集团的保护伞时，就要越过去。唯有这

---

① 罗伟章：《河畔的女人》，载《奸细》，四川文艺出版社2007年版，第80页。
② 李敬泽：《罗伟章之信念》，载罗伟章《我们的成长》，作家出版社2007年版，第6页。
③ 罗伟章：《把时光揭开》，四川文艺出版社2013年版，第79页。

样，才是真道德。"[①] 他从闭塞的四川大巴山区走向现代化的城市，早年经受的苦难重压促使他追求文学的"真"，以自己真诚的乡村情感和灵魂深度，勇于担当社会现实使命，确立属于自己的底层写作立场，"坚硬，是我的生活质地，也必然地构成了我的文学质地……我主张文学离大众近一些"。[②] 罗伟章坚守乡土写作，敏锐地审视着现代化进程带给农民的病态苦难，并时刻保持着写作者特有的苦难伦理情怀。

四　冉正万、王华：乡村家园苦难

冉正万和王华（仡佬族）关注乡村留守人群的生存苦难与现代化进程导致乡村家园的遗失现状，两位作家关注的乡村人物和伦理书写立场，以及道德批判姿态都有相似之处。冉正万是近年来有着鲜明的文学观念与强烈责任意识的乡土作家之一。在他看来"只有那些感到生命不能承受之轻，和不能承受之重的人，才知道为什么写"。[③] 在冉正万的文学视野中，小说有三个不可分割的层面："生活的、命运的、心灵的。生活，是可以看见的，命运，是可以揭示的，心灵，是可以探索的。只有看见才能揭示，只有揭示才能探索，只有探索才能勉强呈现。"[④] 可见，冉正万的创作观念是立于生活本质而追求更高的文学精神，其中更为注重作家的责任意识，正如："每个人活着，都在品尝着各自不同的、属于他自己的那一滴海水，但把喝下后的滋味说出来，则是作家的责任。并且是一种需要有承担能力的责任。没有这种能力，其他都是枉然。"[⑤] 冉正万所持的文学观念和作家的责任意识让他以知识分子的道德责任意识质疑现代文明的负面影响。

王华在对乡村和农民的书写中坚持知识分子的良知和伦理意识，自觉地在她的文学世界追寻着普通农民乃至整个人类的"理想家园"。但现实的苦难与现代文明的弊端，常常扑灭王华小说建构的理想世界，使她陷入了一种矛盾和彷徨的写作困境。王华小说写纯粹的乡村生活，她深知物质

[①] 罗伟章：《把时光揭开》，四川文艺出版社 2013 年版，第 80 页。
[②] 罗伟章：《创作与生活》，载《白云青草间的痛》，昆仑出版社 2013 年版，第 56—57 页。
[③] 冉正万：《圆融与照见——关于小说》，载《深圳特区报》，2012 年 11 月 29 日，第 B04 版。
[④] 同上。
[⑤] 同上。

极度匮乏的人们生活是苦难的。当现代工业化建设入驻乡村后，农民生活形成一种奔波于城乡之间的方式，王华敏锐地觉察到这一切并没有改善农民的生存状态，反而使他们陷入生存困难与精神焦虑，因此，她在创作中自觉肩负着为现代乡村寻找一种理想化的生活家园的道德使命。

（一）乡村留守者与边缘者的伦理立场

随着当前底层写作的兴起，许多作家纷纷关注向城市进军的农民工群体，书写他们的种种生存苦难和纠结，而冉正万和王华却把文学与道德关怀投给了乡村留守者与底层边缘者等弱势群体。农村劳动力的大量外迁，让留守人群成为农村劳动力的主要支柱，据有关社会学研究者调查："目前80.6%的留守老人仍下地干活，其中包括很多中高龄老人。59.9%的留守老人耕种着外出子女的土地……47.3%的留守老人认为自己的劳动负担很重，表示劳动负担难以承受的达18.3%……92.4%的留守妇女家庭仍从事农业生产。"[①] 可见，在现代化进程中乡间留守者面临的生存问题日趋严峻。

冉正万站在乡村留守者的伦理立场为其鸣不平，批判城市化进程造成的乡村空巢老人的生存苦难，以此揭示当前中国农村的普遍现状：农村空巢现象的加剧让留守群体无人关注。冉正万小说中的乡村留守老人面临着生存与精神的双重无助，甚至出现在沉重的劳作压力中走向死亡的悲剧。留守老人长期面临儿女亲情的缺失，承受着内心孤独的同时，又无法割舍自身与土地的关联：一是家中青年劳动力的缺失，让他们不得不担负起沉重的生产劳作；二是年老的农民内心深处舍不得让土地荒芜，虽然力不从心但仍然艰难地耕作，只能无耐面对由苦难走向死亡的生存悲剧。《奔命》[②] 中一对留守乡间的年迈农民父母无法承受生活的苦难，直到死亡才得以解脱。作家细致地刻画留守老人的无奈和无助，他们无力承担连收三个儿子家稻谷的重任，两人披星戴月地连夜奋战后，妻子终于在体力不支中病重死去。面对大忙抢收时节，老汉怕耽误乡邻们的收割，只好简单地匆匆埋掉妻子，无法等候儿子们的归来。冉正万借留守老人悲观的宿命感

[①] 转引自叶敬忠《留守人口与发展遭遇》，《中国农业大学学报》（社会科学版）2011年第1期。

[②] 冉正万：《奔命》，《人民文学》1999年第4期。

言:"人老了总是要死的,早死一天晚一天死又有什么区别呢?"[1] 来引发出时代背景下留守老人的生存苦难,这已经是当前中国农村普遍存在的社会现象:"在生存的巨大压力下,整个社会背景、时代、潮流则在更大程度上主宰着人的命运。不仅是一家一户的情境,而且是中国整个乡镇所面临的抉择。"[2]

小说《种包谷的老人》[3] 中书写城市化进程带给农村空巢老人的生存悲哀。儿女试图以金钱来弥补母亲守留乡间的孤独,结局却是母亲在掰完了所有的玉米后,安详地死在包谷地里。母亲这样做在儿女看来毫无意义,儿子把母亲的劳动成果视为累赘,无偿地送给了乡邻。儿女们在匆匆埋掉母亲,抛弃母亲日夜劳作的土地告别乡村,从此便完全脱离了与乡村的关联。更可悲的是,儿女们把对母亲的祭悼托嘱于乡邻,充满悲哀和讽刺。年轻农民的生存价值观念已完全脱离乡土,总以金钱来衡量一切,而乡村人却更注重人情,他们坚守抛开金钱和物质利益的行事规范,正如社会学家费孝通所说:"乡土社会是个亲密的社会……亲密社群的团结性就依赖于各分子间都相互地拖欠着未了的人情。"[4] 乡土社会中人际关系更为讲究人情、相互间的尊重与礼数。城市化进程导致了亲情隔离,在父母临终之际,孝子无情地缺席,暗示着乡土伦理日趋淡薄,这不禁引发作家对乡村伦理趋向的担忧。

王华以边缘者立场质问边缘者面对现实苦难"怎么办"的问题。王华小说在创作题材上大多写农民、写底层、写深山中被现代社会遗忘的边缘者经受物质与精神缺失的双重苦难。王华的苦难叙述总能给予人们一种强大的心理震撼,写人所经历的生活苦难并不特别,打动人心的却是人在承受苦难后那份接受现实的平静和坦然,人的心态不再为梦想与真情而激越,那种近乎麻木的认命,足以证明苦难对人的打击之大,只能从容地接受现实,看似是一种洒脱,其实更多是一种无奈。正如评论者所说:"王华是以一种亲临者身份的切身体验生活,着力展现黔北地区普通人的生存状态和生命历程,用心灵关注社会底层,特别是弱势群体的生存命运,体

---

[1] 冉正万:《奔命》,《人民文学》1999 年第 4 期。
[2] 编者:《在语言与现实之间》,《人民文学》1999 年第 4 期。
[3] 冉正万:《种包谷的老人》,《山东文学》2005 第 2 期。
[4] 费孝通:《乡土中国》,上海人民出版社 2007 年版,第 10、68 页。

现出对人的终极价值关怀。"①《母亲》②中留守老人独自赡养孙子、承担繁重的田间劳作的艰辛和无助，儿子宁可失去一只手臂也不愿返乡，城市化进程导致了留守人群自生自灭的生存状态。《傩赐》中作家把苦难叙述延伸至云贵高原与外界隔离的深山边缘处，物质高度匮乏和古老愚昧的婚俗带来令人窒息的痛苦。山外少女秋秋受蒙骗嫁给三位兄弟后，为追求正常婚姻和爱情自由，曾无数次地努力反抗，换来的却是精神焦虑与心灵痛苦。在经受沉重的苦难打击后，她选择了从容地面对严酷的现实，与其中一位丈夫共同承担抚养残疾丈夫的孩子和家庭重担，放弃对正常的婚姻生活和理想爱情的追求，苦难让人变得现实与世俗。

王华以边缘者的立场思考人的生存苦难与伦理道德的关系以及这些边缘者身陷苦难的绝望处境，是无奈地接受苦难的现实，还是加以反抗维护道德？这是王华小说的发人深省之处。《天上没有云朵》中质问人在生存面前，伦理应置于何处？母亲面对丈夫的无能，村长的骚扰，一双幼小儿女，秧苗干死，一家人无法生活，她违背伦理只为换取水源，维持家人的生存。作家站在乡村边缘者的立场质问人在生存压力面前"怎么办"，如何处理生存与伦理的关系。《老北京布鞋》③中英梅一心为被矿老板抛尸的丈夫申冤，但她的上告导致周遭乡民们的反对，因为他们可能会失去挖煤机会而无法生存。她陷入了犹豫和痛苦之中，一边是丈夫无辜的死亡，另一边是受牵连的、以挖煤为生的乡民们的生存。英梅最终不得不放弃了告状，但内心却无法摆脱良知的煎熬。所谓的天理只属于有钱有势的矿老板，而不是边缘的小人物，正如挖煤乡民深知自己可能面临着与英梅丈夫同样的命运，但为了生存却不得不维护矿老板，攻击英梅，生存胜过良知。根据心理学家马斯洛的需求层次理论，当低层次的生理需求与安全保障无法得到满足时，他就无法追求更高层次的心理需求。因此，当人的生存成为最大的问题时，是无心顾及所谓伦理观念与道德行为的。

（二）质疑现代文明与审视乡村现状

冉正万、王华在创作中都质疑现代文明发展的弊端，审视现代化影响下的乡村现状，但两位作家所采取的伦理姿态却略有不同。冉正万童年的

---

① 张羽华：《新世纪王华小说的底层叙述》，《文艺理论与批评》2012年第5期。

② 王华：《母亲》，《山花》2006年第10期。

③ 王华：《老北京布鞋》，《天涯》2012年第3期。

乡村生活缺少亲情的温暖，青年时期因求学与工作而脱离乡村，这导致他与农民、乡村保有一定的距离感，因此他总以旁观者的身份和视角，更为客观和真实地书写乡村和农民。冉正万有着13年的地质队工作经历，长期野外地质勘测生涯，让他有机会接触到偏远荒凉山区的农民，这些地质队员成了乡村的外来者，农民总以新奇的眼光与他们打交道，他们也清晰地审视着农民。"我的地质生活对我创作的影响是双重的。一是这段生活本身，已经成为我创作取之不尽的素材。二是野外地质工作不但辛苦，还很孤独……枯燥的野外地质工作无疑是对我今天用心创作最好的历练。"[①]早年的生活和工作经历为冉正万的文学创作提供了宝贵的精神财富，也促使他在创作中选择一种外来者的姿态审视着乡村现状与农民的两面性。

一是传统文明的仁义观念与其尴尬的处境。冉正万以两种姿态来书写传统文明：颂扬传统美德与批判传统伦理的狭隘和愚昧。传统文明的精华应该加以继承和发扬，但是在现代社会发展中，它又无法掩盖其愚昧与滞后的一面，以至于传统农民坚守着仁义和道德，但本分和传统行为却不可避免地遭遇当前尴尬的局面。任何事物的存在都有两面性，每一种事物的界定都有着它无法包容的全面性。冉正万小说中表现出乡村农民奉行传统文明中仁义生存的道德观，却无法遮掩其不被当前社会认可的困境。《树上的眼睛》中残疾的舅舅在树上用他的望远镜和小喇叭时刻警戒村人坚守道德，敢说敢行的性格让"他成了乡村道德的评判者和监督者"，但因此招来了村民的厌恶。作为老一代农民的舅舅兢兢业业地劳动、踏踏实实地生活，诚信做人，来不得半点虚假，但现代文明入侵后的乡村现状让他心灰意冷，导致言行与现实显得有些格格不入。作家以敢于说实话的老农民的视角来反衬现代化改变乡村的同时，也带来了一些实质性的弊端，如水源污染、环境破坏、资源过度开发等。

小说《乡村话语》中父亲视土地如生命，反对儿子浪费土地，更看不惯儿子卖掺水酒，甚至当着乡亲们的面揭穿儿子的奸诈私利行为，坚守做人的正直本分。同时，他又有着视野狭隘、目光短浅、胆小多疑的一面，事事都要坚持自己动手，拒绝使用现代化农业机器，满足于以亲身劳作来体验土地丰收的喜悦。儿子则紧跟现代化发展的步伐，寻求现代人的

[①] 冉正万、陈艺：《你是一个怎样的作家——回答〈贵州都市报〉记者陈世问》，载冉正万《白云上面的马路》，文心出版社2012年版，第189—190页。

谋生之道，他无心耕植土地，先是在村中开起商店，从中掺假谋利，后又承包乡村公交车谋利，为经济利益不惜放弃亲情。《红尘图》中老农民章正宣坚守着仁义值千金、做人讲良心的道德价值观，却陷入当前社会不讲良心反而生活得更好的困惑。冉正万以传统与现代的两种生存观念保有客观的颂扬与批判，传统农民保有着坚守正义的美德，又有着顽固与守旧的一面，现代农民紧跟时代发展又过于注重金钱利益。

二是现代文明的优势与弊端。冉正万肯定现代文明给乡村社会带来的进步和巨大的经济利益，在满足物质需求中提升了农民生活水平的基础上，但不可否认它表现出的弊端。正如社会学家分析工业化和城市化建设以及严格的户籍管理制度，使得"农民，包括进入城市现代化建设行列中的农民工，几乎无缘或极少能够分享这些现代化所带来的各种社会福利"。[①] 冉正万小说一方面肯定农民是现代化的受益者，另一面揭示现代文明导致乡村和农民的道德变异。《纸房》中"我"（周辛维）、周辛武、李国田、张雨晴、冉四本等农民受现代文明的熏陶，接受现代价值利益观却改变原本的道德和人性。乡村寡妇张雨晴作为纸房的外来者，坚持现代生存观，性格开放，善于沟通，以城市人的行事风格获得物质满足，而不惜与勘察公司老板偷情。"我"与李国田是纸房仅有的两个读过书的知识分子，其性格、生存观念表现出与乡村的格格不入。"我"因父母先后早逝而变得性格孤僻和倔强，在工业化进村中获得了一笔巨大的搬迁赔偿金，但内心却充满空虚和不安，当与城市女孩桑红的爱情幻想失败后，变得更为孤傲和自我，整日生活于精神颓废的困境中。"我"与二姨的关系由贫困时期的相依为命到搬迁进城后产生隔膜，甚至为争夺财产而相互冷漠，充分见证了现代文明带给人们的情感和精神的空虚。李国田的聪明与才华在乡村现代化中被一步步地消磨殆尽，最终陷入人生崩溃的困境。冉四本为赚钱不惜谋财害命，偷取工业废水毒死村民的牛，再以廉价收取死牛卖肉从中获利。周辛武在抓住冉四本的把柄后进行敲诈，为钱财不惜出卖朋友和家人。城里人刘佳惠与"我"恋爱，完全依恋于"我"那份丰厚的财产，在与二姨争夺门面房中显露出了现代人的金钱利益本色。《天棒这二十年》中懒惰的天棒不务正业，整日沉迷于赌博与享乐中，甚至输掉自己的妻子，但是家庭的破碎并没改变他的恶习，坚持及时享受让他更

[①] 李建军：《我国当前现代化进程中的农民问题》，《学习与实践》2006年第9期。

加堕落。《罗盘》中乡村少年光二摆脱传统道德的束缚，总想以捷径获取谋生之道，最终断送了自己的性命。《那么伤心》中现代文明入侵乡村带给父子两代人之间亲情的疏离感。冉正万小说深刻地揭示了现代文明带给乡村和农民生存方式的转变的同时，也带来的精神浮躁和道德变异。

王华以乡村农民立场揭露现代化进程的负面与弊端。她对乡村现代化进程中农民的生活方式和价值观念的转变给予深刻质疑，审视着城市化进程给农民带来的沉重家园苦难。现代化进程改变乡村农民传统守家农耕的生存方式，大量农村劳动力进入城市谋生，但是农民在城市中却难以得到稳定的职业保障，大多数农民从事简单的体力劳动而且需求量较低，经常面临着失业与经济的困境。农村廉价的剩余劳动力，吸引了大量外来投资商开发，新兴企业入驻乡村，在一定程度上给当地农民带来可观的收入，解决了大量农民离乡求生存的难题。但其负面影响同样明显，如农民的土地被大量征用，私有企业生产设施不够完善，在过度追求经济利益的同时，对乡村生态环境造成严重破坏。《在天上种玉米》[①]中进城农民租住在偏僻的郊外农村，严冬里只能忍受无暖气的寒冷。男人们在城里以生命与仗义包揽工程，王飘飘因包揽工程而失去三个指头，打断了对手的一条腿。女人们闲得无事可做，整日沉迷于打麻将，无心顾及家庭。老村长王红旗随儿子进城后无法适应年轻人堕落的城市生活，他常想回到有地可种的家乡，因此想方设法改村名，带领女人们置地种田，但终归无法改变乡村人进城生活的尴尬状态。农民在城市谋生存是一种名义上的进城，无论在物质追求还是精神追求上都无法摆脱他者的境遇，沦为城市现代化的边缘者。

作品《回家》[②]中城市化进程给农民管粮一家带来了生存危机，在城市中失业，回乡后失去土地。为了赎回被上级征收的土地，管粮尝试了各种办法，为此付出了沉重的代价，最终也未能要回家中唯一的那块土地。城市化进程让中国城乡边缘的农民流失大片土地，但老一代农民从根基上离不开土地，土地就是他们的衣食父母和生存保障，从心理上对土地拥有特殊的依附感。新一代农民进城谋生存而无心留守土地，他们对土地的依恋程度远远低于父辈，但是他们最终仍然脱离不了土地，城市只是他们暂

---

① 王华：《在天上种玉米》，《人民文学》2009年第2期。
② 王华：《回家》，《当代》2009年第5期。

时的栖居地,当无保障地失业之后,不得不再次回乡,土地对于他们来说依然是生存的保障。王华真实地再现城市化进程中农民尴尬的生存处境,间接批判现代年轻人虚伪与浮躁的生存观,以丑为美、以不道德为美德的个人价值观。

　　王华批判现代化进程对乡村生态环境的破坏,深刻地揭示乡村和农民在工业化过程中遭受的巨大灾难和痛苦。尽管农民为现代化进程做出了重要的贡献,但是他们很难真正成为现代化进程的真正受益者,"农民权益的边缘化是中国现代社会最明显不过的事实。我国当前现代化进程中农民问题的核心和实质在于各种社会权益的公平分享"。[①] 与此相反,工业化入驻乡村带给农民的可能是灾难性的环境污染和家园毁灭。《雪豆》中受现代化进程侵蚀的桥溪庄,水源污染和生存环境的严重破坏导致村中男人们都患上后天不育症,因而承受着巨大的精神压力,妻子与外乡人私奔,女人怀胎后则转变成气体自然消失,许多家庭遭受严重摧残,整个村庄陷入无法挽回的巨大灾难中。工业化发展导致桥溪庄人面临极大的生存悲剧。王华在《家园》中以两种不同的生存方式隐喻不同的家园蕴意:一是与外界隔绝的"安沙式"生活,人们生活于无拘无束、无求无欲、物质充足、精神自由、和谐共享的境界。二是现代人的"黑沙式"生活,人们生活在拆迁建房、家园丧失的痛苦与焦虑中,想方设法谋生存,为求生存不择手段。前者是理想的家园,后者是现实的家园。王华为整个人类建构着理想化的世外桃源,批判现代化进程让农民痛失乡土家园,遭受生存困境。安沙村的遭遇只是现代化进程中无数村庄的一个缩影,王华以文学承载着作家的道德与良知,敢于揭示现代文明的负面,体现了作家的博大胸怀。王华认为:"文学这样个东西它讲的就是一个作家的胸怀,实际上一部作品深不深厚,就看这个作家的胸怀博不博大,如果你这个作家心里边是包容整个世界的,那么你写的东西就博大。"[②] 她以博大胸怀关注着现代社会中边缘者的苦难,乃至整个人类的困境。

　　(三)作家的责任意识与道德情怀

　　冉正万和王华的小说创作中表现出一种强烈的道德责任意识。冉正

---

① 李建军:《我国当前现代化进程中的农民问题》,《学习与实践》2006年第9期。
② 陈敏、王华:《新锐女作家王华——陈敏、王华访谈录》,贵州电视台科教健康频道"倾听女人心"栏目,2008年11月24日。

万认为,作家应该"叙述人类的共性,唤醒人的道德感,激发正义的激情,让人超越现实的局限,超越狭隘的自我,丰富并实现自我,似乎显得更迫切,更重要"。① 因此,两位作家在创作中不断地质问现代化进程中人类的乡村家园置于何处?这里的乡村家园蕴含着两种意义:一是在城市化进程中大量乡村实体的消失,大搞工业发展与城镇化建设中的强行搬迁,导致乡村家园的消亡。二是人类精神家园的荒芜,农民失去故土后遭受心灵的空虚与无助。多数农民被迫迁离乡土进入城镇后,他们的生存方式被强行改变,无法享受到与城市人同等的社会保障与福利待遇,仍然面临着艰辛谋生的困境。社会研究者调查显示:"目前,全国失地农民总数估计在4000万人左右,而且每年还将以大约250万到300万的数量增加。"② 而且"若按照目前城市化发展速度,到2020年我国将出现约1亿失地农民"。③ 因此,城市化进程是导致农民痛失乡村家园的主要原因。

  冉正万小说质问现代化进程中人们如何寻找精神依附的心灵家园。"我们必须在理想与现实、传统和现代、灵魂和肉体、东方和西方、男人和女人、个人和家庭、家庭和民族、民族与世界等等多种关系中说出自己的感受。"④ 现代进程中农民因无法享受公正待遇,失去生存保障而导致对政府不信任与一味从众的心理。《谁规定谁》中政府的强行搬迁工程瞬间葬送木匠潘天文一个完整美满的家庭。他迟迟没有搬迁的主要原因是坚守农民离不开土地,不想进城。"没有土地,就如同做家具没有木料,手艺再高也枉然……一点土地都没有,心里总觉得悬吊吊的。"⑤ 面对工程建设干部强行和乡林业站长的双重夹击,潘天文陷入无奈之中,年轻的儿子捅死了站长。农民潘天文决定搬离城市越远越好,却无法找到安置心灵

---

① 冉正万、陈艺:《你是一个怎样的作家——回答〈贵州都市报〉记者陈世问》,载《白云上面的马路》,文心出版社2012年版,第193页。
② 李富田:《失地与失业:城市化进程中失地农民就业状况调查》,《江汉论坛》2009年第2期。
③ 万夏、海平、利痕:《城市化扩展中政府应该如何帮助农民实现身份转变》,《理论前沿》2003年第11期。
④ 冉正万:《在本地改稿班上的讲稿》,冉正万新浪博客(http://blog.sina.com.cn/s/blog_493daceb0100a7o2.html),2008年8月3日。
⑤ 冉正万:《谁规定谁》,载《有人醒在我梦中》,吉林出版社2010年版,第69—75页。

创伤的精神家园。《洗骨记》中现代化进程导致年逾古稀的杨德宏老人的家庭灾难。进城谋生的压力导致儿子与儿媳死亡,他不得不承担起赡养三个孙女的生存重担。《纸房》中原本青山绿水、气候宜人的纸房经历着现代经济建设带来的环境污染和地质灾害,导致农民乡村家园的丧失。纸房人被迫集体搬迁进驻城镇,意味着乡村家园的彻底消亡。但是纸房人的行为无法融入城市,因此他们对自身的转变感到奇怪和尴尬,现代化的搬迁并没有从根本改变农民的生存途径。乡村变为城市,穷人变为富人,但其心灵深处却怀念早年未经开采的村庄纸房,人们活在心灵家园荒芜的精神焦虑与情感空虚中,"我最想的是回家",但这个"家"位置何处无人可知,这也是冉正万留给读者的思考。

王华文学创作中肩负着知识分子的道德良知与责任意识,"我觉得我作为一个作家首先应该有社会责任感"。[①] 王华小说具有强烈的现实感,针对当下民生、民情的问题意识更为鲜明。王华有着丰厚的乡村生活阅历,她对乡村和农民有浓厚的情感,深知农民的真实生存现状,"我生在农村,长在农村,工作也曾在农村。我有很多农民朋友,我对农村有一种亲切与依念"。[②] 正因这种对乡村的依恋感和农民的亲近感,致使王华小说创作中饱含着深厚的乡村道德关怀。王华善于捕捉底层边缘者的生存道德状态,虽然乡村生活环境艰苦,生存方式简单,但他们的价值观念中却保有独特的生存韧性与人性美德。《紫色泥偶》中善良又倔强的铜鼓心疼月亮湾田地的荒芜,默默为村人无偿耕地犁田。虽然得知田地即将被政府征用建度假村,村人也期望着脱离田地,但他仍要坚持犁完整个月亮湾的田地。《母亲》中年迈的母亲带着三个孙子在乡间艰难地劳作,她不断地鼓舞自己坚持下去,从不抱怨儿子们弃她不顾,深知进城谋生的不易,把自己仅有的钱给了儿子。《旗》中乡村教育守护者爱墨热情救助自闭症儿童,在生活清贫中肩负起留守儿童教育的责任。《老北京布鞋》中英梅、月半、老黄等农民持之以恒的生活观,英梅为寻求公正而勇敢与矿老板较量。月半和老黄为坚守正义,不惜丢掉养家糊口的挖煤工作,这些都体现

[①] 陈敏、王华:《新锐女作家王华——陈敏、王华访谈录》,贵州电视台科教健康频道"倾听女人心"栏目,2008年11月24日。

[②] 罗晓燕、王华:《王华:文学的十年坚守》,《人文贵州网》(http://www.gzrenwen.com/Txgzr/W/201106/1703.htm),2011年6月20日。

了底层小人物强烈的道德意识。

　　王华以一名女性作家自身的情感体验表现乡村女性在苦难生存中的坚韧和柔美，她们保有着乡村女性的传统美德，勇敢坚强地反抗对女性的外在束缚。相对来说，乡村女性比城市女性活得更为艰辛，也更为坚强。《傩赐》中善良柔美的秋秋是山外人，以雾冬妻子的身份嫁到傩赐庄，一直处于家人的欺骗和隐瞒中，当她得知自己的真实处境后，开始不断地为获得正常婚姻而反抗，她努力挣钱，向上级告状，找村长说理，甚至在一切无望后寻死觅活，她曾与恋人"我"一起勾勒幸福婚姻的爱情梦想，这些都表现出她的坚韧品格。《天上没有云朵》中年轻的乡村少妇艰辛地承担着一个残缺家庭的生存重担，拒绝接受村长的利益诱惑，在自尊自爱中养家守业，她在灾难降临后选择死亡，实质是对社会舆论与人情冷漠所做的最后反抗。《雪豆》中雪朵、英哥等善良的女性同情弱者，勇于承担责任的道德美。王华通过书写乡村善良纯朴劳动者的生存韧性，赞扬乡村女性的坚韧和柔美给予乡村边缘者的一份道德关怀。

　　王华是21世纪以来书写乡土苦难的代表作家之一，她站在边缘者的立场进行乡村苦难叙述，质疑现代化进程给乡村和农民带来的负面与弊端。王华的文学创作立足于现实，践行着作家的责任意识与道德情怀，她的小说总留给人一种强烈的问题意识，从而引发社会与人们关注那些被忽视的人群和掩盖的问题。与王华相比，冉正万对乡村伦理发展前景持悲观态度，小说结局总给人一种冷漠感，这源于童年坎坷经历的影响："我小时候的经历还是比较复杂的，对我影响最大的是无助感……我的感觉是人在面对这一切的时候是没有办法的。"[①] 因此，冉正万的伦理书写更多呈现一种消极姿态，"我对世界几乎是绝望的，我看不到这个世界这样发展下去能给人带来什么希望"。[②] 但在我看来，冉正万这种悲观情怀更能让他客观冷静地表达对乡村伦理的正确认识，以旁观者态度观察与审视着乡村和农民的两面性，在颂扬乡村伦理的同时又毫不留情地批判其丑陋的一面，冉正万对当前乡村的伦理现状把握得较为准确。

　　[①] 冉正万、胡野秋：《书人书事——对话冉正万》，载《白云上面的马路》，文心出版社2012年版，第180页。

　　[②] 同上。

第二节 乡村浪漫情怀

　　雪漠、郭雪波、漠月三位作家因生存环境的相似，对西部生存之地（大漠和戈壁）充满敬仰之情，小说创作中时常表现出大漠豪情与人性本真的浪漫伦理情怀。雪漠把文学创作视为自我精神的洗礼，引导人们向往真善和仁义，他试图从宗教信仰中寻找超越苦难、"大彻大悟"的伦理根源。郭雪波从本民族的萨满文化出发，寻找"尊敬自然，敬畏生命"的伦理依托，以文学承载拯救大漠和人类生态的伦理职责。漠月则把创作视野投向漠野深处的农家小院，品味着清贫寂静的乡村生活的平淡和谐之美。郭文斌创作中的伦理书写从关注乡村现实走向为传统民俗代言，建构诗性乡村伦理。这些作家立足乡村生活的真实和平淡，寻求伦理书写的热情和诗意。

一　雪漠、郭雪波、漠月：大漠戈壁敬仰

　　这一部分从地域生存环境对作家文学创作的影响、宗教信仰和地域情怀与作家伦理书写的关联以及文学与伦理的关系等方面，来探讨雪漠、郭雪波、漠月三位作家各自的伦理书写姿态和立场。雪漠和郭雪波从宗教信仰中寻找坚守伦理的根源：雪漠从佛教思想中寻找"大我""大真"的伦理精神，希望文学能带给人们向真、向善、慈悲、宽容、博爱等伦理情怀，消除现实的狭隘、自私、痛苦等道德困境。郭雪波则从萨满文化的"崇尚自然与尊重生命"的信仰中汲取人与自然共生的道德理念，他试图用文学承担起保护自然生态的伦理使命，创作中始终坚守生态伦理写作。漠月文学创作中坚守民族审美情怀，关注西部乡村自然风情美和人的淡定坦然的生存状态，形成了西部乡土小说伦理书写的浪漫审美情调。

　　（一）大漠·戈壁·梁滩

　　作家早年的生活环境和丰富的乡村阅历对其创作风格的形成有着一定的影响。雪漠、郭雪波、漠月三位作家早年分别生活在甘肃、内蒙古、宁夏三省区的大漠戈壁之地，相似的生存环境和生活经历，让他们在创作中表现出相似的大漠风情特色，一望无垠的大漠中既有天高地广的空旷之美，又有长河落日的浪漫格调。

　　雪漠（原名陈开红）出生于甘肃中部、河西走廊东端的凉州一个偏

远贫穷的农村家庭,这里位于腾格里沙漠的南部边缘,也是少数民族融居之地。雪漠虽为汉人,但受地域人文因素的影响和凉州文化的熏陶,使他有少数民族豪爽、开朗和洒脱的性格,又有西域人的苍凉悲天、悠远长情的大漠情怀。《上海文学》编辑徐大隆曾这样概述对雪漠的印象:"雪漠的外貌酷似'胡人',隆鼻深目,须髯浓密,举止拙朴,乡音极重,时见他手捻佛珠,眉间有颗醒目的朱砂痣,更添了异域色彩。"① 雪漠善于行酒令,"花儿"唱得极好,喜好拳术和策马奔腾,雪漠性格中颇有一股西北大汉的悲壮豪情。《大漠魂》《白虎关》《猎原》三部作品被称为"大漠三部曲",主要书写大漠边缘处农民的生存状态、生存道德、价值观念等。人处于极度窘迫困境中的人性挣扎、女性婚姻不自由的悲剧,以及现代文明入侵大漠所带来的严重生态危机,从而表现出大漠人不服输的坚韧性格和洒脱情怀。雪漠谈到:"我经历的是诗意而不是苦难,西部的好多老百姓也是这样的。"② 这里的人们有着自己独特的衡量道德价值的标准:"西部人认为一个人的成功不是拥有多少物质,而是看他是不是实现了自己的人生,是不是升华了自己的人格,完善了自己的道德。"③ 这种地缘文化因素无形地影响着雪漠的性格形成和文学创作。

雪漠多次谈到故土凉州文化对他文学创作的深刻影响,"农闲时,父亲就请来'瞎仙'唱凉州贤孝",④"我常常能从嘣嘣的弦音中听出黄土地的呻吟和父老乡亲的挣扎,一种浓浓的情绪常使我泪流满面"。⑤ 因此,孝与贤、善良与慈悲、仁义与大度成为雪漠小说中表达的主调,从而引发人们对这些道德情怀的感叹。"在苍凉、悠远、沉重、深邃、睿智的贤孝声中,我走出了小村,走上了文坛。那弦音里苍凉的枯黄色,已渗入我的血液,成为我小说的基调之一。"⑥ 因此,边地凉州文化铸造了雪漠小说悲悯苍凉的诗意格调。

郭雪波出生于内蒙古科尔沁沙地西南部库伦旗沙坨子中的一个蒙古族

---

① 徐大隆:《雪漠印象》,《作品》2005 年第 5 期。
② 雪漠:《西部的声音》,《文艺争鸣》2010 年第 3 期。
③ 同上。
④ 雪漠:《凉州文化对我创作的影响》,雪漠文化网(http://www.xuemo.cn/show.asp?id=182),2011 年 2 月 23 日。
⑤ 雪漠:《凉州与凉州人(3)》,《收获》2003 年第 2 期。
⑥ 同上。

农牧家庭,他的文学创作从没有离开故土科尔沁这片沙地,即便是离开故土后定居北京多年,故乡始终是他创作的背景依托和取材来源。① 故乡原本是碧波千里的草原,但由于人类过度放牧开垦,加之气候干旱,生态严重恶化,如今却变成了中国最大的沙地。故土由草原变为荒原,这在生于斯长于斯的郭雪波内心中激起极大的冲击和强烈的伤感,他的创作走向对故土的生态关怀。郭雪波的小说大多是以沙漠荒原为书写对象,探讨大漠人的生存心态和传统古老的民俗风情,正如评论者所言:"他是大漠之子,他跟大漠天生存在血缘亲情,他对大漠知根知底、问寒问暖、尽心尽力。"②

郭雪波小说时常是缅怀故土草原时期的兴盛,同时痛惜地批判人类向大自然过度索取导致的悲剧。因此,大漠、孤烟、落日、沙狐、苍鹰、沙狼、野兔以及维护沙地的生态环保者成为郭雪波小说书写的主要对象,倡导保护生态环境,改善人与动物关系,描写大漠悲壮的景观,古老悠久的民族艺术,无不表现出一种悲情的浪漫色彩。故乡的大漠和沙地给予郭雪波豪迈真实、崇敬自然、关怀生命的慈悲性格。郭雪波时常在作品中表达出两种相悖的情感状态:痛恨凶残的大漠,时常像一个恶魔无情地剥夺着人类的生存权利;同时又对大漠的壮观、神秘与博大充满着无限的敬畏与向往,它的存在让生命变得坚韧与可贵。郭雪波在《大漠的落日》中写到大漠落日的悲壮、庄严和肃穆,"我突然萌生出想哭的感觉,双眼湿润,为那大漠落日。它尽管带走了它的光辉,但最后一刹那把希望之光和大自然之美注进了我们的心田,终生难忘"。③ 这其中无不渗透出他对大漠的敬仰之情。

漠月早年生活于贺兰山以西,隶属内蒙古管辖的阿拉善地区。漠月曾谈故乡:"那里是阿拉善高原,是西部的西部,有二十七万平方公里,其中三分之二是沙漠,人口仅有十七万,蒙汉杂居,两种语言,盛产民间歌手和酒鬼。"④ 漠月出生在一个农牧家庭中,对大漠和驼群有着特别的深情,在考上大学之前从未离开过阿拉善,后又回到这里工作多年,因此无

---

① 郭雪波:《郭雪波创作语录》,《红豆》2004年第12期。
② 崔道怡:《大漠之子——郭雪波》,《绿叶》2012年第5期。
③ 郭雪波:《大漠的落日》,载《天之魂》,百花洲文艺出版社2002年版,第178页。
④ 漠月:《西部西部》,载《放羊的女人》,宁夏人民出版社2012年版,第278页。

论是为人性格还是文学创作上,都有蒙古族的人文情怀和气质。石舒清说在他的印象中,漠月"是一个仁厚宽和的人,他虽是汉人,但生长于内蒙古,因此一旦乘兴高歌,便很有蒙古人的豪放与深情"。[①] 漠月的文学创作在经历了早期的探寻与摸索后,最终从故乡找到了他的文学源头和灵感,书写他亲历的故土生活和乡村世界,他坦言:"没有贺兰山以西的阿拉善,就没有我现在的文学创作和收获。"[②] 因此,大漠、梁滩、骆驼、羊群、孤村、农家、牧民等成为漠月小说的描述主体。

漠月善于从清贫的乡村生活与平淡的农家琐事中寻找生命的浪漫与热情,如《锁阳》《冬日》《湖道》《放羊的女人》《草的诗意》《暖》等作品无不是漠月早年故土生活的写照。"我只能属于贺兰山以西的阿拉善,属于那里的草原和沙漠,无论我走到哪里,无论我走了多远。假如我的小说中缺少了草原、沙漠、羊群、驼群这些最基本的元素,我必将寸步难行,一事无成。"[③] 大漠深处丰富的生活阅历,荒芜孤寂又不失旺盛生命的戈壁,给予漠月粗犷中有细腻、豪放中有纯美的性格和写作风格,正如评论家所说:"这片表面荒凉而内蕴丰厚的土地给予他创作的灵感和动人的诗情。"[④]

漠月小说创作打破了西部乡土小说书写"苦难"困境的定式,他更多以自己对农家生活的亲身感受为依托,寻找到农家生活积极乐观的一面,给人一种内在的精神快乐和真切的情感体验。他曾谈到:"我的父辈兄长们长期以来就那样生活着,在天苍野茫中,在严酷的环境里,是那么的善良而大度,那么的无怨无悔,从而消弭了不期而至的天灾人祸带来的焦虑和隐痛。"[⑤] 近年来,漠月小说创作形成他独特的审美风格,单纯叙事中的静美,贫瘠中的浪漫,荒漠中的生机盎然,孤寂中的幸福和温馨。漠月小说平淡地叙述着人类的真善美,如同一股清新温和之风,对于宁夏

---

① 石舒清:《有关漠月(代序)》,载漠月《放羊的女人》,宁夏人民出版社2012年版,第2—4页。
② 漠月:《贺兰山以西(代后记)》,载《放羊的女人》,宁夏人民出版社2012年版,第288页。
③ 同上。
④ 郎伟:《漠野深处的动人诗情——读漠月的小说》,《朔方》2002年第8期。
⑤ 漠月:《贺兰山以西(代后记)》,载《放羊的女人》,宁夏人民出版社2012年版,第289页。

文学乃至整个西部文学来说都是一种地域乡土风情异样的审美发现。

雪漠、郭雪波、漠月三位作家因西部特殊的生活经历和生存感受，形成了他们豪爽开朗、乐观慈悲的性格，他们共同以文学建构起西部乡土小说别样的创作风格，"几乎颠覆了'苦难'的西部生活，而以艺术的力量告知天下，在一向被认为是环境酷烈、生存严峻的中国西部，同样有着动人的诗情，也有难以言说的人间欢乐"。① 他们以文学创作承担起社会责任和伦理使命，以浪漫风情和清新自然的格调开启了西部乡土小说中别样的伦理书写。

（二）文学创作中的伦理立场和道德意识

雪漠、郭雪波、漠月所处特殊的地域环境和人文环境，无形地影响着他们伦理书写的立场和视角，在文学创作中自然地流露出自己的价值观念和道德责任。雪漠把文学视为对自我心灵的洗礼，在淡泊名利中真诚地从事文学创作，给予读者向善与向仁的伦理观，让浮躁的心灵趋于平静，正如他所言："当这个世界日渐陷入狭小、痛苦、仇恨和热恼时，我们的文学，应该成为一种新的营养，能给我们的灵魂带来清凉，带来宽容，带来安详和博爱。"② 郭雪波则为"大漠而哭泣"，他以文学承载拯救大漠的职责，让人类为自己的过错负责，从而承担起保护自然、解救生灵的道德责任。他以文学引导人们学会感恩自然、敬畏生命、驱除功利，寻找人类曾经失落的精神家园。漠月则把他的文学视野投到戈壁梁滩中的寻常人家，发现属于那些清贫又寂静的乡村世界中特有的纯净、和谐与善美，富于文学的真实与平淡、但又不乏热情与浪漫的诗意。

雪漠每一部文学作品都可以视为他的一次人格修炼。他曾自言："文学应该拒绝虚假，拒绝起哄，拒绝鼓噪。文学应该需要一种品格，需要一份真诚，更需要生命的投入。"③ 他把生命中的热情和精力无限地投入虔诚的文学追寻之中，历经二十载完成了他的"大漠三部曲"（《大漠魂》《白虎关》《猎原》）。雪漠把文学创作视野投向"大漠深处的边缘者"，凉州地区的普通农民的日常生活，去发现人在窘迫的生存状态中如何把持

---

① 郎伟：《漠野深处的动人诗情——读漠月的小说》，《朔方》2002年第8期。
② 雪漠：《写作的理由及其他（代后记）》，载《白虎关》，上海文艺出版社2008年版，第522页。
③ 雪漠：《谈作家的人格修炼》，载《狼祸——雪漠小说精选》，中国文联出版社2004年版，第6页。

自己的道德观念、精神价值和生命意义，透过人的生存状态深入对人性和心灵的探讨。《大漠魂》中探讨西部普通农民的生存观念与丰富的精神世界。农民老顺在物质贫乏与精神苦难的双重煎熬中依然保持韧性的生存理念。他维持贫困的生活，肩负着三个儿子婚姻的重担，长年忙于劳作，不辞辛苦。他尽职尽责地承担作为父亲的责任，但因贫困无法让儿子们娶妻而深深自责，儿子的偷情和乱伦行为沉重地打击了他坚守正直本分的伦理观。《白虎关》中西部传统婚姻观念对女性的残酷压制，莹莹与兰兰两位女性为追求婚姻自主而无数次地反抗，最终却无法改变人生悲剧的结局，为了自由和尊严走向死亡。《猎原》中描写大漠深处人与自然的对抗，人与人之间的生存冲突与利益搏斗，表达人在无望困境中坚守希望，苦难窘境中保有坦然和坚忍的生存哲学。因此，雪漠的"大漠三部曲"更多表现对人的思考，对农民道德的质问，所谓"生之艰辛，爱之甜蜜，病之痛苦，死之无奈"。[①] 雪漠小说创作关注着西部农民的生存，写出当下西部大漠人独特的超越生存苦难的韧性精神。"作家如果没有情感、道德意识和正确的世界观，作品就不会有价值。"[②] 雪漠用文学承担着属于他的道德责任，以文学创作来历练自己的人格和道德情怀。

郭雪波站在生态伦理立场，以文学倡导人类崇敬自然、敬畏生命，全力挽救人类行为导致的生态破坏，回归人与自然的和谐共存。他坦言自己的家乡由草原变成了沙地，对自己造成了极大的冲击，[③] 因此，郭雪波试图以文学来表达对人类破坏大自然的痛恨与惋惜，不断地质问："既创造了美丽的草原，为何还创造愚昧的垦荒者、愚昧的居住者和涌入者？"[④]《大漠魂》中老双阳把一生的情感都融于沙坨子之中，坚信着人定胜天的定律。《沙狐》中封沙治沙、保护环境的老沙头和女儿与以乡村干部大胡子为代表，因私利想方设法射杀稀有生灵、破坏大漠生态的双方的对比中，显示出人类掠杀大漠深处飞禽走兽的残忍和无情，让尊敬生命和保护动物的环保者常常感到可悲和无奈。《苍鹰》《沙葬》中感叹甘于为守护

[①] 雪漠：《〈大漠祭〉自序》，载《大漠祭》，敦煌文艺出版社2009年版，第10页。

[②] 雪漠：《文学：流淌的灵魂——关于文学的对话》，载《狼祸：雪漠小说精选》，中国文联出版社2004年版，第430页。

[③] 郭雪波：《用写作守护"精神草原"》，中国作家网（http://www.chinawriter.com.cn/2012/2012-05-21/128143.html），2012年5月21日。

[④] 郭雪波：《哭泣的草原》，《森林与人类》2002年第7期。

沙漠生态不惜牺牲生命的环保者可敬的精神和毅力。老郑头对鹰的灵性与生命自然规律的尊重，云灯喇嘛在沙漠灾难的危急关头，平等地救助生灵，换来了动物性灵的回报，如曾经受人类恩惠的白狼与云灯喇嘛建立深厚的友情与默契，它忠诚地舍身救助恩人的妻子走出沙漠。"沙漠里凡是有生命的东西都一样可贵，不分高低贵贱。"① 郭雪波小说颂扬和倡导人类与大漠生灵平等共处的和谐状态，人类要善待一切生灵。

郭雪波深刻地批判人类残害动物生命的无情行为，试图以此告诫人类应该与动物、大漠保持着和谐共存的生态理念。《沙狼》中人与狼之间相互为敌的仇恨与罪恶的悲剧。《公狼》《母狼》《狼子》中狼既具有兽类的本性，又有着动物的灵性，它在人类过度与残暴的掠杀中，向人类进行了无情的报复。《天海子》人与狼共存的和谐，海子爷真诚地遵循着大自然的生存规则，他在恶劣环境中关怀和救助着老雪狼，因此它甘于与海子爷生死与共，在危机中死死咬住海子爷衣袖，人以真诚获得了动物的信任和忠诚。《狐啸》中人与白狐之间关系的变化，由相互的紧张，人对狐的猎杀、狐对人类行为的报复，到双方关系友好地和解，直到人愿为狐而留守大漠，建构人与动物大漠共生的图景。郭雪波在文学创作中鲜明地表达保护生态、尊重生命平等、敬畏自然的伦理立场。郭雪波许多作品的结尾，总是寄予内心真诚深切的厚望，呈现出一幅幅人与动物和谐相处的画面，人与大漠共存的美景，给予读者一种美好的幻想，深刻传达他以文学建构理想化的生态和谐。

相对于前两位作家创作中表达的大漠悲壮豪情，漠月则平淡真实地抒发他独特的故土情怀，寻找漠野深处乡村世界的和谐之美。莫言曾在《小说的气味》中说："作家的创作，其实也是一个凭借着对故乡气味的回忆，寻找故乡的过程。"② 从这个角度上说，漠月在创作中寻找属于他的故乡气味，纯净中的清新，平淡中的温情，善美中的诗意。漠月的农牧家庭环境给他的童年带着了亲近大自然的快乐和自由，他在一篇《亲近自然》的散文中谈到，自己童年虽然要忍受饥饿，但在漠野、草地、骆驼、羊群、野兔和牧人的歌声的陪伴中却是快乐的。③ 因此，这种早期的生活

---

① 郭雪波：《狼与狐》，中国青年出版社2009年版，第125页。
② 莫言：《小说的气味》，《天涯》2002年第2期。
③ 漠月：《亲近自然》，《朔方》1998年第1期。

经历使漠月小说中少了西部同龄作家的苦难和贫穷记忆,而多了一些乡村生活欢快、纯真和清新的格调。漠月以故乡的亲人为原型,书写着"'记忆'的'现实'",[①]他在创作谈中曾反复强调"经历和记忆中的人和事"[②]是他创作小说的动力。可见,他的文学创作源于真切的乡村生存体验与感受,因此漠月更注重文学源于生活之上的"真实","小说的真实性也许是作为一种基本手段而存在的,希望的是通过真实性表现文学的力量,以及自己的思考能力"。[③]

漠月曾坦言小说中塑造的一些人物形象源于自己的亲人原型,《人亲》中的娘舅、《老家的二爹》[④]中的二爹源于长辈的原型;《锁阳》[⑤]中以自己的兄嫂为原型,新婚中的大嫂在一个陌生的生活环境中沉默地劳作,她以勤劳踏实、善解人意,以无声的等待感动了冷漠的大哥。《父亲与驼》中的"父亲"形象源于自己父亲的放牧人身份和真实故事。漠月曾回忆自己的父亲操劳一生,以放牧为生,与人为善,经常为寻找失踪的骆驼,不惜长途跋涉,他与母亲时常因惦念父亲而守望远方,期盼着父亲牵着骆驼早日归来。《人亲》中作家写出清贫农家生活中人性的真实与质朴,尤其是父亲对娘舅常住家中的复杂心理,表面却保持沉默,他独自赡养一家人的生活已相当不易,娘舅的到来无疑给整个家庭增加了一份生存压力,父亲在深思后还是大方地把骆驼作为送别娘舅的救济。对于一个作家来说,作品过于表现真实的世界,可能难以达到文学的审美需求和思想深度,但漠月对于自己创作中的"真实"因素有着自己的充分认知:"所谓真正'好的'小说,不仅仅是对过去岁月的回眸和凝望,应当在此基础上有着更多层面和视角的表现,除了'原汁原味'的生活以外,也还必须有更多所思所悟的东西,应当是经历繁复之后的简单,是跨越沧桑后的纯净。"[⑥]漠月以真实的生活为基点,找到属于自己的写作视角与层面——平淡温和地表现着乡村的纯美与真实,在这些看似纯真质朴、平静

[①] 漠月:《呼吸(创作谈)》,《朔方》2003年第8期。
[②] 漠月:《贺兰山以西(代后记)》,载《放羊的女人》,宁夏人民出版社2012年版,第289页。
[③] 牛学智、漠月:《记忆、现实与文学(对话)》,《红豆》2008年第8期。
[④] 漠月:《老家的二爹》,《青海湖》2001年第5期。
[⑤] 漠月:《锁阳》,《朔方》2001年第6期。
[⑥] 牛学智、漠月:《记忆、现实与文学(对话)》,《红豆》2008年第8期。

清新的诗意审美背后，却是作家反复斟酌与思想体悟的结晶。

漠月小说叙述着漠野深处人家生活平凡中的充实，平静中的激情。乡村人生活的坚强与乐观，他们性格中有着一种默默坚守、无声奋斗的生存毅力，向往生活的美好，坚守心灵的善美。《锁阳》[①] 中一对乡村新婚夫妇沉默于清贫的日子，因共同想到挖锁阳一事拉近了两人的情感，在平淡无声的日子里却同样拥有着追求幸福生活的激情。《夜走十三道梁》[②] 中旺才不畏艰辛地走过十三道墚去见他朝思暮想的女人，然而这对互有好感的痴情青年男女却在漆黑的漠野中坚守爱情的尊严和人格的纯洁，为长远的幸福而克制自我。《父亲与驼》中父亲作为一名骆倌长年行走于大漠之中，只有成群的骆驼伴着他度过了荒凉行程，因此他对骆驼的关爱胜于自己的孩子。父亲因伤害了一只曾经有着辉煌历程的老儿驼而耿耿于怀，因此不惜长途跋涉、经年累月地四处寻找那只离群的老儿驼。父亲善待与爱护骆驼的行为，无不体现出人与动物和谐共处的道德情怀。《放羊的女人》中乡村女人单纯又质朴的生活心态，以致丈夫偷偷地离家后仍然平静坦然地独自孕育着新的生命，一种乐观平和的生活观。作家描写了大量乡村景象的平静之美，如秋阳、草滩、羊群、沙墚、水缸、冬日的晨光等以衬托出乡间生活节奏的缓慢与宁静，人物平淡纯净的生活心态。可见，漠月在平淡的叙事中保持着一种理想化和浪漫姿态的伦理书写，乡村充满和谐与美好，乡村人安于漠野生活的平静与安定，默默地坚守着纯真质朴的生存原则。

（三）作家的宗教情怀与伦理立场的关联

雪漠、郭雪波、漠月三位作家的创作中始终保有着深厚的宗教怀情与民族情感。正如研究者所言："在文学作品中，宗教既可以成为主导和灵魂，也可以借作讽刺取笑世相的材料而借题发挥；既可以理想化，也可以世俗化，总之是为文学所用，被文学重新建构，从而被用来表现更深刻复杂的人生。"[③] 雪漠的文学创作中（尤其是后期作品）是以宗教作为心灵的主导与依托，从而启发读者向伦理美靠近，而郭雪波的文学创作是回归民族信仰，寻找遗失的宗教情怀，并以宗教伦理精神为基点，引导人类回

[①]　漠月：《锁阳》，《朔方》2001 年第 6 期。
[②]　漠月：《夜走十三道梁》，《朔方》2003 年第 6 期。
[③]　胡家才：《文学与宗教》，《文艺理论研究》1991 年第 6 期。

归宗教信仰所崇尚的伦理美德。尽管漠月小说没有强烈的宗教情怀，但西部特殊的地域情怀给予他的文学一种与宗教信仰相似的亲和力，小说中表达乡村纯净、宁和、温馨的人伦境界，与他的地域民族审美情怀有着密切的关联。这种民族情怀足够让他在乡土世界中寻找生命盎然、生活乐观和人性善美的无为情怀。

1. 雪漠：文学创作与宗教信仰并行

雪漠的文学创作与他所信奉的宗教文化存在着密切的关联，从"大漠三部曲"到《西夏咒》和《西夏的苍狼》等作品都可以见出宗教思想对他的深刻影响。雪漠一边从事文学创作，一边潜心研究宗教。他曾自言："文学是我的生活方式，宗教是我的心灵滋养"，[①]"我的所有作品，都得益于大手印文化对我的滋养"，他甚至曾一度"完全离开文学，全身地走入宗教，深入研究基督教、伊斯兰教、印度教、耆那教以及佛教流派"。[②]但总体来说，佛教对雪漠影响较大。雪漠对于宗教的迷恋不仅表现在思想精神上，而且渗透于日常生活中，他几十年如一日地坚持修行，时常闭关，以享受孤独自居。修行、写作、朝圣构成了雪漠人生的主题，他曾赴各地名寺圣地朝拜，曾得到高僧真传，并著有佛学随笔和专著，如阐释佛教文化的《大手印实修心髓》，《光明大手印：实修心髓》等心经研究。虽然雪漠一再强调："从严格意义上说，我仅仅是个信仰者，而从来不是——将来也不是——'教徒'。我仅仅是敬畏和向往一种精神，而从来不愿匍匐在'神'的脚下当'神奴'。"[③]但是雪漠已经不自觉地把佛教思想与精神内涵融合于文学创作中，他的伦理表达受到宗教信仰的影响。

小说《白虎关》中兰兰因生活所迫几次濒临死亡，为寻求脱离痛苦的根源，她进行修炼、打坐、闭关、静心、诵经等，在炼狱与灵魂拷问中逐渐走向宗教。宗教也常常给予人一种伦理境界的提升，兰兰在经历"打七"、念金刚亥母心咒后，心中就有了"善"，"在'善'字的洗涤下，心中的苦没了，恨消了。一种特殊的情绪渐渐滋生：有了一份宁静，有了一

[①] 雪漠：《文艺、艺术、文化与宗教》，载《光明大手印：智慧人生》，中央编译出版社2011年版，第193页。

[②] 雪漠：《谈"打碎"和"超越"（代后记）》，载《西夏咒》，作家出版社2010年版，第438—440页。

[③] 雪漠：《写作的理由及其他（代后记）》，载《白虎关》，上海文艺出版社2008年版，第521页。

份超然，有了一份慈悲，有了一份豁达……便是修炼的终极目的：或以宁静而求智慧，或以虔诚向往净土，或以超然逍遥于世，或以慈悲利益众生，或以觉悟达到涅槃。是为正修"。① 显然，这是雪漠佛学思想的自然流露，这种叙述本身已经超越文本人物的认知和伦理情感表达的范畴。

近年雪漠的伦理书写风格发生了显著转变，两部长篇小说《西夏咒》《西夏的苍狼》已完全改变了前期的乡土写实风格，无论是作品的关注内容还是伦理思想表达方面，都能见出宗教思想已经深深地渗透雪漠的文学创作之中。雪漠批判宗教被制度化后的教条、世俗和贪婪等，而追求"心灵独立后的绝对自由"。② 雪漠试图超越宗教与文学的弊端，开创一种新的精神境界："它简单，澄明，干净，质朴，超越名相，能春雨润物般为灵魂提供一种滋养。"③ 这种理想化的心境是雪漠在文学创作中一直追寻的东西，他也曾试图去实践这种为自己认可的真理。雪漠曾表示《西夏咒》的创作"大多得益于我的大手印文化实践"。④ 因此，《西夏咒》成为雪漠追求心灵蜕变与精神超越，一部宗教、哲学、文学互融的著作，文本以阿甲、琼、雪羽儿三个人物的故事构成，由此引发出一系列不明身份人物之间的对话，不确定时间与地点，时间在1000年前、20世纪70年代、"文革"时期、现代数字信息化时代等发生的事件交替叙述；地点在寺庙、村落、沙漠边缘等之间不断转换。文本叙事支离破碎，通篇基本没有一个完整连贯的故事情节。但让人感受颇深的是作家心灵哲思的强烈表达，明显感受到作家处于"一种激情喷涌的状态"。⑤ 作家人生信仰的悟化已贯穿整个创作过程，总体上作家的思想表达远远胜于文本的文学性。

雪漠在《西夏咒》的开篇谈到，他创作这部作品缘于一个被发现的西夏岩洞（金刚亥母洞，也是佛洞）中一堆汉文学与西夏的书稿，他试图解读这些带有佛家思想的书稿，并以现代语言表达其中记载人物的故事、传说、佛学经文的意义等。这部小说也是追溯人类的信仰史，人与人

---

① 雪漠：《白虎关》，上海文艺出版社2008年版，第145页。
② 雪漠：《写作的理由及其他（代后记）》，载《白虎关》，上海文艺出版社2008年版，第521页。
③ 同上。
④ 雪漠：《谈"打碎"和"超越"（代后记）》，载《西夏咒》，作家出版社2010年版，第446页。
⑤ 同上书，第435页。

之间的相互欺侮与残暴，人性罪恶与痛苦，朝圣、信仰、僧侣、菩萨、洞窟、灵魂构成了小说的关键词。作品超越时空、人物和故事徘徊于虚构与现实之间，其中运用大量的宗教语言来阐释佛学思想，"无论是叙事空间、叙事手法、叙事语言的转变还是小说人物形象的塑造、小说主题的超越等，都使得雪漠让读者已经培养起来的阅读习惯遭遇前所未有的挑战"。① 可见，雪漠文学创作风格的改变与他信仰宗教有着密切的关联。

雪漠自身宗教信仰无形地使他的伦理思想得以升华。他曾自言："佛教要求人要破除'我执'，不要总以自我为中心，争名逐利，利己损人。要破除'小我'，融入'大我'。有了'大我'，就可以体现人类精神'大真大善'，艺术也会相应地'大美'。"② 因此，他的文学作品中常常传达出真实、善美、崇高、敬仰、慈悲、光明等伦理情怀，向往"质朴、干净、超然和清凉"③ 的道德心态，试图提升人的精神境界和灵魂熏陶，从而消解世俗的仇恨、贪婪、私欲、痛苦、罪恶、残暴，达到言行一致和心态平和的道德心境。《西夏的苍狼》中紫晓对苍狼的寻找其实就是对自由、对生命意义的追寻；黑歌手对娑萨朗的寻觅实际上对信仰、对快乐、对光明的寻找，在清凉与安详的生命寻找中消除人的各种私欲。雪漠谈到《西夏的苍狼》是"为寻找信仰和永恒的人写的"，④ 在这部小说中他反复表达"对永恒的追问"⑤，"对终极超越、对心灵真正自由的向往"⑥ 的宗教精神。"我常说的自由和超越，就是每个人心中都有一种光明，它不一定依靠外部世界和外部条件来实现超越，而是明白的内心本身就能实现超越"。⑦ 从实质来看，是雪漠对人的灵魂的拷问，其后期的文学创作和伦理立场中无不渗透着他浓厚的宗教思想。

---

① 李晓禺：《雪漠的超越——从"农村三部曲"到〈西夏咒〉》，《石河子大学学报》（哲学社会科学版）2011 年第 5 期。
② 雪漠：《谈作家的人格修炼》，载《狼祸——雪漠小说精选》，中国文联出版社 2004 年版，第 8 页。
③ 雪漠：《写作的理由及其他（代后记）》，载《白虎关》，上海文艺出版社 2008 年版，第 517 页。
④ 陈彦谨：《雪漠关键词》，《当代作家评论》2011 年第 3 期。
⑤ 雪漠：《谈超越和永恒（代后记）》，载《西夏的苍狼》，作家出版社 2011 年版，第 303 页。
⑥ 同上书，第 304 页。
⑦ 同上书，第 310 页。

从《大漠魂》《猎原》《白虎关》等作品对现实人的关注，到《西夏咒》《西夏的苍狼》则转变为对人的灵魂和精神拷问和追寻。前者的阅读对象是普通大众或者文学爱好者，后者是写给懂得佛学、有一定思想精神的境界阅读者，我们不能否认宗教对文学、伦理所起的积极作用，宗教与文学的某些基本精神具有一致性，正如评论者指出："如果不把宗教作为一种制度和行为，而作为一种精神情感的象征来理解，那么，它和文学的某些基本精神一定也是相通的。"① 更不能否定宗教给予雪漠深刻的生命体验以及他在宗教研究上的高深造诣。但是，如果让宗教思想冲击了文学作品的文学性与审美性，也可能会削弱文学本身的价值，"大漠三部曲"所展现的文学意义与伦理价值是后两部作品无法媲美的。

2. 郭雪波：文学创作与宗教信仰的相融

郭雪波的民族身份与本土信仰决定了宗教情怀对文学的影响。他谈道："萨满文化是我的精神家园，我的创作源泉。"② 郭雪波的文学创作中不自觉地保有自身民族身份的认同感，自小接受着佛教文化与萨满文化的双重熏陶："我们家族具有双重宗教文化传统：一是藏传佛教，佛教崇尚以慈善为怀，不做恶事，积善积德还前世之孽、修来世之福；二是萨满教，崇拜长生天长生地，崇拜自然万物。这种萨满文化精神融入到了平时的我家生活习俗当中。"③ 同时，郭雪波的创作风格也受到家庭和生活环境的影响。郭雪波的父亲是当地一位民间说书艺人，经常四处说唱蒙古传说和民歌为生。郭雪波常跟随着父亲到邻村说书，自小成长中伴随着悠扬低婉的中胡琴声，听了许多蒙古英雄的传奇轶事、民歌、大漠的神奇传说，如《嘎达梅林》《陶格陶》《孤独的驼羔》等。④ 郭雪波从这些民歌中品悟到蒙古民族生活的心酸，"近一百多年，蒙古草原开荒开垦后沙化严重，大多草原沦为荒漠沙地，失去牧场草原的牧民们流离失所，生活困顿，无所依托，唯有通过一首首伤感的民歌来抒发胸臆"。⑤ 受家庭生活环境的影响与民族信仰的熏陶，郭雪波小说时常表现一种悠扬凄美的格

---

① 胡家才：《文学与宗教》，《文艺理论研究》1991年第6期。
② 郭雪波：《用写作守护"精神草原"》，中国作家网，http://www.chinawriter.com.cn/2012/2012-05-21/128143.html，2012年5月21日。
③ 杨玉梅、郭雪波：《生命意识与文化情怀——郭雪波访谈》，《文艺报》2010年7月5日。
④ 郭雪波：《父亲的故事》，《北京文学》2001年第11期。
⑤ 同上。

调。父亲说书中的传奇故事与民歌成为郭雪波文学创作题材的重要来源，促使他对蒙古民歌运用自如，故事情节充满着传奇色彩，如狐精、树精、狐仙、狼通人性、大漠深处的古城遗迹、神秘的墓室、灵魂附体说等。

郭雪波文学创作受萨满文化的影响。蒙古族裔身份以及民族文化氛围，促使他多年精心从事萨满文化研究。"我的父亲和姥姥都是萨满文化传承人，受家庭影响，这种文化基因也在我血液中流淌。"[①] 他的作品充满萨满文化情怀，这种情怀在郭雪波的作品中以两种形式呈现：

一是对萨满歌舞的描述和引用。《大漠魂》中老双阳与荷叶娴把一种民间早已失传的古老的"安代"[②] 艺术演绎得令人如痴如醉，这对被称为"安代王"与"安代娘娘"的两位老人为了这份虔诚的信仰奉献终身。这种充满着萨满巫术的民间歌舞，"引唱的巫神，男的称为'孛'，女的称为'列钦'，均属萨满教的巫师，喇嘛教流入草地沙乡之前，萨满教是该地至高无上的神权的象征"。[③] 萨满教有着严格的教规，"孛"与"列钦"是不准通婚的，因此老双阳与荷叶娴为忠于信仰而牺牲了他们的爱情，甚至是生命。作品中对"安代"舞蹈场面和动作细致的描写，大量引用一些萨满巫歌，凸显这种已被遗失的萨满文化的艺术魅力。如因遵循教规老双阳在他一辈子惦念、却无法爱恋的女人荷叶娴死后，在空旷的漠野深处祭奠情人的边跳边唱的"安代"歌谣：

> 天上的风无常，啊，"安代"！
> 地上的路不平，啊，"安代"！
> 我把这泉水般的酒祭洒给你哟，
> 你好走过那不平的路，无常的风！
> 啊，"安代"！……
> 人间的愁无头，啊，"安代"！
> 女人的命无好，啊，"安代"！

---

① 郭雪波：《用写作守护"精神草原"》，中国作家网，http://www.chinawriter.com.cn/2012/2012-05-21/128143.html，2012年5月21日。

② 安代：内蒙古东部蒙古族的一种古老的民间歌舞，用以驱鬼避邪、祭天祭神、治病消灾、喜庆聚会等场合，由引舞者带领众人群歌群舞。郭雪波：《大漠魂》，载《天之魂》，百花洲文艺出版社2002年版，第1页。

③ 郭雪波：《大漠魂》，载《天之魂》，百花洲文艺出版社2002年版，第2页。

我把这满腔的"安代"唱给你哟,
你好打发那无头的愁无好的命!
啊,"安代"!……①

这古老的萨满歌舞融集着老双阳对生与死、爱与恨的全部情感,在悲怆与激情中激发出对人类信仰的尊崇与神秘。《金羊车》中对萨满祈福歌的引用,《沙狼》《狼孩》中对萨满教中招魂术的借鉴和"招魂歌"的引用,家人对归来的狼孩,往黄纸中洒着圣水,一边唱着感伤的"招魂歌",一边呼唤着狼孩的灵魂,期望让其由狼性回归人性。《天音》中民间艺人老字爷与80岁的老奶奶一段古曲《天风》苍凉浑厚的对唱,来自大漠的天籁之音,传达蒙古民歌的悠扬哀婉与浓郁高亢,毋庸置疑,郭雪波的小说创作深受蒙古萨满文化的影响。

二是对萨满文化崇尚自然、万物有灵观念的传承。"萨满文化源自于萨满教。萨满教是一种原始宗教,它的宗旨是崇尚自然、万物有灵。"②郭雪波小说中的一切大漠生灵都充满着灵性,无论是狼还是狐,它们懂得人类的行为,当人们残害它们时,它们对人类给予无情的报复;当人类挽救它们,友好地与它们和解并给予温情时,这些富有灵性的动物又会忠诚地回报人类,最终与人类和谐友好地共同生存于大漠之中。《沙狐》中老沙狐在被人类逼迫得无路可走中向人类发出友好、哀怜、乞求的眼神。《狼子本无野心》中狼崽"黑子"从疯狗口中救出了养育它的奶奶,知恩图报。《沙葬》中的狼"白孩儿"在毁灭生命的热沙暴中,忠诚地听从于恩人的嘱托,保护恩人白海之妻活着走出沙漠的使命。

郭雪波的文学创作试图从萨满文化的"崇尚自然与尊重生命"理念中寻找一种伦理精神积淀,以唤起人们保护生态、敬畏自然、尊重生灵的热情与爱心,从而共建人类美好家园。人类破坏大漠生态、屠杀生灵等行为,与萨满文化所传达的理念是相悖的。郭雪波坚守保护生态的伦理写作立场,以萨满伦理精神为基点,试图借以开导人类善待草原和生灵的道德意识。《乌妮格家族》中狐仙与村妇珊梅附体后所生发出的一系列魔幻症

---

① 郭雪波:《大漠魂》,载《天之魂》,百花洲文艺出版社2002年版,第65页。
② 郭雪波:《用写作守护"精神草原"》,中国作家网,http://www.chinawriter.com.cn/2012/2012-05-21/128143.html,2012年5月21日。

状以及老铁子与狐狸之间的仇恨,学者白尔泰对研究萨满文化的痴迷,以追溯萨满教历史的流失等,都是倡导萨满文化所信奉的人与生灵和谐共生的理念。正如郭雪波所说:"写这部小说的初衷是想利用萨满文化的理念唤起人们对大自然的热爱,对生态的保护。"[①]《金羊车》中老萨满一家、孙女索伦及女婿"黑狼"为代表的底层民众誓死保护萨满文化遗迹、尽全力阻止开山炸石办石料场,破坏生态环境的寻求私利的官僚,最终因违背大自然而受到惩罚。从郭雪波1990年以后的创作来看,萨满文化已成为他文学中不可或缺的重要因素,他试图以此引导人们回归大自然,回归生命,回归伦理。

3. 漠月:文学创作中的民族审美情怀

相对于雪漠与郭雪波文学创作中饱含着浓重的宗教情怀,漠月则显得有些例外,但西部特殊的地域情怀给予他的文学以一种与宗教信仰相似的亲和力,小说中表达乡村纯净、宁和、温馨的人伦境界,与他生存的地域民族审美情怀有着密切的关联。这种民族情怀足够让他在乡土世界中寻找生命盎然、生活乐观和人性善美的无为的人伦境界。总体来说:"中国的文艺作品着重描写实际存在的日常世界,描写的内容是普通人的日常生活,着重发掘现实生活中的美,表现普通人的心灵美。"[②] 因此,作家如果没有自己的宗教信仰,那么他会去寻找与发现自己崇尚和认同的一种民族情怀,以此作为他文学精神的依托与审美主旨,漠月的文学创作正是如此。评论家认为:"漠的小说从总的艺术倾向上看,表现的是民族的和传统的美学风貌……他的作品当中弥漫的是一种温和之气,呈现的是'哀而不伤、怨而不怒'的中和之美。"[③]

漠月的小说视角总是落于大漠深处的寻常人家,平淡的农家日常生活场景,平凡的乡村人物,羞涩的少妇、大漠牧驼老人、待嫁的少女、青涩的少年等,构成一幅幅西部大漠的人伦生态图景。漠月曾谈到生活在中国西部的作家,"一方面由于长期浸淫于西北本身的人文气候和特殊的历史文化环境,另一方面,本着对传统文学资源的信仰、坚守和继承,使他们

---

① 郭雪波:《用写作守护"精神草原"》,中国作家网,http://www.chinawriter.com.cn/2012/2012-05-21/128143.html,2012年5月21日。
② 施建业:《论中华民族的审美心理》,《北京社会科学》1991年第4期。
③ 郎伟:《漠野深处的动人情诗——读漠月的小说》,《朔方》2002年第8期。

的作品首先在书写和表达上,既有古典文学特有的诗意,又有民族语言特殊的美质"。①漠月曾生活于阿拉善高原与腾格里沙漠边缘处的特殊地域环境以及蒙汉杂居的人文环境,使他的文学创作表现出一种民族审美特质的诗性美。

漠月小说整体上呈现出一种自然质朴、平静清新的审美风格。作品时常把人引入一种自然之境,空旷无垠的大漠深处中的几队驼群,沙墚道下偶有几家牧民小院,草滩深处几片羊群等,展示了西部独特的地域之美。漠月小说中的民族审美特质主要表现为大漠深处景色的静美、人物形象的真实与生活心态的纯美、小说语言的诗性美,因此景象之美构成漠月小说审美的主调。漠月小说中以景象或者农活场景的描写,来烘托故事发生的环境与人物内心世界丰富的情感变化。《湖道》中以迷人的湖道景色描写与劳动场景的变化来反衬出一对青年男女心理和情绪的转变。以湖草由绿变黄来反衬两家牧人割草的急切,草垛由一小一大慢慢变为大小相同,由雨声写到哭声,由湖道大水中两个草垛的聚拢、靠近,反衬出这对原本的恋人之间已慢慢地化解了仇恨。《放羊的女人》中草滩景色、秋阳中饮羊、放牧场景、女人沐浴在冬日阳光中温暖又肃穆的景象图面,无不传达出牧民人家沉浸于平和安宁的乡村生活。《锁阳》中对白茨沟春色的描写,阳光的干净、白云的浮动、沙墚的坎坷,展示西部漠野景色的迷人。《遍地香草》中对于秋景的描写贯穿整篇小说,作家不断以景色的变化来反衬人物情绪的波动,秋日的干旱、秋雨的来临、雨后的草滩、香草默默地勃发,逐渐形成汹涌的草浪,最后变为辽阔的草滩,父亲追随草浪打草的壮观场面。林子的心情由先前的忧郁、心事重重变得开朗与兴奋,父母由秋日干旱而惆怅,因大自然意外的恩赐变得充满感恩和敬畏。漠月作品中的景象描写成为文本不可或缺的部分,一是作为叙述的背景和铺垫;二是为人物情感的变化与故事情节的发展埋下伏笔。地域景象氛围与浓厚的人情构成了漠月小说的审美特色,也表现了创作中独特的民族审美情怀,形成其伦理表达的浪漫清新格调。

雪漠、郭雪波、漠月各自坚守着自己的民族信仰与审美情怀,书写着中国西部大漠人身上凝聚着纯真的人性善与美,在当前攀名求利的世俗社会中,他们却依然坚守着乡土伦理的本真。虽然这种浪漫伦理写作风格似

---

① 漠月:《全球化语境下的民族文学》,《黄河文学》2010年第2期。

乎与伦理发展现状显得格格不入,但是他们以文学所承载的伦理责任与审美情怀意义重大。正如雪漠所言:"真正的文学,应该承载一种利众精神,承载一种智慧的清凉与觉悟,应该为这个世界贡献一种非常美的东西。"① 郭雪波则呼吁:"文学必须突破当今混凝土森林的包围,回归大自然的生命五彩中寻找灵魂。寻找那迷失的灵魂,它已在'功利'诱导下找不到回家的路。"② 在现代人的道德异化和乡村人性美流失的强烈对比中,这三位作家表达了他们对乡村,乃至整个社会纯真伦理精神的呼唤,无论在何种社会状态下,人都应该坚守美好的道德理念,需要更好的伦理秩序来维持和促进社会发展,才能达到一种和谐发展状态。这三位作家正带着我们去找回文学中"大自然曾赐予我们的丰富想象力和五彩斑斓的生命色彩",③ 启发我们回归自然、回归生态、回归伦理的乡土情怀。

二 郭文斌:乡村诗意的真善美

郭文斌小说以一种浪漫伦理写作向读者呈现出西海固农民超越生活苦难的另一种精神状态,从传统民俗文化汲取精神充实的生存空间。文本呈现出西部农民物质贫乏中仍然保留着继承传统节日习俗的细致和高贵,在回归民间习俗中追求着生命的本真,引领人们回归中国传统伦理美德。一方面郭文斌与其他宁夏作家不同的是,他对故乡西海固持一种不同的伦理书写姿态,抛开苦难与艰辛向往安详与宁静,"对于西海固,大多数人只抓住了她'尖锐'的一面,'苦'和'烈'的一面,却没有认识到西海固的'寓言性',没有看到它深藏不露和'微笑'。当然也就不能表达她的博大、秘密、宁静和安详。培育了西海固连同西海固文学的,不是'尖锐',也不是'苦'和'烈',而是一种动态的宁静和安详"。④ 另一方面来说,郭文斌也是一位勇于求新的作家,他总是尽可能地发扬文学的心理审美与行为审美功能,以文学净化人的心灵,以文学促使人们向善。正如他所说:"文学和文字在一定意义上讲就是帮助人们清洗心灵灰尘的一个

---

① 雪漠:《文学需要真正的"神"》,载《光明大手印:文学朝圣》(上卷),中央编译出版社2013年版,第68页。
② 郭雪波:《文学的大自然呼唤》,《民族文学》2010年第9期。
③ 郭雪波:《少数民族文学的生态意识》,《文艺报》2013年12月4日。
④ 郭文斌:《回家的路:我的文字》,《文艺报》2004年6月3日。

载体,这是文学在'本来面目'上的一个意义。"① 郭文斌以他的文学创作建立起一种"大文学"精神,架构了文学与伦理,文学与民俗,文学与传统文化并存的写作状态。

(一)从关注现实到为乡村传统民俗代言

郭文斌小说创作上整体呈现出前后期创作立场的转变:从早期小说中乡村写实逐渐转向民间传统立场,从中华传统民族的民风习俗来解读乡村伦理,由此体现出早期小说的现实性与后期小说的民俗性和诗性。

郭文斌的早期小说创作(20世纪90年代初期到新世纪之初)主要以乡村写实为主,写作风格逐步由朴实向清新发展。创作的乡村题材作品集中于农民生活和乡村干部驻乡工作经历,他们面对乡村农民事务的复杂和矛盾,乡村工作变得更为艰难。《郭家湾人物》②《开春》③《剪刀》④《呼吸》⑤ 中书写农家生活的艰辛与人格的卑微,《农村工作》⑥《埋伏》⑦ 中乡村基层干部面对农村各种复杂的关系和矛盾,处理农村工作充满艰难。《扶贫》⑧《厚土》⑨ 等颂扬扶贫工作队长田园公正廉洁,设身处地为民排忧解难,四处寻出路、为民谋利的好干部形象。可见,郭文斌早期小说创作是以乡村现实立场书写农民生存的艰辛,基层乡村干部开展农村工作的不易,颂扬乡村干部的为民为公的正义精神。

2005年前后,郭文斌小说创作主题风格发生很大的转变,逐渐呈现出向传统民俗化迈进,无论在小说内容还是艺术手法方面,逐渐在当代文坛展露他写作的独特性。首先,小说主题基本上以乡村儿童视角写中国乡村传统民间习俗,挖掘儿童世界中的乡村人性美和风俗美,追求一种乡村心灵美。汪曾祺先生认为:"风俗是一个民族集体创作的生活抒

---

① 郭文斌:《文学到底是什么》,载《守岁》,浙江文艺出版社2012年版,第183页。
② 郭文斌:《郭家湾人物》,《朔方》1991年第5期。
③ 郭文斌:《开春》,《中国作家》2002年5期。
④ 郭文斌:《剪刀》,《上海文学》2004年第12期。
⑤ 郭文斌:《呼吸》,《人民文学》2000年第12期。
⑥ 郭文斌:《农村工作》,《朔方》1997年第7期。
⑦ 郭文斌:《埋伏》,《朔方》1997年第2期。
⑧ 郭文斌:《扶贫》,《朔方》1998年第6期。
⑨ 郭文斌:《厚土》,《雪莲》2005年第1期。

情诗",[①]"风俗中保留了一个民族的常绿的童心,并对这种童心加以圣化。风俗使一个民族永不衰老。风俗是民族感情的重要的组成部分"[②]。其次,小说艺术手法上变得精刻细雕,以诗性意象和优美引领文体主调。郭文斌对民间风俗意象美的深刻挖掘,回归中华民间传统美的底蕴。"风俗是建立在自然、生活、劳动与血缘的基础上的,在规范与调节人与自然、人与人的关系上具有坚实而隐秘的作用,是道德、生活习惯等的集中体现,它实际上以生活的具体方式参与了乡村价值和观念形态的培育、塑造、修复甚至重建。"[③] 从《中秋》《雨水》《重阳》《寒衣》《惊蛰》《立夏》《清明》《大年》等小说的命名中,就可以看出创作主题风格与早期已完全不同,走向为民间传统文化代言。

　　郭文斌小说中对传统节日和民俗仪式进行细致的描写,"所谓风俗。主要指仪式和节日。"[④] 在他看来,"节日是中国古人非常经典的一种天人合一的方式,一种回到岁月和大地的方式"。[⑤]《五谷丰登》中书写西部浓重的民间过年风俗,如请门神、买香裱、糊灯笼、裁窗花、送祝福、抢头香等习俗,无不体现出西北乡村对民间习俗保留的完整性,从而表达农民在进城后对乡村传统民俗深深的留恋之情。《重阳》[⑥] 中抢山头、接锅盔等民间风俗。《寒衣》[⑦] 中十月寒衣节来临活着的亲人要为死去的先人缝寒衣、送寒衣来祭奠亡人。《冬至》[⑧] 中摆供桌、背祭文、端献饭、吃扁食(饺子)习俗。《腊八》[⑨] 中讲究洗腊七澡、熬腊八粥、进庙供佛进香、上供粥习俗。《小满》[⑩] 中在小满节气中人们要稳麦穗来驱除热风和冰雹,

---

　　① 汪曾祺:《〈大淖记事〉是怎样写出来的》,载《汪曾祺散文》,人民文学出版社2005年版,第279页。

　　② 汪曾祺:《谈谈风俗画》,载《汪曾祺散文》,人民文学出版社2005年版,第257—258页。

　　③ 汪政、晓华:《乡村教育诗与慢的艺术——郭文斌创作谈》,载郭文斌《郭文斌小说精选》,宁夏人民出版社2008年版,第4页。

　　④ 汪曾祺:《谈谈风俗画》,载《汪曾祺散文》,人民文学出版社2005年版,第258页。

　　⑤ 郭文斌:《文学到底是什么》,载《守岁》,浙江文艺出版社2012年版,第191页。

　　⑥ 郭文斌:《重阳》,《黄河文学》2009年第10期。

　　⑦ 郭文斌:《寒衣》,《人民文学》2010年第2期。

　　⑧ 郭文斌:《冬至》,《北京文学》2010年第2期。

　　⑨ 郭文斌:《腊八》,《中国作家》2010年第3期。

　　⑩ 郭文斌:《小满》,《雨花》2011年第1期。

乞求丰收的习俗。《端午》烧香上供、童男童女上山采艾、买香料、舂香料、缝香包、做甜糕等习俗。郭文斌在文学创作上找到了他独特的园地，以民间文化立场启发和引领现代人回归乡村传统习俗，以此来慰藉现代人浮躁的心灵。

（二）建构诗性乡村伦理

建构诗性乡村已经成为郭文斌近年小说创作的主要倾向，以乡村为根基不断地建构着生活在物质贫瘠的土地上人们的生存哲学，平静、安详、坦然、细致地生活着，并传承着上千来中华传统民俗民风的规律和礼仪，其中包含着乡村人本身固有的人性美德，孝亲敬老、邻里和睦、精神充实的诗性人生。正如评论家所说，"这是一个有根的作家，他的作品，从大地中来，有故土的气息，同时又对生命饱含正直的理解。他以自己那通达而智慧的心，打量世界，所发现的，往往是别人所难以发现的自得和优美"。[1] 郭文斌作品中的诗化乡村伦理主要表现对人心灵的净化与熏陶。

1. 乡村伦理的真善美

郭文斌坚守着文学给予人的真善美理念。他主张："任何作品，它打动读者的无非是真善美，无非是温暖、崇高和关怀，无非是爱，说得形象一些，就是能够撞击到读者心中最柔软地方的文字。它首先应该是美的文字。"[2] 其中"善是动机，真是目的，美是手段"。[3] 郭文斌曾坦言："喜欢能给人带来安详、温暖的文字，那些能提醒你向往美好的东西，能唤醒你的灵魂，能让你对世界万物心存敬畏、感激，能让你从平凡的生活中发现美好，能使人心生宁静的文字，就是好的文字。"[4] 从中见出，郭文斌试图以文学观念而达到道德目的，表明作家应肩负的伦理职责。

小说《点灯时分》中融入一种民间传统伦理美德。父母通过传统民间的捏灯、送灯、点灯、守灯习俗告诫子女做好人，做对社会有用之人，要抱有谨守孝道、心怀感恩、多多行善的心理，顺应生命自然发展的心态。《吉祥如意》中洋溢着浓浓的乡村农家端午图景。在五月、六月清晨

---

[1] 谢有顺：《世界是人心的镜像——读郭文斌的〈吉祥如意〉》，载郭文斌《吉祥如意（序）》，宁夏人民出版社2008年版，第1页。

[2] 郭文斌：《文学到底是什么》，载《守岁》，浙江文艺出版社2012年版，第185—186页。

[3] 郭文斌、姜广平：《文学最终要回到心跳的速度——答姜广先生问》，载《瑜伽》，上海文艺出版社2012年版，第292页。

[4] 郭文斌、姜广平：《"因为心灵不存在分别"》，《西湖》2013年第2期。

相伴上山采艾的过程中，感受到传统节日给予人们吉祥如意的美好。作家以俊美的乡村图景衬托出纯净的人情美，"舍得舍得，只有舍才能得，越是舍不得的东西越要舍，这老天爷啊，就树了这么一个理儿"。①《中秋》中颂扬人与人之间懂得分享和关怀的浓厚情意。父亲以摘梨、送梨来教导五月、六月姐弟俩学会与他人共同分享的深意，从而深刻地体悟父亲所说的话："独占食物无义而只有大家分享才有味道。"② 父亲以身作则，在接受姐夫家人带来的礼物的同事，回赠更多的物品，从而传达出乡间浓浓的人情厚重。《大年》中人在物质稀缺中，孩童明明和亮亮时刻表现出对食物的珍惜，处处为我、时时排他的心理，而父母的行为却与之相反，母亲与忙生之间为五角钱和几个白面、黑白馒头互相谦让，父母把物品大方地施舍于乡邻，在物质匮乏中体现出人与人之间情意的浓重。郭文斌小说表达出对真善美精神的向往，他时刻以这种美德鼓励着人们的心灵，从而传达和发挥着文学的道德使命。

2. 回归心灵的启迪

郭文斌近年来提出一种安详的伦理理念，试图运用中国传统文化的博大、仁义、孝敬、知足、感恩、克己、至善、随和、自然、"天人合一"等儒家精神来净化现代人的心灵浮躁，引导人们回归内心本有的安详和平静，正如他所说："真正的文化就是要扫除世世代代积淀在我们心灵上的那一层灰尘。帮助读者擦掉这一层灰尘，就是文化的使命，也是文学的使命。"③ 郭文斌也把这种安详理念运用到他的文学写作之中，把他的文学创作趋伸于中国传统文化视野，挖掘中华民间传统习俗所蕴含着的深厚意义，借助几千年来世代流传下来的生活理念和习俗给予读者一种心灵启示。

郭文斌从传统文化和民间习俗中寻求伦理美德根基，不断地教化和历练人们的心灵。他曾表示："我把《农历》的写作视为一次行孝。因为在我看来，'农历'是中华民族的根基、底气、基因、暖床，'农历精神'无疑是中华民族的生命力所在，凝聚力所在，也是魅力所在……'农历'的品质是无私，是奉献，是感恩，是敬畏，是养成，是化育。"④ 可见，

---

① 郭文斌：《吉祥如意》，宁夏人民出版社2008年版，第26页。
② 郭文斌：《中秋》，载《吉祥如意》，宁夏人民出版社2008年版，第31—32页。
③ 郭文斌：《寻找安详》，中华书局2012年版，第126页。
④ 郭文斌：《想写一本吉祥之书》，载《守岁》，浙江文艺出版社2012年版，第218—221页。

郭文斌对民间传统文化的高度重视，借助它来实现文学对人的道德和心灵的教化。《农历》以两位乡村儿童五月、六月对中国传统节日和乡土习俗充满好奇和神秘贯穿于主题，父母通过节日向子女传达中华传统习俗的渊源，古人给予后代的教化意义。在乡村日常生活中以一种启发式的教育向天真烂漫的儿童传播民族传统美德，如学会分享；学会行善，做好人；学会无私欲，懂仁义；孝敬父母、尊敬师长等等。《元宵》中五月、六月姐弟俩与娘一起捏灯坯、剪灯衣、做灯笼，给有孝乡邻家送灯笼、点灯、守灯等习俗中感悟仪式的民间意义和伦理内涵。从父母的告诫中领悟着人活着与属于自己那盏生命之灯的寓意，并告诫人活着只为那一口气，做人要的善良、珍惜生命的美好和自始有终的道理。《龙节》中五、六姐弟俩在爹与娘讲解的二月二龙抬头（剃头）、换龙衣（夹衣）、"敲梁劝鼠"、扫锅底、吃龙饭等民间习俗中感悟"仁"的意义"要对天地感恩，要对众生感恩"，[1] 现代人私心杂念的深重所带来的灾难。《上九》中社火敬神、舞狮子、划旱船、唱皮影戏等表演，要劝人为善，领人向正。正如郭文斌所言："人的心就像是一块田，要四季守护，精心守护。因此，耕也是读，读也是耕，有耕有读才是家。"[2] 郭文斌在《农历》中以文学告诫人们如何回归传统习俗和民间文化，以此来净化人的心灵，指导现代人"暂时远离尘埃，远离经济时代的恐慌，回归到农历，在中国文化传统中实现自我救赎和自我回归"。[3]

（三）儿童视角与文学审美

新世纪之后，郭文斌小说更多选择儿童视角来写中国传统的民俗与民风，以此形成一种理想化的诗性乡村伦理书写。郭文斌的文学观追求着文学的审美与净化功能，希望文学能够给予社会与人类更多的正能量，给人"带来安详和宁静、发现美好、唤醒灵魂，心存敬畏和感激"。[4] 在这种文学创作导向中，运用儿童视角无疑更为合适，因为"儿童的心是清静心，

---

[1] 郭文斌：《农历》，上海文艺出版社2010年版，第56页。
[2] 同上书，第371页。
[3] 郭文斌、姜广平：《文学最终要回到心跳的速度——答姜广先生问》，载《瑜伽》，上海文艺出版社2012年版，第292页。
[4] 郭文斌、姜广平：《"因为心灵不存在分别"》，《西湖》2013年第2期。

就像一盆水，只有在它非常安静时，我们才能看到映在其中的月"。①《农历》中父亲、母亲、五月、六月的行为举止尽显儒雅君子之风，乡村的物质贫瘠而内在精神的充实，以"优美隽永的笔调描述乡村的优美隽永，净化着我们日益浮躁不安的心灵"。②《吉祥如意》《开花的牙》《大年》《点灯时分》《玉米》《大生产》《清晨》等以儿童视角建构乡村真善美的诗性图景，郭文斌借儿童视角精致地雕刻着文本中人物行为与情节发展，生活的静美，人性美的可贵等等。

郭文斌小说中儿童视角的运用与他追求小说的诗化色彩也有着一定的关联性。通常来说，运用儿童视角写作的作品大多情节相对简单，但整体上却充满抒情性与诗性，尤其表现在语言运用方面。相对来说，儿童视角使作家更容易抒发真实情感，增添文本的诗情意境。《农历》中孩童五月、六月对传统节日习俗完全无知，但他们对过节的热闹却是情绪高涨，小孩子都期盼着过节，沉浸在节日所带来的那份喜悦与激动氛围之中。尤其是处于物质贫乏农家中的乡村儿童，因为只有节日时期，他才能得到平日里无法获得的食物，正如《中秋》《大年》中作家对孩童对食物那种私心期待的真切描述。因此，过节不仅是物质上的弥补，而且更多的是给予精神上的喜悦。传统家庭中父母对孩子有着特别严格的礼仪讲究，他们会在过节时把礼仪习俗一一介绍给孩子们，一是借机教导孩子遵守传统礼仪，二是希望子女从传统习俗中受益。因此，《农历》中一边是五月、六月对节日的新奇感，一边接受着爹和娘给他们传授着传统节日礼俗的培养。作家借助儿童的新奇心理来发现问题，如对不同节日礼俗、古老谚语、名人事迹意义的发问；回答问题者则通过成人叙事者爹和娘来完成，以负责解释传统习俗的意义，讲授与教化习俗礼节、传统美德等。儿童视角的运用使作品不同叙述角度之间的转换更加自由，"儿童视角的最大好处是调节起来比较自由，当作品要穿插一些与儿童叙述不完全一致的另外的声音时，它能够过渡得相对自然，同时又不妨碍作品对乡村叙述特点的表现"。③

---

① 郭文斌、姜广平：《文学最终要回到心跳的速度——答姜广先生问》，载《瑜伽》，上海文艺出版社2012年版，第280页。

② 郭文斌：《〈吉祥如意〉获奖评语》，《黄河文学》2007年第11期。

③ 贺仲明：《一种文学与一个阶层——中国新文学与农民关系研究》，人民出版社2008年版，第136页。

与西海固作家群中的其他作家不同，郭文斌开拓了西部乡土书写的新模式，当其他人在写地域化的乡土苦难、生存意识、作家来自底层民众的真实感受时，郭文斌却更注重从西部农民的精神世界中挖掘出一种心理意识的升华，"在我看来，贫困压根就是一个假象……西海固确实是一个贫困的地方，但是我确实在那个地方感受到了可能在别的地方感受不到的'富贵'。"[①] 他的小说艺术手法上也表现出一定的创新，正如评论家汪政所说："现在已经很少有人像郭文斌这样……耐心地去从童年的记忆中打捞乡村风俗的流年碎影。"[②] 因此，从文学的审美层面上来看，郭文斌小说对儿童叙述视角的运用是比较成功的。

郭文斌小说创作由乡村现实书写转向为乡村传统文化代言。他坚持一种与其他西部乡土作家不同的乡村伦理书写姿态，从民间传统习俗和儒家文化根源上寻找文学的伦理教化功能，以此建构诗性的乡村伦理世界，坚守以文学指引人们向真、向善、向美的道德理念，启迪人们回归心灵安详和平静。正如："小说的首要使命应该是祝福，如果我们抛弃了小说的祝福精神，等于我们抛弃了人。"[③] 郭文斌进入创作成熟期后，形成以儿童视角和心理写作的独特风格，这与他追求文学的伦理审美文学观，作家创作中承担的道德职责以及追求小说的诗化色彩等都表现一定的关联性。

第三节　农家感恩情怀

宁夏西海固作家群中石舒清、马金莲、了一容、李进祥四位乡土作家，因共同的乡村生活经历和相似的民族文化背景，乡土小说中伦理书写内容、伦理表达的立场以及融合着虔诚的宗教伦理情怀等方面都存在着一定的相同之处。石舒清和马金莲创作中大多以故乡为背景，前者注重故土人情琐事的细腻描写，后者则探讨西部农民平淡的生存状态中的人性和死亡问题。石舒清坚守民间人伦立场写作，马金莲则以回望故乡姿态进行乡土伦理书写。两位作家对乡村人伦批判的同时，又时刻保持自省意识，具

---

① 郭文斌、和歌：《寻找我们本有的光明》，《黄河文学》2012年第1期。
② 汪政：《乡村教育诗与慢的艺术》，《南京师范大学文学院学报》2008年4期。
③ 姜广平、郭文斌：《因为心灵不存在分别》，《西湖》2013年第2期。

有强烈的乡土精神与神圣高洁的民族尊严感。了一容和李进祥坚守底层伦理写作，贴近社会底层民众的生存现状，颂扬人性美好与批判社会道德丑陋。两位作家的民族身份和宗教信仰决定文学创作中的伦理立场：坚守生存韧性和正义公道，以人道主义情怀启迪人们回归伦理真善美。四位作家都曾生活在宁夏南部地区，有着相同的乡村生活经历和宗教信仰，因此，从作家的生存背景、人生经历和民族情怀等方面来探讨其伦理书写姿态和立场。

一　石舒清、马金莲：农家感恩与乡土颂歌

石舒清和马金莲的乡土小说创作基本以短篇小说为主，平淡地写人叙事却传达出深刻蕴意与难以言说的农家感恩情怀，透过文本引发耐人寻味的哲理和启示。两位作家的小说中表现浓重的乡土精神，为贫瘠土地上的农民奏出一曲精神饱满与尊严高贵的乡土颂歌。马金莲是新世纪之后从事乡土小说创作较为突出的 80 后作家，近年来因发表《碎媳妇》《赛麦的院子》《长河》等作品引起文坛的广泛关注。她文学创作立足于生养哺育她的乡土大地，从故乡西海固的乡村生活积淀中书写平凡的农家生活、人生世态、生存感言和人伦美德。马金莲小说的叙事风格如同涓涓细流，娓娓道来，安静地向人们讲述着：西部的贫瘠给予人们生存苦难的同时，也让农民变得充满韧性和乐观向上。

（一）农家叙事与乡土立场

同为西海固走出来的乡土作家，石舒清和马金莲有着共同的主题叙事格调和相似的伦理书写立场。石舒清小说善于平淡地叙述故土人情琐事，通过农家劳作场景和人物行为，细腻地描绘出人物面对乡村静态背景中那种动态复杂的思绪流动，表达乡村人的美好品格。马金莲小说则注重探讨农民面对平凡和苦难的生存态度、人性问题和死亡意识，并以女性思维的敏感来观察农民的生活心态和日常琐事。两位作家的小说都充满着浓厚独特的农家叙事格调，石舒清以民间立场书写乡土伦理，以平民视角表现乡村人情，马金莲则以不断地回望故乡的伦理姿态来表达厚重的故土情深与人伦关怀。

1. 农家乡土叙事

乡土与农事构成了石舒清小说书写的主题，具体为叙述故乡西海固的农家生活与人文琐事。他曾自言："我的三分之二的小说几乎写的都是我

那个村子里的事",①"故乡就像是我的另外一个心脏,比我的这个心更壮硕、更有力、更慈悲也更深情"。② 从中显出石舒清浓重的故土情节,小说叙述故乡村子里的人情是非和乡情冷暖,平淡委婉但却意味深长表达乡村人淡定无为却生存有序的伦理精神。石舒清小说主要集中于三类主题的书写:一是记忆中的家族人物故事,如《底片》《圈惶》《父亲讲的故事》《二爷》《家事》《大姑夫》等;二是乡村邻里琐事,《眼欢喜》《尕嘴女人》《迁徙》《娘家》《浮世》等;三是宗教生活记事;《出行》《韭菜坪》《节日》《疙瘩山》等,创作内容基本是以写人、忆物、叙事为主,表现乡村人独特的生存品格、生活方式与道德观念的变化。

  石舒清擅长从日常农事活动中来表现人物的性格、心理思绪和行为,尤其是塑造乡村女性形象。《果院》中以耶尔古拜女人在自家果院里劳动的场景,其思绪沉浸在不断的跳跃和无限的遐想之中。《乡村一隅·长歌当哭》中邻家女人一边哭诉着往事的苦难,一边却从未停止手边的农活劳作。生活不可能因为心情苦闷而耽搁生计,这位乡村妇女只能借着哭诉来缓解农家生活的清贫、繁杂和劳累。《浮世》中哈赛媳妇整日忙于农事劳作,磨面、碾米、打瞌睡、借钱、接到丈夫电话后的担心和顾虑等,衬托出乡村女性的能干与吃苦耐劳的品格。《尕嘴女人》中尕嘴女人在窑炕一边补袜子一边哭诉着她那善良可怜的母亲不受家人尊重的悲哀。《眼欢喜》中乡村女人们在院子边拣枸杞边相互诉说着人活一世的生死价值。《阿舍》中乡村保姆阿舍倔强、执拗、善良、勇于承担的性格都是由她做家务琐事和带孩子中体现出,以人物的言行来表现其性格和心理的变化。《娘家》中乡村女性的敏感、多疑、争强好胜心理酿成了丈夫死亡的悲剧。从中都见出石舒清对女性人物心理和性格刻画的精湛。

  马金莲小说也是书写西部乡村平凡的农家生活琐事,人们的劳作方式、人情风貌、生活观念以及家庭伦理秩序(亲子、夫妻、婆媳、祖孙关系)等,透过现实生活勾勒出一幅西部乡村生活景图。马金莲出生于宁夏西吉深山沟里一个普通的回民家庭中,自童年、少年直到成年,在农村生活多年,曾一边劳动一边从事写作,因此,她对农家生活的平淡与农民生

---

① 石舒清:《创作谈:一点说明》,《北京文学(中篇小说月报)》2008 年第 6 期。
② 舒拉:《石舒清:沉静以致远》,《银川晚报》2008 年 7 月 30 日。

存的艰辛有着切身的体悟和感触。她曾谈到故乡中有无数个像祖母一样勤劳节俭、纯朴善良的父老乡亲，他们默默地承担着生活的简单与清贫，"从不去想外面的世界有多么繁华，从不去想别人在怎样奢侈地活着，不奢求穿上绫罗绸缎，吃上山珍海味。只盼望风调雨顺，农家的日子平平顺顺……"① 马金莲不断地从故乡和亲人那里寻找创作的灵感，小说《永远的农事》《搬迁点的女人》《掌灯猴》《老两口》《山歌儿》《蝴蝶瓦片》等作品中表现出对故土亲人的深厚情感与农民生存的韧性精神。这些西部山区农民常年劳作于艰难的生存环境中，面临物质的匮乏，但是他们却依然坦然地面对生活，在苦难中学会自我安慰，克服困境、享受着劳动的快乐，在贫穷艰辛中坚守生存信念。

马金莲丰富的乡村生活阅历使她的小说中蕴含深厚的故土情感。西海固长年饱受干旱，土地贫瘠，庄稼歉收，艰苦的成长环境让马金莲深刻地感受到父辈们求生的艰辛。马金莲也曾像无数乡村学子一样，向往以求学来实现人生理想，但结局却是不得已回到了乡村。面对理想与现实的差距，人难免会陷入不甘和焦虑，"有时我一再想，父母花半生心血供我读的书没能让我改变命运，我等于又回到了起点。可我得往下生活，人是没法和生活赌气的，我得学会在农村生活，做一个真正的农民"。② 从此，她便跟着父母学会劳作和维生，但她心中无法割舍对文学的热爱之情，时常深夜埋头写作。这段重新回到起点的生活，让马金莲更懂得农民生存的蕴意，造就她生活的从容与厚重的乡土情感。马金莲嫁为人妻后生活在与公婆共处的乡村大家庭中，她变得小心行事和沉默寡言，繁琐沉重的乡村劳动让她对乡村生活有着敏锐的体悟。"生活是真实残酷的，它不像写小说不像做一个长梦，生活得认认真真小心翼翼去面对……"③ 这段乡村生活经历塑造了马金莲沉稳的生活姿态，她从中找到属于自己的写作园地。

2. 民间立场与回望故乡姿态

石舒清小说创作的主题和内容表明了他的民间写作立场。石舒清对乡村有着特别深厚的情感，这不仅源于他农村生活的经历，更重要的是故土给予他丰厚的创作灵感和题材来源。他曾谈到文学创作有着依恋故土的特

---

① 马金莲：《让文字像花朵一样绚烂》，《文艺报》2013 年 9 月 18 日。
② 马金莲：《这之前的时光人生该不该相信命运？》，《中国民族》2012 年第 9 期。
③ 同上。

殊心理,他只有回到故乡村落安静的农家小院里才能完成写作,①"我似乎回到这里(故乡)才能觉得心安和踏实,再到任何地方都有一种被丢弃感和失踪感"。②石舒清是一个喜欢安静和独自沉思的作家,性格趋于内向,常站在"被忽略者的立场去感受和观察生活"。③"我有西海固这样一块富足阔大而又深远的背景,实在是我的福祉。"④可见,石舒清的依恋故土情节,乡村背景和边缘者的生活现状,融入乡土小说中则为以平民视角和民间立场来书写乡村人伦,"民间总是能够比较本色地表达出下层人民的生活面貌和情绪世界"。⑤因此,民间立场关怀成为石舒清小说伦理书写的自觉选择。

石舒清小说中客观地评判民间乡土人伦的两面性。他坚信民间人伦的积极与美好,但他深刻地认识到民间人伦的狭隘性,比如对农民的评判:"容易于安贫乐道,但少进取心,苟安于一时一域,生活上少大的变化和起色。"⑥小说《低保》中村长以权谋私强迫低保户为他平整果园,引来非低保者纷纷加入,以借机示好于村长,农民为利益而屈服权势。《贺禧》从乡村人贺禧上礼场面,贺礼人的声势、贺礼的数量间接表现乡村人情交往的世俗心理。《民间行为》中愚昧的乡村传统观念让人的行为变得世俗和丑陋。《浮世》中平凡农民生存艰辛造就了价值观念的卑微,哈赛因矿难失去一只眼获得巨额赔偿金而感到欣喜。贫苦和卑贱让农民把坏事视为好事,赔偿金的满足致使农民抛弃了的身体伤害与精神痛苦。《迁徙》中农民既厚道慷慨又狭隘蛮犟,乡村人际关系充满复杂和矛盾。石舒清以他独特民间乡土人伦立场书写乡村复杂多变的人情是非。

马金莲小说创作中以不断回望故乡的姿态进行伦理写作。故乡成就了马金莲的文学创作,"我的灵感的源头,就是我最初生活的那个村庄……

---

① 王静、石舒清:《沉静也是一种激情——回族作家石舒清访谈》,《民族文学》2012年第6期。
② 舒拉:《石舒清:沉静以致远》,《银川晚报》2008年7月30日。
③ 王静、石舒清:《沉静也是一种激情——回族作家石舒清访谈》,《民族文学》2012年第6期。
④ 李双丽:《沉思默想者——作家石舒清印象》,《人民日报·海外版》2002年10月29日。
⑤ 陈思和:《中国当代文学史教程》(第二版),复旦大学出版社2011年版,第40页。
⑥ 马季、石舒清:《笨拙·深情·简单·迅疾》,《文学界》2008年第10期。

我始终舍不下这片土地上人们的淳朴和善良，舍不得生我养我的西海固"。① 因此，她的小说中以回望故乡的姿态，书写记忆中的故土和村庄，乡村老者、孩童、少女、少年、少妇、中年父母和年迈祖母的乡村生存伦理观。《少年》《舍舍》《长河》《荞花的月亮》《我们的村庄》等作品书写故乡人们的生活状态，社会变迁给予乡村的改变，时常不由自主地对故乡寄予深情的祝愿。当若干年后，马金莲从乡村走向城市，离开故土不再做农民，正常地从事文学创作时，她仍然无法脱离乡土情怀："少年的记忆随着村庄的老去也在老去，我开始在思念里缅怀。怀念村庄，怀念童年，怀念那些清贫又幸福的日子。"② 马金莲的祖辈与父辈仍然坚守着乡村春夏秋冬的劳作，他们从忙碌和辛苦中磨练出生存的意志和宽容的心态，不断地萦绕于马金莲的思绪中，她以回望故乡立场书写着村庄里的人与事，并深深地坚信："今后的写作，还是围绕村庄。只要村庄屹立在大地上，生活没有枯竭，写作的灵感就不会枯竭。"③

（二）乡村人伦的批判与自省

从两位作家小说的叙事主题和伦理书写立场中，见出他们以客观姿态评判人伦美好与丑恶的两面，并表现出作家的道德自省与伦理启蒙意识。石舒清认为："作家的本分不是判断，而是看到并说出。他是要看到全部的人性而不仅是人性中那些好的部分。"④ 两位作家在深刻反思乡村现代人伦观念变化的同时，更为严格地进行了自我道德精神的剖析和启迪。

1. 人性的美好与丑恶

石舒清小说中颂扬回民的善良和怜悯之心。《旱年》中家境稍显优越的萨利哈婆姨，时常大方地施舍于登门的"要乜贴者"（乞讨者），并从"要乜贴者"做礼拜的虔诚感悟出施舍的价值和意义。《虚日》中二奶奶无为地牺牲自我，承担起照顾毫无生存能力的智障弟弟的责任和义务。《圈惶》中回民善待动物的怜悯之情，外爷对待长虫的宽容，痛骂三姨赶

---

① 马金莲：《涂抹小说的缘由——短篇小说集〈父亲的雪〉后记》，《六盘山》2012年第6期。
② 马金莲：《在时间的长河里（创作谈）》，马金莲新浪博客，http://blog.sina.com.cn/s/blog_9764acd80101ge9p.html，2013年10月23日。
③ 马金莲：《涂抹小说的缘由——短篇小说集〈父亲的雪〉后记》，《六盘山》2012年第6期。
④ 石舒清：《石舒清的信》，《黄河文学》2008年第5—6期。

走了家中的长虫。面对长虫的危害,他选择以养猫吃掉黄鼠来驱走长虫的生态方式。《剪掉的嘴》中外奶奶因丢鸡蛋而错剪了一只孵蛋母鸡的嘴而感到内疚和伤心。《羊的故事》中写回族农民与羊之间深厚和亲密的情感。爷爷对小羊羔实施救牲行动,大姑意外地打死羊而招致父亲的毒打,叔叔因放羊丢失了一只羊,遭到爷爷的责备,并命令全家人一起摸黑进山寻找羊。母亲在暮色中如同亲人一般亲切地清点羊群的名字。村民因动物瘟疫蔓延屠杀上万只羊的血腥场面而"哭声震野"。回族农民对羊有着特殊的感恩之情,他们养羊并不完全是为获得更多利润,羊不仅让回民维持日常生计,而且已渗入回民的精神生活中,他们习惯与羊为伴的日子。因此,回民真心善待和呵护生灵,懂得施舍自己怜爱之心。

马金莲小说表现出西部乡村农民对人伦美德的坚守。如父子间的关怀、夫妻间的不离不弃、婆媳间的友好孝顺、乡邻间的关怀和同情等。《父亲的雪》中继父对阿舍的默默奉献,无声却厚重的父爱。《蝴蝶瓦片》中乡邻妇人们对瘫子小刀热心关怀,凝聚着浓厚的乡村人情温暖。《荞花的月亮》中荞花放弃与丈夫进城团聚,留守乡村伺候瘫痪卧床的婆婆,她的善良和孝顺见证出当下农村年轻人的道德美。《夜空》中妻子对意外事故致残的丈夫不离不弃,生儿育女和承担家庭重担的共患难精神,激发了丈夫获得重生的勇气和健康的生活心态。马金莲创作了大量关于残疾者和弱智者题材的作品,从善待弱者视角来审视人性的伟大。《瓦罐里的星斗》中母亲为守护被父亲抛弃的傻儿而放弃搬迁与家人团聚,母亲怜爱傻儿、不离不弃,直至其离世。《利刃》中母亲在父亲遇难后独自地承受着生活的苦难,含辛茹苦地赡养和陪伴着先天智障的儿子。马金莲叙述残疾者家属(母亲/父亲)承受着常人难以体会的生存艰辛与内心无法言说的痛苦,但他们善待弱者的人性本真,无不阐释出亲情的伟大。

石舒清和马金莲小说对乡村社会转型中人伦的转变负面持批判与否定态度。石舒清对社会不良现象给予讽刺,但也对现代伦理持怀疑姿态。《上坟》①父母可以为了儿子拖延看病,在劳苦中累死,儿子却在成家立业后,以小家取代了父母的大家,忘却了为给予他们幸福而消亡的父母,对于年轻人来说,老人是可有可无的。石舒清痛心地写道:"在这个社会,'孝顺'已成了年轻人嘲笑的一种称谓……神圣没有了,责任没有

---

① 石舒清:《上坟》,《民族文学》2001年第2期。

了，亲情没有了，什么也没有人，只有一些年老的人，还固守着一点儿什么，因此常常遭到文明者们的嘲笑与鄙视。"① 《背景》② 中儿媳孙媳妇们在刘老太爷死后，以不孝言论实施精神重压间接地"杀死"了刘老太太。《摘棉花》③ 中从家人对勤劳能干的小舅舅外出求生一事持不同的态度和意见，见出亲属之间的利益矛盾与人情冷暖。《节日》中环环在做生意发家后变得唯利是图，违背民族信仰，走向沉迷世俗的恶习，破坏家庭和谐却依然不听妻子的劝告。《深埋树下》中现代年轻人的生存之道，一切皆为钱财而活着，尤素夫在追求钱财而不能安稳于现实生活，不惜违背道德，丧尽天良地抛妻弃子。《留守》中旦旦在外出打工后与本村媳妇私奔。石舒清在对弱者苦难人生的同情之中饱含着他对人性现实的担忧和愤怒，乡村年轻人经受着现代社会金钱利益观的诱惑，改变原本的生存观念，在满足私欲的同时背叛了人伦道德。

马金莲小说善于捕捉时代变迁背景下人性的丑恶，透视出现代人的价值观念和生存立场的转变。社会发展的经济效益观致使人们不经意地陷入金钱和利益的诱惑，而忽略生活的本真，乡村人性美德逐渐走向遗失。乡村生活面貌更新的过程中，人们不再安于现状而谋求新的生存方式，接受新鲜事物的同时也引发出一些不正之风。人们无心顾及社会舆论和传统道德观念，而更为注重实际效益。《庄风》中现代农村的赌博、偷情、私奔等不良现象，男人为挣钱而纵容女人在城里胡作非为，最终酿成悲剧。《大拇指与小拇尕》中乡村经济效益化酿造了留守儿童的悲剧，哈蛋媳妇一心沉迷于挣钱而葬送了两个儿子的性命。《老两口》中年迈的父母拖着老朽之身下田劳作，一次次地期待和幻想着儿子前来帮助，等到的却是亲情的冷漠与暗自悲伤。《难肠》中年迈的父母丧子后，不愿牵连左右为难的女儿，甘愿死亡寻求解脱活着的尴尬。《利刃》中小冯夫妇为适应现代市场经济商业化而不惜倒卖假醋谋取更多利润，人性被获得经济利益所吞噬。《项链》《舍舍》《结发》中现代人的金钱、利益、权势观念的影响渗透到亲情、爱情、婚姻观念中，忘却了人性本有的良知和情意，马金莲对现代人伦观念的转变持客观的揭示与批判姿态。

---

① 石舒清：《上坟》，《民族文学》2001 年第 2 期。
② 石舒清：《背景》，《六盘山》1997 年第 5 期。
③ 石舒清：《摘棉花》，《回族文学》2006 年第 5 期。

2. 作家的道德自省与伦理启蒙

石舒清小说中流露出一种严格的审视自我意识。"现实生活中的石舒清，是一个心性极为敏感的人，他能穿行在各种细微的感受中，又有准确表达这种感受的能力。"① 他曾谈到一部分作品是"写生命本身，便获取了超脱与宁静，来去一阵清风的样子"，② 而另一部分则表现"痴迷于生活，于是时常一种熬煎样，矛盾样，时常悲天悯人，牢骚满腹"③。石舒清小说创作中两类主体形态的表达都蕴含着严肃的自省精神。《逝水》④这篇带有自传性的小说，作家不断地审视着自己的心灵，在回忆与现实中，自责年少的轻傲无知，冷落了令人尊敬的老人。当自我陷入现实精神困惑，冥想生命的煎熬和绝望，却认识到这位老人生存理念的崇高，无数次向这位年过九旬的老人去寻求心灵的解救。但当"我"再次寻找精神慰藉之时，她已长眠于地下。从中现出年轻的石舒清生存心境的敏感，反复地表达对老者的敬重而不断地自责年少的无情，以此来审视人活着的意义。《暗处的力量》⑤ 中"我"因为无法接受现实命运的坎坷、人性的阴暗而一度沉迷于自我癫狂的状态。文本富有张力的书写风格，改变了石舒清以往平静的叙事风格，是作家个人性格的真实表现，敢于剖析自我暗处人格的自省精神。《风过林》中作家以深刻的自省状态，思索人的命运和困惑。石舒清小说在精神困惑与心理焦虑状态中寻找一种精神慰藉的自省。

马金莲小说在思想意识中自觉地承担着传承乡村美德和道德良知的启蒙重任。她更多给予读者一种正能量，乡村生活的质朴与厚重，农民性格的纯洁与朴实，艰辛中有美好，清贫中有温暖。《掌灯猴》中丑女人用善意的谎言安抚困境中的丈夫。《柳叶哨》中在饥饿难忍的年月里，马仁隔着土墙用哨声传送食物解救了少女梅梅挨饿的童年岁月。《山歌儿》一贫如洗的穷家中却饱含着浓浓的亲情温暖。《窑年记事》中大家庭中祖孙三代人生活在老窑的陈年旧事，却散发着农家生活的温馨。即使是写残疾

---

① 白草：《浸润生命的华美——略谈石舒清的小说》；载石舒清《清水里的刀子·序》，宁夏人民出版社 2008 年版，第 2 页。
② 石舒清：《闲话几则——作家自白》，《朔方》1993 年第 4 期。
③ 同上。
④ 石舒清：《逝水》，《朔方》1993 年第 4 期。
⑤ 石舒清：《暗处的力量》，《民族文学》2000 年第 4 期。

人,她总能挖掘出他们的优点,如《蝴蝶瓦片》中小刀瘫痪八年足不出户,但是他做鞋手艺的精湛无不让人惊叹和敬畏。《风痕》中哑奶干农活的认真与艰难的吃苦精神。

两位作家自觉地以文学承载起乡村人伦的启蒙意识。虽然现实充满着苦难与丑恶,痛苦与死亡,残酷与冷漠,但他们依然在文学世界中坚信乡村人伦有着纯洁和美好的一面,"在这个苦难的人世间,小说是可以慰藉心灵的一束炎光,尽管它总是很微弱,但是只要坚持燃烧,发出光芒,我们的内心就是拥有希望,在坚硬的生活表面下,包裹着一点幸福"。[1] 文学的本质是审美,给予人们生活的美好和积极乐观的精神,或者是批判现实社会中人性的丑恶,以激发人们在审丑中进行自我反省,从而提升人的精神境界与道德认识,这也正是乡土作家的文学精神体现。

(三)民族心灵与乡土尊严

石舒清和马金莲因对西部故土充满着厚重的情感,他们在小说创作中自觉地维护着那份固有的乡土尊严,这种乡土尊严包含着对自身民族敬重与对信仰的虔诚,这也正是现代人所缺少的人伦精神。

1. 民族心灵的深度

石舒清小说中追求着民族心灵的清洁、崇高与神圣。他的创作与现实生活保有一定距离,因此,他更能客观地去认知和发现民众的自尊和人格价值。石舒清小说中挖掘物质和精神双重贫困重压和掩饰下,农民性格中固有的那份"倔强、自尊和超越情怀"[2] 的人格尊严。可以说,石舒清的写作是为西海固人"在文学的国土上争取到一份难得的尊严"。[3]《清水里的刀子》中马子善老人从一头老牛自觉绝食的灵性,感悟到生命尊严的高贵与死亡的清洁。因此,他坦然地看待生命轮回,为牲畜的灵性而哭泣,为昔日没有更好地善待老牛而愧疚。《恩典》中普通平民马八斤为维护自己的自尊和人格而拒绝与高官虚假的结亲戚行为。《黄昏》中生活辛苦和清贫的姑舅爷仍然坚守着做人的尊严,尽本能偿还父亲多年留下的老账。这其中蕴含着深刻的意义:一是还账更多是维护父亲诚信的人格,不辜负

---

[1] 马金莲:《涂抹小说的缘由——短篇小说集〈父亲的雪〉后记》,《六盘山》2012年第6期。

[2] 郎伟:《石舒清的意义》,《朔方》2001年第11期。

[3] 同上。

困难时期借主对父亲的信任；二是对于迟暮之年的姑舅爷来说，多年积攒还清债务也是给他带来一种精神解脱。作家从中颂扬西部农民人性的真诚，尊严胜于一切的人格境界。《小青驴》中年逾古稀的姑太太充分享受着生活的清贫，她在漫长的人生中体悟出人要善于在苦中寻乐，以愉悦的心态去看待生活。石舒清小说平淡叙事中却蕴藏深刻的蕴意，"好的作品应当是宁静的深邃的"，① 如引发对人的尊严、生命的意义、精神境界等问题的思索。

马金莲小说侧重于表现一种民族生存的韧性精神。作家颂扬西部农民那种永不服输的高贵精神，坦然面对与战胜苦难的韧性，乐观地寻找精神的依托。《蝴蝶瓦片》中庄稼人等待着大雨解救旱苗的焦急，但他们却"在年复一年永远重复的干旱面前学得坚强，学会忍耐，学会熬煎"。②《搬迁点的女人》中一对搬迁的乡村夫妻虽然面临创家立业的艰辛，但女人却感到自己很幸福，因为她有一个体贴顾家的丈夫，精神的满足常常让她忘记了生活的清贫和劳苦。作家赞扬西部农民吃苦耐劳的美德，更让人敬畏的是他们那种永不服输的干劲和充实的精神。《掌灯猴》中受人轻视和打骂的"掌灯猴"，在自我的世界里建构人性的美好和生活的乐趣，来宽慰自己现实生活的丑角和度日如年的贫穷。《永远的农事》中农民在长年的劳作中享受着劳动带来的苦与甜，以自身的勤劳和能干教导后人克服懒惰。人在物资极端贫乏的困境却依然坚守美好的韧性精神，作家颂扬西部农民辛勤劳动、脚踏实地追求理想生活的生存尊严。

2. 以宗教信仰珍视生命虔诚

石舒清小说中把民族信仰视为一种内在的道德准则，时刻矫正与制约农民的私心杂欲，教化人向往善意、淡薄、清洁、怜悯等道德情怀。这源于石舒清的民族身份和信仰背景，淡定自然地向读者传递回族的宗教文化人格。石舒清曾表示："在老家时会到大片的回族公墓里坐一整天……大体上心仪显得沉静的作品，静寂中的些微响动，这是我写作上的一个为我所热衷的追求。"③ 他这种静思心态，源于宗教信仰的熏陶。《残片童年》

---

① 石舒清：《随笔两则（代创作谈）》，《朔方》1997年第4期。
② 马金莲：《蝴蝶瓦片》，载《碎媳妇》，宁夏人民出版社2012年版，第59页。
③ 王静、石舒清：《沉静也是一种激情——回族作家石舒清访谈》，《民族文学》2012年第6期。

中老人与"我"享受遵守封斋给予人的坚定与神圣,"人是多少需要一些神性的,神性带与人的,唯有幸福"。①《贺家堡》中回族老人杨万生的高度自我认知而赢得村人敬重,尽心于对信仰的真诚而甘于把孙子出散到拱北上受敬于宗教者的爱戴。《疙瘩山》中宗教改变了小姚生命残缺的命运,在超越生死精神境界的虔诚修炼中,从而获得众人的敬重,赢得生命的高贵。《韭菜坪》中回民坚守民族信仰的虔诚与坚贞,丁义德老人家为宗教奉献终身的执着毅力,在临终之际赢得了数万民众的敬仰。《遗物》中年迈的姨奶奶遵守教规的虔诚,学习经文认真,终日燃香静坐冥想,日常言行谨慎,享受生活和清苦,克制常人的世俗私欲。"宗教通过礼仪、修行等活动在激发、培养宗教情感、净化灵魂、消解不良心态的同时,还通过象征符号起着启发人们宗教美感的作用。"② 石舒清小说从宗教伦理视角来探索人追寻生命和道德的意义。

马金莲小说则以民族信仰视角来表达死亡的淡定与高贵。因民族宗教信仰,马金莲书写死亡的心态和视角与其他西部作家略显不同,更为接近生命的本真与虔诚。马金莲小说中总是以一位历尽沧桑的老者口吻沉稳地讲述着人类的死亡,这无不让人联想到宗教的魅力,信仰让人的心灵有所依托。"在时间的长河里,我们生命的个体就是一粒粒微小的尘埃。我想做的是,通过书写,挖掘出这些尘埃在消失瞬间闪现出的光泽。"③ 圣洁高贵的信仰,赋予死亡更为深刻的蕴意。《赛麦的院子》中无论是孩童的夭折还是年迈者的逝世都给予亲人巨大的伤痛,由此联想到死亡如同"吹灭一盏灯的过程是那么漫长,漫长得让人心里的某个地方碎裂了,一丝一缕地碎裂,感觉不到疼痛,觉不出哀伤"。④ 由死亡写到坟院,在回民信仰中人视死重于生的意义,坟院是死者存在的见证,是亲人缅怀亡者的场所,连接着世人与亡者千丝万缕的情感思念的客观存在物。马金莲小说给人心如潮水之感而呈现的文字却如此平静和淡定。

马金莲小说中不断地重复着死亡叙事,蕴含着她对乡土和生命的深刻

---

① 石舒清:《残片童年》,《朔方》1995年第10期。
② 唐淑云:《宗教的心理调节与道德的境界提升》,载罗秉祥、万俊人《宗教与道德之关系》,清华大学出版社2003年版,第195页。
③ 马金莲:《在时间的长河里(创作谈)》,马金莲新浪博客(http://blog.sina.com.cn/s/blog_9764acd80101ge9p.html),2013年10月23日。
④ 马金莲:《赛麦的院子》,《民族文学》2010年第9期。

体悟。她谈到离开故乡后会时常思念故乡，回忆童年生活的清贫与美好，缅怀故乡的亡人，沉浸于故乡的思绪引发她对死亡的书写。① 《春风》中傻存女的死亡对于家人和自身痛苦来说无疑是一种精神解脱。《瓦罐里的星斗》中母亲在傻儿死后陷入无限遐思，时常茫然地遥望着儿子的坟头迟迟不肯离去。《难肠》中父亲面对死去的母亲，镇定自若地干着手中的农活，在他看来死亡不仅是个人一生的终结，而且对子女和亡者来说是一种生活的解脱。民族信仰让他们在死亡面前更为坚定，坦然地接受生命的自然规律，更显出死亡精神的高贵。《长河》中写不同的亡者，不同的葬礼，不同的埋体送别场面以及死亡留给亲人不一样的伤痛。夭折的孩童留给父母的是心痛；意外伤亡与病故的年轻者带着未完成的使命而去，给予子女和父母是沉重的伤痛；而年长者正常的老去给予亲人的却是一种安详、肃穆和淡淡的喜悦。

马金莲小说的死亡叙事见证了生命规律的自然，农民一生劳作于土地，死后则长眠于泥土，他们在乡村生活的长河中历练着纯洁的品质，迎接和送别死亡的心态更为平静，从而赋予死亡别样的意义："死亡的内容不仅仅是疼痛和恐惧"，而更多是蕴含生命的"高贵、美好、宁静、洁净、崇高"。② 从中见出，马金莲的小说叙事表现出冷峻中不乏温馨、静谧中不乏情感的奔腾、凄凉中透露出唯美的美学风格。

石舒清和马金莲以深切的民族信仰体验，小说中感悟宗教信仰给予人的神圣启迪，弥补着生命感伤的悲观，以清洁与安宁来珍视人的生死意义。两位作家因特殊的生存背景与创作环境（西海固文学）的影响，对乡土怀有深厚的感恩情怀，致力于为农家生活而写作。石舒清坚守民间伦理立场批判保有着深刻的自省精神，马金莲则以回望故乡姿态启蒙乡村伦理的向善向美。两位作家因共同的民族信仰，小说创作中充满强烈的民族尊严意识。石舒清的忧伤气质让他的小说充满哲理深度，叙述平淡，善于抓住人物心理和思绪的流动。马金莲小说创作的真诚质朴又稍带谦卑，虽然在小说题材、视野和艺术手法等方面有着提升的空间，但她对文学理想持之以恒的追求，脚踏实地书写乡村，足以证明她是真诚地热爱乡土文学

---

① 马金莲：《在时间的长河里（创作谈）》，马金莲新浪博客（http://blog.sina.com.cn/s/blog_9764acd80101ge9p.html），2013年10月23日。

② 马金莲：《长河》，《民族文学》2013年第9期。

创作，并为之努力奋进的写作态度。

二 了一容、李进祥：为底层农家而写作

了一容、李进祥同为生活在宁夏南部地区的作家。虽然他们早年有着不同的生活阅历，但却有着共同的民族信仰与伦理书写立场，坚守传统道德正义，以底层农民的立场，书写边缘者在现代化进程中徘徊于城乡之间生存的艰辛，呼唤现代社会回归正义伦理。两位作家把虔诚的民族信仰融于小说创作之中，时刻严格约束自我，注重提升道德修养，作品表现出一种清洁、质朴、干净的书写风格与正义悲悯的人道主义情怀。

（一）坚守底层伦理写作

了一容的早年生活经历坚定了他为底层民众而写作，为正义与平等、道德与良知而写作的伦理立场。他是一位东乡族作家，出生于宁夏南部西吉县沙沟乡的农民家庭。早年的家庭环境对他影响很大，父亲长年在外，母亲严厉好强，造就年少的叛逆心理，早年离家过着居无定所的四处流浪生活。了一容有着在荒无人烟的巴颜喀拉雪山淘金的苦难经历，每天都要遭受老板的铁锹毒打，本是外出求生存，却在强者无情地剥削中险些丧命。了一容的流浪生涯中时常陷入无助又无奈的生死困境，因此他曾自称是"一个漂泊的流浪者"，[1]"常常为着生计穿越一个又一个荒无人烟的地方"。[2] 这段早年的流浪生活让了一容深切地体悟到底层民众的生存状态，也铸就他坚定的生存品格和豁然的吃苦耐劳精神。因此，作家试图以文学来"召唤强者的悲悯之心，开掘他们的性灵之美和人性之光辉，使弱者永远能坚守他们的纯洁和真诚，护卫他们的善良与人道，并在必要时发出自己能使这个世界觉醒、使人的心灵日趋完善和进步的声音"。[3] 了一容的早期人生经历和性格特征，使他的文学创作更深切关怀着边缘者真实的生存状态与人伦情感，并以一种悲天悯人的人道主义情怀呼唤着现代社会能够给底层民众公正平等的生存状态。

了一容小说创作的主题旋律是流浪与回归。他从早期书写流浪者的生存

---

[1] 了一容：《第三届春天文学奖致辞》，载《走出沙沟》，宁夏人民出版社2012年版，第64页。

[2] 了一容：《归去匆匆》，载《走出沙沟》，宁夏人民出版社2012年版，第60页。

[3] 聂晶、了一容：《了一容访谈录》，载聂晶《东乡族作家了一容小说创作研究》，硕士学位论文，中央民族大学，2011年，第56页。

状态，逐渐回归到普通民众日常生活和对故乡人文情怀的书写。伦理主题书写集中在以下三个方面，重在探讨西部底层农民不同的生存状态和方式：

一是流浪者的逃亡生涯。对流浪者两种生存心态的探讨：一类是人在生死挣扎线上求生毅力的坚定。《大峡谷》[①] 中两位被迫滞留深山的淘金青年穆萨和尔里，在生死未卜和饥寒交迫的逃亡中经受着紧张、惊吓与精神崩溃的生死磨难。《绝境》《在路上》《历途命感》《出走》[②] 中，了一容以个人早年经历为创作原型，塑造一群流浪者外出谋生的艰难历程，颂扬人在生死绝境中求生本能欲望的坚韧。作品深刻并真实地再现了弱者遭受强者残忍暴打与人格欺侮的绝望心理，"魂飞魄散地奔走在路上"。[③] "人到了绝境中方觉得世上风是与生命无关的东西，都是假的。没有比生命更珍贵的啊！"[④] 了一容批判人心的险恶，人性残酷的兽性嘴脸，正如《绝境》中逃命迷路中的虎牛和章哈为免入野狼虎口，抱着"人总比野兽亲切"的幻想，跪倒在老板脚下，却被同伙活活地打死。面对人类的残忍，章哈在工友死亡中突然感触，自己应该选择狼群而不是人群，人比狼更可怕。现代人为自我利益可视他人生死于度外，流浪者抱着美好理想为离乡谋生，但他们却希望破灭的生死绝境。

另一类是流浪者深沉的返乡情怀。以流浪者多年漂泊生活为背景，历尽艰难返乡的伤感，在外无法生存，回乡面对贫穷的现实更是难以留守。《河滩上的鸟蛋》中的他告别长期居无定所的漂泊生活，回到故乡寻找生活的纯净和心灵安宁。多年在外流浪的他学会了现代人的不文明和不道德，试图以故乡中的妻子、儿时河边的记忆来唤起他洗去人生污秽、重新做人的勇气。《沙沟行》两位流浪者历经艰辛终于回到故乡，母亲给予他们在外缺失的温情，但乡村的贫穷和落后却让他们感到一丝丝不安和心痛，流浪者不禁感慨：是留下还是再次奔波？作品真实地再现了20世纪90年代末西部青年农民的生存现状，在外漂泊不定，回乡又无法过上正常人的生活。

二是普通底层民众的生存艰辛。书写农民生存卑微和艰辛，《向日

---

① 了一容：《大峡谷》，《朔方》2010年第1期。
② 了一容：《出走》，《长江文艺》2006年第5期。
③ 了一容：《在路上》，《朔方》2000年第1期。
④ 了一容：《绝境》，《民族文学》1999年第5期。

葵》《独臂》《挂在轮椅上的铜汤瓶》《废弃的园子》等作品揭示小人物的命运不幸、生存韧性和道德情感。《富汉的婚礼》[①]中书写乡村农民生命的低贱，遭受乡村干部压制和欺侮。《日头下的女孩》中乡村少女阿喜耶与她的姐妹们为求生而遭受欺侮的不幸。《立木》[②]《宽容》《板客》中书写人性丑恶，人在道德沦陷中丧失自我。年轻的农民在外谋求生存，由先前老实卖苦力到加入诈骗团伙，学会四处以坑蒙拐骗、出卖道德良知换取生存。了一容批判底层民众因生存艰辛而走向不良道德困境。

三是乡村农家的人伦温情。书写农家生活琐事中的乡土人情，《大姐》《妈妈》《揭瓦》[③]《三十年河东》[④]《静土》[⑤]中书写家庭亲情的温暖、儿时父子俩共同经营家中蜂群的美好时光，姐弟、母子难以言说的真情，兄弟之间因身份地位与生活状态的不同产生淡淡的隔阂与背后的抱怨，小知识分子"我"面对家人的困境因力不从心而自责。《金马湾轶事》《乡村纪事》[⑥]《涟漪》[⑦]《地老天荒》[⑧]等作品中从乡村各自追求不同的生活方式中展现相异的生活态度。

了一容作品更多带有着个人生活经历色彩，从故土人情风貌寻找创作源泉，对故土农家抱有感恩情怀，立志为底层农家而写作。他曾自言："作为一个走出西海固的文学创作者，无论身在何处，都对那片贫瘠干涸的土地和祖祖辈辈与苦难抗争的乡民心存敬意。我最初的创作灵感，以及后来一大部分的创作题材都源于西海固，源于西海固人最真切的生存状态。"[⑨] 了一容曾经身居生存底层，"亲身承受苦难的经历更加强化了文学作品的亲历性、体验性和真实性。"[⑩] 他的乡土小说中揭示被现实所遮蔽的底层民众真实的伦理状态，人性残酷与道德丑恶，以人道情怀关注着西

---

① 了一容：《富汉的婚礼》，《民族文学》2009 年第 4 期。
② 了一容：《立木》，《朔方》2012 年第 5—6 期。
③ 了一容：《揭瓦》，《民族文学》2009 年第 8 期。
④ 了一容：《三十年河东》，《中国作家》2009 年第 3 期。
⑤ 了一容：《静土》，《滇池》2006 年第 7 期。
⑥ 了一容：《乡村纪事》，《滇池》2006 年第 7 期。
⑦ 了一容：《涟漪》，《西湖》2007 年第 9 期。
⑧ 了一容：《地老天荒》，《边疆文学》2010 年第 7 期。
⑨ 胡笑梅：《东乡之子的文学坚守——第九届"骏马奖"得主了一容访谈》，《朔方》2009 年第 1 期。
⑩ 赵磊、李微：《了一容笔下的荒凉与坚韧》，《宁夏日报》2008 年 11 月 19 日。

部农民的艰辛和苦难，颂扬他们面对生死困境的坚强毅力与求生的豁达心态。

与了一容相比，李进祥的仕途经历比较顺利，从事教育事业多年，自2000年开始发表作品，后调入省城从事专业写作。作品大多以故乡的一条清水河为创作背景，书写宁夏南部现代农家生活琐事，与其他作家的农家叙事略显不同，他客观地把现代农民置身于城市与乡村两处，展现出两种生存环境中不同生活心态的差异，探讨社会发展进程中进城效应带给农民的生存尴尬。李进祥曾谈到："我开始写作的时候，正好看到的是分崩离析的乡村，感受到的是人们分崩离析的内心世界……我只想用小说文本，在日渐麻木的人心上挠一下，让人产生稍许的感动和思索。"[①] 李进祥以文学承载着强烈的社会现实感，为底层民众而写作。总体来说，李进祥小说主要呈现出乡村农民的两种不同的生存状态：向往城市却在心灵荒芜中无地容身，坚守乡村可能更多是孤独凄凉的无奈。

其一，进城谋生者的尴尬。城市化进程中农民由专门从事农业为生的角色转变为城市底层的打工者，面对生存环境的转变，这些农民的思想观念与行为方式不自觉地追随着城市化而发生改变，给农民带来利益的同时也伴随着更多的生存弊端。李进祥小说直面农民工在城市谋生的尴尬，他们本想通过自己的劳动改变原有的生活面貌，但结果却是事与愿违，更可悲的是在城市残酷无情的打击中，陷入不尽人意的结局。《天堂一样的家》中处于城市与乡村夹缝处人群的生存困境：自知永远无法融入城市，而乡村却充满无法言说的陌生。马成与娴儿在城市拥有丰厚的物质基础，但是他们却在经受无法真正融入城市的精神空虚，内心缺乏对城市的那份归属感。马成力求变为一个真正城市人而离乡，但历经数年后仍然处于心灵漂泊的状态，他之所以要找一个城里女人结婚，实质是在寻找一种城市归属感。这群进城的乡村人经受着城市与乡村双重隔阂的悲境。《屠户》中屠户进城谋生目的是让儿子能够真正地变为城市人，因此他含辛茹苦地日夜劳作，不惜忍受城市人的欺侮，出卖恪守良知掺假屠宰，但城市却让他葬送了儿子的性命，更可悲的是屠户陷入对城市膜拜的麻木，他花重金为儿子在城市买了一块墓地，死也要成为一个城里人。《换水》中一对年

[①] 杨玉梅、李进祥：《于平常生活中看到深刻和复杂——与李进祥谈小说创作》，《朔方》2010年第11期。

轻夫妇带着美好的幻想拥入城市，但城市生活却带给他们身心双重伤害，丈夫废掉了一条胳膊，妻子失去了洁净的身体弄得一身脏病，陷入理想破灭的尴尬境地。《你想吃豆豆吗》①《去桃花源》②《归去来兮》③《向日葵》等农民工在城市与乡村间徘徊的艰难遭遇，夫妻分裂，甚至是丢掉性命。作家批判城市人的高姿态和冷漠的同时，也对现代人的良知和人性提出了深刻的质疑。

其二，乡村留守者的孤独和凄凉。《女人的河》中留守乡村女人阿依舍在听到婆婆讲完城市让她失掉丈夫和大儿子后，后悔让自己的丈夫出门打工，她把所有的思念和担心全部融入门前的那条清水河中。《害口》中留守乡村少妇桃花怀孕害口后，本期待着得到丈夫的关怀和体贴，但在不知情的误会中导致桃花流产，她只好茫然地独自忍受委屈和痛苦。《挂灯》中留守乡村的亚瑟爷无法挽留村人的搬离，面对荒芜的田地、了无人气的村庄，他试图在村中挂上一盏光亮的灯，为留守村民驱走黑暗，点燃重建乡村的希望。《狗村长》中一个村庄完全依靠一只被进城主人遗弃的狗来保护着留守老人和妇女的安危，探望病中老人，驱走盗贼，保护受欺侮的妇人等。这篇小说在极具讽刺意味的构思中真实地展现出西部农村切实存在的社会问题。《梨花醉》④中李根老汉死守乡村故土，却在子孙的蒙骗中离开了乡土家园。现代化进程带来了留守者的生存困惑与精神荒芜，不但毁灭了乡村的宁静和安全感，而且极大加速了村庄的消亡。

李进祥坚守为乡村底层而写作，以作家的责任意识坚守属于自己的文学信仰和创作园地，他认为："作家不能只书写自我，要与自己的灵魂对话……用自己的理想之光，给人以光芒，用自己的思想探索，给人以方向。"⑤李进祥小说中表现出具有时代性的问题意识，农民工进城的生存负面，乡村留守者面对的孤村荒土现象，两类人群面临的心灵伤痛与无奈困境导致了现代人伦道德的变迁。正如《挂灯》中亚瑟爷挂在村头的那盏唤醒人心的灯，未必能改变现代化带给乡村的滞后现象，现代化进程加剧了乡村荒芜，在外打工者未能坚守乡村人的本分，在家留守者更无法重

---

① 李进祥：《你想吃豆豆吗》，《回族文学》2005 年第 9 期。
② 李进祥：《去桃花源》，《回族文学》2012 年第 1 期。
③ 李进祥：《归去来兮》，《朔方》2011 年第 6 期。
④ 李进祥：《梨花醉》，《朔方》2009 年第 1 期。
⑤ 李进祥：《作家有信仰　文学有力量》，《文艺报》2010 年 12 月 1 日。

造乡村家园。因此，李进祥小说给予人一种生存的悲愤与无奈的凄凉，在关注现实面前，作家流露出自我真实的道德情感。

（二）民族信仰决定伦理书写立场

了一容与李进祥小说创作中表现民族身份的认同意识，作品呈现出民族性格与信仰精神。两位作家的小说创作与自身民族有一定的关联，他们希望通过自己的写作让更多的人关注与认识自己的民族，了一容曾自言："我之所以写作，是因为我的身后站立着一个独异的民族！"① 李进祥也曾表达他为民族而写作，"我无法抑制自己的思索，只能拿起一只秃笔，把能领略到的苍凉而又雄奇的自然，贫穷而又积极的人生，压抑而又张扬的个性，叙写出来。为的是让更多的人了解这块地方，了解这群人，了解这个民族。"② 可见，民族身份和信仰已扎根于作家心中，并深深地影响着他们的文学创作。了一容与李进祥同为信奉伊斯兰教，自出生之时就接受着虔诚信仰的熏陶，在约束与克制私欲中非常注重自我言行举止。宗教信仰崇尚的为人理念教导着人们遵守社会伦理观念，如东乡族信奉伊斯兰教义中的"天堂在父母的脚下"，教导信徒懂得孝亲敬长的重要意义。回族信奉《古兰经》中的道德理念："守正、正己、自洁、善行、公正、利他主义、结交好人"③ 等，其实质是指导与改善人行为的道德规范，宗教伦理原则已渗透于平民的日常生活之中，如对人的私欲的克制与约束，讲究心灵的洁净等道德规范。民族信仰中的道德情怀深刻地影响着两位作家的伦理书写。

了一容曾表达："西海固的坚韧和东乡族的特质是我文学创作的源泉，流浪的经历是我创作的灵感。"④ 因此，他小说创作中坚守着正义、忍耐、坚韧等伦理观，"为人道和正义写作，为天道人心写作"。⑤ 他笔下的西部

---

① 了一容：《第三届春天文学奖致辞》，载《走出沙沟》，宁夏人民出版社2012年版，第65页。

② 张元珂、刘涛：《清水河畔的悲悯情怀——李进祥小说创作二人谈》，《朔方》2014年第2期。

③ ［埃］阿费夫、阿·塔巴莱：《〈古兰经〉的伦理道德思想》，怒马译，《中国穆斯林》1982年第4期；《〈古兰经〉的伦理道德思想》（续），怒马译，《中国穆斯林》，1983年第2期。

④ 赵磊、李微：《了一容笔下的荒凉与坚韧》，《宁夏日报》2008年11月19日。

⑤ 了一容：《为什么而写作——作协新春茶话会上的发言》，载《走出沙沟》，宁夏人民出版社2012年版，第70页。

苦难情怀,实质是透过苦难背后人的那种可贵的生存态度与道德意识,如"乐观、忍耐、守卫、不屈、人道、怜悯等"。[①] 了一容小说更多赞扬人的生存毅力与人情美德。《搭情》《沙沟行》《大峡谷》《风中的麦子》《向日葵》中颂扬人的生存信念与坚守平等正义。《生死》《历途命感》《白马啸啸》和《蓝色的钻戒》中人信奉生死与向善的道德观念战胜了私欲诱惑,以人性的善和美去洁净人的心灵。《我的颂乃提》中从信仰视角入手透视出一位农家少年经历割礼前后的心理变化与成长感受。穆斯林文化给予少年身体变化的同时,更重要的是一种精神信仰的转变与心理成长。"割礼"行为是穆斯林们必经的成年仪式,代表一个人生命的成熟和对信仰的虔诚,首先要经历身体和心理的双重痛苦净化。少年伊斯哈格一方面对"割礼"充满渴望,希望自己早日成人,勇于承担家庭的责任与义务;另一方面,他对"割礼"中可能出现的得失产生惧怕,并由此带来恐慌和羞涩,为这种洁净自身的神圣信念,忍受疼痛战胜自我,从而迎来精神的升华与信仰的光明。作家透过一种宗教仪式,表现民族信仰给予人的精神光照与道德坚守,只有在承担屈辱和忍受痛苦中成长,才能战胜人生中面临的一切坎坷,换取心灵的纯净。

　　了一容创作中凝聚着浓重的宗教情怀,信仰赋予他坚强与伦理使命。他以民族敬仰情怀颂扬属于自身民族的生存伦理精神:"所背负的苦难,以死相赴守护的尊严和清洁精神,与自然抗争、与命运相搏,不屈不挠的精神,悲天悯人的骨子里流淌的纯净血液和高贵精神……"[②] 正如评论者所言:"文学最终要解决的问题是人的思想和心灵……没有人会平静地看待侮辱和被侮辱、欺压和被欺压,更是不会平静地看待个体生命承受这个世界所给予的幸和不幸。"[③]《挂在月光中的铜汤瓶》中支撑年迈体弱的母亲坚定地用余生赡养自己的残疾儿子的唯一精神支持就是信仰——真主。母亲面对儿子百般折磨的无助与无奈之时,陷入自己可能先走留下儿子的焦虑,她从对真主的祈祷中获得一丝生存的希望,带着沉重的负担(照料

---

　　① 聂晶、了一容:《了一容访谈录》,载聂晶《东乡族作家了一容小说创作研究》,硕士学位论文,中央民族大学,2011年,第55页。
　　② 了一容:《第三届春天文学奖致辞》,载《走出沙沟》,宁夏人民出版社2012年版,第65页。
　　③ 杨骊、徐娟梅:《了一容的西海固——了一容小说的人类学阐释》,《朔方》2009年第12期。

儿子）坚强地活下去，甚至是无数次地超越生命的极限。那只挂在轮椅上铜汤瓶，不仅仅是一只用来给儿子清洗身体的普通的净身用具，而更多是凝聚着老母亲对"真主"的坚信。这种真诚的精神信仰让她找到活着的理由，洗去心中的私心杂念与浮尘，在力不从心中仍然不敢懈怠，持之以恒地坚守自己的责任，活下去并照顾自己的残疾儿子，直到他自然地离去。作家颂扬宗教信仰给予人精神动力的同时，更多是人活着所肩负责任和义务的道德毅力。

李进祥小说创作中流露的民族信仰与他坚守的文学信仰是相融的。自身的民族信仰因素决定了他朴实敦厚的性格，他的小说思想洁净、文风质朴、内容厚重，伦理立场也相对较为纯正与传统，正面书写人性的善与美，而对丑陋与罪恶往往是简单带过，更多留给读者去幻想与深思。这些都源于民族情怀的熏陶与故土人文的影响，李进祥曾谈到："我的家乡清水河两岸生活的大多是回族人，他们崇尚苦行苦修、忍耐顺从、两世吉庆。这些民族特性与清水河的品质不谋而合，清水河也是清浅的、苦涩的、隐忍的、柔顺的，尤其像回族女性。"[①] 民族性格与地域人文环境形成了李进祥独特的创作姿态："敬畏道德伦理，敬畏语言文字。"[②] 李进祥冲出当下时代背景中文学过度商品化和私语化的写作境域，坚守本民族文化认同的心灵净洁的伦理精神，正如他所言："文学得守住人类精神的底线，作家得有些社会责任感。"[③] 因此，小说充满着质朴传统的现实创作风格，作品的社会问题意识与道德责任感较强。《补丁》中半哑子的马木合老汉严格律己、以身作则的做人态度与信奉宗教的虔诚，无形地打动村人，他一生穿着带补丁的旧袍子，却大方地捐钱于学校和散钱于清真寺。对于世人来说，他修行真诚而在死后获得真主赐福的光照。《你想吃豆豆吗》《寒战》《方匠》《耳光中成长》刻画了现代化进程给人们带来的生存方式和道德观念的转变，批判现代的人心叵测，丢失了农民纯正的乡村美德。《立交桥》中城市化进程伴随而来的是激化的城乡矛盾，城市化占有大片的土地。农民无奈进城后却受到不公正的生活挤压、不平等的歧视

---

① 喑簋、李进祥：《李进祥：用最洋的方法写最土的事情》，《西部时报》2012年10月12日。

② 杨玉梅、李进祥：《于平常生活中看到深刻和复杂——与李进祥谈小说创作》，《朔方》2010年第11期。

③ 同上。

与欺侮，他们在思想上羡慕城城市生活，实际上却厌恶并仇视欺压他们的工头和老板，城乡心理差距与现实矛盾正在不断加剧。李进祥坚守民族信仰中的伦理责任意识，对人的本真和美德持大力肯定姿态，对现代人的生活弊端和道德变异持否定与质疑的立场。

李进祥由清洁质朴的民族情怀引发出他坚守伦理美与文学积极导向的文学信仰。他曾谈到："文学有自己的信仰，就是真善美，就是相信生活可以更美好。"① 小说中人物更多充满着向真、向善、向美的道德情感。《干花儿》《我就要嫁个拉胡琴的》中乡村人独特的性格，坚守美好理想和信念的执着精神。农民老哈一生命运坎坷，经历婚姻的失败，饱受丧子之痛中，一生钟爱于干花民间艺术，执着于心爱的女人，坚持自己的生活个性。农村女性二嫂乐于唱戏，甘于嫁给一个拉胡琴的瞎二哥，夫妻献身于民间艺术。在外人看来，这些农民的行为毫无理智、难以理解，但他们依然保持着对艺术的激情和对生活的坦然。《口弦子奶奶》《鹞子客》中阐释着乡村人追求理想爱情的执着与悲情。口弦子奶奶一生用口弦传达出那段凄美动人的爱情故事。乡村青年"黑舌头"执着地追求着青梅竹马的恋人，展现出乡村人性的真实。《烧烤》中底层农民老余坚守着乐于助人，宽以待人的生活态度。《挦脸》中乡村女性兰花本想借挦脸趁机报复昔日的情敌菊花，当她在菊花这张经历风霜、命运坎坷的脸上悟出乡村女性生活不易和艰辛时，不由地引起悲伤，忘却了多年的恩怨，精心细致完成自己的使命，表现出乡村女性内心的纯真。李进祥坚信创作能给予人们美好的信仰，以文学去发现人的道德美，以美德去感化丑陋，勇于承担作为一名写作者的伦理责任。"作家必须对作品描写的人生和现实，用普世价值，用人类共有的精神来观照。"② 相对来说，他小说中的伦理意识与作家的道德责任感较为明确：关注底层民众的现实问题，以文学启迪社会光明与人性美好。

了一容、李进祥两位作家因相同的地域生活环境，作品更为贴近社会底层民众生活，关注当前农民徘徊于城乡间的生存现状。两位作家在颂扬人性美好的同时，批判社会人心的险恶，引发出一些耐人深省的现实问

---

① 喑篱、李进祥：《李进祥：用最洋的方法写最土的事情》，《西部时报》2012年10月12日。

② 李进祥：《作家有信仰 文学有力量》，《文艺报》2010年12月1日。

题。因共同的民族信仰，小说创作中自觉地遵循着宗教伦理，把民族伦理美德融入文学创作中，启迪人们走向真善美与坚守生存毅力。

第四节　乡村伦理的坚守与困惑：贾平凹

20世纪90年代以来，贾平凹的小说创作在继续关注乡村社会变革的同时，更重视现代乡村人伦变迁问题，伦理书写涵盖人与人之间的家庭伦理，人与自然、人与动物之间的生态伦理。从传统与现代两种伦理观的冲突和对比中探讨现代人伦困境，乡土人性的美善与丑恶。贾平凹的乡土小说创作坚守着他一贯的平民立场，又表现出知识分子的先锋意识，审视并批判着乡村伦理问题；由早期乡土小说中对现代伦理的期待转为近年来对现代伦理的批判；面对乡村伦理发展现状的担忧，加之自身伦理思考的困惑导致他的乡土小说伦理观念表达的含混与伦理书写的狭隘。

一　平民立场与精英意识

20世纪90年代以来，贾平凹乡土小说中的伦理书写大致集中于两个方面：

一是人与人之间的家庭伦理和官民关系书写。父子关系的矛盾冲突：《秦腔》中夏天义与五个儿子间的各种观念冲突与纠结，夏天智与夏风之间父子关系的断裂等。婆媳关系的友好与冷漠：《高老庄》中子路母亲与前后两位媳妇，菊娃传统型和西夏现代型婆媳关系的友好与宽容，《秦腔》中夏天智夫妇与白雪相互间真诚的亲情关爱，夏天义的几位儿媳妇对公婆尽孝意识的缺失，自私地推卸养老责任与义务。夫妻伦理中爱情的缺失：《高老庄》中子路与菊娃夫妻关系在进入城市后因身份地位不同婚姻出现破裂，《秦腔》中夏风与白雪夫妻间因身份地位、价值观念的不同而致使婚姻失败。兄弟、妯娌关系：《秦腔》夏天义四兄弟的兄弟情深，夏风等兄弟手足情感的淡化，夏家老辈妯娌间的和睦友善、年轻辈妯娌的利己世俗；《高老庄》中菊娃与背梁平淡的兄妹情；子路与晨堂冷漠的兄弟情。祖孙关系：《秦腔》中夏天义与孙子辈光利、哑巴等感情深厚，子路母亲与石头间相互关爱的祖孙情等。叔侄关系：《秦腔》中夏天义与君亭的观念争斗，瞎瞎与哑巴、光利、文成叔侄间行事相异。邻里关系的友好关怀：《秦腔》中夏天义、夏天智夫妇关怀乡邻秦安，《土门》中云林爷对梅梅、成义的关爱,对乡邻的重情义等。官民关系书写:《带灯》中以乡村基层女干部的日常工作经历和处理底层民众琐事为背景,深刻地展示出乡村干部与农民关系的复杂多元,官与官之间权势利益纷争等。

二是人与自然、人与动物关系的伦理书写。《高老庄》中以经济开发商王文龙和苏红为代表掠夺乡村经济资源造成生态环境破坏;高老庄人对之的反抗,村民对神秘山地白云湫充满敬畏,呈现出人与自然关系的复杂化。《秦腔》中老农民夏天义对土地的依恋,夏天智与白雪对乡村家园的忠实守护。《怀念狼》中贾平凹试图建构人与动物和谐共存的生存理想,人类从憎恨狼—保护狼—拯救狼的态度变化真实地再现了人类过度射杀动物,导致生态濒临恶化的后果。

从贾平凹乡土小说中关注的伦理主题,可以显出他始终坚守平民立场,书写乡村和农民。他曾谈到:"我的出身和我的生存的环境决定了我的平民地位和写作的民间视角,关怀和忧患时下的中国是我的天职。"[①] 贾平凹19年的商州农村生活,让他深入地了解农村和农民,为其乡土小说创作提供了宝贵的资源。早期乡土小说以故乡商州为创作源头书写社会经济改革势不可当地冲击着乡村社会,影响着人们的伦理道德、思想情感和生存方式。20世纪90年代以来乡土小说创作仍然关注着乡土社会的发展,《秦腔》《高老庄》《带灯》和《老生》等描绘了中国西部农村的社会现状,涉及乡村社会各层的人情伦理。《带灯》书写故土一带山村基层乡村干部的农村工作和农民日常生活琐事,关注民生问题。《老生》是以陕西南部山村中的一位乡村老者的生存与职业为背景,以不同时段的社会历史背景,勾勒出乡村和农民近百年来的发展和变化。"《老生》中,人和社会的关系,人和物的关系,人和人的关系,是那样的紧张而错综复杂,它是有着清白和温暖,有着混乱和凄苦,更有着残酷,血腥,丑恶,荒唐。"[②] 由此可见,平民立场始终贯穿于贾平凹的乡土小说创作之中。

贾平凹小说中坚守平民立场进行伦理书写,但他自觉地保持知识分子的精英意识,对占据乡土社会的现代文明持怀疑和批判态度。他从乡村走向城市以后,选择向上看的生活姿态来建构自身的精英意识。作为从农村走向城市的知识分子,随着文化氛围的改变,其身份认同也会不自觉地发

---

① 贾平凹:《高老庄·后记》,载《高老庄》,安徽文艺出版社2010年版,第317页。
② 贾平凹:《老生·后记》,载《老生》,人民文学出版社2014年版,第293页。

生转变。"身份是人对自己与某种文化关系的确认……知识分子对人生的体验渗透更多的文化因素，对自身的归属和对文化的认同感的意识更自觉……"①前期乡土小说中大多批判乡村传统伦理狭隘与保守的负面，但对乡村伦理美德持强烈的颂扬姿态。近年来，现代文明给乡村社会发展带来利益的同时，其弊端也不断地涌现，如个人私欲的膨胀、经济物化观扩大、功利主义先行等打破了以往乡村的安宁和平静。贾平凹深切感觉到："我的心情非常矛盾。所以我才不得不换一种写法。"②这里所说"换一种写法"就是转变伦理书写立场，贾平凹以知识分子的精英立场审视着乡村伦理，这从近年的乡土小说创作中可以看出。

作品《秦腔》和《高老庄》中从乡土走向城市的知识分子代表夏风和子路回归故乡后的行为和表现，充分见证了其以精英意识审视着乡村和农民。一方面，夏风和子路有着相同的人生经历，生活于农村家庭中并凭借着自己的才华走向城市，成为省城的著名作家和大学教授，相应地以这种名人身份博得世人的尊崇，思想观念中不自然地流露出高于村人的优越感。例如子路面对村人夸耀现任妻子西夏的城里人气质，西夏与前妻菊娃友好相处，并被村人称为"妻妾"并存，他心理为此而沾沾自喜。另一方面，他们不自觉地以知识分子的视角审视着乡村人的自私世俗、无知、愚昧、顽固、小题大做、爱占小便宜等。子路嫌弃发妻着装土气和乡村生活的陋俗，看不惯堂弟晨堂的唯利是图，拒绝以教授身份去派出所救堂弟。夏风嫌弃自己丑陋的女儿，瞧不起家族中堂兄嫂的所作所为，甚至责备妻子白雪为帮助秦腔文化的爱好者而多管闲事。贾平凹表达出知识分子对乡村的失望和逃离的意向。《秦腔》中夏风说："有父母在就有故乡，没父母了就没有故乡"，③夏风平日里很少回乡，最终是告别乡村，弃父母和妻儿不顾而定居城市。子路为父亲操办三周年祭祀回乡，却无法忍受乡村给他带来的烦恼与世俗，毅然远离乡村投向城市，还说自己永远不会回乡。可见，贾平凹创作中自觉地以一种知识分子的审视姿态试图逃离被现代金钱物欲所浸染的乡村社会。他曾说："我从农村出来，站在城市的

---

① 刘俐俐：《知识分子身份认同与艺术描写的空间》，《中国文化研究》2003年第4期。
② 贾平凹、章学锋：《文学是光明磊落的隐私——贾平凹访谈录》，《语文教学与研究》2009年第1期。
③ 贾平凹：《秦腔》，安徽文艺出版社2010年版，第45页。

角度看生我养我的故土，身份是双重的"，① 因此，他在创作中坚守平民立场写作的同时，又不自觉地以精英的敏感与先锋的意识，审视和批判着乡村和农民，他既对农村传统伦理充满怀念，又对现代化冲击下乡村伦理的异化感到无可奈何，从而产生了留恋与批判交织的伦理书写姿态。

二 现代伦理的期望与批判

贾平凹早期（主要指 20 世纪 80 年代的创作）乡土小说中表现出对现代伦理充满着期待的姿态。这一时期的贾平凹建构着理想化的乡村世界，向往和期盼以现代文明来拯救与改变乡村传统、落后和愚昧的弊端，但却不自觉地沉醉于乡村人伦美的伦理书写之中。他在早期创作中大力颂扬乡村人性、人情美和风俗美等，《鸡窝洼的人家》《满月儿》《腊月·正月》《小月前本》和《古堡》等小说中无论是写传统守旧者还是现代开拓者，他们都拥有着乡村人的人性美和人情美，勤劳淳朴，充满仁义道德，即便是离婚、吵架、思想观念的对立等也是充满着人情味。正如贾平凹自言："以往许多写农村的作品，写得太干净，如一种说法，把树拔起来，根须上的土都在水里涮净了。"② 这与他的文学创作历程和社会生存背景有着密切的关联，这一时期的贾平凹还不是一位著名的作家，可以说是刚刚在文坛崭露头角，处于文学创作的起步期，面对"稿子向全国四面八方投稿，四面八方的退稿又涌回六平方米。我开始有些心冷……"③ 的现状，贾平凹不得不做出让步，行进于社会改革的浪潮中，陶醉于地域风俗、人情美的书写，试图找到属于自己的创作特色。正如陈思和先生评《商州初录》所说："贾平凹对于自己的'文化之根'怀有着特殊的亲近，这使得他在一种多情、诗化的描述中，自觉过滤掉了那些可能同时存在的愚昧、丑陋、恶的成分，更加突现出了商州文化中的风情和人情之美。"④ 贾平凹为建立自己的独特，不断刻意地追求着文学写作的美，有意避开丑陋面的书写，在一定程度上略显雕刻文学的痕迹。

针对乡村的落后与愚昧的狭隘之处，贾平凹试图借助现代伦理来改观

---

① 贾平凹、王彪：《有关〈秦腔〉的几个问题》，《文汇报》2005 年 1 月 15 日。
② 同上。
③ 贾平凹：《我的台阶和台阶上的我》，载郜元宝、张冉冉主编《贾平凹研究资料》，天津人民出版社 2005 年版，第 45 页。
④ 陈思和：《中国当代文学史教程》（第二版），复旦大学出版社 2011 年版，第 286 页。

乡村传统的愚昧、落后与无知，期望乡村经历社会改革后会变得好起来。但随着社会的发展，贾平凹越来越意识到乡村在现代化进程中的"污垢因素"日趋凸显，他对此作出深刻的反思，但是为了文学创作生存的现状，他还是顺着社会历史潮流更多地颂扬乡村社会美的一面，尽量增加作品的美感，这在一定程度上实现了文学审美的职责。对于传统伦理阻碍乡村发展的弊端，则由现代伦理来引导与拯救。《鸡窝洼的人家》《小月前本》《腊月·正月》等作品以现代文明波及乡村后，乡村人固守传统农业的保守小农思想与愚昧老套的生存方式，尽显出一种尴尬的状态，面对乡村传统文明的种种弱势，乡村和农民都认识到现代文明发展带来的优势，因此需要现代文明来带动帮助乡村和农民发展。由此可见，这时的贾平凹对现代文明充满着一种积极期待的写作心理，此时期，他的伦理姿态整体上偏向于对现代伦理的正面书写与颂扬。

20世纪90年代以来贾平凹乡土小说创作转向对现代伦理的批判，并回望传统伦理的美好。现代文明吞噬了乡村文明的美好，经济效益带来的世俗和功利在逐渐疯涨与膨胀，乡村人为求生存而呈现道德转变，人性中美好的东西在逐渐消失。在社会发展呈现多元化，由共名走向无名[①]的文学背景中，贾平凹已认识到"建立在血缘、伦理根基上的土性文化，它是粘糊的，混沌的"，[②] 他彻底撕开了人性的纯真面纱，小说中不断地涌现出现代乡村社会的一些丑象和不道德，当下人极度地享受着性欲，大胆地偷情、外遇，人性的扭曲，内心空虚和变态等等。《秦腔》中无论乡村保护者怎样热爱与钟情于乡村传统文明，都已经无法改变传统文化秦腔被现代化淘汰的命运，土地的遗失、人群的离乡，乡村的真善美已无人珍惜，贾平凹在其中无不流露出对现代文明的质疑。通过引生对白雪癫狂、畸形的爱恋方式，展现出人的情欲得不到满足的变态自残行为。《高老庄》中对子路与西夏动物性的放纵欲望，王文龙与蔡老黑为掠夺物质资源与争夺经济利益而充满仇恨，金钱与权力让人们变得空虚麻木和自私自利，同时也吞噬了人性的善与美。《土门》中描写人行为的丑陋等。《带灯》中对乡村基层官场权势之争与人性阴暗面的揭示。

---

① 陈思和：《中国当代文学史教程·前言》（第二版），复旦大学出版社2011年版，第14页。

② 贾平凹、王彪：《有关〈秦腔〉的几个问题》，《文汇报》2005年1月15日。

贾平凹批判现代文明发展带给乡村伦理的负面因素。《高老庄》中乡村生态遭到破坏，传统伦理美德被现代人的利益化所取代。农民为维护乡村生态而强烈抵制工业化经济入驻乡村。《怀念狼》中人与动物关系的紧张，《土门》中农民在城市化进程中被迫搬离家园。在现代社会发展中家庭模式越来越呈现疏离化、松散化，由以往父子关系为主的大家庭趋向于以夫妻为中心的小家庭，人们更倾向于自我和现实，从而导致传统伦理美德的慢慢流失，父母不再是家庭的核心，取而代之的是子女对父辈的不尊重，无视家庭成员间的亲情现象等。贾平凹小说中批判当下人的过度追求现实利益，抛弃原本的道德约束，如农村家庭伦理中的孝道淡化、养老意识弱化的不道德现象。

小说《秦腔》中老一代农民夏天义、夏天智遵从"父慈、子孝、兄良、弟悌、夫义、妇听、长惠、幼顺"（《礼记·礼运》）的传统伦理观念，讲求家庭道德氛围的浓厚，注重兄弟间的和睦友好、相互关怀和尊敬。而他们的子辈则更为注重自我利益先行，偷鸡摸狗，尔虞我诈致使兄弟失和等。夏家最后一次团聚饭的冷场，与以往的隆重形成鲜明对比，暗示着时代变迁中传统家庭和谐观走向衰竭。夏天义的五个儿子金玉满堂、瞎瞎兄弟间为各自利益、为金钱分配、为父母的养老和送终问题生发永无休止的争吵，妯娌间闲言碎语、叔侄间打骂成凶，这些充分说明时代转变中人们对孝悌意义的淡化。夏天义父子间为家产而争执，害怕受到子女的虐待而不吃轮流饭，儿子们拒绝交粮赡养父母，漠视父母疾病的治疗等，都暗示着子女尽孝意识的弱化。贾平凹批判现代文明入侵乡村后所导致的乡村人伦退化的弊端，因此，他的小说创作中表现出对现代伦理的质疑批判，回望乡村传统伦理的美好，如对老一代农民和乡村传统女性保有的乡村伦理美德持大力颂扬等。

贾平凹由早期乡土小说中对现代伦理充满着积极的期待，20世纪90年代后的小说创作转为对现代伦理消极的批判。贾平凹早期小说创作表现出坚信乡村的本真和美好，乡村人充满着善良、质朴、真诚和宽容，针对其愚昧和丑陋，需要现代伦理来引导乡村伦理走向开放、自由、平等，明确地表达只有通过社会改革才能让乡村家园变得更美好。20世纪90年代以来，贾平凹针对现代文明渗透下的乡村社会产生的弊端，小说创作中对现代乡村伦理的发展表示深刻的质疑与担忧，呈现出批判现代伦理的书写姿态。

三 伦理观念的杂糅与局限

20世纪90年代以来西部农村经历翻天覆地的社会经济体制变革，乡村伦理受到现代多元伦理的冲击，引发贾平凹对农村伦理现状的担忧，"在社会巨变时期，城市如果出现不好的东西，我还能回到家乡去，那里好像还是一块净土。但现在我不能回去了，回去后发现农村里发生的事情还不如城市"。[1] 农村回不去了，但又找不到更好的途径，从而促使贾平凹对乡村伦理的思考陷入了困惑，这种矛盾和困惑导致了他小说中伦理书写姿态不确定的局限。

贾平凹近年书写乡土的长篇小说对乡村伦理未来的思考陷入极其困顿的消极状态。《高老庄》中贾平凹试图给读者保存幻想，乡村会有改善，但事实早已事与愿违，子路带着永不回故乡的誓言离去，依靠城市女子西夏对乡村那份好奇和热爱、怜悯与同情而留守高老庄，以此来改变高老庄颓废的面貌，似乎显得有些不切实际。《高兴》中农民刘高兴在同乡死后，仍然誓死坚守城市的生存观念令人担忧；《怀念狼》中人变为"狼"的无言结局；《土门》中仁厚村最终消亡，乡村守护者梅梅回归母亲子宫的结局，她反思着众村民为保护仁厚村所做出的改变，或许充满前卫性的眉眉自动屈服于现代化原则是对的等，都见出作家对乡土伦理的不确定性。《秦腔》中夏风与白雪婚姻的失败，秦腔即将走向消亡的结局，清风街最终连抬棺材的人都找不到，暗示着乡村伦理的发展令人无言等。《带灯》中乡村发展中存在的众多问题，"体制的问题、道德的问题、法制的问题、信仰的问题、政治生态问题和环境生态问题，"[2] 官与民的隔阂感，单凭一个单纯无邪、乐于助民的女干部带灯似乎无法改变乡村现状与农民问题。贾平凹在为当下乡村感到惋惜的同时，更多是为乡村现状感到焦虑。贾平凹谈到创作中内心的矛盾和困惑："我的写作充满了矛盾和痛苦，我不知道该赞歌现实还是诅咒现实，是为棣花街的父老乡亲庆幸还是为他们悲哀。"[3] 贾平凹面对当前乡村伦理现状的担忧和焦虑，加之自身

---

[1] 贾平凹、章学锋：《文学是光明磊落的隐私——贾平凹访谈录》，《语文教学与研究》2009年第1期。

[2] 贾平凹：《〈带灯〉后记》，载《带灯》，人民文学出版社2013年版，第357页。

[3] 贾平凹：《〈秦腔〉后记》，载《秦腔》，安徽文艺出版社2010年版，第497页。

伦理思考的困惑而导致他小说创作中伦理观念表达的含混与伦理书写的狭隘面。①

贾平凹小说中有着介于传统与现代伦理之间的混沌感。② 当下的许多作家关于伦理问题的探讨，往往陷入既留恋传统又向往现代道德的两难困境，现实总是与理想相悖，现代人已经厌恶传统，抛弃了美善、高尚和正义，认为自私自利、唯利是图的"唯我"现代观更能融入当下生活，但走向现代后又遇到新的生存困境。乡村社会经历现代化洗礼后，固有的传统伦理已经崩溃，村庄中充满着乌烟瘴气的道德变异，农民为利益、为金钱而出卖道德与人性。贾平凹小说中人物坚守传统伦理的命运结局总是充满悲剧色彩，《秦腔》中夏天义的行为不被现代人所接受，最后送命于山体滑坡落个无尸的结局，白雪为坚守传统文化而离婚，面临着整日为糊口而走街串巷的悲境。《高老庄》中菊娃固守传统美德，却被丈夫无情地抛弃。《土门》中恪守传统伦理的仁厚村最终走向灭亡，作家好似在暗示着传统伦理走向灭亡，其实不然。

贾平凹小说中书写传统与现代伦理观念时常给读者以徘徊于两者之间的模糊感，因为他总是在追求着一种理想化的伦理发展状态。事实上，他是在追求传统与现代两者和谐共生之态，乡村人具有现代思想意识，舍弃其愚昧和守旧，既要保留传统美德和道德底线，又要拒绝现代人的浮躁和利益世俗。当然，实现这种理想化的伦理状态有着相当大的难度，甚至不可能达到这种理想状态，这也是导致贾平凹乡土小说中伦理书写姿态模糊不定的原因所在。他的早期乡土小说着重批判传统伦理束缚人的思想进步，阻碍农村社会的改革和发展，但十分坚信此时的乡村和农民保有着美好纯真的一面。而近年来的贾平凹目睹经历翻天覆地变化的乡村却陷入了思考的困惑："我所目睹的农村情况太复杂，不知道如何处理，确实无能

---

① 贺仲明教授在《犹豫而迷茫的乡土文化守望——论贾平凹1990年代以来的小说创作》一文中也提出："贾平凹对传统乡土文化是持一种守望的姿态，但这种姿态是充满犹豫和不彻底性，从而折射出作家文化态度的迷茫和困顿。"《南方文坛》2012年第4期。

② 傅异星在《在传统中浸润与挣扎——论贾平凹的小说》一文中谈到："贾平凹的写作辗转于传统与现代意识之间……传统的浸润使他成为新时期文学中追求小说'中国味道'的作家，而现代意识又使他的小说不断揭示社会生活中传统的颓败。贾平凹在后期小说中有心挣脱传统，却陷入迷茫的精神境地。"《文学评论》2011年第1期。

为力，也很痛苦。"① 这促使他开始对现代伦理产生怀疑，正如他所说传统伦理美德在慢慢地遗失，而他却"无能为力"。贾平凹谈《秦腔》的创作时说："我在写的过程中一直是矛盾、痛苦的，不知道该怎么办，是歌颂还是批判？是光明还是阴暗？"② 因此，贾平凹质疑时代当下新生代农民矛盾的生存状态，不安于乡村传统，走向现代城市，却陷入高不成、低不就的尴尬处境："农不农，工不工，乡不乡，城不城，一生就没根没底地像池塘里的浮萍。"③ 当前乡村伦理坚守者面临着被现代文明冲击和影响的尴尬，而试图逃离传统乡土文明的年轻一代农民却同样面临着现代文明并没给予他们崭新的、健康文明的生存之道，这也正是贾平凹近年的小说中伦理观念表达呈现混沌的原因。

贾平凹自身的犹豫与迷茫致使其伦理书写的局限，由早期批判乡土传统伦理的愚昧和保守，乡村传统伦理与现代个体伦理的冲突与角逐，到近年来更倾向于批判现代伦理中个人私欲主义、金钱物化的功利主义对乡村的污染与侵袭。但是，对于怎样指导人们在现代社会中如何把握好自己的伦理行为，作家创作中并没有流露出自己的态度。贾平凹曾坦言："这些年对于农村的现状，我是极其矛盾的。一方面是社会在前进；另一方面社会的问题在加剧，在积累财富的同时也积累了痛苦。"④ 有评论家指出，这种矛盾的心态在很大程度上是由于他对传统乡村文化缺乏足够的信心所致，⑤ 作家在《土门》中不知人类真正的家园位于何处？又在《高老庄》和《秦腔》中继续寻找着乡村家园，其背后实质是作家在为自己、为现代社会中浮躁的人们寻找一处慰藉心灵的净土，至于这片净土在何处，是乡村还是城市？贾平凹无法给出解答。《土门》中乡村坚守者成义的死亡，梅梅守望家园失败的梦幻；《秦腔》中年轻乡村建设者的缺失，乡村守护者夏天义的死亡，夏风完全脱离于乡土等。《高老庄》中留守高老庄

---

① 贾平凹、郜元宝：《关于〈秦腔〉和乡土文学的对话》，载郜元宝、张冉冉主编《贾平凹研究资料》，天津人民出版社2005年版，第8页。

② 贾平凹、章学锋：《文学是光明磊落的隐私——贾平凹访谈录》，《语文教学与研究》2009年第1期。

③ 贾平凹：《秦腔》，安徽文艺出版社2010年版，第336页。

④ 贾平凹、黄平：《贾平凹与新时期文学三十年》，《南方文坛》2007年第6期。

⑤ 贺仲明：《犹豫而迷茫的乡土文化守望——论贾平凹1990年代以来的小说创作》，《南方文坛》2012年第4期。

的西夏是否能改善高老庄人的生存面貌？作家似乎把一丝希望寄予神奇古怪的残疾人石头，更隐含出建设乡村伦理的无望。贾平凹并没像沈从文那样无论时代怎样变迁都在坚守着湘西边城的心灵净土，而贾平凹"对乡村和城市是双向批评的……认为城市和乡村都是残缺的世界"，[1] 他总是徘徊于乡村与城市、传统与现代之间，因此无法解答乡村伦理未来发展的趋向问题。

另外，贾平凹小说中显示出强烈的男权思想意识，女性总是处于劣势和从属地位，男性占有女性并主宰着爱情和婚姻的主动权。贾平凹小说中很少书写男女两性完美幸福婚姻，更多是写婚姻的不美满和破裂，从早期时期《鸡窝洼的人家》中夫妻间因生存观念差异而离婚，《天狗》中师父与师娘夫妇的不幸、《浮躁》中小水青年丧夫的悲痛、《古堡》中云云与老大婚姻历经的种种磨难，到近年来《高老庄》《秦腔》和《废都》中因外遇和世俗而夫妻离异等，贾平凹小说中更多表现出男性背叛婚姻或是主动抛弃女性。《废都》中撇开庄之蝶与牛月清的婚姻，其他女性都心甘自愿地成为满足庄之蝶性欲的玩物和附属品。《白夜》中评价："女人活在世上也就是活男人哩，长得不好，晚上连蚊子都不来咬的。可你长得好了，狼也叼你，狗也吠你，什么样的男人都要来骚情，惹得是非非，你的命也就不好了。"[2]《土门》中写道："女人毕竟是女人，她希望以后的家庭里男人能尊重她，给她自由，但更希望男人能管了她，控制了她。"[3] 女性成为两性关系中的他者。正如西蒙娜·德·波伏娃在《第二性》中所说："她是附属的人，是同主要者（the essential）相对立的次要者（the inessential）。他是主体（the Subject）是绝对（the Absolute），而她则是他者（the Other）"，[4] "他者"地位应是不重要的，附属者，无自主权。《秦腔》中夏风离婚是因嫌弃妻子白雪总是逆他的意愿而行，但从不顾及白雪的自身感受。《高老庄》中的子路背叛发妻，拜倒在现代女性的石榴裙下

---

[1] 贾平凹、邢小利、李建军等：《〈土门〉与〈土门〉之外——关于贾平凹〈土门〉的对话》，《小说评论》1997年第3期。

[2] 贾平凹：《白夜》，安徽文艺出版社2010年版，第127页。

[3] 贾平凹：《土门》，安徽文艺出版社2010年版，第56页。

[4] ［法］西蒙娜·德·波伏娃：《第二性》，陶铁柱译，中国书籍出版社1998年版，第11页。

后，找借口离婚："他可以犯错误，而他的女人却不能犯错误。"① 在贾平凹的作品对于两性关系的描述中，女性处于他者地位，没有独立性，"所有的女性都是被作家所严密控制和操纵的，她们是为了表达和满足男性作者和男性主人公的理想和需要而存在的，他们离开了男性，就不足以独立成人，不足以在作品中和生活中自为地生存，更难以独立自足、获得完整的个性"。② 贾平凹谈《关于女人》也说："男人们的观念里，女人到世上来就是贡献美的……女人之美的愉悦是男人共有的。"③ 从中见证出贾平凹自身思想中充满着较强的男权意识，展现于小说创作中则表现为："将女性的价值置于男性的价值观中来衡量，它所遵循的是男性制定的标准和尺度，用一整套严格的道德和伦理体系来规范女性的思想和行为。"④ 因此，他小说中并没有显示出强烈的谴责和批判违背婚姻道德的男权行为，这一观念在追求女性平等的当前社会略显滞后。

贾平凹近年来的乡土小说创作既坚守平民立场，又保持着精英知识分子的批判意识立足乡土伦理书写。贾平凹由早期乡土小说创作中对现代文明和现代伦理充满积极的期待和热情的向往，到20世纪90年代以来对现代文明给予乡村的弊端和现代伦理的负面持强烈的质疑与批判。因此，贾平凹因对当前乡村伦理现状的担忧和未来走向的困惑，导致其伦理书写呈现含混不清的一面。但是贾平凹拓宽文学写作的伦理视角，以伦理书写承担着文学的道德使命是值得我们肯定的。

---

① 贾平凹：《高老庄》，安徽文艺出版社2010年版，第44页。
② 张志忠：《贾平凹创作中的几个矛盾》，《当代作家评论》1999年第5期。
③ 贾平凹：《关于女人》，载《贾平凹文集》（第12卷），陕西人民出版社1998年版，第220页。
④ 梁巧娜：《性别意识与女性形象》，中央民族大学出版社2004年版，第12页。

第六章

西部乡土小说中伦理书写的艺术表现

受西方现代文学思潮的冲击，20世纪90年代以来文学创作日趋呈现多元化，形成"雅俗沟通互补，现实主义、现代主义、后现代主义并存共生"①的文学格局，"各种文学样式和艺术手法都以其自身价值获得了合法存在，呈现出松弛自由的风格特征"。②进入信息技术化时代，人们对电子、网络等新媒体形成高度依赖，随着网络文学的走红，文学创作更凸显个性化的特征，处于边缘的底层文学和打工文学也在悄然兴起，并进入文学批评的视野。在这样的文学发展背景下，西部乡土小说创作自觉地向文坛主流靠拢，由于特殊的地缘因素，在艺术手法、写作文体、民俗运用方面形成自己独特的文学个性。西部乡土小说创作离不开地域自然环境与多民族文化共生的发展背景。西部地区深居内陆，既有险峻的高原峡谷、大漠山川、辽阔富足的绿洲和草原构成独特壮丽的自然风貌，又有干旱贫瘠的物质匮乏导致的悲凉窘境，长期聚居的少数民族促成了宗教文化氛围的活跃格局。因此，西部乡土小说创作在艺术表现上，保有着它本土的地域特色的同时，主动接受和容纳外来文学创作手法的开放和多元。在艺术手法运用上，呈现为以现实主义为主的多重艺术借鉴，坚守乡土写实的同时，借鉴和运用西方现代小说艺术手法，加之有些作家深受民族宗教文化的影响，从而开启先锋小说退潮的余温。西部乡土小说创作在文体表现上呈现自然人情境域下的诗性特征以及日常叙事和浓厚抒情带来的散文化倾向。西部作家把富有地域特色的民俗礼仪、方言和民歌融入小说创作中，增添了乡土小说伦理书写的民俗风情特质。

---

① 朱栋霖等编：《中国现代文学史 1917—2000》（下册），北京大学出版社2007年版，第256页。

② 同上书。

第一节 以现实主义为主的多重艺术借鉴

西部因地理位置和经济发展相对缓慢等因素的影响,与东部地区的文学创作相比,西部作家对主流文学思潮的感应以及接受新兴文学思潮影响的节奏较为缓慢。无论文学形态如何交替和变更,都不能忽视现实主义文学思潮的存在,"文学永远都无法从现实中走开,作为一种创作方法,尤其是作为一种创作精神,现实主义始终都会有自己存在的价值"。[1] 因此,就20世纪90年代以来西部乡土小说整体创作而言,大部分作家的创作手法仍然以现实主义为主;少数作家创作上受20世纪90年代初期先锋小说余温的影响,表现出"元小说"的现代主义风格;还有部分作家创作中以写实为主,借鉴和运用西方现代艺术手法,创作风格改变较大,形成"现实现代主义"风格。少数民族作家因自身民族文化与宗教氛围的熏陶,在创作手法上呈现出魔幻与超现实风格。

一 现实主义风格的主导

现实主义与中国现代文学的发展存在着密切的关联,从广义上来理解,"现实主义可以看作是一种正视现实的创作精神,或者理解为一种如实反映生活的创作方法,也有的用来指一种特定的文学思潮"。[2] 20世纪90年代初期,在新写实小说盛行的余温中,新体验、新现实主义小说也在悄然兴起,它们不同于新写实小说,"新体验小说以纪实为叙述方式,以第一人称叙述视角构成顺时序的叙事结构,重视亲历过程的真实生动和作品构架的自然流畅。小说多方面记录各色人群的生存状态,凸现低层世情,揭示社会问题,具有较强的民间趋向"。[3] 新现实主义小说则"以强烈的历史意识描写社会转型期的苦涩现实……通过小家庭小日子透视大社会大改革,把'人的文学'和'人民文学'结合起来,把历史主体和个人主体结合起来"。[4] 创作上更贴近现实生活,作家则表现出较强的社会

---

[1] 贺仲明:《论广阔的现实主义》,《文艺争鸣》2006年第6期。
[2] 温儒敏:《新文学现实主义的流变》,北京大学出版社2007年版,第1页。
[3] 朱栋霖等编:《中国现代文学史 1917—2000》(下册),北京大学出版社2007年版,第275页。
[4] 崔志远:《现实主义的当代中国命运》,人民文学出版社2005年版,第445页。

参与意识。20世纪90年代以来西部乡土小说中伦理书写的现实主义写实风格，在一定程度上受到以上两股文学思潮的影响，创作内容上更为贴近社会发展中的日常民众生活，真实地揭示出现代化进程中人的道德发展与生存困境，带有深切的底层关怀和忧患意识，更为"看重人的社会性、人与人的关系、人与社会的关系"[①]。20世纪90年代以来西部乡土小说创作中，以纯写实为主的作家有李一清、贺雍享、王新军、冉正万、雪漠、高鸿、吴克敬、夏天敏、郭文斌、季栋梁、马金莲等，其伦理书写的现实主义特征表现为以下几个方面。

（一）强烈的社会现实感

首先，在创作题材和内容上关注当前现实民生问题与乡村发展中存在的社会矛盾和道德病态。"现实主义的核心是与现实偕行、与时代同步。"[②]宁夏西海固作家群中的了一容、季栋梁、火会亮、李进祥、马金莲等小说探讨贫瘠生存环境中人的生存观、价值观和伦理观。相对来说，季栋梁小说的写实性更为显著，他长期从事行政部门工作，经常以挂职干部身份下乡，对农村和农民有着深刻理解和切身体验，他把农民的内心世界和性格特征、言行表达与行事准则真切细致地刻画出来。小说《西海固其实离我们很近》《蹲在西海固的一个村子里》《归去来兮》《山里的事情》等真实地再现出西部农民艰难的生存现状与朴实憨厚的人格魅力。西部作家关注当前民生问题，城市化进程导致现代化与农民、农村的深厚矛盾。贾平凹的《土门》、李一清的《农民》、王华的《回家》中现代化进程推进了乡村的消亡，农民痛失土地后进城谋生，但城市毕竟不是农民最终的生存之地，当他们狼狈地从城市回归乡村后，仍然陷入面对家园荒芜的心灵空虚。贺享雍的《留守》、吴克敬的《风流树》、冉正万的《奔命》和《种包谷的老人》、王华的《母亲》、罗伟章的《河畔的女人》、李进祥的《狗村长》等作品探讨当前乡村的村落空巢现象、留守人群生存问题等，罗伟章的《故乡在远方》和《我们的路》、夏天敏的《接吻长安街》等关注当下农民工的现实问题。作家注重从时代变迁来探讨乡村的发展与农民生存的变化，如贾平凹的《秦腔》、冯积岐的《村子》、高鸿的《农

[①] 朱栋霖等编：《中国现代文学史 1917—2000》（上册），北京大学出版社2007年版，第3—4页。

[②] 廖文：《现实主义的发展》，《人民日报》2012年2月24日。

民父亲》和《沉重的房子》、王新军的《最后一个穷人》等。因此，20世纪90年代以来西部乡土小说的伦理书写所关注内容体现出强烈的写实性和现实感。

其次，西部作家在塑造人物形象上普遍以典型质朴的农民群体为主，挖掘其人性的善美与丑恶。"'典型化'是现实主义的根本精要和重要标志，是社会主义文艺的科学的创作方法。没有典型化，就没有现实主义。"① 恩格斯也谈到："据我看来，现实主义的意思是，除细节的真实外，还要真实地再现典型环境中的典型人物。"② 20世纪90年代以来西部乡土小说塑造了一大批典型人物形象。

西部老农民形象：贾平凹《秦腔》中坚守传统正义和眷恋土地的夏天义，雪漠《大漠祭》中被生活苦难压得更坚韧的老顺，李一清《农民》中痛失土地被逼进城的牛天才，夏天敏《好大一对羊》中贫贱卑微的德山老汉，石舒清《清水里的刀子》中善待生灵充满悲悯情怀的马子善老人，贺享雍《苍凉后土》中视土地和庄稼为生命的佘中明老汉，季栋梁《西海固其实离我们很近》中严于律己坚守伦理美德的农民"他"，这个无名的"他"实质代表着成千上万个中国西部农民形象。

乡村传统女性形象：雪漠《白虎关》中万般贤惠忍耐、遵从父母之命的莹儿，贾平凹《高老庄》中质朴宽容的传统好媳妇菊娃，贾平凹《秦腔》中乡村真善美化身的白雪，罗伟章《大嫂谣》中吃苦耐劳、善解人意的大嫂，温亚军的《火墙》中温柔体贴、豁达开朗的乡村女人，漠月的《锁阳》《放羊的女人》中默默奉献和珍视乡村生活的荒漠农家女人等。

乡村干部形象：一类是亲民公正的清官：贺享雍《村级干部》中两袖清风、大义灭亲的村支书雷清蓉，冯积岐《乡政府人物》中敢作敢为、不搞形式主义的宋乡长，温亚军《落果》③ 中为民谋利的村支书亢永年；郭文斌《埋伏》④ 中为民卖命的乡长海占国等；另一类是人性复杂表现出两面人格的乡村干部：冯积岐《村子》中的田广荣、《非常时期》中的金

---

① 廖文：《现实主义的发展》，《人民日报》2012年2月24日。
② ［德］恩格斯：《致玛·哈克奈斯》（1888年4月初），载《马克思恩格斯选集》（第四卷），人民出版社1995年版，第683页。
③ 温亚军：《落果》，《绿洲》1997年第6期。
④ 郭文斌：《埋伏》，《朔方》1997年第2期。

斗，贺享雍《村官牛二》中的牛二，贾平凹《秦腔》中村干部君亭等人物形象，包含着人性的美好、仁义与放纵自我、谋取权益的道德丑恶两面人格。

另外，西部乡土小说塑造了较为典型的乡村知识分子形象：一是从乡村进驻城市后身份和地位改变的知识分子：如贾平凹《秦腔》中省城作家夏风、《高老庄》中大学教授子路、冯积岐《遍地温柔》中大学教授潘尚锋等一群脱离乡村真正成为城市人的知识分子，在获得安逸的生活后与乡村处于几近脱离的状态。二是从农村走向城市后谋生并不顺利、生活较为艰辛，对乡村保有着同情和担忧的知识分子：如罗伟章的《我们》《大嫂谣》中的知识分子"我"，石舒清的《黄昏》《逝水》中的知识青年"我"等。三是留守乡村备受压抑的知识分子：雪漠《大漠祭》中的灵官、王华《傩赐》中的蓝桐、冯积岐《村子》中的祝永达等，这些身居乡村的年轻知识分子具有愤青气质，身怀正义和理想，但因生活环境影响、社会不公和官僚体制的压抑等让他们无奈地面对现实。这类知识青年的出路大多是选择出走和离乡，但离乡后的结局无人可知，等待他们的现实状况可能并不乐观。可见，西部乡土小说在创作主题内容与典型化人物塑造方面都呈现出现实主义的艺术基调。

（二）坚定的现实批判精神

西部乡土小说继承了现实主义的批判意识。西部作家对现代化进程中的城乡矛盾、人的生存价值观、人际关系的变化进行真实再现的同时，批判现代化给予乡村发展带来的弊端和负面因素，对乡村道德现状与农民生存困境表示担忧，流露作家道德的责任意识。冯积岐曾谈到："小说家只有担当起参与现实生活的责任，用生命去体验现实生活，审度现实生活……对人的某些丑陋的劣根性进行揭示和鞭挞，使人们看到人类的希望，为人类本身的缺陷而紧迫而羞耻，并不断修正自己，这样，才能写出比较准确地介入现实的小说。"[①] 郭雪波则强调："一个真正的作家除了写作天赋外，应该拥有真诚、严谨以及强烈的社会责任感。"[②] 马金莲认为：

[①] 冯积岐：《小说的介入》，载李继凯等编：《冯积岐评论集》，文化艺术出版社2013年版，第395页。

[②] 郭雪波：《用写作守护"精神草原"》，中国作家网，http：//www.chinawriter.com.cn/2012/2012-05-21/128143.html，2012年5月21日。

"写出的文字一定要具有最为基本的人类良知和人性的批判精神,敢于揭露黑暗、鞭挞黑暗,向往和追求光明,并且给人们以启迪。"① 可见,西部作家对现实保有的道德批判意识持一致的认同姿态。有些乡土作家创作中善于采用讽刺性批判方式,来展示乡村官员与民众之间那种尴尬的距离感。夏天敏的《好大一对羊》、石舒清的《恩典》、季栋梁的《正午的骂声》、葛林的《杏黄时节割麦子》、张学东的《晨光依旧》等作品中,作家强烈地讽刺官本位与底层民众之间那种真实而巨大的隔阂感,官对农民的"扶贫"和"解救",实质则是为农民增加了一种精神负担和生活累赘,官权压抑的施舍和强制性的感恩会产生一系列的不良后果:一是农民在官员面前变得更加卑微和低贱,干扰农民的正常生活;二是伤害人的自尊,引发民众的强烈反感。西部作家以反讽式的批判来达到直抒胸臆的作用,同时给予读者深刻的通感,凸显作家表达的隐义主题。

(三) 现实的叙事手法

西部乡土小说(以长篇小说创作为例)表现的叙事手法,大多采取以事件发展顺序叙事为主,呈现不同时间跨度的文本叙事。西部作家选择按时间顺序叙事来展现不同历史背景和社会制度变迁中人的变化。从改革开放前后到 21 世纪初的 30 年时间跨度为叙事主线的作品,如冯积岐的《村子》、王新军的《最后一个穷人》、高鸿的《沉重的房子》、李一清的《农民》等长篇小说,作家探讨西部乡村经济制度改革和变迁过程中农民的生存方式、价值观念、伦理道德的转变,传统文明与现代文明带给人们的不仅是物质利益,而且更多的是内在精神的差异。有些作品的时空跨度更大,几近多半个世纪或者百年历史风云,作家更为注重历史的厚重感。如高鸿的《农民父亲》、贾平凹的《老生》,从西部农村的百年历史来呈现不同时代背景变迁中乡村和农民命运的变化,不同时代变迁中人却拥有相同的求生本性与生存毅力。有些西部乡土小说更多的是关注当前的社会现实状态,如雪漠的《大漠祭》,贾平凹的《秦腔》《土门》《高老庄》《带灯》,贺享雍的《村级干部》《留守》《拯救》,王新军的《厚街》等作品,书写西部农村发展变迁中的人情风俗的变化与现实民生问题。

西部乡土小说在坚持写实文体的同时,追求叙述手法的多样性,其写实手法通常采取第一人称、第三人称和多人称转换的叙述方式,第三人称

---

① 马金莲:《西海固文学离莫言有多远》,《六盘山》2013 年第 1 期。

叙述较为普遍。运用第一人称"我"叙述的乡土作家有石舒清、漠月、罗伟章等,作品以"我"为主要叙述者引领故事情节的发展,表达叙述者的立场和伦理情感,如石舒清的《逝水》《贺家堡》《出行》《黄昏》《阿舍》等,漠月的《锁阳》《父亲与驼》,罗伟章的《我们的路》《我们的成长》《大嫂谣》。罗伟章的长篇小说《不必惊讶》中虽然人物众多,但每写到其中一个人物,都会转为第一人称"我"进行叙述,从而充分扩展文本叙述的深度。同时,西部乡土作家的写实融入浪漫主义手法,呈现出诗性与散文化风格,追求小说的意境美、意象蕴意和语言的清新质朴等。例如雪漠、郭雪波、王新军、漠月、郭文斌等作家在创作中融入地域风情和自然审美,以自然景象的描写营造诗的意境与意象,丰富了写实的多样色彩。

二 现代小说艺术的借鉴

20世纪80年代末期先锋小说的盛行给中国文坛带来了新鲜和猎奇。但是这种"重视小说的'虚构性'和'叙述性'"[①]的文学形式注定走不长远。20世纪90年代以来,中国市场经济体制改革的兴起与深入,文艺审美呈现大众化和世俗化的发展趋向,加之先锋文学自身内在的发展弊端,导致先锋作家的创作纷纷走向转型,宣告了先锋小说短暂辉煌的终结。但对西部小说来说,马原、扎西达娃、色波等开创作了西部先锋小说的先河,这种文学背景深深地影响了20世纪90年代以来西部乡土作家对现代派小说艺术的延续。作家东西曾说:"凡是80年代后期90年代初期痴迷文学的人,我想总是或多或少地对先锋小说顶礼膜拜。那时我们刚走出校园,刚刚摆脱教科书,刚刚可以自己选择读物。看到如此美丽的'先锋',我们当然会惊讶不已……我开始以创新和不守规矩为乐趣。这种精神一直坚持到现在,只是我做得更隐蔽些,更能让人们接受一些。"[②]可见,90年代初期的东部先锋作家创作纷纷选择转型之时,而西部作家中却涌起了一股先锋写作的余温。红柯、东西、鬼子、戈舟、张存学、卢一萍、金鸥、叶舟等的小说创作都表现出先锋小说特色。乡土写实作家贾平凹、冯积岐则在坚守现实主义创作的基础上,学习和借鉴西方现代小说艺

---

① 吴秀明:《当代中国文学六十年》,浙江文艺出版社2009年版,第192页。
② 东西:《我的成名作》,载《谁看透了我们》,江苏文艺出版社2011年版,第58页。

术，贾平凹奉行中国式的"现代派"，[①] 冯积岐则坚守"现代现实主义"创作风格。

（一）先锋艺术的余温

西部乡土小说中伦理书写的先锋色彩，以红柯、东西、鬼子的创作最为突出。红柯小说跨越时空跳跃性的意识流风格，打破时序和故事情节的自然发展顺序，充分发挥自由想象，追逐隐含的生存哲理，引发人对精神自由的追寻，追问生命存在的意义，充满着浪漫和神秘的格调。红柯认为："现代派小说在整体上是朦胧不清的歧义的，但细部真实细致而清晰。我们的现代派刚好相反，整体上明明白白得跟白开水一样，细部模糊不清，就像从喜玛拉雅山上摔下来模糊得分不清面孔和手脚。"[②] 因此，他的小说创作有意克服了这一不足，作品整体读来并不晦涩和难懂，文本叙事比较清晰真实。红柯小说并非仅限于对意识流手法的运用，他还注重文本思想的多义性，借物（动物、植物或者物品）的意象来传达内在的隐义。红柯小说中的物可以随意地与人进行心灵交流，情节离奇，语言充满着内在的张扬和个性。

红柯小说注重从心灵世界思索生命存在的哲理。从思想层面探索生命存在的意义，这里所说的"生命"不仅只限于人的存在，而是万物（包括植物、动物、或者其他存在物）的生命，红柯试图建构一种生命存在的大世界观，人与万物都可达到心灵交流的神秘和荒诞。在文本中由隐形叙述者"我"与"物"产生心理共鸣，完成心灵层面的交流，"叙述者同人物一起探讨现实生活中的种种问题以及他们自己的命运"。[③]《麦子》中借树、风、麦子等意象来表达生命存在的强大动力，人与自然万物惬意地交流。《雪，暴风雪》中雪激发出人生机勃发之心与对未来生活的期待。雪给予大漠人一种超越平淡而获得万物新生的动力，雪更是大自然带给人一种生命之光的精神赏赐。《过冬》中独守老人与一只炉子在长期相伴中产

[①] 贾平凹曾多次谈到，创作上要学习西方现代艺术，但一定要保有中国式的写作韵味。贾平凹、黄平：《贾平凹与新时期文学三十年》，《南方文坛》2007年第6期；贾平凹：《代后记：平凹答问录》，载《商州：说不尽的故事》（第四卷），华夏出版社1995年版，第525—527页；贾平凹：《关于〈高老庄〉答穆涛问》，载《造一座房子住梦：贾平凹散文选》，人民日报出版社1998年版，第164页。这些访谈与对话中都谈到了类似的问题。

[②] 红柯：《现代派文学的误读》，载《敬畏苍天》，上海人民出版社2002年版，第319页。

[③] 高行健：《现代小说技巧初探》，花城出版社1981年版，第87页。

生共鸣,从老人对炉子不可或缺的心理依靠,到老人对炉火燃烧声音的那种迷恋,作家从这种看似怪异的行为中揭示出三种寓意:一是万物存在的生命意识;二是人的内心世界的孤独;三是人与人之间的隔阂,试图对物抒发内心感受。《太阳发芽》中老人在与树、庄稼的心灵交流后,能够自然轻松地正视死亡,毫无避讳地参与子孙们为他制备棺材的活动。《乌尔禾》《美丽的奴羊》中运用夸张和想象的手法,人在杀羊过程中双方之间已达到一种心灵交流的共识层面,羊主动走向死亡,毫不害怕和逃避死亡。作家借助奇异的故事情节,表达出死亡并不是生命的终结而是另一种生命意义存在的思考。正如红柯所言:"作品是有生命的,不是写一篇小说,是在创造一个生命,活的生命,有热血、有呼吸、有心脏的跳动,一切都是鲜活的……"[①]

红柯小说中呈现出时间游戏和重复叙述的先锋叙事特征。文本叙事超越时空限制,现时与历史叙事相间进行,追求时间的错乱,并不是有意地增强叙事的历史厚重感,而是有意打破"空间和时间的直线延续的传统观念"。[②] 红柯小说中采用现实与几段历史相间叙事,追求时间和空间的跳跃叙事。《太阳发芽》《麦子》中运用想象手法,把历史穿插于现实叙事之中。老人在荒凉的墓地由现实联想到过去的患难与共的战友,由他的棺材想到死亡与多年坚守的道义。《玫瑰绿洲》《霍尔果斯》《胡杨泪》等采取"元小说"手法,以 A 故事开始而转向 B 故事,最后又以 C 故事匆匆结束,不断地转换叙述人称,造成叙事的支离破碎。《胡杨泪》在现实叙事中又套着《阿 Q 新传》的小说叙事,由大哥的故事引入父亲的故事,而由父亲的故事转入老二王根的故事,再由王二引入阿 Q 的故事,"由于'重复',存在与不存在的界限被拆除了,每一次的重复都成为对历史确实性的根本怀疑,重复成为历史在自我意识之中的自我解构"。[③]《哈纳斯湖》从历史想象回到现实,由回纥人的铃声、植物马写到红果、木房子、阿尔泰山,再写他们、老师、他、丈夫、妻子、图瓦大哥大嫂等,人物角色处于不断转换之中。文本叙事无完整的结构,既有历史故事和传说、植

[①] 王德领、红柯:《日常生活的诗意表达——关于红柯近期小说的对话》,《小说界》2008 年第 7 期。

[②] 高行健:《现代小说技巧初探》,花城出版社 1981 年版,第 81 页。

[③] 陈晓明:《无边的挑战——中国先锋文学的后现代性》,时代文艺出版社 1993 年版,第 117 页。

物故事、动物故事、山和湖的故事，又有人的现实生活，如图瓦人的故事、两个老人的故事、支教青年的故事等。每个故事毫无关联，整个文本充满着叙述的空缺，作家有意消解文本故事的连贯性，造成叙事主题的神秘与含混。《古尔图荒原》中作家叙事思绪不断地跳动，几乎没有完整的故事情节发展主线，叙述者把读者由过去带回现实，再联想到历史，文本有父亲老王、"我"、画家、少女王慧、老李、苏惠、三营长、李钟鸣等众多人物故事交融复杂，人物角色充满不确定性，文本叙事整体混杂，正如评论者所言："从局部看是依稀可辨方向的含混，从整个文本看又成为难辨方向的含混。"① 现实与历史穿插叙述，超越时间和地点，多个故事重复叙述，形成小说的反传统叙事风格。红柯小说的意识流风格，消解时空传统，追求主题的含混与文本的哲理性等，鲜明地表现出先锋小说叙事特征。

东西小说运用反讽与怪诞手法揭示现代社会的各种弊病。反讽"常常以各种人情与天理不合的形式出现：一方面有登场人物心中的幻想和期待，另一方面又有后来实现的不测局面"②。反讽借助两种境况的对比，凸显某种荒谬感，"一套代码是'表面的'、'显在的'，而另一套代码是'内在的'、'隐藏的'。在某一特定语境中，这两套代码发生对照和矛盾，由此而让读者对显在代码质疑和否定，并因此而产生某种荒谬感"。③ "怪诞是对现实中不合理的事物的强烈谴责，是对生活中的陋习的大暴露与大批判，从而使人惊觉，发人深省。"④ 东西小说中以反讽与怪诞手法洞察乡村社会的人性变异、丑陋、焦虑、死亡、人格分裂，人情冷漠，到处充满着欺侮，无助的宿命等，从而勾勒出一幅人心叵测、世态炎凉的图景。东西曾自言："小说是想象的产物，它是我们的幻想、梦境，是我们内心的折射，或者说是我们内心对现实的态度。"⑤《保佑》《溺》《我们正在变成好人》、《飘飞如烟》《草绳皮带的倒影》中探讨人无法逃脱的宿命和死亡的悲境，注重对人的感觉和心理描写。《原始坑洞》《祖先》《迈出时间的门槛》等充满着现代派小说叙事的荒诞和语言的诡异和反讽风格。

---

① 陈晓辉：《论红柯小说的叙事时间》，《西北大学学报》（哲学社会科学版）2011年第4期。
② [美]浦安迪讲演，陈珏整理：《中国叙事学》，北京大学出版社1996年版，第123页。
③ 陶东风、和磊：《中国新时期文学30年（1978—2008）》，中国社会科学出版社2008年版，第211页。
④ 高行健：《现代小说技巧初探》，花城出版社1981年版，第35页。
⑤ 东西、张燕玲：《小说还能做些什么？》，《山花》2001年第2期。

小说《我们的父亲》中以反讽衬托出社会现实的冷漠和荒谬。大哥的名字叫"东方红"这本身就充满巨大的讽刺，夸张的是作为公安局长儿子让父亲死在了自己的管辖范围内，对此却一无所知。现代人为了生存却失掉最为可贵的人性，乡村父亲被城市子女无情地抛弃而摔死街头，其实质是父亲已成为子女视野中的"他者"，亲人、亲情已经无情地被"陌生化"，父亲只能怪诞地消失，亲情已经冰冷到极点。《没有语言的生活》中人怪诞的生存状态，讽刺正常人的人性险恶。王家宽的父亲是瞎子、妻子是哑巴、自己是聋子，在无外人干扰的状态下，三人配合默契地生活着，他们却在外人的干扰中，不断地受到村邻的欺侮和伤害。因此王家宽一家不得不搬离村庄，但他们的子孙仍然无法逃脱村人后代的干扰，由正常者变成非正常人。作家以社会的怪诞现状传达出人性的悲哀：心灵的残疾胜于身体的残缺。《把嘴角挂在耳边》中讽刺人在物质高度发达的境遇中失去了本真的"微笑"，当"我"这个百岁老人进行启发和引导时，人们却把"我"的笑容理解为一种"神经抽搐"病症。作家运用反讽和怪诞的效果振奋和感染读者，未来人类发展的可怕绝境，人们高度物化后却丢掉了人的本能与真诚的人性。

东西创作中直白地呈现出小说构思的"元小说"手法，以此解构写实小说的现实性，颠覆传统小说叙事的真实感和审美感。《商品》[①]的叙事结构为：A 工具和原料、B 作品或者产品、C 评论或广告。A 部分作家有意点明创作的主题、小说产生原料和工具等；B 部分作家进行文本虚构和叙事，以"我"（二郎）回乡祭祀若干年前不明死亡的父亲，乘车过程中与行人之间的谈话，又以不断讲述若干个毫无关联的故事形式呈现；C 部分则告诉读者当故事临近结尾时，再次点明作家的希望与作品的命运。作家在整体叙事中不时流露出小说创作的动机和程序，如："爱情和汉字现在成为我的原料和工具散落在我面前，如遍体倒伏的禾草，等待我去整编收割。"[②]"在故事接近尾声时……"[③]"写手更关心作品的命运……作品或许会在北方的某个刊物找到归宿。作品在遥遥无期的漫游过程中，写

---

① 东西：《东西短篇小说自选集》，新世界出版社 2012 年版，第 91—100 页。
② 同上书，第 91 页。
③ 同上书，第 98 页。

手收到了关于作品的许多信函。"① 作品消解了传统小说的叙述模式,掺杂着各种方式来编织故事,文本已成为作家玩弄叙述手段和方法的工具。"先锋小说都淡化乃至取消了小说在文化和意识形态上的意义传达,而让位于话语欲望的尽情释放和叙述技巧的炫目演示……消弭了传统小说的真实与虚构的界限……放弃了对现实的真实反映,将人物、时间、空间等因素都加以抽象化,使之成为作者手中随意操纵的符号,以致文本只具有自我指涉的功能。"②

东西小说中的故事情节与人物名称充满着反讽以及消解传统和现实的意味,如延安(《我们的感情》)、赵构(《送我到仇人的身边》)、桂英、布什总统的回信(《伊拉克的炮弹》)、《关于钞票的几种用法》等讽刺现代人谋财的不正当。《目光愈拉愈长》中作家试图有意地解构人的生存希望与理想。农村少妇刘井一直期盼着自己能够过上正常人的生活,不敢奢望大富大贵,但期盼着懒惰的酒鬼丈夫能够浪子回头,与她共同承担家庭重担。但当她独自忍饥挨饿在田间收割即将腐烂的稻谷之时,丈夫却在床上呼呼大睡。这位少妇的一些简单的期盼却变成了无谓的幻想。刘井在失望中陷入了生活绝望、贫困潦倒、离婚不得、遭受无赖变态丈夫的暴打、儿子被唯一信赖的小姑子拐卖、村邻的欺骗、归来的儿子再次离家,等等。她在多重压力和磨难中陷入了精神恍惚,在目光愈拉愈长的远眺中一望而空。整个文本读来令人窒息与崩溃,人在被压得无路可走之时,整个世界因此而荒谬,无处不是黑暗,无人可以依赖。作家以冷漠的姿态调侃与解构社会人性,人在希望中等来的却是理想的破灭与虚无。这其中体现着东西书写现实伦理一种特殊的姿态,正如他自己所说:"选择这样的写法,我想首先是我对生活的态度与别人不同,那就是无奈的调侃。"③

21世纪之初,面对先锋小说陷入失去读者的没落,东西小说创作也开始走向转型,注重现实叙事与人物的情感刻画,回归人与人性的真实。《后悔录》中探讨人遭受禁欲思想迫害的悲剧与人性的忏悔意识。人为禁欲而付出的沉重代价:死亡、出卖良知、人性变异等,《保佑》《秘密地

---

① 东西:《东西短篇小说自选集》,新世界出版社2012年版,第99页。
② 朱栋霖等编:《中国现代文学史 1917—2000》(下册),北京大学出版社2007年版,第159页。
③ 东西:《小说中的魔力》,《南方文坛》2001年第5期。

带》《蹲下时看到了什么》① 等作品更多注重现实与情感的存在，有意回归社会现实。正如东西自己所说："我定义的人物标准就是：独特，但又要跟每个人都有关系……现在整天生活在城市里，人们的感觉很麻木，我希望写出让读者触电的作品，打到他们的痛处。"②《秘密地带》中充满魔幻现实主义的创作风格，思考着现代人的精神荒芜，何为存在，如何存在等问题。城市现代人成光被物质文明所抛弃，来到河谷中神仙境界的村谷与莲花相遇、相织、相爱，这里与他的城市生活完全相异，成光感受到了村人间的平等友爱、和平互助，最终他甘于舍弃现实进入梦幻世界中的"世外桃源"，而它却是虚无存在的，只是满足现代人的梦幻而已。另外，东西特别注重小说给予读者那种强烈的震撼，这种感应来自人的心理和感官，"强调身体的体验和反应，每一个词语都经由五官核实，每一个细节都有切肤之感"。③ 他曾谈到："我们缺乏的是那些躲在心灵深处的，需要我们不断勘探和挖掘的人物，他们和今天的每一个人都有关系，却生活在心灵的'秘密地带'，也许是心灵的一闪念，也许是神经末梢的震颤……"④因此，东西强调文学能够给予人心灵和感官的震撼。追求文学的独特性与超越世俗的新颖是东西一贯坚守的文学信念，这也是他坚守与探索现代主义创作的动因所在。西部作家对西方现代主义手法的借鉴和运用，改变了乡土小说创作中现实主义的主流格调，丰富了乡土小说艺术表现的多元发展。

（二）现实与现代的综合

20世纪90年代以来，贾平凹和冯积岐在创作手法上不甘于单调的写实，积极运用和借鉴西方现代艺术手法，表现出现实与现代手法并用的创作特征。贾平凹的前期小说创作以写实风格为主，追求着沈从文、孙犁式的乡村田园诗性化书写，风俗美、人情美、人性美成为其审美特征，整体上呈现出现实主义基调上的浪漫清新风格。进入20世纪90年代以来长篇小说创作，贾平凹在手法上尝试向现代派艺术靠拢。贾平凹曾谈到拉美文学和川端康成的小说中外来与本土文学杂糅的现代派风格给予他的创作启

---

① 东西：《蹲下时看到了什么》，《花城》2013年第3期。
② 东西、侯虹斌：《最厉害的写作是写出宽广的内心》，《朔方》2009年第7期。
③ 东西：《〈谁看透了我们〉序》，载《谁看透了我们》，江苏文艺出版社2011年版，第3页。
④ 同上书，第26—27页。

示:"他们创造的那些形式,是那么大胆,包罗万象,无其不有,什么都可以拿来写小说,这对于我的小家子气简直是当头一个轰隆隆的响雷!"[1]贾平凹提出学习西方现代手法的同时仍然要根基于中国本土文学,"一定要有现代的东西,但也一定要写出中国人的味道来……在境界上一定要借鉴西方的东西,在行文表现上一定要有中国做派"。[2] 这就是所谓的中国式的"现代派",因此,贾平凹试图在中国传统文学与西方现代派风格之间找到一个恰当又相融的支点,在保有传统写实风格中增加西方现代艺术手法的新格调。新世纪之后,贾平凹谈到自己"对于现代生活、现代意识的这种学习、借鉴、向往或者吸取,是相当浓厚的"。[3] 他对现代意识有着自己独特的理解:"现代意识也就是人类意识,而地球上大多数的人所思想的是什么,我们应该顺着潮流去才是。"[4] 但是,要根据中国文学的本土情况,寻求属于文学的中国经验,并为之努力。贾平凹把这种现代意识融于文学创作之中,具体表现为对人的生存、人的思想、人的意义、人的未来等问题的思考和追问。

贾平凹的小说创作在坚守传统写实的基础上,不断地努力寻求创作方法的改变与创新。在艺术手法上坚守着小说情节结构的自然、客观、真实,但不趋于平淡,运用联想、象征、隐喻、意象等现代手法,情节上追求现代小说叙事的荒诞与魔幻色彩。贾平凹曾谈到"以实写虚,体无证有"[5] 是他创作的兴趣点,以真实为基点建构起虚构的世界,他又谈到《秦腔》是"为故乡树起一块碑子……清风街里的人人事事,棣花街都能寻着根根蔓蔓"。[6] 作品中的人物大多取材于家族中父辈、同辈等原型。《高老庄》则取材源于作家生活过的商州和西安;《土门》源于西安城市郊的土门街市;《带灯》则源于他与一位乡村女干部的结交,贾平凹从她那里了解一些社会基层现状与存在的问题。

20世纪90年代以来,贾平凹小说的叙述方式,基本以闲谈、轻松散

---

[1] 贾平凹:《代后记:平凹答问录》,载《商州:说不尽的故事》(第四卷),华夏出版社1995年版,第526页。
[2] 贾平凹、黄平:《贾平凹与新时期文学三十年》,《南方文坛》2007年第6期。
[3] 贾平凹、王尧:《在传统与现代之间的新汉语写作》,《当代作家评论》2002年第6期。
[4] 贾平凹:《〈带灯〉后记》,载《带灯》,人民文学出版社2013年版,第359页。
[5] 贾平凹:《我心目中的小说——贾平凹自述》,《小说评论》2003年第6期。
[6] 贾平凹:《〈秦腔〉后记》,载《秦腔》,安徽文艺出版社2010年版,第498页。

漫的笔调叙述日常生活中的零星琐事，尤其是《秦腔》读者需慢慢赏析，才能理清其中的人物事件的关系并体会作家想表达的蕴意。贾平凹小说以主要人物和事件串联起生活中的琐事，以真实生活为基点，建构起虚构和想象的艺术世界。《土门》则是采取聊天方式，写此事情，由此及彼，再又回到此事情。《带灯》采取精短的小节体叙事，而汇集成一部长篇，其中插入大量的书信体叙事。《老生》中穿插对《山海经》的解读，从中见出近年来的贾平凹在小说艺术方面仍然不断地追求多样和创新。关于《高老庄》，他曾谈到："我的初衷是要求我尽量原生态地写出生活的流动，行文越实越好，但整体上却极力去张扬我的意象。"① 可见，贾平凹小说艺术上有意地向现代派手法靠近。《秦腔》中引生的痴迷和癫狂病态的虚拟想象，从而致使语言和行为的畸态化，并富有极强的暗示性。《高老庄》中白云湫的神秘色彩，迷糊叔的疯话、石头奇怪语言的预示性与作画意向的暗示性，一个死去女人的发卡离奇的循环引出人物关系等，一系列的联想和意象彰显出情节的荒诞与神秘，高氏家谱、历史遗迹石刻碑文暗含的隐喻意义。《土门》中对云林爷的神算与绝妙的医术，出口即为人生哲理，成义的身世之迷、梅梅回归母亲子宫的意象，以狗的命运暗示人的背叛意识，仁厚村具有古董意味的牌坊楼、明清旧家具象征有意回归传统文化意象。《带灯》中萤火虫驱走黑暗带来光明的象征意义与带灯夜游症状的怪异暗示着美好人性受制于现实的压抑等等，都见出贾平凹小说创作手法上表现的"中国式"的现代主义风格。

　　冯积岐小说创作坚守"现代现实主义"风格。总体说来，冯积岐的小说创作总是在不断地追求艺术手法与表现形式的不断创新和尝试，既寻求先锋小说的叙事新奇，又保有纯正的写实风范。冯积岐曾谈到："我理解的现代主义是用荒谬的目光看待荒诞的世界。我觉得，现实主义的再现原则不能传达我对这个世界的理解。我开始用先锋的手法写小说，写了一段之后，我又觉得，我这样写作拒绝了许多读者。于是，我开始践行我所谓的'现代现实主义'。"② 从冯积岐小说创作手法的整体表现来看，他对现代手法的借鉴还处在一个探索的时期，并未形成自己的创作个性。贾平

---

① 贾平凹、孙见喜：《闲谈〈高老庄〉》，《文学自由谈》1998年第5期。
② 吴妍妍、冯积岐：《写作是一种生存方式——冯积岐访谈录》，《小说评论》2012年第4期。

凹曾评价："他学了许多现代小说的东西，他一心想在写乡下生活题材中做一场革命……但他骨子里仍是传统的东西。如果写一个短的东西，单独来写都会非常精彩，但在大的作品里，要糅在一起却相互抑制。"① 冯积岐小说中会流露出手法运用的痕迹，还需要经历不断的磨练与相互融合，才能形成自己的写作特色。冯积岐曾谈到自己阅读了大量的西方文学经典和中国市井小说，并吸取和借鉴其中的艺术手法。② 就他小说创作的整体情况而言，长篇小说大多采用现实主义手法为主，掺杂着西方现代派手法的运用，而中短篇小说创作中表现的现代主义较为出彩。

20世纪90年代以来，冯积岐的中短篇小说创作中开始尝试先锋小说艺术手法。许多作品涉及特殊历史给予人的肉体痛苦和心灵创伤，书写现实的冷漠、死亡、暴力、压抑等，文本叙事充满荒谬和怪诞，语言极其晦涩含蓄，尤其对现代文明入侵后乡村人性的变异刻画得相当深刻。《舅舅的外甥》中舅舅与外甥在穷困时期相亲友爱，但到改革致富后，舅舅却因一心谋财而抛弃亲情，极力追求金钱导致人的疯狂与变态。《会飞的奶牛》中奶牛神奇地长出翅膀飞向天空的怪诞情节，《刀子》中老屠夫马长义的杀人与自杀充满着血腥与暴力，《故乡来了一个陌生人》《断指》《杀人者》《似梦非梦》《曾经失明过的唢呐王三》《杀羊的女人》等作品叙事冷漠，情节荒诞，人性在极端压抑下表现出罪恶与残暴行为，无论叙事结构还是故事情节和语言表达都有意向先锋小说靠拢。

新世纪后，冯积岐主要从事长篇小说创作，艺术手法上寻求回归写实，并掺杂运用现代主义手法。《非常时期》在故事情节和人物刻画等方面继承中国古典世俗小说写法，两性伦理走向崩溃的边缘，人的纯真情感在以经济权利为主导的现代社会背景中走向消亡。另外，文本充满着反传统的颠覆性叙事，乡村权势者在现代乡村中名正言顺地乱伦，放纵人性本能欲望，传统伦理完全处于边缘化。《村子》中保留时间顺序叙事的纯粹写实，但叙述上不时地出现时间跳跃性的联想，人性与欲望的丑陋、低俗、荒唐、变态等超越了现实主义小说的传统叙事风格。《沉默的季节》中交织着作家强烈的个人生活体验，以第三人称叙述为主，插用第一人称

---

① 贾平凹：《做一个时代的记录者》，《三秦都市报》2011年3月26日。
② 李继凯、冯积岐：《复杂人性的探询和文学生命的建构——关于冯积岐小说创作的对话》，载李继凯等编《冯积岐评论集》，文化艺术出版社2013年版，第461—462页。

叙事，叙述结构以时间与空间交错进行，从若干年前跳到几十年后，形成时间循环的错觉。《敲门》中求学少年丁小春面对现实苦难保有着永不服输的坚韧品格，但在一次次社会不公的重击后，他陷入了物质与精神双重窘迫的窒息状态。《逃离》中追求叙事的时间性与个体叙事特征，以第一人称"我"叙述为主，通过"我"来观察和叙述"他人"的故事。叙述视角和人称不断地转换，以内心独白凸显出人物复杂的心理世界，引发出在城市化进程的强势冲击下，乡村失去了原本的平静，人性变得更为复杂，人已陷入无处可逃的困境。《太阳底下》中以一个死婴的视角引入主体叙事，故事情节的荒谬与反讽，妻离子散、夫妻成仇、恋人相虐等，但文本基调以现实主义为主。苦难、人性变异、生存窘态成为冯积岐小说的主题特征，象征、隐喻、荒谬、反讽等现代小说手法成为他表现这些主题的重要方式。总之，冯积岐小说创作中运用的"现代现实主义手法"显示其优越性的同时仍需提升。正如作家红柯所言："相当长一段时间，我们的现代派作品无处不在晃动着洋师傅慓悍的身影。模仿阶段需要一大批踏地雷的人，当号角响起，冲锋陷阵者密如蜂蚁，冲上山顶的总是极少数，更多的人陈尸半山腰。"[①]

三　民族宗教色彩下的魔幻与超现实

西部乡土作家创作艺术手法表现，一是源于对外来西方小说艺术的学习和借鉴，二是作家在创作上汲取自身民族的宗教文化，创作上呈现魔幻与超现实的风格。作家石舒清、郭雪波、阿来等小说中超现实的神秘色彩，更多是源于民族文化信仰的熏陶，对"乡土""人""主体""自我"等做出不同的阐释。作家创作中流露出虔诚的民族宗教情怀，如对真主、佛祖、神灵的敬畏，把受宗教浸浴的精神感悟、心理行为、人生启示融入创作中形成浓厚的超现实氛围。作家创作中流露出宗教情怀的作用主要体现为：

一是烘托民族宗教视域下的伦理精神、伦理行为与道德心理。如蒙古族作家郭雪波借萨满文化中的"敬畏自然，万物有灵"作为他小说伦理书写的依据与来源；回族作家石舒清乡土小说传达伊斯兰文化中的坚忍、尚洁和悲悯精神；藏族作家阿来小说中奉行佛教尘缘因果观，回归人的本

---

① 红柯：《现代派文学的误读》，载《敬畏苍天》，上海人民出版社2002年版，第319页。

真理念等。可见，少数民族作家会自觉地从自身民族宗教中寻找自己崇尚的伦理根基，"一旦人们认同了自己所崇拜的上帝和神明，就会产生神与人之间的特定的心理活动和心理感受，其中包括神圣感、圣洁感、敬畏感、仁慈感、德性感、羞耻感、忏悔感等等"。① 当然，作家创作中表现出浓重的信仰氛围主要源于民族日常生活的影响，因此，他们不需要有意地去营造所谓的神秘感，而是对民族宗教精神体悟的自然抒发。

二是作家把民族生活中的宗教仪式、民族神话、宗教传说等融于小说创作之中，形成故事内容与艺术手法的魔幻与超现实。例如石舒清小说中对回族信仰和宗教仪式的反复叙述；郭雪波小说中敬灵驱邪的萨满巫术歌舞，动物精灵与人魂附体的魔幻情节；阿来小说中的佛教文化符号（寺庙、活佛、小广场、喇嘛），加之对藏族民间神话、传说的引入等都无形地增添了文本的超现实艺术风格。在这里以石舒清、郭雪波和阿来三位少数民族作家的创作为例，探讨西部乡土小说中表现出民族宗教色彩下的魔幻与超现实创作风格。

石舒清的小说中时常铺垫出一种浓重的宗教氛围和日常信仰礼仪的细致描写，增添小说叙事的魔幻神秘与神圣仪式的超现实感。石舒清曾自言："文学应该质朴而神秘，就像荒野里那些默默修行的人。质朴，神秘，缺一不可。"② 作家所说的这种"神秘"主要是指伊斯兰文化背景的熏陶，信仰仪式已渗透于普通回族民众的日常生活中，人们通过严格遵守教义和仪式来表达对信仰的虔诚。因此，由于宗教信仰的融入，让日常行为活动变得充满神圣感。伊斯兰教的基本教义是信真主与末日，真主总是得知人的行为和心理，教化指引人走正当的道路，尤其是在心理和精神上应表现真诚。一旦违背信仰的教义，必是违背真主的意愿，会受到真主的惩罚。因此，回民在死亡前要念诵讨白，入土后，亲人要举行盛大仪式对亡者进行搭救，以祈求真主对亡者今生罪行的谅解，一生行事端正、内心洁净的人后世必能安好地进入天堂。回民信奉两世说，今世尽力表现完善才不会影响后世，日常生活遵守虔诚的仪式与精神执着的两面，例如每日要坚持按时做礼拜，每周要参与公众集体的聚礼、传统的宗教节日，具体

---

① 唐淑云：《宗教的心理调节与道德的境界提升》，载万秉祥、万俊人《宗教与道德之关系》，清华大学出版社2003年版，第195页。

② 石舒清：《沙上的鱼》，载《韭菜坪》，青海人民出版社2014年版，第174页。

表现为行事前的祈祷念经与净身等行为，"中国穆斯林通称为念、礼、斋、课、朝'五功'"。[①] 可见，宗教的精神已融入回族民众的心理和日常生活。

石舒清的民族身份和生活环境决定了宗教信仰对他的影响，并相应呈现于他的小说创作中。正如他所说："宗教的情绪支配影响着全部的生活，这就使得写作者在写作时体现出仪式感来，不是有意追求仪式感，而是种种仪式感由来已久，早就深透在生活中的。"[②] 由于宗教信仰背景的熏陶，石舒清小说中营造超脱于现实神秘的梦幻境界，叙事手法上呈现魔幻现实主义的写作特征。

其一，对宗教仪式的描写营造出浓重的信仰氛围，为奇异故事情节的发展铺垫背景。《清水里的刀子》中以一场刚刚结束的伊斯兰葬礼为背景，铺垫出一种悲伤又凄凉的宗教情感氛围。马子善站在亡妻的新坟头前，面对空旷无人的坟院，耳边幻听着亡者的呼唤，他瞬间回顾了自己这一生，顺着思绪想到活人与亡者的距离，甚至幻想真主能告之自己归真的时刻，有准备地洗净，着装洁净，告别乡邻，神圣地步入坟院。由老人无限遐想回到现实，家人面临对亡者进行搭救仪式，因此全面进入宗教仪式之中。宰牛前的清洗仪式象征着死亡的圣洁，寄托着活人对于真主能够为亡者免去灾难的祈求。这头具有灵性的老牛得知生死后，保持死亡的净洁而不吃不喝，被回民视为受到真主的恩赐，当老人看到宰掉的牛头神情异常的安详，表现出万分的惊愕，象征它后世的安好。《疙瘩山》中出家人（主道者）小姚死后洁静闪耀神光的脸容，送葬者从中感悟到的精神启示而蒙上神秘色彩。《韭菜坪》中浓厚神秘的宗教氛围始终贯穿于小说的整体叙事之中，教主富有传奇色彩的人生与信仰虔诚，一生献身于宗教，遵循宗教礼仪，从而接近了真主的距离，而赢得世人的敬畏与崇拜。

其二，石舒清善于抓住一个主体人物进行细腻的心理描写，通过无限的遐想把读者引入非现实的虚幻世界。《果院》中耶尔古拜女人独自在果园劳动中产生一系列怪异离奇的幻想，她在精神遨游中，幻想着与年轻剪枝工之间爱意情感的萌发、从相互吸引到单恋结束。她与果树的思绪交

[①] 周燮藩、沙秋真：《伊斯兰教在中国》，华文出版社2002年版，第25页。
[②] 石舒清、王静：《沉静也是一种激情——回族作家石舒清访谈》，《民族文学》2012年第6期。

流，树的缓缓移动，靠近与离去，生气恼怒地对视等虚幻世界的叙述，增加了叙事的魔幻色彩。《旱年》中独自留守乡村的萨利哈婆姨长期沉迷于孤寂的院落生活，经常进入忘我的境界，她会听到"麻雀激烈地骂她"，果园里时常传出一种"祥和而丰厚的声音，说不清这究竟是谁的声音"[①]。当得知数次登门"要乜贴"（乞讨者）神秘蒙面人的怪异身份后，心中生发的害怕和胆颤等陷入梦幻和神秘的心境。《上坟》[②]中尔里妈满怀苦闷地来到丈夫的坟院，试图走进脱离现实的梦幻世界见到丈夫，幻想着若时间倒流，她将会如何善待和挽救丈夫，实现未完成的心愿。石舒清小说抓住人在孤寂状态下的心理想象与思绪流动，加之宗教氛围下一些静谧场所（果园、坟院、庭院等）背景的烘托，使作品整体充满魔幻的神秘氛围。

其三，石舒清以病态者紧张压抑的情绪进行文本叙事，产生幻觉进入奇异的精神世界。石舒清以患病经历为题材创作的《风过林》《暗处的力量》，[③]叙事游离于现实的病态，注重心理感知与精神剖析。《风过林》中以身体虚弱和心理病态的"我"排斥现实万物产生的焦躁情绪，于是试图走进墓地寻求心灵的安静，由各式各样的坟头联想到各种类型人的死亡，内心产生一种自我神经质的毁灭感，似人似鬼的老女人诵念与哭泣的声音忽远忽近，偶遇神秘老者，但却瞬间消失于墓地，叙述者"我"奔走于现实与梦幻之间。整篇小说充满狂躁不安的思绪，躁动之余时常夹杂着梦幻般的联想。病态叙事导致语言生涩难懂，思绪不间断地跳动，由病态叙事而引入魔幻叙事境界。《暗处的力量》中仍然以一个病态"我"作为叙事主体，以杀人犯"他"与祸端者"她"作为对立叙述。病态中"我"由杀人者"他"的行为和命运联想到自我，几近崩溃的精神烦闷，又以悲剧引发者"她"的罪恶行为，进行自责与道德反省。作家以病态者的心理压抑与精神束缚来制造叙事的怪异和张力。石舒清小说中叙事的魔幻色彩源于民族的宗教氛围与信仰仪式的介入。

郭雪波小说把原始萨满教信奉的自然万物神灵，崇拜天神权力至上，相信灵魂等信仰观融入小说创作中，从而营造出魔幻的叙事风格。郭雪波的"祖辈与父辈都是萨满教的忠实信徒，父亲曾是行走草原传播萨满文化

---

① 石舒清：《旱年》，载《清水里的刀子》，宁夏人民出版社2008年版，第205页。
② 石舒清：《上坟》，《民族文学》2001年第2期。
③ 石舒清：《暗处的力量》，《民族文学》2000年第4期。

的说书艺人"。① 因此，他对萨满教传承的教义与信仰仪式有着深刻的了解和感受，他曾坦言："我是在萨满文化的浸淫中长大的。我相信一切事物都有其神秘性，都有着我们不能解释的宗教性的一面。"② 郭雪波小说创作中营造魔幻与超现实的方式主要为：

一是从古老萨满教巫术仪式与动物神灵信仰中，寻找大漠深处人与神、人与万物之间的灵性沟通，自然地把文本叙事引入一种魔幻意境。《大漠魂》中萨满巫神法师诵唱"安代"载歌载舞祭奠神灵，祈求驱鬼避邪、治病消灾和生死祈愿。以一种特别亢奋与激烈歌舞的形式，激发人们内心的躁动与情绪的发泄，通过这种惊天动地的悲壮场面来传达对自然神灵的祈求，对天地与鬼神的控诉与抗议。作家对这种古老萨满仪式场面的反复书写，整体营造神秘的宗教氛围，人与邪魔抗争的勇气和决心感化神灵。《老李爷天风》中民间说唱艺人"萨满李师"以一把古琴奏曲吟唱《天之风》震惊并制服凶恶的狼群，一只狼竟然安静趴下聆听老李爷的歌声，人与狼最终成为心灵相通的真正知音，在神奇想象空间中，这些大漠生灵与人类有着心灵相通的共性。《树上人家》③ 中性格怪异的馒头大娘像鸟类一样栖居于树上，她与自然灾难的搏斗，疯癫状态下看见自然神灵的狂暴，她失去亲人后令人颤栗的诡异笑声，让读者产生神秘的遐想。

二是从萨满教的主旨教义万物皆有灵的多神观出发，深刻地追问灵魂的存在，从而营造出神秘的虚幻境界。萨满教作为一种古老的原始宗教，它信仰的实质是多神思想。郭雪波由对萨满神灵的敬畏而引发他对灵魂转世的追问，他曾自言："这些年萨满文化一直让我着迷，慢慢深入到核心就离不开灵魂这一话题了。"④ 《蒙古里亚》中叙事者"我"曾以梦境中与银发银须老者的对话，反复对人的灵魂作出深刻的阐释："魂是有的，也有形状，人魂有人形，兽魂有兽形，活人平时肉眼看不到，但智者能感觉得到，梦里能看到形态的魂，如梦见已故先人或鸟兽等……人死后，一魂守护埋肉体之地，一魂游世，一魂去投世也称转世，转世成功后这魂再

---

① 郭雪波：《用文学传承萨满文化》，郭雪波新浪博客（http://blog.sina.com.cn/s/blog_4dcda3030102e2gg.html），2015年5月17日。
② 同上。
③ 郭雪波：《树上人家》，《长江文艺》2000年第11期。
④ 郭雪波：《天玄机》，《中国作家》2013年第21期。

衍生三魂。"① 郭雪波小说中借用萨满教的灵魂再现与灵魂附体，营造故事情节的诡异与神秘，如《狐啸》中狐仙显灵以妖魔的形态对人类过激行为进行报复，狐魂附人体、人狐和谐等离奇怪异现象，推动和丰富情节的发展；《沙葬》中云灯喇嘛潜心修行超然于万物的修行者气度，通达天地神灵，一心向善寻求阴阳两世之道，能够得知自己的阳寿，面带祥和微笑超然地离世，白狼的精灵转世等，为文本叙事增添神秘虚幻色彩。《天玄机》中呈现出两种叙事语境，一是魔幻世界："我"的灵魂邀游，遇到隔世大爷爷，并告诫灵魂的三种来源与人转世游魂的天机。二是现实世界："我"在山上敖包前遇见白胡老头鬼导致中邪，对灵魂附体和托梦之迷的解构等。被众人视为能知达天神意愿的姥姥念咒语，施法祭天公解救受雷劈的孩子，萨满巫师奋力驱除鬼魔"人们似是听见'卓力格'鬼在火堆里吱吱叫声，在场人无不毛骨悚然"② 等神秘宗教氛围的烘托，悲壮的祭神驱巫仪式等为文本叙事增添了浓厚的神秘性。

　　阿来小说中充满着藏地民间的佛教色彩，寺庙、僧人（修行者）与叙事者构成了文学叙事的基本结构，超越现实的想象与荒诞情节造就其创作的超现实格调。阿来自小出生并长成于四川西北部的嘉绒藏地，这里保留着浓厚的民间原始宗教氛围，人们过着半耕半牧的生活，藏语作为乡土口语的方式流传于乡野间。阿来生长于汉语与母语夹杂使用的语境背景中，他曾谈到："正是在两种语言间的不断穿行，培养了我最初的文学敏感，使我成为一个用汉语写作的藏族作家。"③ 这种民族生活背景与语言环境对阿来的文学创作有着密切的影响。与其他藏族作家书写藏地生活不同的是，阿来小说中有着一种强烈的生活本真感，他在创作中对藏族文化的表达是自然地流露于文本，不掺杂任何刻意的表达。正如阿来所说："从小在藏族地区长大，生活习惯最终决定了我自己在血缘上的认同感。"④ 阿来小说中的佛教色彩增加小说的超现实特质，这些源于他对藏族民间神话故事和宗族传说的借用，例如《空山》中借用有关机村人的传说和神话，来渲染佛教色彩浓厚的藏文化氛围，《宝刀》中老喇嘛讲述

---

① 郭雪波：《蒙古里亚》，北京十月文艺出版社2014年版，第8页。
② 郭雪波：《天玄机》，《中国作家》2013年第21期。
③ 阿来：《用汉族写作的藏族人》，《美文》2007年第7期。
④ 阿来：《血缘与族别》，载《阿来文集：大地的阶梯》，人民文学出版社2001年版，第122页。

着红色悬崖上善身代表"金羊子"与恶身象征"黑龙"的神秘传说,警示年轻一代追求勇敢和正义的民族精神。《野人》中小旦科讲述着猎人欺诈野人自亡的传说凸显佛教文化中的因果报应观等。阿来曾谈到:"作为一个藏族人,更多是从藏族民间口耳传承的神话、部族传说、家庭传说、人物故事和寓言中吸收营养。藏族书面的文化或文学传统中,往往带上了过于强烈的佛教色彩。"① 可见,阿来小说的现代风格与藏地佛教文化有着密不可分的关联。

阿来小说中宗教文化形成的超现实叙事特征表现为:采取童年回忆的叙述视角,孩童记忆中的佛教符号意象,如常伴随于叙述者的是寺庙、僧侣,家人的佛教信仰行为等。《孽缘》中存在三个叙述者,一是成年的"我",二是童年的"我",三是局外叙述者"阿来"。最后的叙述者可以跳跃地伴随着前两个叙述者,并时刻提醒处于自己之外的局外者角色,时而谈到"阿来"作家身份的存在。由穿插童年"我"的记忆叙述,审视舅舅与父亲多年复杂的恩怨,以鹰袭击羊群的凶残与羊面对死亡的温驯象征人性格的两面;观察喇嘛外公的疯癫与怪异行为,无数次地以佛教仪式来预设自己的死亡,吟诵经文,静待着灵魂的脱体等。而以成年"我"审视着舅舅奇异的经历,僧童时期曾见到了佛光,设身活佛讲述鹿群湖边饮水的圣境。《血脉》中采取叙事者"我"的童年回忆叙事,回顾爷爷流离于汉藏两种民族身份与文化信仰认同的焦虑。孩童"我"对具有藏族文化意象的喇嘛、诵经驱邪、藏族名字(多吉),家庭其他成员(奶奶、父亲、母亲)保留着浓厚的藏民信仰仪式等记忆犹新,而成年叙事者"我"却迷失于心灵的病态。总体而言,阿来小说常表现为:通过"我"孩童时代的记忆把叙事还原到历史,再由成年"我"回乡叙事把故事推进到现实,借助外在叙述者来总结佛教的人生轮回观,具有强烈的超现实主义色彩。正如安德烈·布勒东所说:"投身于超现实主义的人兴奋地回忆起自己童年的美好时光。对他来说,这有点像正在水里作垂死挣扎者的真实感,此人仿佛在瞬间看见自己一生中所有不可逾越的东西。"②

---

① 阿来:《穿行于多样化的文化之间》,《中国民族》2001年第6期。
② [法]安德烈·布勒东:《超现实主义宣言》,袁俊生译,重庆大学出版社2010年版,第48页。

阿来小说中隐含着一种富有张力的反叛意识，这不排除对现实民众的生存状态、对宗教信仰约束下的道德规范与行为方式表现出有意的反叛情结。阿来小说创作表现的宗教色彩得到了学界的认可，他也曾无数次地表达对民族信仰的认同姿态，但是从他的一些描写乡土题材的中短篇小说中见出，其叙事情节与叙述格调都具有逆行常规的反叛意识，"反抗与离经叛道是超现实主义的永恒的内容"。① 阿来小说的反叛意识表现为叙事冷漠，叙述主体"我"对亲人、对僧侣、对外界万物都持有一种冷漠心理与漠视行为。《孽缘》中叙述者"我"对父母的冷漠态度，甚至对父亲充满仇恨，对一切家族琐事都无心过问，只是以旁观者的姿态客观地叙述舅舅命运的坎坷，毫无同情之感。由叙述者"我"对家族和宗教的潜在背离，影射出作家对万事万物的反叛意识。《宝刀》中"我"与妻子夫妻关系完全被消解，老喇嘛对现代人行为的不满与排斥，刘晋对"宝刀"的痴迷，乡村铁匠行为的怪异与悲惨的命运，"我"追随着刘晋无厘头地寻"宝刀"，甘于走向自我沉沦的迷宫。《轻雷》中乡村青年拉加泽不走寻常路，放弃正常的学业和爱情，背弃机村人，走向倒卖木材的不轨之路，沉迷于追求金钱与权势的漩涡等，侧面地表现出作家对宗族信仰和传统道德的有意背离。"无意识写作赋予作者完全的言论自由，为他展开了想象的翅膀，但却剥去了作者自觉的、道德的和社会的自我。"② 阿来的藏族文化背景造就他小说中的信仰符号意象，因此形成文本叙事的超现实创作风格。

第二节　乡土小说的诗性与散文化表现

西部乡土小说呈现对中国小说诗性与散文化文体特征的继承，具体为把诗的抒情、诗性和散文的叙事与文体格式融入小说艺术表现之中。对于小说创作中呈现诗性和散文化艺术手法的融合问题，沈从文曾说他是"用抒情的笔调写创作"，③ 孙犁认为"兼小说与诗歌为一体，实便于情感的

---

①　[法]乔治·塞巴格：《超现实主义》，杨玉平译，天津人民出版社2008年版，第92页。
②　同上书，第93页。
③　沈从文：《〈沈从文散文选〉题记》，载《沈从文文集》（第十一卷：文化），花城出版社1984年版，第80页。

抒发尽致"。① 汪曾祺年轻时"曾想打破小说、散文和诗的界限"，② 他把小说的散文化阐释为："小说应该就是跟一个可以谈得来的朋友很亲切地谈一点你所知道的生活……我一直以为短篇小说应该有一点散文诗的成分，把散文、诗融入小说，并非自我作古，屠格涅夫的《猎人日记》有些近似散文，契诃夫有些小说写得轻松随便，实在不大像小说，阿左林的称之为散文未尝不可，小说的散文化似乎是世界小说的一种（不是唯一的）趋势。"③ 由此可见，把诗和散文的艺术融于小说创作已成为许多作家认可并延续的文学传统。20世纪90年代以来西部乡土作家石舒清、王新军、漠月、郭文斌、马金莲、李进祥等小说创作中融入了诗和散文的艺术特征。

一 自然人情境域下的诗性呈现

中国文学自古以来就有着不同文体间相互杂糅的文学传统，如"韩愈的'以文为诗'，苏轼的'以诗为词'，辛弃疾的'以文为词'等"。④ 关于小说与诗之间的文体渗透，可以追溯到汉魏六朝，始于诗歌影响小说的形式呈现，唐朝形成诗歌融入小说文体，小说借用诗歌的抒情与意境等艺术手法。此后小说的诗性文体便盛行，如明清小说中大量地引用与借鉴古典诗词，据研究者统计："《三国演义》中的诗在150首以上，《水浒传》中的诗超过500首，《西游记》中的诗达700多首，《金瓶梅》中的诗最多，超过800首，《红楼梦》中的诗也在200首以上。"⑤《红楼梦》无疑被公认为中国古典小说诗性的典型，作品表达的诗境、抒情和审美等都展现出小说的诗性特征。周作人曾提出："小说不仅是叙事写景，还可以抒情；因为文学的特质，是在感情的传染。"⑥ 废名、冰心、孙犁等作家的小说中都曾表现出诗的意境，诗的唯美与诗的抒情的诗性文体特征。这里所说小说的诗性特征与散文化是指小说创作中融合诗和散文不同文体交叉

---

① 孙犁：《小说的抒情手法》，载《孙犁文论集》，人民文学出版社1983年版，第214页。
② 舒非：《汪曾祺侧写》，《文艺报》1988年5月14日。
③ 汪曾祺、施叔青：《作为抒情诗的散文化小说——与大陆作家对谈之四》，《上海文学》1988年第4期。
④ 杨景龙：《试论"以诗为文"》，《文学评论》2010年第4期。
⑤ 李颖：《章回小说中的诗歌因素与诗化现象》，《湖南第一师范学报》2008年第2期。
⑥ 周作人：《〈晚间的来客〉译后附记》，原载《新青年》7卷5号，1920年4月。

的艺术表现。西部乡土小说中表现的诗性特征为：诗性的意境、诗性的抒情（或者韵味）、诗性的语言，作家在这种诗化的氛围中更好地阐释文本表现的人伦情感，也更易于作家抒发自我的伦理情感。

西部作家在小说中营造出一种诗性的意境。漠月小说中大量的自然景观描写，加上语言的诗化，两者相互映衬，进而无形地增添了诗的意境美和情境美，形成小说伦理书写的审美特质。夕阳、秋日、草滩、羊群、驼队、女人、浓烟、湖道、农家等构成了一幅幅诗意的画卷，景境美渲染了乡村的人情美。《锁阳》中大漠深处春天里的白茨沟中一位挖锁阳的新嫁少妇期盼着新婚夫婿的归来。《夜走十三道壕》中黑暗的道壕深处的黄泥小屋中住着青年男子朝思暮想与魂牵梦绕的恋人。《湖道》中一望无边的湖道草场深处两顶帐篷，两缕炊烟，一对满怀仇恨却相爱的恋人默默地收割着芦草。《父亲与驼》中大漠戈壁深处牧人与驼队相伴相随地行走。《放羊的女人》中荒漠深处农家小院里，一位孕育生命的少妇守着初冬的阳光，坐在门槛沉浸于乡村生活的宁静，享受酝酿生命的美好与幸福。"阳光下的墙很白，屋里很黑，她坐在门槛上如同镶嵌在黑色的画框里，成了一幅静默的意味深长的画。"[①] 漠月几乎在每一篇小说中都向读者展示一幅西部乡村风景画，《暖》《草的诗意》《沙枣花开五月天》《大水》《菜园》《挽歌》《荒地》等作品把读者带入一个个诗情优美的意境。因此，乡土小说中运用诗的意境美学手法，为小说的情节和叙事增添了一种"情景交融的境界，虚实相生的艺术境界，咀嚼不尽的美感特征"。[②]

如果说漠月小说给予人漠野深处农家篱院的"小家碧玉"之境，那么王新军小说则带领读者进入世外大漠的牧歌之境。王新军小说书写人与村庄、草滩、碧野、牧羊、大地、天空、河流等相依相融的诗性意境。"意境是作者主观之'意'（思想感情）与现实生活之'境'（生活形象）的辩证统一。"[③] 王新军小说在营造出诗的意境的同时，更多带给人一种自然与人相融的哲理。《艾草》[④] 中尕脚奶奶与艾草一生相伴，折射出乡

---

① 漠月：《放羊的女人》，宁夏人民出版社2012年版，第36页。
② 李健：《比兴思维与意境的创造》，《北京大学学报》（哲学社会科学版）2003年第3期。
③ 李元洛：《诗的意境》，《诗刊》1978年第4期。
④ 王新军：《艾草》，《回族文学》2010年第3期。

村人的善良、死亡、命运，以"艾草"的意象象征人清新自然的品格，顺其自然的生命哲理。《大草滩》[①] 中牧羊人沉浸于明净的大草滩中，感受着天、地、人相融的美景意境。《旱滩》[②] 中女人、草原、羊群构成了一幅迷人的风景画，把人带入草滩深处秋草即将枯黄，但幼崽新生命却正在生机勃发的盎然诗境中。《夏天的河》[③] 中把乡村女人艾香的五味情感融入乡村迷人美景描写之中，艾香丧偶独自承担生活的艰辛与酸楚，即将到来的爱情与幸福就像村边那条河流中的河水一样不急不慢地细细缓流着。作家以迷人的乡村的美景与纯真乡情来品味着人生的平淡与美好。《吹过村庄的风》、[④]《闲话沙洼洼》[⑤] 和《吉祥的白云》[⑥] 等作品中写人强烈的感知意识与情感格调、人与村庄、大地、戈壁、草滩，人与风之间那种难以言说的特别感受，享受乡村的宁静，感悟生命的时光，带领读者回归自然本真的诗性伦理意境。

漠月和王新军两位作家小说创作中运用诗的意境氛围，增加乡土小说的纯净安宁的自然美与人情美，作家更好地抒发对乡土人伦的迷恋情感。另外，小说借助对自然景物的描写而阐发诗的意象，杨义在《中国叙事学》中将意象的类型区分为"自然意象，社会意象，民俗意象，文化意象，神话意象"。[⑦] 当作家把诗中常见的植物与动物的自然意象运用于小说叙事之中，形成小说诗情画意的审美特质。如漠月小说中的"夕阳""秋日""草滩""羊群""浓烟""湖道"等，王新军小说中的"碧野""羊群""大地""艾草""村庄""老牛"等意象象征着西部乡村特有的地域风情下人景交融的宁静与安详。

西部乡土作家以诗性的语言创造诗性意境的同时，也便于抒发浓厚的伦理情感，表现诗性的抒情特征。西部乡土作家偏爱在小说叙事中描写西部地域风情与自然景观，人情与美景的结合易于作家抒发情感，增添小说伦理书写的情感色彩，作家以此表达乡土的人情美、风俗美和道德美，形

---

① 王新军：《大草滩》，《飞天》1999年第10期。
② 王新军：《旱滩》，《人民文学》2004年第10期。
③ 王新军：《夏天的河》，《人民文学》2004年第10期。
④ 王新军：《吹过村庄的风》，《上海文学》2003年第11期。
⑤ 王新军：《闲话沙洼洼》，《飞天》2002年第6期。
⑥ 王新军：《吉祥的白云》，《中国作家》2007年第20期。
⑦ 杨义：《中国叙事学》，人民出版社1997年版，第290页。

成乡土小说的诗性抒情。陈平原教授在论及现代小说的抒情时曾谈到："'主观抒情'不同于作家的长篇独白或人物的直抒胸臆，而是指作家在构思中，突出故事情节以外的'情调'、'风韵'或'意境'。"[1] 西部乡土小说中表现地域景象与质朴的乡村人情，增添了文本的审美和抒情。李建学的《金秋》[2]开篇首句以景抒情引入故事情节，"山红了。川黄了。树上的果子就像急着要出阁的大姑娘，悄悄儿的，熟了。渭河两岸，一抹金色"。点明秋节来临，果树即将成熟，富顺老汉因自己的果园而迎来忙碌，进而展开人物故事和情节的发展。漠月的《遍地香草》《草的诗意》和《湖道》等作品中作家强烈的情感表达始终贯穿于整个文本之中，人与自然的亲近，自然带给人的神奇与生命的诗意。漠月小说中富有诗意的语句随处可见，作家犹如在作诗，如"八月将尽，天高云淡。湖道里的草开始泛黄，一天脱去一层绿。草香四处飘溢，醉透了一道道沙墚……日子默默流淌。湖道里的草青了黄，黄了青"。(《湖道》)[3] "大漠深处的初春，是真正的春寒料峭，滴水成冰。"(《父亲与驼》)[4] "风是雨的头。云是雨的家。雷是雨的声。电是雨的眼……香草统治了这个秋天。这个秋天香气弥漫。雨后的天空蓝得那么洁净，蓝得令人心悸，甚至还蓝得让人生出一种莫可名状的似浓似淡的伤感。"(《遍地香草》)[5] "每逢夕阳西下，鸟雀归巢，村子的上面都笼罩着晚炊和煨炕的烟雾。这样的烟雾散得很慢，这样的烟雾又是暖的，像一条巨大的厚实的被子罩着整个村子，将冬天的寒冷从村子的上空和周遭驱走了不少。"(《暖》)[6] "白天有白天的清明，黑夜有黑夜的蒙眬。"(《草的诗意》)[7] "晨出与暮归，构成牧驼人一日的轮回。"(《冬日》)[8] "乌青的云层正在淡化，这时也变得轻薄了，大片的天空是瓦蓝瓦蓝的那种，洁净得一尘不染，又深邃得令人心悸。"

---

[1] 陈平原：《中国小说叙事模式的转变》，北京大学出版社2003年版，第131页。
[2] 李建学：《金秋》，《延河》2010年第2期。
[3] 漠月：《湖道》，载《放羊的女人》，宁夏人民出版社2012年版，第1—5页。
[4] 漠月：《父亲与驼》，载《放羊的女人》，宁夏人民出版社2012年版，第15页。
[5] 漠月：《遍地香草》，《朔方》2008年第3期。
[6] 漠月：《暖》，载《放羊的女人》，宁夏人民出版社2012年版，第41页。
[7] 漠月：《草的诗意》，载《放羊的女人》，宁夏人民出版社2012年版，第119页。
[8] 漠月：《冬日》，载《放羊的女人》，宁夏人民出版社2012年版，第83页。

(《大水》)[1] 漠月用诗性的语言描写迷人的风景,衬托人物的心理和情感的变化,增加了文本抒情性,生动有趣地表达西部乡村美好的人伦形态。

王新军小说中以诗性的语言传递着诗一样的乡土情感,借景色描写来反映人物的心情与故事情节的发展。《大草滩》中不断描写牧羊人沉浸于大草滩迷人景象。享受那种天高地阔、人与自然亲密相融的心境,"草那么绿,一直绿到天边去了。羊那么白,像玉石珠子一样在厚厚的草面上滚动"。[2] 乡村人正因为如此享受着天地之美而迟迟不愿放弃农牧生活。《夏天的河》中不断地把风景描写与故事发展、人物的心情相互交叉叙述,"傍晚的夕阳,在氤氲的暮霭当中沉落着。河滩上铺满了柔美的暮色,草地、柳树、河对岸的庄稼地,浓浓地生发出朦胧的韵味来"。[3] 以风景美来暗示人的心情美,隐喻乡村女人艾香幸福生活的到来,以缓缓流淌的河水比喻艾香与王青山之间那种淡淡又羞涩爱情的平稳与真实。《春麦》[4]中以景象描写来衬托出王春麦等待爱情来临时,那种期盼恋人回信与渴望幸福的焦急心理。"树叶正在艰难地舒展,身边满是白杨树和胡杨树苏醒时散发的带着胶味的清香。天蓝得那样深,那样远,天地之间只有寂静的天籁在耳边回响"。[5] 以景写人、借景抒情、情景交融是西部乡土小说的诗性特征表现,给当前乡土小说创作带来了别样的文学审美特质。

二 日常叙事与真情流露的散文化倾向

小说的散文化特征是作家在小说创作中表现出对散文艺术手法的运用和借鉴,小说的本质要素并不会改变,只是使用散文的文体形式和语言,对于故事情节、人物刻画、主题思想表达与纯写实型小说的侧重点略有不同。西部乡土小说的散文化特征表现为:

首先,主题叙事上呈现出日常琐碎化与自传性色彩。这类作品基本是书写乡村的日常生活、人情事故、家长里短,立足于现实生活的写实。正如汪曾祺所言:"作家的眼里题材无所谓大小,他们所关注的往往是小

---

[1] 漠月:《大水》,载《放羊的女人》,宁夏人民出版社2012年版,第85页。
[2] 王新军:《大草滩》,《飞天》1999年第10期。
[3] 王新军:《夏天的河》,《人民文学》2004年第10期。
[4] 王新军:《春麦》,《时代文学》2010年第2期。
[5] 同上。

事，生活的一角落、一片段。"① 有些西部作家的小说创作充满着自传色彩，或者亲临事件的纪实性，因此，有些作品很难从文体上加以区分，归为小说或者是散文都不为过，如季栋梁创作的乡村纪实小说《西海固其实离我们很近》《蹲在西海固的一个村子里》等，书写乡村农民本真的生活状态，在真实中表现西部农民忠厚老实、恪守本分、严以律己的人格美与道德美。石舒清的长篇小说《底片》以记人忆事为主，无论是书写内容，还是文本风格，都具有散文的艺术特质。西部作家善于从日常生活细节来表现人物的思绪与性格特征，从现实生存环境来映衬农民的伦理观。还有一些少数民族作家从日常宗教生活视角展示民俗风情、宗教精神给予人们的伦理启示与生存哲思等，如石舒清、马金莲、李进祥、了一容等创作基本以短篇小说为主，通过细腻叙事来表现西部农民的日常生活心态、宗教生活给予人们的精神鼓舞等。这类小说行文与散文相近，作家更多抒发自我感触，人在生活的似水流年中体悟着生命的升华，做人要讲究清白，无愧于他人之心，接人待物要以怜悯之心，善待与尊敬生命的高贵精神等，时常带给读者一种人生哲思。

其次，儿童视角的运用增添了乡土小说散文式的真情流露。以纯真、稚嫩、简单的儿童视角来看待事物和人情，更能让作家恰当地表达出自己的思想情感。西部作家选取儿童叙事视角，与作品的怀乡忆情主题有着一定的关联，以故乡为背景，对童年生活的回忆成为作家灵感写作和想象的来源，"几乎每一个伟大的作家都把自己的童年经验看成是巨大而珍贵的馈赠，看成是取之不尽、用之不竭的创作源泉"。② 因此，童年的记忆和经验对作家的文学创作有着很大的影响，儿童视角也就成为乡土作家选取的主要叙述方式，更易于作家抒发情感。作家选取儿童视角写作的原因：一是以儿童不受世俗污染的新奇眼光观察世界，更能看清世俗的真实。二是以儿童无忧无虑的童心叙述，作家能够更加自由地转换思绪的发展，发挥更大的想象空间。三是作家与文本的儿童视角不是相互隔离或者毫无关联的，而是由一个潜在老练成熟的叙事者控制并支配着儿童视角的发展，

---

① 汪曾祺、施叔青：《作为抒情诗的散文化小说——与大陆作家对谈之四》，《上海文学》1988年第4期。

② 童庆炳：《文学审美论的自觉——文学特征问题新探索》，北京师范大学出版社2011年版，第220页。

因此选取儿童视角叙事,能够打破文本叙述的单一,增加叙事的活力与生动性。

西部作家运用儿童视角叙述具有各自不同的特点。马金莲借儿童视角来揭示乡村世界的真实,更真切和直观地表现乡村社会人情世俗的本真。郭文斌则以乡村儿童视角建构乡村真善美的伦理理想,信奉着文学给予人的审美理念。石舒清小说中儿童视角的运用更多与他的童年经历有关,家境的贫寒,处境困难,回顾童年乡村生活的那段苦难与煎熬的岁月,人是如何坚守着人性的本真,度过了令人难忘的清贫年代,饱有"忆苦思甜"之感,因过去而更加珍惜现在,其中表达出孩童对物质满足的美好期望。西部作家对童年经验的记忆可能在时间的打磨中完全超越了原本的状态,更多是一种想象的记忆印象,作家的文学创作中"给他的故乡罩上美丽、温馨、古雅的轻纱,故乡被他的记忆和回忆改造了,美化了,诗化了"。[①]这种儿童视角的故土记忆的写作风格,更多是作家刻意的追求。郭文斌成名后的小说创作基本上是以儿童视角的纯真书写乡村世界的美好,他早期以乡村官民关系为题材的纯写实并没有引起文坛的注意,但后来改变原本的写实,增加小说文体和语言的诗性与散文化特质,逐渐形成清新俊秀的创作风格,带给文坛一种淡泊宁静之美。

马金莲小说以少年儿童视角来看清乡村世界人情世俗的真实。作品以儿童那种充满稚嫩又不失老练敏感的"小大人"视角,体悟与审视着乡村世界中的人情冷暖与世俗变迁。《夏日的细节与秘密》《四月进城》《远处的马戏》和《尕师兄》《花开的日子》《永远的农事》等作品中以儿童视角写乡村生活的丰富多彩,如孩童心理的叛逆与好奇、邻里风情、生活劳动,家庭琐事、长辈们的言行举止和内心世界的变化等。《四月进城》以芒女与祖父进城走亲戚,写儿童面对城市事物的新鲜感,难以自制和无法掩饰的好奇,午饭时祖孙俩无法享受与主人平等的待遇,芒女则对食物充满极度的渴望,祖父行为的茫然和失落,忠告芒女回家后不要将事实告诉家人,试图以谎言的来挽救乡村人的尊严,以儿童视角审视城市人对乡下穷亲戚的鄙视与冷漠。《夏日的细节与秘密》以儿童的纯真和好奇心理来观察乡村人的命运变迁与生活中无法预测的灾难和痛苦。《尕师兄》中

[①] 童庆炳:《文学审美论的自觉——文学特征问题新探索》,北京师范大学出版社 2011 年版,第 227 页。

以女孩儿视角看尕师兄的长成历程，年少时的羞涩、清纯，成年后匠人手艺的精湛与纯熟，他与姑姑无声未果地相互爱恋，让人不由想起萧红《小城三月》中堂哥与翠姨纯洁又凄美的爱情。儿童叙述视角给予马金莲小说思维自由的空间想象，纯真故事背后的隐含蕴意，从而增强了小说的现实意义与清新风格。

再次，语言与文体上呈现散文格调。西部短篇乡土小说创作保有着清新、质朴的散文语言风格。西部作家大都立足于乡土写实，因此叙事较为沉稳纯朴，文体风格较为清新质朴，语言较为细腻平淡而真实，适当夹杂着本土方言和俚语，不时流露出自然真情的散文化特征。郭文斌的小说语言深隽和优美，石舒清的小说语言则更加细腻温和，马金莲小说语言是发自内心的真诚坦言，李进祥的小说语言却充满着乡村人的质朴感，了一容小说语言更为平易近人。他们创作的小说文体篇幅较短，多以中短篇小说为主。这类短篇小说在篇幅上更为接近于散文体，有些小说从内容和形式上更趋向被归属于散文。如以写人记事为主题的小说，尤其是书写自己的亲人，由于篇幅相当短小，在文体上倾向于散文格式。

石舒清小说的诗性与散文化特征是西部作家中比较突出的个例表现，整本风格表现为写实和抒情，在不同时段的小说创作中其创作风格变化较大，具体表现为：

1. 起步期写实中带有青涩的诗意抒情

20 世纪 90 年代的石舒清小说呈现出一种忧愤、沉郁和悲凉的叙事风格，文本叙事充满着紧张和焦虑感，多以儿童视角真实地再现乡村世态，但文本中存在一个潜在叙述者，犹如一位愤青敏锐地审视与批判乡村现实。小说《选举》《贺禧》《搭皮》《逝水》《残片童年》《山乡故事》《外家的日子》《碎舅母的运气》等引发人们对故事背后隐藏的社会问题的深思，注重作品蕴意的意味深长之感。这一时期石舒清小说以写实为主，并不时地加以抒情而引发诗意，尤其在小说的语言方面。例如："黑了，天净似水，渗出一弯儿月，极嫩，沁着油的馓子一般。"[①]"连绵的山，呈现着一片无奈的荒凉与寂寞。"[②]"像得到了根的滋润一

---

① 石舒清：《深埋树下》，《朔方》1991 年第 12 期。
② 石舒清：《赶山》，《朔方》1993 年第 4 期。

样，我们这些枯干的枝叶，渐渐地泛出一些淡淡的新绿。"① "正值黄昏，寒鸦飞空，秋风过树，大庭一派肃穆。"② 这些诗意语言的运用形成小说的生动性，营造出乡村悲凉的意境，可以深切地感受到作家内心的孤独感。作家在写实中自主地抒情，但却无法遮蔽作家早期创作中情感流露的青涩与真实。

2. 稳定期趋于诗性哲学中的理性写实

新世纪前后，石舒清小说创作风格日趋成熟，注重理性写实与诗化并行，表现为叙事的平淡和优美。石舒清是一位具有诗人气质的作家，他曾谈到："我一直对诗有着强烈而持久的兴趣"，③ 他在闲暇之余喜欢写诗，因而能够把诗的艺术手法自然地运用于小说创作中，不免流露出诗人的敏感和忧伤。此时期的石舒清小说褪去了早期主观的抒情风格，更趋向于以理性写实来表达一种诗性哲学。《旱年》《远古岁月》《清水里的刀子》《红花绿叶》《清洁的日子》和《风过林》《花开时节》《秋日声响》等单从小说题目的命名中就能显出其隐含的意义，向读者传达一种人生哲思。《清水里的刀子》中给予人在清洁的生命意识中如何坦然地遵循着生与死的自然规则。《清洁的日子》中一次打扫老屋的活动却带来人的心灵洁净，清除农家生活的疲惫与艰辛。《旱年》中人追求一种心灵的和谐安宁。《娘家》中告诫夫妻间应遵循真诚务实的生活原则。有些作品仍采用儿童视角的第一人称叙事，以儿童天真稚嫩、充满好奇心的眼睛去观察丰富多彩的乡村世界，如《五外爷》《开花的院子》《小青驴》《往事》和《乡土一隅》等书写儿童视野中的乡村人情面貌。语言描写极其细腻精巧。"马子善老人看看日头觉得日头很孤单。孤单着也好，有时候奇怪地觉得孤单着也是一种福分。"④ "晒在院子里的粉面在阳光下白得发青。亮亮的阳光和重重的墙影无时无刻不在相互置换，但它们将这非同小可的置换处理得那么悄然，一丝声音也不发出。"⑤ 石舒清小说常以动来写静，给予人一种宁静悠长的静谧之感，让人的思绪不断感悟着文本蕴含的某种哲理。

---

① 石舒清：《残片童年》，《朔方》1995 年第 12 期。
② 石舒清：《招魂》，《朔方》1993 年第 4 期。
③ 马季、石舒清：《笨拙·深情·简单·迅疾》，《文学界》2008 年第 10 期。
④ 石舒清：《清水里的刀子》，宁夏人民出版社 2008 年版，第 11 页。
⑤ 石舒清：《旱年》，载《清水里的刀子》，宁夏人民出版社 2008 年版，第 200 页。

3. 成熟期的散文化风格

2005年以后，石舒清发表了大量的散文、随笔和读书笔记，他曾谈到自己平时总以写日记与散文作为练笔。从总体上说，石舒清成名后的作品更多集中于写故乡、家族亲人和忆事思物，篇幅较为短小，更趋向于散文化风格。如《父亲讲的故事》《长虫的故事》《阿舍》《黄昏》《眼欢喜》《果核》《杂拌》《平民三记》《韭菜坪》《尕嘴女人》等基本上是短篇小说，书写内容更多以写人叙事为主，甚至还采取以父亲日记为原材料进行小说创作，颇有散文之风。《底片》是石舒清唯一的一部长篇小说，完全采取了散文的书写格式和语言风格。"在《底片》里，我写了我的那个小村庄。写了几十年来留存在我记忆里的一些人和事。没有什么结构，散漫无序，像是村子本身的生活一样。"① 作家真实地书写记忆村庄中的人和事，有亲人、乡邻等，有《物忆》《爷爷》《痕迹》《奶奶家的故事》和《母亲家的故事》《邻居家的故事》《另几片叶子》共七个部分组成。从篇幅和结构上看，它是若干个短篇的散文（或者称为小说）聚集而成一个具有相同主题的小说版块，而每一小节都可以视为一篇写实小说或者是忆人记事的散文。如《痕迹》篇章由乡村童年生活趣事和个人成长经历的若干小短篇组成。《奶奶家的故事》和《母亲家的故事》回忆家族成员琐事，表现不同时代中人物的各自命运。《邻居家的故事》中回忆乡邻轶事，以邻居一家的命运来展现时代变迁中人们的生存心态与人情冷暖。小说的抒情格调有所减弱，诗化哲思意识退却为纯正写实。从石舒清小说创作由早时写实中夹杂着诗意抒情，到中期转变为诗化的哲学风格，而近年来倾向于写实的散文化，可见他对创作情感的把握和艺术手法的探索日趋成熟和稳定。

第三节　地方民俗、民歌与方言的运用

西部乡土小说中民俗风情描写和地域性方言、民歌的运用已成为作品艺术上不可缺少的因素，增加了文本叙事地域人情审美的同时，更易于在日常生活审美中推动情节发展和突出人物性格，从而丰富作家传达西部人伦的情感氛围。民俗文化因素的运用与乡土小说自身写实色彩有着一定关

---

① 马季、石舒清：《笨拙·深情·简单·迅疾》，《文学界》2008年第10期。

联，有利于作家更好地进行伦理主题书写。西北陕甘宁地带民俗、方言和民歌在贾平凹、雪漠、石舒清、郭文斌、李进祥、马金莲、了一容等乡土作家的创作中得到很好的展现。贾平凹小说中大量描写婚嫁葬亡、节日礼仪等民间风俗，富有秦地特色的方言和秦腔的运用，充满着浓厚的乡土气息。雪漠小说创作把甘肃凉州地区民歌"花儿"运用到极致，郭文斌小说书写民间传统文化，对民间的农历节气习俗和仪式描写得相当深刻。少数民族作家的小说创作中表现出民族特色的着装，婚嫁丧亡中举行宗教礼仪以及民族日常生活语言的运用，富有地域乡土风情。郭雪波小说中对蒙古族民歌和萨满教巫歌的运用富有草原的空旷和粗犷特色。贵州仡佬族作家王华小说中的山村古老的婚庆习俗，人自然走向死亡的原生态仪式，以及山地民歌和祭神歌的运用等，都显示出西部乡土小说伦理书写的地域民俗色彩。

一 乡土风情中的民俗礼仪

民风习俗和地域风情已成为西部乡土小说中不可缺少的书写内容，作家有意地营造一种氛围，让读者更好地体悟西部人伦观念和人物伦理行为和情感，因为有些民俗礼仪中包含人的道德观念表现。西部作家创作中对乡土婚葬风俗、民间节日习俗、民族信仰礼仪等描写，让读者在地域人文风情中更深刻地理解作品蕴意，因此也形成乡土小说的民俗审美特征。贾平凹早期的乡土小说中拥有大量的民间风俗描写，充满着浓郁的乡土风情。《腊月·正月》中韩玄子对待大女儿举礼办婚的态度和要求，见出老一代农民注重民风习俗礼仪，年轻人本想外出旅行简单行事，而父亲却要坚持待客，置办嫁妆、宴请酒席体面为女儿"送路"。当天宾客迎门之时，必要在院子时摆上娘家准备齐全的嫁妆，马灯、箱子、立柜、镜子等。最有讲究的是要在盆子里放上两个盛满面和米的细瓷碗来显示娘家对嫁女儿的重视。写到过年中的磕头、点灯笼窜村巷、春节敲锣鼓、舞狮闹社火等民间节日习俗无不展示出西部乡土风情的魅力。《天狗》中天狗与师娘的婚姻，虽然违背伦理但在民间得到合理的认可，妻子面对丧失劳动能力的原配，可以招上门女婿的方式，以此来赡养并承担家庭的重担。《黑氏》中的黑氏为小男人家地位卑微的童养媳身份、《古堡》中光大和张老大两家兄妹的换亲婚姻等都表现出商州地区古老的民间婚配习俗。《浮躁》中过"成人礼"扔饼到房顶，新生儿过满月、回娘家等生动地再现淳朴的乡土民情风俗。其中还描写了民间巫术习俗，如举着灯笼喊魂的风俗、人非正常死亡后要请阴阳师驱魂辟邪，家中有不祥的征兆要进寺烧香磕头，请巫神看病、算命之说，等等都见证贾平凹早期小说创作中的蕴含着丰富的民俗文化底蕴。

贾平凹20世纪90年代以来乡土小说同样充满着乡村民俗风，尤其对乡村婚葬风俗的描写较为详细和生动。《高老庄》中子路第一次带新婚妻子回到故乡，要带着礼品（点心包、罐头瓶、挂面、红白糖）[①]去拜见本家长辈，见面要磕头，亲戚要给新人礼钱。高老庄姑娘的"毛看"和"光看"的乡村相亲风俗。子路父亲三周年祭祀仪式实质是乡村葬礼的一种延续。人死后三年周忌完毕才算真正离世，因此祭祀风俗更为隆重，提前筹备酒席用品、请乐班吹打，孝眷穿孝衣，孝子上坟接灵、磕头、奠酒、烧纸、焚香、放鞭炮、设灵桌，孝女们要接灵、跪拜、哭丧[②]；孝子要在家门口迎前来的亲朋好友，并要设宴席款待和招乎宾客喝茶，来者要先献祭笼子、烧纸、前往灵桌前燃香、倒酒等三次拜祭亡人后，再奉上礼钱。孝子与亲戚要守夜，次日再次焚纸祭奠、放鞭炮、摆席招呼来客吃饭。直到把白纸挽联、孝子脱下的孝服、纸扎的祭物在亡者的坟头烧掉，整个祭祀过程才算结束。[③]《秦腔》中红白喜丧都要请剧团唱秦腔，新嫁的媳妇要准备糖酒和挂面回娘家送回门礼，生孩子后要在树上挂红布，以向人宣告家中又增添一辈人，要向娘家报喜，家人得知要送花布、红糖、鸡蛋回礼祝贺。葬礼习俗中唱秦腔、布置灵堂、写白纸联、扎制"金山银山"、剪纸篓挂、捏童男童女，入殓放柏朵和木灰草等凸显民间丧葬仪礼的复杂和繁琐背后所蕴含的乡土文化意义。[④]贾平凹对西部民风习俗的描写与人伦风情的阐释构成他乡土小说中一道独特的乡土风景。

西部少数民族作家有着自身的民族信仰和不同的民族风情，因此他们常以民族习俗描写来体现民族的伦理观。仡佬族作家王华小说《傩赐》中展示出偏僻古老山村中愚昧的共妻习俗，对接亲、送亲、背媳妇和拜堂

---

① 贾平凹：《高老庄》，安徽文艺出版社2010年版，第30页。
② 同上书，第64—65页。
③ 同上书，第68—73页。
④ 贾平凹：《秦腔》，安徽文艺出版社2010年版，第283—289页。

等婚俗仪式有着细微的描写。《家园》中原始部落的安沙人生活在一个与世隔离的村庄，人与自然亲密接触，人与动物相依为命。安沙人保留着与世外不同的死亡习俗，把"死亡看成是天堂",[①] 他们把死亡视为一件令人开心的事情，又称为"回老家"。老人并非生病，只要她认为自己该是回去了时候，就可以自由地选择死亡的时间，做一些自己喜欢的准备，高兴地穿上老衣，走到每家竹楼与乡邻依依告别。走向死亡的场面也相当特别，例如："奶奶在几个姑娘簇拥下走下竹楼，向彩色的汽垫船走去，奶奶的脸上有团新娘子才有的红晕，她的眼睛里也是只有新娘子才有的幸福之光。奶奶走向船，就像走向她的花轿。五个白胖胖的孩童随后，前面四个手里分别托着红、橙、紫、蓝四种色的布包，后面一个托着个竹碗，碗里盛着五彩的坨朴。"[②] 由此可见，这种死亡仪式是充满着欢笑和祝福，蕴含着神圣的祈愿而离世而去。当村人确定亡者无呼吸之时，向大家宣告，亡者已见到神了。在欢快曲子的喧嚣声中，把亡者送上河滩，随水而去。这种看似原始的对待死亡的态度和方式，其实暗含着深刻的寓意，在现代人害怕死亡与安沙人兴高采烈地自主走向死亡的对比中，凸显安沙人面对生死原始状态的洒脱与乐观。作家对这种原生态习俗的书写增加了现代人向往回归自然家园的美好理想。

回族作家石舒清、李进祥、马金莲等以回族的民俗风情描写来表现民族伦理。一是葬亡礼仪。石舒清小说中同族人见面要行民族礼仪"色俩目"，以示问候和尊重，洗漱时要持汤瓶等。《逝水》中姨奶奶严以律己地遵守民族信仰，单独以干净的瓦缸装清水饮用，坚守食用素食，每日五更时起身点香、静坐、沉思，认真学念经文，一生清苦终了。《清水里的刀子》中亡人入土后，亲戚要施行搭救仪式，以解救亡者在另一世免除拷问罪过的苦行，点香、烙油馍、宰鸡、宰羊、宰牛以表示对亡人的重视，但在杀牲前要对它全身细致认真地清洗，以表示对牲口与亡者的尊敬。《疙瘩山》中对亡者要点香、跪拜、念《古兰经》，送葬者要瞻仰亡者的遗容，以此来参想自己的生死。回民族对生与死都非常敬重，对刚出生的婴儿要用清水洗净，对亡人更为尊重，讲究清洁和干净的葬亡仪礼。"回族实行土葬，埋体（尸体）用清水洗过，用白布包裹，直接下葬。没有

[①] 王华：《家园》，江苏文艺出版社 2008 年版，第 3 页。
[②] 同上书，第 17 页。

陪葬，没有棺木。简单而朴素，朴素而高贵。"① 马金莲小说《长河》中包裹埋体要从未铺用过的崭新和干净的毡子，"清水洗浴过的埋体最为洁净高贵的，只有洁净的毡子才配得上包裹"。② 村人要自觉地去为亡者送埋体，家人要准备零钱分散于大众，活人对入土亡人的搭救仪式更为讲究，要宰生灵、炸香油、请阿訇念《古兰经》、看坟院等，以示敬重亡人等。《难肠》中为亡者念讨白的习俗，坚守活着不做歹事、死后才不会痛苦等信仰。回民族信奉身体洁净，心灵清洁、崇高的宗教精神，从而教导着人们虔诚地完善个人道德。正如马金莲所言："信仰让生活在旱海里面目苦焦的人们活着有了希望，粗糙的心变得柔软，充满渴望。信仰是一泉看不见的清水，滋润了我们干渴的心田。这样，再大的苦难也变得可以忍受，可以克服，可以超越了。"③

二是节日婚嫁习俗。李进祥小说书写回族的民族节日习俗，如《女人的河》中的尔德节（又称古尔邦节，亦称宰牲节）④ 来临时要去河里挑活水洗洗涮涮，家人要为亡人去献牲口，让牲口把亡者驮进天堂。女子出嫁前也要用活水洗离娘水、暗示着真正地离开娘家，做新娘子当天要带眼罩以免总往娘家跑。《害口》中新婚女子必须恪守在家中半年不下地、不出门的习俗延续和保留，蕴含乡土农家对新媳妇的尊敬和重视。《捋脸》中结婚前一天要进行细密的捋脸仪式，既是过往的告别，又象征着开启新的生活。《换水》中回民出远门坚守着换水的习俗，与洗澡不同，有着严格的洗漱程序和规定。石舒清的《逝水》中姨奶奶严以律己地遵守民族信仰，每日五更时起身点香、静坐、沉思，认真学念经文，一生清苦终了。马金莲《舍舍》中少妇舍舍保留着戴白帽民俗习惯，坚守着民族文化信仰。《柳叶哨》《山歌儿》和《碎媳妇》中西海固乡村婚俗风情，向新娘子抢讨核桃来沾喜气、娶亲骑毛驴、遵循哭嫁风俗、可以亮嗓而哭但不可哭诉，诉说会引人耻笑，哭声不能过大，要哭得惹人怜爱，"哭得好看一点，动人一点，优美一点"，⑤ 哭嫁不能过久，否则会有损娘家的光阴，

---

① 马金莲《在时间的长河里（创作谈）》马金莲新浪博客，(http://blog.sina.com.cn/s/blog_9764acd80101ge9p.html)，2013年10月23日。

② 马金莲：《长河》，《民族文学》2013年第9期。

③ 马金莲：《在西海固大地上》，《作品》2010年第5期。

④ 李进祥：《女人的河》，宁夏人民出版社2012年版，第1页。

⑤ 马金莲：《碎媳妇》，宁夏人民出版社2012年版，第126页。

因此哭到一半路程要收住保持沉默。迎亲进门时，新女婿要背媳妇、新媳妇守炕旮旯，新婚夫妇争抢撕喜字等婚嫁风俗的描写，充满着浓厚的回族乡土韵味。西部作家对当地民风习俗的细致描写，见出他们对乡土民俗文化的熟知与热爱，从中汲取民族文化内涵，表现乡土小说多姿多彩的民俗特色。

二 地域方言和民歌的运用

西部作家创作中引用富有地域性色彩的方言和民歌，丰富了乡土小说伦理书写的生动情调。贾平凹在《关于文学语言》中谈到他的文学语言观："向古典和民间学习……民间有许多十分好的语言，得留意采集民间土语。陕西民间散落了上古语言，沦为土语，认真总结这些土语，你就会有许多可用的词汇。"[1] 评论家雷达认为《高老庄》的"语言能粘住人，还与作者对方言的挖掘、调动，刮垢磨光，不断楔入对话和叙述中大有关系"。[2] 贾平凹对方言和俚语的借用已形成乡土小说独有的语言特征。《高老庄》中运用了大量的方言和古语，如乡邻们看见刚进乡村的子路说："耶，这不是子路，子路你回来啦？这是你办的女人？"[3] 其中的"办"字，融合了农村人说话的土气与直爽的特点。菊娃对西夏说："有空到我店里去游啊！"[4] 这个地域方言用语"游"代替了现代汉语中的"玩"字。西夏见到子路生闷气说："你瞧子路瓷不瓷，一个人坐在屋里发呆哩！"[5] 在陕西方言中有"瓷锤"这个词，具有贬义意味，喻指一个人发呆的状态，呆板的如瓷器一般。在这里贾平凹则只借用了一个"瓷"，妻子说丈夫"瓷不瓷"更多充满了调情的亲切感，缓和沉闷的氛围。另外，还掺入乡村日常用语和古语的运用，如"穿的周正""怄气""带累"（连累）、"洗嘴"（漱口）、"粮子"（当兵的或者土匪）、"作践""缺成色"（缺心眼）、"说土话"（说闲话）、"嚼"（骂意）、"拿作"（刁难）、"谋乱"（烦闷）、"薄"（小气）、"谈嫌"（挑剔）、"言馋"（刻薄）、"贫气"（没福）、"肘"（摆架子）、"二茬婚""致气"等，其中讲到子路对散落民间古语的搜集，因此文本中大段地引用古语并阐释它的现代意

---

[1] 贾平凹：《关于文学语言》，《西安建筑科技大学学报》（社会科学版）2005 年第 1 期。
[2] 雷达：《长篇小说笔记之一》，《小说评论》1999 年第 2 期。
[3] 贾平凹：《高老庄》，安徽文艺出版社 2010 年版，第 9 页。
[4] 同上书，第 77 页。
[5] 同上书，第 167 页。

义，融合民间土语与现代汉语并用的特征。

贾平凹小说中对方言、民间口语和土语的运用，实质上在追求文学的民间立场和民间情感审美，力图在语言上还原乡村日常生活原貌，建构乡土文学独特的本土语言观。贾平凹曾谈到："语言是讲究其质感和鲜活的，向古人学习，向民间学习，其中有一个最便捷的办法是收集整理上古语散落在民间而变成'土语'的语言，这其中可以使许多死的东西活起来。"① 因此，贾平凹小说中对方言土语的运用有着作家刻意追求的成分。《秦腔》中说人长得漂亮则用"稀"字，夏风在知道孩子残疾后说："生了个怪胎？那就撂了吧。"② 以"撂"代指扔掉。庆玉称父亲夏天义是个"咬透铁"。"咬透铁"这里指人做事有坚韧不拔的毅力。君亭背后称夏天义："二叔啥都气强，家窝事就气强不了，看看娶的几个儿媳，除了竹青，还有谁能提上串？"③ "提上串"应该指看得上眼，比较正派等。"计划塌火了""爱惦着""避远""咬嚼""吃天的本事""没处下爪""瓜相""躁了""碎熊""烧包""毛了""捣嘴了"等。贾平凹对陕南地区方言把握熟练，他潜心研究方言并精湛地运用于文学创作中，钟爱之余更多是立足本土语言来丰富文学语言。

石舒清、李进祥、马金莲等乡土作家的小说创作中时常夹杂着民族方言的使用，凝聚着深厚的民族氛围。如"无常"（死亡）、"搭救""拱北""献牲""搭洗""撇申""老人家""阿訇""乜贴""色俩目""浪亲戚""碎女""碎哥""碎媳妇""尕师兄""巴巴"（叔叔）、"新大"等民族日常用语和口语，耶尔古拜、孤拜、萨利哈婆姨、阿依舍、尔萨、马哈赛、黛尔、舒尔布、豪赛尼、穆萨、马古拜、克里木、阿西燕、赛麦、哈赛等民族化的人物名字，让读者更为贴近少数民族的日常生活，读来也更为亲切自然。西部乡土作家对地域方言、土语和口语的运用，在丰富乡土小说语言特色的同时，也展现出西部民间文化的博大魅力。

除了地域方言外，西部民歌也被作家运用于小说创作之中，表现出极大的地域文化情诗。西部乡土小说中对民歌的借鉴和运用，主要集中于以

---

① 贾平凹：《关于〈高老庄〉答穆涛问》，载《造一座房子住梦：贾平凹散文选》，人民日报出版社1998年版，第164页。

② 贾平凹：《秦腔》，安徽文艺出版社2010年版，第361页。

③ 同上书，第59页。

下三种形式：

（一）甘、宁、青、新地带的民歌——"花儿"

"花儿"，又称为"少年"，是流传在中国西北地区一种历史悠久并带有独特地域风情的民歌。它基本是以抒发男女之间爱情的山歌为主，也有日常民众的叙事歌谣，并以即兴口头填词，独唱或对唱的形式呈现，声调高亢悠长，曲调婉转优美，独具西北浓郁的地域特色和民族风格，经过长时期的历史演变，不同地区的"花儿"有着细微的差别。[①] 根据西部乡土小说中展现的民歌"花儿"的叙事内容又可以分为三种类型：

一是男女之间传递爱意的情歌。雪漠在《大漠祭》中共有 17 处写到民歌，大量引用"花儿"，来传达西北大漠深处青年男女心中勃发的情感流露以及事与违愿的悲伤与凄凉。其中女主人公莹儿是个唱"花儿"的高手，当她与情人灵官单独相遇，便时常以歌声来传达爱意：

> 月亮当中的娑罗罗树，春风儿吹天下哩。一思想和阿哥走下的路，心疼着咋丢下哩？石崖头上的墩墩儿草，骨朵儿像胡麻哩。阳世上再没我俩儿好，一晚夕说胡话哩。白萝卜榨下的浆水酸，麦麸子拌下的醋酽。宁叫他玉皇的江山乱，不叫咱俩的路断……[②]

莹儿以各种各样生活场景来比喻她对恋人灵官的爱意之深，并期待着爱情的长存。虽然恋人是叔嫂关系，但两人无法克制各自内心涌动的深情，在偷情后莹莹怀了灵官的孩子，备受自我道德谴责的压抑。在一个大漠深夜中，两人各自忏悔却无法忘却的情爱，莹儿以花儿表达对这段爱情的坚贞与无怨无悔的誓死决心：

> 铁匠打着个铁灯来，碗儿匠钉了个秤来。小阿哥拿出个真心来，尕妹妹豁出条命来。梯子搭给着天边哩，摘上的星宿要好哩。你死着陪你死去哩，不死着陪你老哩。杀我的刀子接血的盆，尕妹我心不悔

[①] 参见闫国芳《乡土社会视阈下的花儿研究》，博士学位论文，西北民族大学，2007 年；参见苏娟《独树一帜的艺术奇葩——浅议西北民歌"花儿"》，《赤峰学院学报》（汉文哲学社会科学版）2005 年第 6 期。

[②] 雪漠：《大漠祭》，敦煌文艺出版社 2009 年版，第 188—189 页。

哩。手拿铡刀取我的头，血身子陪着你睡哩……①

莹儿以"铁灯""秤砣"打比方表达对恋人的真挚情感，以"天梯摘星"来暗示着爱情发展的艰难和来之不易，最终以"血"誓言对这份恋情的坚贞不悔的决心，从中见出西部乡村女性长期的情感压抑，追求自由爱情时表现出大胆与坚守，但更多是充满着无法言说的艰辛与无奈。

红柯在小说《扎刀令》中对花儿进行阐释："花儿指所爱的女人，少年是女人对男人的一种希望，顶天立地叱咤风云只有少年黄金时代，热恋钟情这种韵事，也只有少年能尽所欢，白发老人唱起花儿也往往以少年自许。"② 其中有 26 处引用民歌其中以《花儿》《哭媳妇》等经典民歌花儿为代表，"……白杨树的叶叶呀！怎么这样嫩来？娘老子把你怎生来！模样子怎么这样俊来？阿哥是天生的汉子家，鲨鱼皮镶刀鞘哩。心思对了好比淡流水，太酽了损志气哩……"③ 以男女对唱的形式，向对方传达心中的爱意和疑惑。卢一萍的《等待马蹄声响起》④ 中一对暮年的老人在跟随儿子从草原搬进城市后再次回到草原，面对迷人又熟悉的故土，情不自禁地唱起了青年时代的情歌，"你的黑眼睛迷住了我的心，你的白牙齿勾走了我的魂；你的美貌点燃了爱情的火，而你冷得就像冬天里的冰"。⑤ 以此来表达昔日美好爱情的留恋与当下青春时光消逝的悲伤。李进祥的《一路风雪》、⑥ 郭文斌的《惊蛰》⑦ 中以直白语言来表达内心炽热的情感："阿哥的肉呀……哎，这条（嘛）大路我走（呀）过，有了个耀眼的火呢，挡上尕妹妹大门上站呀，阿哥的肉呀，耀坏了我过路的少（呀）年。"⑧ "阿哥的肉哎，咋熟的呀，自己把自己烤熟了，心里的火哎，咋起的呀……"⑨ 这两段花儿唱出男子对心爱女子的想念和期待，是一种相对

---

① 雪漠：《大漠祭》，敦煌文艺出版社 2009 年版，第 208—209 页。
② 红柯：《扎刀令》，载《额尔齐斯河波浪》，上海文艺出版社 2011 年版，第 67 页。
③ 同上。
④ 卢一萍：《等待马蹄声响起》，《飞天》2007 年第 7 期。
⑤ 同上。
⑥ 李进祥：《一路风雪》，《朔方》2004 年第 5—6 期。
⑦ 郭文斌：《惊蛰》，《雨花》2001 年第 3 期。
⑧ 李进祥：《一路风雪》，《朔方》2004 年第 5—6 期。
⑨ 郭文斌：《惊蛰》，《雨花》2001 年第 3 期。

露骨的情感表达，热切地期盼心爱女子的到来。以抒发爱情为内容的花儿，常常以生动的比喻来表达对爱情的期待，坚守爱情的决心。这类"花儿"更多采用打比方、情景铺陈等手法来抒发内心情感。

二是表达心情忧愁的怨曲。雪漠的《大漠祭》中灵官走在令人焦躁和窒息的大漠深处的沙岭上，面对骄阳炙烤，他吼唱民歌《王哥放羊》："王哥——放羊——球——燥——气，一下弄——死了——羊——羔子，有心——捞过来——烧着吃，可惜了——一张——皮皮子——"[①] 青年人面对生存环境的恶劣，用歌声吼出心中的烦闷和不安，品尝着大漠人世代生存的苦难和艰辛。《白虎关》中莹儿在心爱的恋人灵官走后，时常因思念而沉迷于一种悲伤的情绪之中：

走来走来者——越远地远哈了—— 眼泪的——花儿飘满了——眼泪的——花儿把心淹了——哎哩哎海哟——眼泪的——花儿把心淹了——走来走来者——越远地远哈了——褡裢——里的锅盔轻哈了——心上——的愁肠就重哈了——哎哩哎海哟——心上——的愁肠就重哈了——眼泪——的花儿把心淹了—— [②]

莹儿一生命运坎坷，先是被哥哥换亲，丈夫患病英年早逝，与小叔子发生恋情，但恋人在背叛兄长的忏悔中不声不响地远走他乡，从此便带走了她心中美好的期待和幻想，面对父母的再次逼婚，以她换取哥哥媳妇的悲伤。曾经与恋人相聚的短暂时刻成了她心中唯一短暂的温存和幸福。当她想到自己站在沙丘上目送恋人的离去，心中涌起万分凄伤之感。卢一萍的《夏巴孜归来》中主人公夏巴孜即将搬离故土草原，他望着夕阳洒照的草原，不禁忧伤地唱起故土挽歌："妈妈乳汁一样的塔合曼草原啊，养育了我们的祖先……现在她突然变得苍老，望着她的容颜啊，像刀子割着我的心肝。"[③] 夏巴孜本想生活在草原直到终老，他离不开草原上那种熟悉的牧草香气、羊群、马奔、风嘶，以歌声来表达他对故土草原的难舍难分的深情，但面对乡长的指示，他不得不带领家人迁徙到沙漠边缘处，那

[①] 雪漠：《大漠祭》，敦煌文艺出版社2009年版，第96页。
[②] 雪漠：《白虎关》，上海文艺出版社2008年版，第15页。
[③] 卢一萍：《夏巴孜归来》，《中国作家》2008年第1期。

陌生的平原地区生活让他心怀忐忑。作家通常运用这类怨曲来烘托人物内心的情感，以此推动情节和主题的发展，同时也体现出作家自身的乡土伦理情感。

三是日常生活烦闷的闲歌。雪漠在《白虎关》中写到莹儿教她的好姐妹月儿唱"花儿"，她认为："'爱'是大海，'花儿'是浪花。只要有'爱'，'花儿'就自然流出口了——河里的鱼娃离不开水，没水时咋么价活哩；花儿是尕妹的护心油，不唱是咋么价过哩。烟洞的山上兵来了，刀杀了众百姓了，手提着大棒打来了，要花儿不要命了。"① 可见，花儿对于西北女子日常生活的重要性，她们视"花儿"为生命，它已成为农民日常生活的重要组成部分。马知遥的《静静的月亮山》中农民马拉西通过唱花儿来消除日常生活的平淡与可望而不可即的幻想："上去高山望平川，平川里有一朵牡丹，看去容易折去难，折不到手里是枉然。"② 这种"花儿"常常以四句头的格式表现出来。马金莲小说《山歌》中以通俗易懂的大白话来抒发日常生活琐事的烦闷情感，"打锣锣，烙馍馍，鸡儿叫，狗儿咬。舅舅来，吃啥哩？吃白面，舍不得；吃黑面，羞得很；吃荞面，肚子胀；吃豆面，豆腥味。宰公鸡，叫鸣哩；宰母鸡，下蛋哩；宰鸭子，看门哩……"③ 由此可见，"花儿"已成为西北农民倾诉生活情绪与表达家长里短的一种必不可少的抒发情感的方式。作家把它运用于文学创作中，在突出乡土气息的同时，也是表达自身乡土伦理情感的需要。

（二）陕西的"秦腔"与西南山地民歌

贾平凹小说《秦腔》中22次引用秦腔曲谱，除去故事情节发展的需要，也可见出作家对秦腔的钟爱，以此表达浓重的秦地民俗。农民爱唱，爱听秦腔，白雪的秦腔名角身份，夏天智钟爱于秦腔，经常在全村中播放秦腔，农民对乡村和土地的热爱，对民间文化的继承和坚守。在一定意义上，秦腔代表着一种西部民间传统文化的继承，贾平凹对于这种传统文化在现代化进程中的边缘处境深为惋惜。雪漠在小说《西夏的苍狼》中4次引用西北凉州孝贤，7次引用闽南客家山歌，西北民歌的浓重与悲壮，西南民歌绵柔悠长，在两种不同民俗文化的杂糅中，带领读者领略不同的

---

① 雪漠：《白虎关》，上海文艺出版社2008年版，第59—60页。
② 马知遥：《静静的月亮山》，宁夏人民出版社2012年版，第162—166页。
③ 马金莲：《碎媳妇》，宁夏人民出版社2012年版，第115页。

地域风情。如：

> 月光光，照四方；
> 食龙眼，米枝香；
> 食腊蔗，透心凉；
> 好酒食人三日醉，
> 好花插人满头香……

> 落大水，刮大风；
> 亚姨仔，嫁老公；
> 嫁去哪？嫁三峰；
> 哪下做媒人？高鼻公。
> 边莲塘，骑白马，
> 连莲妹，唔爱她，
> 伢爱精精奶格玛。①

王华小说《傩赐》中傩赐庄过桐花节时男女对歌的山地情歌：

> 男：今天是个艳阳天，整天想妹心不安。喝茶吃饭相差你，眼泪落在碗中间。
> 女：马儿吃草在沟边，妹妹想哥泪涟涟。吃茶吃饭想到你，哥哥挂在妹心间。
> 男：情妹长得像枝花，如同后园白菜芽。白菜长大来配碗，情妹长大配哥家。
> 女：太阳出来亮堂堂，照在哥家田坎上，田埂弯弯堵田水，哥妹本会对成双。②

以男女对唱形式来传达心中对恋人的依恋与爱慕，如果从民歌的文学性方面来看，相对于西北地区"花儿"用词抒情的直白，叙事内容的多

---

① 雪漠：《西夏的苍狼》，作家出版社 2011 年版，第 62—63 页。
② 王华：《傩赐》，《当代》2006 年第 3 期。

样，秦腔情感表达的浓重与浑厚，西南边陲山歌更给人一种清秀含蓄的格调，歌词也更有诗性的情调，富有抒情意味。

（三）巫歌与祭神歌

西部一些偏僻的山区盛行以巫歌来驱邪避灾，祭祀神灵和祖先时需唱祭神歌，表达心中的祈祷与愿望等。雪漠小说《大漠魂》中齐神婆为憨头驱鬼治病，一边用桃条抽打病人，一边唱颂驱鬼魔的巫歌："手捻真香焚手掌，桃条本是无极限。一根付于张天师，一根留与长命君，还有一根不出门，留在人间打鬼神。一打家亲并外鬼，二打魍魉不正神？三打三杀血腥鬼，四打索命冤屈魂……"① 以此方式来驱除病魔，解救灵魂。王华小说《家园》中安沙人祈祷家园平安幸福，感谢神灵的恩赐，在"阿依节"进行敬神仪式，唱祭神歌来表达感恩情怀："阿依神赐竹，阿依仙赐谷，吾祖得竹生灵魂，食谷得生肉身……阿依神啊，吾族得灵魂感激你！阿依仙啊，吾族得肉身感激你！灵魂让我们看得见云朵，灵魂让我们听得见雀鸣……各路众神啊，来陪阿依喝酒，来陪阿依吃肉。吾族祖宗啊，来陪阿依喝酒，来陪阿依吃肉。"② 人们以此方式来敬畏和感激神灵，祈求天降万福并延续于他们的后代。郭雪波在《大漠魂》《金羊车》《老字爷开风》和《狐啸》等小说中大量地引用民间古曲和祭神歌，其中《大漠魂》中共14次引用萨满"安代"。蒙古人信奉萨满教，跳起"安代"狂欢狂舞，祭祀天地和祖先，消除自然灾难，驱逐邪灵，祈求神灵赐予甘霖。《金羊车》中12次引用萨满"安代"，老萨满在祭坛前缓缓舞动身躯，带领众人舞唱安代，祈求神灵赐福与保佑故土的安宁，敬畏天地的壮观场面：

　　啊，鄂其克·腾格尔，
　　长生父天！
　　让那天仓里的福禄，
　　溢流到人间来吧！
　　呼咧！呼咧！
　　让那九天宝库的财富，

---

① 雪漠：《大漠祭》，敦煌文艺出版社2009年版，第396页。
② 王华：《家园》，江苏文艺出版社2008年版，第131页。

赐给百姓们吧!
呼咧!呼咧!
让牛羊奶如泉水,
让五谷堆如高山,
让五畜满山满川,
让幸福充满人间!
呼咧!呼咧!
啊,鄂其克·腾格尔,
慈悲的长生父天![1]

  人们吟唱古老又神秘的巫歌与祭神歌,以表达心中对神灵的敬畏,祈祷神灵的帮助来驱除心里的疑惑,祈福来年的生活安定,并赐予百姓的幸福与安康。西部乡土小说中引用民歌的内容丰富而且类型多样,不同作家把各自的地方民歌运用到小说创作中,呈现出不同的地域文化色彩与伦理情感表达方式的多样化,从而为西部乡土小说中伦理书写增添一份别样的审美特性。

---

[1]　郭雪波:《大萨满之金羊车》,新星出版社2011年版,第57页。

第七章

西部乡土小说伦理书写的启示与思考

西部独特文明形态和地域文化孕育的西部乡土小说创作呈现出与东部文学创作不同的一面，多元的伦理书写既显示它的文学个性，又突出其道德审美的现实价值。总体而言，20世纪90年代以来西部乡土小说中的伦理书写在一定程度上反映了西部社会发展变革中乡土伦理的变化，拓宽了当前乡土文学发展的视野，提升了文学的人文哲理深度。文学作品中的伦理书写，是作家对现实社会伦理认知后的再创造，间接地折射出不同时代背景下社会伦理和人们道德观念的演变。因此，无论西部乡土作家热衷于乡土伦理美好，还是批判现实伦理精神的遗失，都间接地发挥着它的现实价值。然而，从当前文学发展的现状来看，西部乡土小说创作仍然处于主流文学的边缘位置，文学队伍以中青年作家为主，创作艺术表现方面难免存有不足。

第一节 西部乡土小说伦理书写的整体向度

随着时代的发展，社会道德问题日益突出，这也进一步引起了作家对社会人伦的关注和重视。通过研究西部乡土小说中的伦理书写，发现多数西部作家密切关注社会伦理现状，但不排除有个别作家的伦理书写游离于社会现实。20世纪90年代以来西部乡土小说中伦理书写的整体向度呈现以下特点：

其一，作家热衷于乡土伦理价值的探讨，力求重建当前社会的伦理精神。总体来说，大多数西部乡土作家有着丰富的乡村生活经历，一些作家早年生活在乡村，后因各种原因（求学、写作等）进入城市，如贾平凹、冯积岐、温亚军、漠月、东西、石舒清、郭文斌、王华、冉正万、郭雪波等。另一些作家曾从事乡村基层工作，亲身体悟底层民众的生存挣扎与无奈的困境，积累了丰富的乡村生活经历，加之他们的父辈仍然生活于农村，因此他们与乡村有着密切的关联和深厚的情感，如鬼子、雪漠、马金莲、了一容、李一清、贺享雍、罗伟章等。特殊的生活背景与乡村阅历构成了西部作家深切关注乡土的情感基础，有着心系乡村父老的强烈写作意识。因此，西部作家文学创作中的社会责任感较为明确，密切地关注乡村现状和农民的生存面貌，并以知识分子的责任意识反思着社会变迁中的乡土人伦。

西部乡土小说中的伦理书写一方面表明作家对当下乡村伦理现状的高度重视；另一方面也呈现出作家在他的文学世界中建构着现代社会应有的伦理精神，正如评论者指出的："文学的伦理精神，不仅取决于创作主体的伦理态度，同时也取决于文学反映对象的伦理内涵。"[①] 如贺享雍对乡村干部正义精神的书写；郭文斌对传统儒家伦理精神的书写，不论其是否具有现实可行性和真实性，但作家承载的伦理精神是值得肯定的。王华在她的乡土小说中惋惜现代文明发展带来人们的现实家园与精神家园的双重遗失，向往人与人之间毫无利益纷争，人与自然和谐共处的原生状态；郭雪波在他的大漠生态小说中无数次地呼吁人类保护自然就是拯救人类自身。贾平凹在他近年来的乡土小说中无不表达他对现代乡村伦理现状的担忧与困惑，试图拯救乡村却因无能为力的自责。罗伟章和鬼子对乡村苦难充满着无限的痛恨；而石舒清、马金莲等却感恩于苦难熏陶了乡村人性的美好和坚韧。无论西部作家对当前乡村伦理的是喜爱还是怨恨，都无法掩示作家内心深处仍然充满对人性美好的期盼。

其二，作家对自我伦理精神层面的建构。文学作品中的伦理书写在一定意义上也是作家自我伦理观念的一种体现，作家创作中总会不自觉地流露他对现实世界和社会生活的认知与体悟，有些作家的文学创作可以视为对自我心路历程的探讨。著名评论家李建军先生认为："小说家的伦理态度和伦理思想，决定了他会写出一部什么样的作品。"[②] 因此，作家自身的伦理观念与道德感必然影响他的文学创作。西部乡土作家的自我伦理表现可分为两种：一是追求向善、向美和向真的情感表达，对

---

① 刘玉平：《论文学的伦理精神》，《四川师范学院学报》（哲学社会科学版）1997年第6期。

② 李建军：《小说伦理与"去作者化"问题》，《中国社会科学》2012年第8期。

乡村农民身上保有的人性美德进行颂扬，同时不断地进行着自我内心世界的伦理反省。如石舒清、季栋梁、马金莲、了一容、李进祥等作家；二是针对社会行为丑恶与道德弱化现象，底层群体的生存苦难与伦理困境，不断地对社会现实进行追问，反思现代文明的弊端和负面因素，以文学精神承担着人类伦理使命。如王华、罗伟章、贾平凹、鬼子、东西等作家。作家秦岭曾说："既然作家永远面对的是读者，首要的文学伦理应该是良知……你的文字会给人们带来什么，传递什么样的信息，这是文学良知第一个要解决的问题。良知应该是作家心中的宗教。"[1] 可见，作家的自我伦理观念会对其文学创作产生巨大的影响，间接主导着文学作品中的伦理表达，反之，作品的伦理书写又在一定程度上折射出作家对自我伦理的精神建构。

其三，作家从多种伦理视角反思现代伦理的变迁。20世纪90年代以来，现代社会转型中乡村伦理变迁的利弊成为作家思考的重点，西部作家从多种伦理视角来反思与质疑乡村现代人伦的变化。西部乡土小说中的伦理书写视角主要有：从家庭伦理的视角，反思社会变革与经济发展造成乡村人际关系的负面变化；从两性关系视角，分析现代人应如何坚守道德底线问题；从正义伦理视角，探讨人的道德困境与道德悖论问题。从西部乡土小说中伦理书写的情况来看，作家对现代社会人格与人性的探讨与反思成为文本表现的焦点。面对当下日益浮躁的价值观与生活方式，加上西方外来文化思潮的影响，个人主义极度膨胀，人满足自我欲望与经济利益中容易迷失自我而违背伦理，总体呈现出一种物质充足而精神异常空虚的伦理现状。中国实行市场经济体制改革以来，人们的行为和观念呈现出一定的开放性，致使社会整体的伦理规范与道德观念都体现出后现代的前卫风格，以往被传统伦理所认可与奉行的传统美德已成为守旧落伍者的标识。研究者调查发现，"当前中国社会的伦理世界及其精神，面临伦理认同潜在工具化危机，缺乏'精神'，甚至一定程度上'没有精神'"。[2] 因此，西部作家创作中非常有必要对当前社会伦理现状进行深刻反思和启蒙，从而发挥乡土小说伦理书写的切身价值。

---

[1] 秦岭：《文学伦理的秩序与良知》，《文学报》2010年7月22日。
[2] 樊浩：《当前中国伦理道德状况及其精神哲学分析》，《中国社会科学》2009年第4期。

第二节 西部乡土小说伦理书写的价值与意义

西部乡土小说中伦理书写的整体向度表明文学的伦理表达已成为当前文学发展的一个主要趋向,它展示出西部独特的地域人文情怀、自然审美意象、民族人伦风情,呈现出与中东地区不同的文学形态,这种小说创作形态的存在必然有着一定的文学意义。这里所说的文学伦理是指文学作品中反映的伦理观念,或者说作家在创作中流露的自我伦理意识。从学理上来讲,"文学伦理是文学与道德的结合,从文学史来看,是历史话语、文化话语、审美话语的综合,其中包括人类的道德感情、道德观念和道德生活。当人成为书写的对象,就要涉及人与人、人与物、人与自我的关系,它天然成为各种道德关系的载体,在伦理学的视角下,文学的审美韵致和人性求善与合秩序性需求表现出善美一致性"。[①] 文学创作中的伦理书写融合了作家的主体伦理认知观,它可以是对社会现实伦理的再现,也可以是作家不满于伦理现实,而建构理想化的伦理状态,但都应坚守以文学审美为基点的创作原则。因此,西部乡土小说中伦理书写为纯正的文学创作增加了一种道德审美元素,也为乡土文学发展注入了新的活力。

西部乡土小说中的伦理书写具有它自身存在的独特性,呈现出与东部地区文学创作不同的格调,浓厚地域情怀、宗教信仰和民俗风情的自觉表现,形成多元民族文化地域背景下的多元伦理书写。中国西部的地貌较为复杂多样,形成不同地域的自然景观,既有西南地带风景秀丽的山川、河流、峡谷、红土高原深处的丛林,又有西北地区广袤无垠的大漠、戈壁、荒原和干旱的黄土高坡以及疆地的天山、雪峰和冰川等。这种特殊的地域风貌给长期生活于此的西部作家带来强烈的视觉冲击与心理感应,折射于文学创作上则表现为自然景象审美与地域情感抒发。如生活于新疆边陲多年的红柯性格中保有着西部人特有的豪爽与无为的处事风格,与天山、戈壁的亲密接触中感悟着大自然孕育生命万物的悲壮和苍凉,小说中时常流露出荒原崇拜情节,从而形成疆域情怀下的浪漫诗意化写作。雪漠、郭雪波小说中抒发对腾格里沙漠与科尔沁沙地厚重的大漠情深;漠月、王新军

[①] 成海鹰:《文艺伦理还是文学伦理——论文学伦理成立的基础》,《湖南师范大学社会科学学报》2009年第1期。

小说以人伦情感融入戈壁、漠野和草场背景描写之中；王华、冉正万小说把人的生存置于黔地深山处的艰辛和无奈；宁夏西海固作家的文学创作集体呈现出干旱枯竭的荒山和村庄，苦苦等待上天恩赐甘霖的农民。总体说来，理解和阐释西部作家的乡土小说创作永远无法离开西部独特的地域背景依托，作家一面表现出西部人与自然（大漠、干旱、沙化）做永恒的抗争，一面又无不感慨着自然的伟大和神秘，对之充满敬畏的地域情怀。这也是西部乡土小说与东部文学创作的不同之处，特殊的地域自然情怀孕育出西部作家异样的文学审美表现。

西部乡土小说中伦理书写的独特还表现在西部作家把不同的宗教信仰和民俗风情融入文学创作之中，以此深切地表现西部多元的人伦特征。丁帆先生认为西部现代文学充满神性色彩的美学风格，并指出其神性意识，"一方面是来自西部民间的传统遗存和历史镜像，另一方面更多的是来自宗教因素对于文学的渗透"。[①] 对于20世纪90年代以来西部乡土小说创作来说，它的神性色彩更多源于西部作家文学创作中对自身民族的宗教信仰与熟知的民俗人情的自觉展示。有些西部作家时常会从宗教信仰和民间传统习俗中寻求写作的灵感或者是道德理念的支撑点。丁帆先生谈到："人神相遇甚至人神同体合一的体验和认知，表现在不同的宗教形式中，即可以看作是个体与神性、灵性、道、天或'梵'的某种交融，有限的个体精神与超越个体的未知者之间的融合，以及由此而得到的'感应'、'时空跨越'、'欣喜'或者某种'神喻'。西部民众的日常生活基本上就处在这样一种纯然感性的生存氛围之中。"[②] 因此，对于西部作家来说，这种神性色彩的表现并不是一种人为性的建构，而是宗教信仰与民俗风情的日常渗透，于是自发地融入文学创作中抒发其深切感受，并以信仰世界的美好与民俗人情的真诚来对视现实世界的不公与丑恶。正如研究者所言："作为对神性世界的描绘，他们的作品毫不犹豫地承担了审美和信仰的双重重任。一方面，这些作家长期生活在西部宗教文化的滋养之中，对于宗教和宗教有关的一切，他们有着独到的理解；另一方面，作家所应有的批判社会的责任，又促使他们不假思索地选择并认同了这样一个纯粹的

[①] 丁帆主编：《中国西部现代文学史》，人民文学出版社2004年版，第25页。
[②] 同上书，第24页。

世界，以对抗满目疮痍的现实社会。"① 如回族作家石舒清、马金莲、李进祥，东乡族作家了一容，他们的小说创作中以伊斯兰文化信仰的坚韧执着、宽容忍让来征服艰苦的自然环境下的物质贫乏。蒙古族作家郭雪波从古老的萨满文化中寻找道德理念的源头和基点，以反对现代人类破坏自然的残暴行为。阿来对藏族文化的熟知而让他的小说中充满着具有西域风情的神秘符号意象。贾平凹对秦地商州民俗文化的运用自如，把读者带入一个风俗深厚的乡土世界。郭文斌对西海固民间传统文化的迷恋，并以此来教化和启发现代人的心灵。雪漠对凉州地区民歌"花儿"的经典阐释，传达出青年男女执着于爱情中悲喜交加的凄凉等，都充分展示了西部乡土小说伦理书写独特的一面。

20 世纪 90 年代以来西部乡土小说中伦理书写呈现出与 50、60 年代和 80 年代西部小说中不同的伦理表达，褪去了以往宏大集体利益的革命道德热情，厚重的时代史诗性伦理情怀展示，转变为琐碎化的日常生活伦理书写，更为注重个人伦理情感的抒发，日益趋向伦理观念表达的多元化。因此，它已成为当前乡土文学发展中不可或缺的重要形态。西部乡土小说创作中涉及伦理书写的内容非常宽泛，既有传统的乡土伦理叙事，又有对现代伦理开放与多元发展趋向的勾勒，既关注西部多民族文化背景下丰富多彩的人伦情感，又有质朴的地域文化场景下平凡个体人生的伦理叙述。因此，西部乡土小说伦理书写开启了乡土文学创作的多元文化格局。西部作家积极地把伦理问题融入文学创作之中，以文学来传达对社会、人生和世界多样的伦理关照。有些西部作家把伦理视角投向了苦难与生存，深切揭示社会底层民众的苦难叙述与生存压抑，直视社会阴暗处，审视着现代人性的复杂和嬗变，他们坚守底层写作的伦理立场，审视着现代化进程中农民的病态苦难与生存悲境，这些作家创作中表现出一种纠结又无奈的写作心态。另一些西部作家把乡土人伦融入优美的西部自然风情和人文民俗，以清新浪漫的格调展现西部不同地域文化、信仰和民族审美背景下的乡村伦理形态。这些作家更多从自身民族和早年的故土生活经历寻找写作灵感，把普通民众的日常伦理融于民族文化和宗教信仰之中，富有浓厚的乡土气息与真实的人伦感触，他们以真诚与敬畏、纯净与祥和的心理叙述

---

① 赵学勇、孟绍勇：《革命·乡土·地域——中国当代西部小说史论》，山西教育出版社 2009 年版，第 161 页。

着故土人情，这些作家小说中的伦理书写更为纯净、质朴和自然，执着地表达乡村人性的本真和美好。西部乡土小说的创作艺术方面也显现出其个性特色，积极靠拢主流文学认可的现实主义与现代派创作风格，又把自身的民族宗教文化和人情风俗、民歌方言的元素融入伦理书写之中，形成了丰富多元的文化审美特质。因此，西部小说中的伦理书写充分地显现它不可忽略的文学形态。

西部乡土小说中伦理书写呈现人性的美丑与善恶，在一定意义增添了文学的道德审美价值。从而充分地证实了文学需要伦理精神，需要作家发挥其道德责任意识，文学的道德审美已是文学创作的重要因素。"文学借助于道德，借助于善，借助于理想的人格，而使自己变得充实、纯洁，变得崇高，从而具有撼动人心、净化灵魂的移风易俗的力量。道德则借助于文学使理性的规范，变为活生生的有血有肉的人物形象，变为他们的具体行为，特别是他们内心深处的细微活动与冲突。"① 西部作家传达乡村人情美德的同时，毫不回避当前底层边缘者的生存艰辛。作家马金莲坚信："文学要紧紧贴着地面而写，写最底层劳动人民的生活和命运，挖掘他们身上的闪光点，因为只有他们身上蕴含着人类最基本的精神内涵，也只有他们承担着整个人类生存悲剧的重担。"② 西部乡土小说展现出一种健康美好的乡村人伦形态：浓厚的人情美德，官民关系的平等，人与自然的和谐，乡村世界的平淡与美好，有些作家倡导以安详、安然和宁静的生活心态来慰藉现代人的自私与浮躁。

西部作家整体上呈现对乡村农民的伦理美德的肯定和颂扬，表现出平凡坚韧、朴素热情、纯真善良、正义厚重的生活态度与生存精神。西部地区的经济发展相对缓慢，因生活环境的影响，乡村农民依然保有较高的传统美德认同感。伦理学研究者调查发现："弱势群体（失地农民、城市农民工、下岗工人、低收入群体），这些社会变动中的失利人群，社会生活中的困难群体的普遍特征是对生活的不满意度高，达到81.1%，但他们的伦理感和道德感都很强，有着强烈的伦理认同倾向，特别是家庭伦理归宿感和家庭道德责任感明显强于其他群体；他们也富有社会同情心，并且

---

① 周双丽：《美是道德善的象征——文学道德教化论》，博士学位论文，复旦大学，2009年。

② 马金莲：《西海固文学离莫言有多远》，《六盘山》2013年第1期。

有较高的公德意识，76%的人愿意积极参与公益活动。"① 可见，不能从生存环境与经济地位来评价人的伦理道德意识，农民在长期的艰辛劳苦中形成一种勤劳坚韧的生存品格。宁夏西海固作家（石舒清、马金莲、季栋梁、郭文斌等）创作中尤为突出西部农民的谦卑中保有着真诚，贫苦中保有着尊严，平凡中保有着崇高，沉默中保持着坚韧等人性美德。西部作家创作中对伦理美德的有意强调，在一定意义发挥了文学的道德审美价值。正如美国作家福克纳所说："作家的天职在于使人的心灵变得更高尚，使他的勇气、荣誉感、希望、自尊心、同情心、怜悯心和自我牺牲精神——这些情操正是昔日人类的光荣——复活起来，帮助他挺立起来。"②

在西部乡土小说的伦理书写中，作家自身表现的道德批判职责充分发挥了文学的伦理启蒙意识。作家罗伟章曾谈道："我们寄希望于病态和野蛮之后的健康和文明，但写作者的使命之一在于留下有气味和温度的历史，我们不能因为有一个想象出的远景在那里，就不去正视活生生血淋淋的现实。"③ 雪漠也认为："文学应该展示一个比现实更真实的世界，让一些懵懂未知的人看到这个世界上的另外一种存在的可能，看到选择与命运之间的联系，看到自己还能追求一个更好的世界，意识到自己有着这样的一种能力和权利。"④ 作家在直面现实中充分地发挥了文学家的道德职责。正如学者所言："从作家的角度来说，作者对读者的责任、对隐含读者的责任、对作品的责任、对作者自己的责任、对社会世界的责任、对'真理'的责任等；从作品的角度来说，对读者的影响主要体现为理性的（intellectual）和道德的（moral）两个方面，小说对读者的观点、人生态度、甚至生活方式都可能产生影响。作品不仅对读者有影响，而且对作者自身也有一定的影响。"⑤ 可见，作家在从事文学创作中肩负负着重大的道德使命，作家自身的价值观无形地影响着社会和读者，他创作的作品可

---

① 樊浩：《当前我国诸社会群体伦理道德的价值共识与文化冲突——中国伦理和谐状况报告》，《哲学研究》2010年第1期。

② [美] 福克纳：《接受诺贝尔奖金时的演讲》，刘保瑞等译，载《美国作家论文学》，北京三联书店1984年版，第368页。

③ 罗伟章、姜广平：《我是一个懵懂的写作者》，《西湖》2013年第8期。

④ 雪漠：《以文学铸心，以文学铸魂》，载《光明大手印：文学朝圣》（上卷），中央编译出版社2013年版，第70页。

⑤ 程锡麟：《析布思的小说伦理学》，《四川大学学报》（哲学社会科学版）2000年第1期。

能产生的道德影响更大。

西部乡土小说在反映社会伦理的同时，又无形地影响着现实人伦道德的发展。"在文学中，关系行为作为被表现或被再现的生活或生存的本来样子，是道德规范的文学形态，它以道德规范的本来样子被文学地接受，则是文学道德价值的实现。"① 文学不仅能陶冶人的审美情操，而且也能够提升人的精神境界，"每一部小说都是对生活的批评"。② 20 世纪 90 年代以来西部乡土小说中展示社会转型时期的乡村人伦问题，如对现代人性的考量，对道德异化现象的批判和反思，深刻表现出作家自身的伦理关怀与道德启蒙。如贾平凹近年来的乡土小说中表达他面对苦不堪言的乡村伦理现状的无奈和心寒，感慨着故乡老街的腐烂坍塌与过往亲人的消亡，乡村走向了现代化，但现代化却又把乡村带入另一种道德困境：打架斗殴、务工丧命、赌博拘留、抢劫坐牢、婆媳打闹、土地荒芜、劳动力的外流等。③ 因此，贾平凹对现代伦理深表质疑的同时，却仍然保留着某种期待，力求人们反省自我，期望乡村伦理在社会关注中能够有所好转。文学本应传递生活美好的一面，但面对当前乡村伦理的丑陋和异化负面，西部作家无法对此置之不理，因此，整体上表现对城市化进程中农民生存的艰难和乡村人伦道德的混乱而担忧和困惑，对此以道德启蒙来寄托于希望。正如评论家指出的："成熟的小说家在写小说的时候，从不掩饰自己对政治、信仰、苦难、拯救、罪恶、惩罚以及爱和希望等伦理问题的焦虑和关注。"④ 总体来说，20 世纪 90 年代以来西部乡土小说中的伦理书写呈现其独特的文学表现形态，进而延伸了文学的道德审美价值与伦理启蒙意识。

第三节　西部乡土小说伦理书写的局限与反思

20 世纪 90 年代以来，西部乡土小说中的伦理书写延伸文学与伦理相结合的写作状态，作家创作中建构美好的人的生存和生态伦理观，艺术手法上继承了乡土文学的写实风格，借鉴并运用西方现代小说艺术，在文体

---

① 高楠：《文学的道德价值》，《文学评论》2009 年第 1 期。
② 程锡麟：《析布思的小说伦理学》，《四川大学学报》（哲学社会科学版）2000 年第 1 期。
③ 贾平凹：《〈秦腔〉后记》，载《秦腔》，安徽文艺出版社 2010 年版，第 496 页。
④ 李建军：《小说伦理与"去作者化"问题》，《中国社会科学》2012 年第 8 期。

表现上,把诗与散文的艺术运用于乡土小说创作中以及对富有西部地域特色的民俗、方言和民歌的运用,在一定意义上丰富了当代乡土小说的发展。但在从事这一论题的研究过程中,笔者发现西部乡土作家在创作中凸显积极的伦理关怀,作家的伦理建构与作品的艺术审美表现方面存在着一定的局限与不足。

一 理想化伦理书写的局限

首先,有些西部作家伦理书写的理想化,呈现出一种消极的"救赎"姿态。作家在文学创作中应持客观态度书写社会的善恶、美丑、真假等,正视现代文明与传统观念之间的矛盾与冲突,表达自己的思考与评判。有些西部乡土作家在文学创作中表现一种超脱现实的态度,自我理想意识中的乡土伦理书写,试图超越时空回归传统,建构一种美好的生存伦理图景。在这种理想化的伦理书写中,作家有意远离现代文明,避开乡村现实,大力渲染乡村文明的祥和与安逸,传统美德感染人们的心灵。作品表达的伦理精神与社会现实呈现脱离,只是一种精神层面的"乌托邦",对于农民生活的困境避之不谈。郭文斌小说创作中建构回归传统民俗的"大爱"与"大孝"精神,试图以儒家哲学与传统文化审美去净化与洗涤人们的心灵,以伦理美来打动读者。《农历》中乡村没有纷争、只有美好,没有物质、只有精神,没有反思、只有教化。孩童能出口成哲理,遇到各类私心杂念、欲望利益等诱惑,必会通过滔滔不绝地背诵一段《心经》、孝歌、谚语、忏悔录等来消除非正常的私欲。作家带着"布施"的写作心态与实行文学教化目的。郭文斌在文学中倡导的"安详"理念与伦理精神只适应于物质充实的上层精英人群,这种"精英"式伦理精神很难实现。以书写传统民俗节日来传达一种传统理念,文本中对民间戏文、风俗传说的大段引用,无疑地弱化了文学的审美性。正如汪曾祺曾说:"小说里写风俗,目的还是写人,不是为写风俗而写风俗,不能离开人,不能和人物脱节,不能和故事情节游离。写风俗不能留连忘返,收不到人物的身上。"[①]

另有一些西部作家表达乡村农民安于传统乡土文明的无为状态,舍弃

[①] 汪曾祺:《谈谈风俗画》,载《汪曾祺散文》,人民文学出版社2005年版,第260—262页。

现代化的生存方式，甘愿沉浸于亲近自然的生活之中，从中见出作家表达对传统乡土伦理的向往和期待。如王新军和漠月小说中大多沉迷故土背景下，农民安于漠野深处的农家小院，在蓝天白云的陪伴中过着朴素清新的乡村生活。这里有乡村人完全不受现代文明的干扰，过着传统式的小农生活。对于乡村现实生存资源的严重匮乏，干旱贫瘠沙化的自然环境，现代化进程中实施的自然生态保护，号召退牧还林政策对当地农民生存的影响和改变等一系列的现实问题，作家似乎在有意回避。作家对于农民的伦理观念与道德行为书写过于唯美化，以忘却乡村现实中来获取理想化心灵的安慰。作家对现代文明影响下的乡村伦理采取一种消极的"救赎"姿态，只能展示西部乡村人情美与风景美的一面，而忽略了乡村伦理的真实现状。

其次，个别作家伦理反思的平面化，对道德层面的探讨欠缺深刻性。西部有些作家创作中夹杂过多的个人主观情感因素，不能与现实保有一定的距离，从而导致伦理书写的主观化倾向。因此，作家无法跳出主观背景站到历史发展的高度，来探讨乡村人伦变迁的内在原因，以其与外部环境的关联。冯积岐小说创作以自身乡村生活经历为原型，试图抛开伦理道德，一味地反映乡村生活的真实面貌，放纵人性欲望，金钱权力的争夺，原始状态下的性场面，男女关系的混乱，从而削弱了文学的审美本质。作家只是描述社会现实，没有发挥应有社会批判精神。正如美国文学批评家韦恩·布斯指出的："艺术家具有一种道德义务，就像他想要把'写好'、把尽可能在一个给定距离上实现他的世界作为自己审美义务的一个实质部分一样……一位作者负有义务，尽可能地澄清他的道德立场。对于许多作者来说，会有这样的时候，那时，在要显得冷漠和客观，与要使作品的道德基础绝对清楚来提高其他效果的义务之间，有着一种公开有冲突。"[①]雪漠谈创作《大漠祭》的意图只是想告诉世人，西部农民曾经这样艰辛无奈但却坦然地活着。[②] 作家只顾琐碎化地叙述着贫寒农家生活的原生状态，没有对人物行为和社会道德做出一定的评判。如果作家只是在作品中客观地书写农民的生存原貌，缺少对乡村伦理现状作出适当的价值评判，

---

① ［美］W. C. 布斯：《小说修辞学》，华明、胡晓苏、周宪等译，北京大学出版社1987年版，第433—434页。

② 雪漠：《〈大漠祭〉自序》，载《大漠祭》，敦煌文艺出版社2009年版，第10页。

那么从一定意义上说作家作为文学家的职责是不完善的。正如评论家李建军先生所言："如何表现作者自己的道德意识和伦理观念，如何建构作者与人物的伦理关系，如何对读者产生积极的影响，如何获得积极的道德效果和伦理效果，乃是成熟的小说家最为关心的问题。"① 可见，作家的职责不仅仅是反映现实，更多是通过文学折射出对现实的反思与批判。

美国批评家特里林认为："小说的伟大之处和实际效用在于其孜孜不倦的努力，将读者本人引入道德生活中去，邀请他审视自己的动机，并暗示现实并不是传统教育引导他所理解的一切。小说教会我们认识人类多样化的程度，以及这种多样化的价值，这是其他文学体裁所不能取得的效果。"② 可见，他们强调小说的道德价值，更注重作家在创作中要坚持道德判断或者是自我认同的价值观。如果作家在小说创作中自我伦理观的呈现模糊不清，伦理立场处于犹豫不定状态，那么必然会影响到文学的道德审美感。贾平凹曾强调："中国基层社会出现的种种矛盾和人的各种行为，它是带着强烈的中国文化特点的。中国人的人际关系和处事的思维决定了中国在社会大转型期的所有矛盾特点。"③ 因此，作家创作中对于乡土伦理矛盾的把握，对社会现状困惑的反思，必然影响着他的伦理书写立场和姿态。西部大部分乡土作家创作存在的普遍的创作特征是，一方面表达厚重的故土情节与亲人情怀，另一方面是在现代伦理与传统伦理之间徘徊不定，无法坚定伦理立场和批判意识。另外，因西部地域文化和宗教氛围浓厚，许多西部作家把解决现代人的伦理困境和纠结引向宗教伦理，以信仰来解救与束缚现代人的心灵痛苦与道德困境，这也许是人类发展的自然趋向，但却在很大程度上削弱了知识分子的启蒙意识和批判精神。

再次，少数作家伦理书写视野的狭隘与伦理叙事的单调。西部乡土作家因自身因素与生活环境的影响，在创作中融入强烈的主观情绪，致使伦理书写视野相对狭隘，只是怀念或回忆乡村生活的美好，农民的人性美，遮蔽了乡村发展的滞后性与农民自身的劣根性。大多数乡土作家出生于农民家庭，有着真切的乡村生活经历，他们走出乡村的时间并不长远，其父

---

① 李建军：《小说伦理与"去作者化"问题》，《中国社会科学》2012 年第 8 期。
② ［美］莱昂内尔·特里林：《知性乃道德职责》，严志军、张沫译，译林出版社 2011 年版，第 119 页。
③ 贾平凹：《致林建法的信》，载《前言与后记》，海豚出版社 2013 年版，第 4 页。

辈还生活于乡村,从一定意义说,他们的根在乡村,在情感上无法与乡村、亲人拉开距离。作家了一容在成为作家之前本身就是农民,而且早年曾在"新疆天山草原牧过马、青海巴颜喀拉山下淘过金、昆明打过工、西藏贩卖羊绒,挖过冬虫草……"① 过着四处求生、居无定所的流浪生活,这些丰富的生活阅历对于作家人生观和创作观造成极大的影响。80后作家马金莲中专毕业后因找不到工作,一度回到乡村务农,内心感恩于乡村与亲人对于自己的接纳。这些作家特殊的人生经历使他们对苦难、对乡村、对农民充满了"膜拜"感,了一容曾评价故土西海固:"没有浮躁、没有喧嚣,只有清洁向上的精神。"② 文学创作中融合自身太多对故土和亲人的情感因素,这些更易于抒发真实情感,同时也导致文学与现实的距离过近,呈现伦理书写视角与内容的单一化和片面化。正如评论家所言:"宁夏有些作家可能由于地域环境的影响而缺乏现代精神的洗礼,因此使得他们的视野不够开阔,使得他们沉迷在乡村的经验里面。"③ 另有一些作家虽然生长于农村,但早年因求学或者是写作而进入城市生活,如漠月、郭文斌、王新军等,对于这些作家来说,"美好的乡村记忆因为时空的距离而显得更加感人,宁静的乡村伦理因为城市的喧闹而显得更加温馨,特别是当他们面对城市纷扰和不公对待时,对乡村生活的美好回忆,往往成为慰藉他们失意和寂寞的精神滋养"。④ 因此,这类作家的乡土小说中往往呈现出乡村美好的一面,而回避了乡土社会自身发展的复杂弊端。

　　近年来,西部作家书写乡村苦难与农民现实困境的主题居多,从而造成一种伦理叙事的单一。正如李健军先生评论西部青年作家的小说创作所说:"他们写到一定程度,一旦被社会认可,就不自觉地在已经形成的模式里进行复制性的写作,写出来的作品给人一种彼此雷同、似曾相识的印象。"⑤ 有些作家对农民现实的苦难与乡村未来的发展持悲观态度,文本所展现的西部农村现代农民的生存困境下的悲剧命运,时常给人一种生存的窒息感。在中国西部农村,封建伦理观念依然压制着乡村女性的命运,

---

① 了一容:《走出沙沟》,宁夏人民出版社2012年版,第23—64页。
② 了一容:《无语西海固》,载《走出沙沟》,宁夏人民出版社2012年版,第40页。
③ 贺绍俊:《在天高云淡的意境里阅读郭文斌》,《当代文坛》2008年第3期。
④ 贺仲明:《论近年来乡土小说审美品格的嬗变》,《文学评论》2014年第3期。
⑤ 李健军:《论第三代西北小说家》,《朔方》2004年第4期。

她们在爱情和婚姻方面并不自由，也曾为此而苦苦挣扎与反抗，最终却无法摆脱传统思想的束缚和生存环境的限制。雪漠小说《白虎关》中卑微的乡村女子为克服苦难与贫穷，在大漠的黑夜中与野狼厮杀保命回家，而残忍的父母却为钱财利益强逼她夫死再嫁，最终难逃噩运。让读者不由联想到人性与狼性的相似，作家自身消极的宿命观，刻画了现代农村女性绝望的人生悲剧。东西、鬼子、罗伟章、王华、冉正万等作家的小说创作中相似地展现出现代文明给予乡村与农民的悲剧，人与人之间关系的冰冷，邻里之间相互欺压与人性的吞噬；父子亲情的解构；农民工命运的艰辛与卑微，生活的压迫把他们置于回乡不能与进城不易的生存夹缝中；年迈的留守父母生活无望，死亡对于她们来说未尝不是一种解脱，是逃离痛苦的最终选择。有些作品表现出对于当前农民的路在何方深表质疑，给予读者一种沉重的消极生存感。这些作家伦理书写的悲观情怀与绝望造成伦理叙事的单一与雷同化趋向。

二 艺术审美高度的不足

丁帆先生以"三画"（风景画、风俗画、风情画）来概括西部现代文学的外部审美形态，以"四彩"（自然色彩、神性色彩、流寓色彩、悲情色彩）作为西部现代文学的内在的审美基调。[①] 赵学勇教授则以"正义""英雄""斗争哲学""生存记忆"和"诗意与神性"等关键词来形容西部小说的审美追求。[②] 20世纪90年代以来西部乡土小说创作呈现多元文化背景下乡村生活日常化与个体化的审美叙事，其艺术审美表现方面存在着一定的差异与局限。

西部乡土小说在艺术手法上大多都坚守现实主义写实风格，善于描写乡村日常生活，有些作品的思想性相对薄弱与艺术创新等方面呈现边缘化发展。一些西部乡土作家书写现实生活细节较为深刻，但是其思想的凝练度不强，作品读完后只是给读者故事性的印象，没有形成思想性和审美性的冲击。这与作家个人视野有关，只限于写自我视野下的乡村想象，没有从事物发展的两面性来书写乡村现象与社会问题。例如，个别作家坚守日

---

① 丁帆主编：《中国西部现代文学史》，人民文学出版社2004年版，第18—19页。
② 赵学勇、孟绍勇：《革命·乡土·地域——中国当代西部小说史论》，山西教育出版社2009年版，第94—137页。

常诗意化的叙事风格，展现乡村的美好与人性的温馨，完全陶醉于自我表达，缺乏文学的现实性反思；有些作家坚守以乡村经验为基点书写现代人性的丑恶与真实，没有探讨现象发生的原因，更没有较强的思想性提升。有些作家以深厚的现实情感表达对乡土的眷恋和热爱，模糊文学高于现实的距离，缺少对乡土自身弊端的剖析；还有些作家力求为底层民众鸣不平，书写现实的苦难与痛苦，并没给出解决问题的办法或者途径，形成了一种只揭示问题、不开"药方"的写作方式。个别西部青年作家缺少宏大的视野，不能驾驭和提炼自身的乡村生活阅历，从而导致他们"抓住自己的有限的体验资源不放，写来写去，就那些东西，越写越飘，越写越空，越写越淡而无味"。[1]因他们的创作中故事性较强而文本的思想性较弱。

　　大部分西部作家基于写实为主，采取现实主义创作手法，创作艺术形式较为单调。贾平凹创作表现出娴熟精湛的艺术手法和技巧，东西、鬼子小说创作带有先锋小说特色，运用现代派手法，作品充满魔幻神秘主义格调；红柯小说创作呈现浪漫主义情怀与存在主义审美风格。相对来说，大部分西部乡土作家是"现实主义"忠实的"追捧者"，有些作家试图对西方现代主义手法借鉴与试探，但艺术手法运用的痕迹较为粗糙与暴露，很难展示小说创作的艺术审美。西部作家创作整体上缺乏自我突破意识。个别青年乡土作家在文学创作上找到自己的成名之路，就会形成一种固定的写作风格，很难再有所创新和突破，只是在不断地重复自己。无论是作品内容还是人物命运的表达方面都存在雷同的叙事场景，伦理关系书写也非常相似，不断地书写受个人生活经历与遭受压抑的特殊历史记忆。大多数西部乡土作家创作主题集中于故土乡民、民族文化、生活琐事和个人经历等，以至在成名后，超越的力度不大，作品风格与主题重复很快给读者形成个人风格的定式。因此，西部作家应该立足原本的创作基础上，尝试在艺术手法、书写内容和形式方面有所突破。

　　个别作品缺乏一定的文学审美高度。有些西部作家热衷于揭露现代文明带乡村社会带来的弊端，关注底层民众的现实苦难与伦理困境，这种纯写实风格大多以真情感人，以故事的悲情、人物命运的坎坷与无奈的悲剧来打动读者，但文学应该具备的审美价值并没有很好地表现出来。"文

---

[1] 李健军：《论第三代西北小说家》，《朔方》2004年第4期。

学，是美的领域。文学的对象和内容必须具有审美价值，或是在描写之后具有审美价值。"① 有些西部作家由于自身的创作潜质与思维认知的局限等因素导致创作中文学审美高度的不足。贺仲明教授认为："20 世纪 90 年代中期以来，中国乡土小说的审美品格发生了相当显著的嬗变：审美风貌上，乡土地域色彩显著弱化；审美内涵的空心化；审美艺术上的情绪化和碎片化。"② 一些西部作家更多地从地域文化、原生态的民俗人情等视角来凸显文学的审美蕴意，而对人性和文化反思等审美层面思考不足，一味地赞叹美或者是丑化的意象，从而形成审美形态的狭窄。

  根据对本论题的研究，从 20 世纪 90 年代以来西部乡土小说中伦理书写的现状来看，确有不足之处。针对未来乡土小说的生存与发展走向，贺仲明教授认为"乡土精神"将成为"乡土文学"最基本的核心和灵魂，"对乡土的热爱和关注；对乡土文明生活方式和核心价值观的向往与认同；对一些美好乡土文化价值观的揭示和展示。文学应该张扬其中的美善一面，对自然的热爱和尊重，人与自然的和谐；对人类质朴人性的认同，张扬人自身的力量和价值；强调人情、人伦，对人类精神价值表示尊重"③。这无疑表明乡土作家应拓展文学创作的视野，提高文学的审美情怀，从而更大地提升乡土文学的社会价值与伦理意义。

---

① 童庆炳：《新时期文学审美特征论及其意义》，《文学评论》2006 年第 1 期。
② 贺仲明：《论近年来乡土小说审美品格的嬗变》，《文学评论》2014 年第 3 期。
③ 贺仲明：《乡土精神：乡土文学的未来灵魂》，《时代文学》2011 年第 9 期。

结　　语

　　西部乡土小说中的伦理书写不仅延伸了文学的道德审美价值，而且在一定层面上增加了文学的现实意义。总体说来，近30年来的西部乡土小说中的伦理书写离不开社会发展变迁的时代背景，作家对乡土伦理现状的反思，对现代文明积极正能量的引导与消极不利因素的揭示和批判，对当前社会伦理的发展具有一定的现实启蒙价值。

　　社会伦理秩序的形成融合着多重因素，有历史遗留的传统因素，地域差异性、民族文化习俗等的影响。[①] 因此，任何时代的社会伦理状态的形成都融合了众多复杂因素。中国自实行改革开放以来，随着市场经济体制的确立和完善，给中国社会和经济带来飞越性发展，人们的生活水平日益提高，但同时也带来了精神文化和思想观念方面的变化。20世纪90年代以来，社会经济发展进入稳步时期，在多元文化背景下，由以往的"共名"状态进入"无名"状态，导致"文化思潮和观念只能反映时代的一部分主题，却不能达到一种共名的状态"。[②] 在这种多元文化共生的时代背景中，人们的审美价值观与道德标准无形地呈现出多元发展的形态。

　　社会的发展和进步引领着人们迈向工业化、信息化时代，追求巨大经济效益与商业利润已成为社会发展的主流，社会从中受益的同时，也出现了人文精神方面的脱轨，具体表现为人们的伦理观念与道德约束力的降低。关于当前中国的伦理现状，研究者发现："中国伦理道德总体上处于市场经济主导的状态。"[③] 这从侧面反映出当下中国人的伦理道德受市场经济体制的影响极大，然而人们在突破与推翻传统伦理纲常、获得思想解

---

① 蒲星光：《社会伦理道德观的多重性》，《科学社会主义》2005年第5期。
② 陈思和：《中国当代文学史教程》（第二版），复旦大学出版社2011年版，第14页。
③ 樊浩：《当前中国伦理道德状况及其精神哲学分析》，《中国社会科学》2009年第4期。

放和摆脱行为束缚的同时，又会在过于追求利益和欲望满足中迷失自我，迷失伦理意识，不自觉地走向自我消沉。当传统道德观念逐渐被拜金主义、利己主义、享乐主义等现代价值观取代后，必然产生社会伦理冲突与道德困境。"当代中国人伦理意识的特点：伦理感动摇不定，总体上只是'偶尔'；伦理感的发生依次受境遇、信念、功利影响。"[①] 可见，当前社会的伦理现状和面临的道德困境确实令人担忧，发展与提升社会人文精神必然成为当前社会的首要任务。

西部乡土小说中的伦理书写与当前社会的伦理现状存在着密切的关联，作品中反映的伦理危机与人伦道德困境，间接地透视出当前社会发展中经济利益、政治权势主导着人们的伦理价值观念。现代文明在促进乡村发展的同时，其带来的弊端不容忽视。现代化进程改变乡土社会原本农耕自足的生产结构，农民在迈向城市谋求生存中，加强了乡村与城市密切的联系，他们的生存价值观念与道德意识受到影响并发生转变，一方面摆脱了传统观念的束缚，另一方面又在追求现代生活方式中丢失原本的人性美德，经受不住现代经济利益和个人欲望的诱惑，极易导致道德异化。西部乡土小说中的伦理书写，作家消解人性亲情的本真，在以经济利益为重的时代主流中，人际关系被赤裸裸的金钱关系所吞噬，亲人为争夺物质利益形同陌路，人情关系的实质意义受到金钱物质观的巨大冲击。作家解构中国乡村伦理的正面意义，"权"与"钱"成为人的尊严和地位的象征，在社会经济体制背景下，人们为了自我利益可以无限地消解伦理束缚，冲破道德底线。现代化进程冲击下乡村社会的道德困境，农民固守乡土成为无意义的徒劳，陷入道德人格分裂。西部乡土小说中对当下乡村伦理现状与道德困境的呈现，见证了文学家以知识分子固有的启蒙意识，以文学承担起揭露现实与反思伦理现状的职责。

西部作家在文学作品中传达着伦理正能量的社会关怀，作家创作中体现的伦理理想和伦理期待，与当前社会倡导的主流伦理精神相一致。近年来，国家提出建设社会核心价值体系，其中民族精神（民族意识、民族品格、民族气质）和时代精神被认为是它的精髓。[②] 西部乡土小说中的伦理书写整体上在倡导一种真善美的伦理理念，积极传递社会伦理正能量，并

[①] 樊浩：《当前中国伦理道德状况及其精神哲学分析》，《中国社会科学》2009 年第 4 期。
[②] 袁贵仁：《建设社会主义核心价值体系》，《中国社会科学》2008 年第 1 期。

大力弘扬中华民族的民族精神与时代的和谐发展理念,对社会与个人都具有一定的积极引导作用,充分体现了美国作家福克纳所强调"作家的天职"。① 西部乡土小说对于当前乡村和农民的伦理关怀,作家对于国家与社会倡导的主流伦理精神的响应,从某种程度上发挥了文学的社会现实价值。西部乡土作家的文学创作中较为注重正面伦理书写的意义。作家雪漠认为:"真正的作家,应该为世人点上这么一盏心灯,应该以文学的形式尽好自己的本分,说一些该说的话,为世界贡献一种真正的价值。"② 温亚军表示:"不喜欢写丑恶与绝望的东西,其基本愿望是美与善的表达。"③ 李进祥坚守:"作家必须对作品描写的人生和现实,用普世价值,用人类共有的精神来观照。"④ 贾平凹则主张:"我们需要学会写伦理,写出人情之美。需要关注国家、民族、人生、命运,这方面我们还写不好,写不丰满。但是,我们更要努力写出,或许一时完不成而要心向往之的是,写作超越国家、民族、人生、命运、眼光放大到宇宙、追问人性的、精神的东西。"⑤ 可见,西部乡土作家对文学伦理书写的坚持,关怀当下伦理发展并对其抱有美好期盼的信念是值得认可的。

西部乡土作家在文学创作中应该坚持勇于担当,关注乡土和批判现实的伦理精神,坚守文学中的伦理书写,表达自我伦理关怀。伦理研究者的调查发现:在当代社会"知识精英跃居影响力人群之首,人们不仅期望他们成为思想先锋甚至领袖,更希望其成为社会良知"⑥。在一定意义上,作家也属于知识精英行列,他们有能力也有责任成为引导社会精神文化发展的先锋,"应自觉以清醒的'中国意识'和'中国话语',担当起自身的精神文化使命"⑦。因此,作家应以文学来发挥自己弘扬人类精神文化

---

① [美]福克纳:《接受诺贝尔奖金时的演讲》,刘保瑞等译,载《美国作家论文学》,北京三联书店1984年版,第368页。
② 雪漠:《作家应为世人点上一盏心灯》,载《光明大手印:文学朝圣》(上卷),中央编译出版社2013年版,第72页。
③ 姜广平、温亚军:《寂寞使我产生了写作的偏狂和执拗》,《西湖》2010年第8期。
④ 李进祥:《作家在信仰 文学有力量》,《文艺报》2010年12月1日。
⑤ 贾平凹:《当下社会的文学立场》,《散文选刊》2009年第9期。
⑥ 樊浩:《当前我国诸社会群体伦理道德的价值共识与文化冲突——中国伦理和谐状况报告》,《哲学研究》2010年第1期。
⑦ 樊浩:《当前中国伦理道德状况及其精神哲学分析》,《中国社会科学》2009年第4期。

的重任,挽救当前经济利益诱惑带来的道德困境与社会伦理问题。正如作家雪漠所言:"作家应该摆脱渺小、媚俗和卑下,让自己的灵魂伟大起来,把感受到的独特世界跃然于纸上,给世界带来全新的善美。"①

西部乡土作家一致认同文学应当承担着人类的启蒙精神与伦理关怀,他们的创作体现着一定的人文关怀,弘扬民族精神,期盼社会正义与生态和谐,坚持文学给予人们的真善美理念。贾平凹曾表示:"文学能做到的是清醒,正视和解决通往人类最先进方面的障碍问题,在民族的性情上、文化上、体制上、政治生态和自然生态环境上、行为习惯上,怎样不再卑怯和暴戾,怎样不再虚妄和阴暗,怎样才真正的公平和富裕,怎样能活得尊严和自在。只有这样做了,这就是我们提供的中国经验,我们的生存和文学也将是远景大光明,对人类和世界文学的贡献也将是特殊的声响和色彩。"② 这表明西部作家在文学创作中融合着一种强烈的道德责任意识,不论这种伦理使命能否更好地坚持下去,也不论是否能把这种伦理精神完美地融入文学作品中,但可以坚信的是伦理精神已经成为文学审美的一种本质要素。因此,无论是对于西部作家还对于整个当下文坛来说,伦理书写已经成为许多作家与文学创作无法回避的话题和书写内容,优秀的文学作品必然包含作家的伦理立场与道德关怀。西部乡土作家对伦理书写的坚持为当前的文学创作带来了诸多的道德审美启示,为当代文学的发展注入新的活力,因此,作家应在不断探索与思考中坚持不懈地继续前行。

---

① 雪漠:《写作的理由及其他代后记》,载《白虎关》,上海文艺出版社 2008 年版,第 518 页。

② 贾平凹:《〈带灯〉后记》,载《带灯》,人民文学出版社 2013 年版,第 360 页。

主要参考书目

1. 赵学勇、孟绍勇：《革命·乡土·地域：中国当代西部小说史论》，山西教育出版社 2009 年版。
2. 丁帆主编：《中国西部现代文学史》，人民文学出版社 2004 年版。
3. 李兴阳：《中国西部当代小说史论（1976—2005）》，安徽大学出版社 2006 年版。
4. 赵学勇、王贵禄：《守望·追求·创生：中国西部小说的历史形态与精神重构》，北京大学出版社 2012 年版。
5. 丁帆：《中国乡土小说史》，北京大学出版社 2007 年版。
6. 贺仲明：《一种文学与一个阶层——中国新文学与农民关系研究》，人民出版社 2008 年版。
7. 朱栋霖、朱晓进、龙泉明主编：《中国现代文学史（1917—2000）》（上、下），北京大学出版社 2007 年版。
8. 王庆生主编：《中国当代文学史》，高等教育出版社 2003 年版。
9. 路遥：《路遥全集：早晨从中午开始（散文·随笔·书信）》，太白文艺出版社 2000 年版。
10. 陈思和：《陈思和自选集》，广西师范大学出版社 1997 年版。
11. 贾平凹：《前言与后记》，海豚出版社 2013 年版。
12. 路遥：《路遥文集》（第二卷），陕西人民出版社 1993 年版。
13. 中共上海市委宣传部理论处编：《西部开发与中国的现代化》，上海人民出版社 2012 年版。
14. 李天道：《西部地域文化心态与民族审美精神》，中国社会科学出版社 2010 年版。
15. 肖云儒：《中国西部文学论》，青海人民出版社 1988 年版。
16. 张碧波、董国尧：《中国古代北方少数民族文化史》，黑龙江人民出版社 1993 年版。
17. 陈寿朋：《草原文化的生态魂》，人民出版社 2007 年版。
18. 龚群：《社会伦理十讲》，中国人民大学出版社 2008 年版。
19. 肖波：《中国孝文化概论》，人民出版社 2012 年版。
20. 林建初：《现代家庭伦理》，安徽人民出版社 1992 年版。
21. 罗国杰主编：《中国传统道德》，中国人民大学出版社 1994 年版。
22. 刘曙光：《婚姻与家庭》，金城出版社 1999 年版。
23. 宫晓卫：《孝经：人伦的至理》，上海古籍出版社 1997 年版。
24. 王恒生：《家庭伦理道德》，中国财政经济出版社 2001 年版。
25. [德] 黑格尔：《法哲学原理》，范扬等译，商务印书馆 1961 年版。
26. [德] 卡尔·马克思：《1844 年经济学——哲学手稿》，刘丕坤译，人民出版社 1985 年版。
27. 张怀承：《中国的家庭与伦理》，中国人民大学出版 1993 年版。
28. [美] 赫伯特·马尔库塞：《单向度的人——发达工业社会意识形态研究》，刘继译，上海译文出版社 1989 年版。
29. 张岱年：《中国伦理思想研究》，中国人民大学出版社 2011 年版。
30. 彭立荣：《婚姻家庭美德要言》，济南出版社 1999 年版。
31. [英] 休谟：《人性论》，关文运译，商务印书馆 1981 年版。
32. [保] 基·瓦西列夫：《情爱论》，赵永穆、范国恩等译，上海三联书店 1984 年版。
33. [丹麦] 索伦·克尔凯郭尔：《或此或彼》（上、下卷），阎嘉等译，四川人民出版社 1998 年版。
34. 李泽厚：《批判哲学的批判》，人民出版社 1984 年版。
35. [美] A. 麦金太尔：《伦理简史》，龚群译，商务印书馆 1987 年版。
36. [美] E. 弗罗姆：《爱的艺术》，康革尔译，华夏出版社 1987 年版。
37. [德] 黑格尔：《美学》（第二卷），朱光潜译，商务印书馆 1979 年版。
38. 鲁迅：《鲁迅全集》（第二卷），人民文学出版社 2005 年版。
39. 冯沅君：《冯沅君创作译文集》，山东人民出版社 1983 年版。
40. [美] 詹姆斯·C. 斯科特：《农民的道义经济学：东南亚的反叛与生存》，程立显、刘建等译，译林出版社 2001 年版。
41. [法] 涂尔干：《乱伦禁忌及其起源》，汲喆等译，上海人民出版社

2006 年版。

42. ［奥］弗洛伊德：《精神分析引论》，高觉敷译，商务印书馆 1986 年版。

43. ［奥］弗洛伊德：《爱情心理学》，林克明译，作家出版社 1986 年版。

44. ［奥］弗洛伊德：《图腾与禁忌》，文良文化译，中央编译出版社 2005 年版。

45. ［苏］苏霍姆林斯基：《论爱情》，李元立、关怀译，工人出版社 1986 年版。

46. 杨伯峻：《论语译注》，中华书局 1980 年版。

47. 杨伯峻：《孟子译注》，中华书局 2008 年版。

48. ［古希腊］亚里士多德：《尼各马可伦理学》，廖申白译，商务印书馆 2003 年版。

49. ［美］约翰·罗尔斯：《正义论》，何怀宏、何包钢、廖申白译，中国社会科学出版社 1988 年版。

50. 鲁迅：《鲁迅全集》（第一卷），人民文学出版社 2005 年版。

51. ［美］赛珍珠：《我的中国世界》，尚营林等译，湖南文艺出版社 1991 年版。

52. ［美］保罗·A.多伊尔：《赛珍珠》，张晓胜等译，春风文艺出版社 1991 年版。

53. ［美］埃·弗洛姆：《为自己的人》，孙依依译，北京三联书店 1998 年版。

54. 曹孟勤：《人性与自然：生态伦理哲学基础反思》，南京师范大学出版社 2006 年版。

55. 傅华：《生态伦理学探究》，华夏出版社 2002 年版。

56. 孙周兴选编：《海德格尔选集》，上海三联书店 1996 年版。

57. ［法］阿尔贝特·施韦泽：《敬畏生命》，陈泽环译，上海社会科学院出版社 1992 年版。

58. ［法］阿尔贝特·施韦泽：《对生命的敬畏：阿尔贝特·施韦泽自述》，陈泽环译，上海人民出版社 2007 年版。

59. ［澳］彼得·辛格：《动物解放》，孟祥森、钱永祥译，光明日报出版社 1999 年版。

60. ［美］汤姆·雷根、卡尔·科亨：《动物权利论争》，杨通进、江娅译，中国政法大学出版社 2005 年版。

61. 常健、李国山：《欧美哲学通史（现代哲学卷）》，南开大学出版社 2003 年版。
62. 万俊人：《现代西方伦理学史》（上、下卷），中国人民大学出版社 2011 年版。
63. ［法］让－保罗·萨特：《存在主义是一种人道主义》，周煦良、汤永宽译，上海译文出版社 1988 年版。
64. ［美］艾里希·弗洛姆：《健全的社会》，孙恺祥译，上海译文出版社 2011 年版。
65. 王岳川：《中国镜像：90 年代文化研究》，中央编译出版社 2001 年版。
66. ［美］杜赞奇：《文化权力与国家——1900—1942 年的华北农村》，王福明译，江苏人民出版社 1996 年版。
67. 沈从文：《沈从文文集》（第十二卷：文论），花城出版社 1984 年版。
68. 汪曾祺：《汪曾祺散文》，人民文学出版社 2005 年版。
69. 罗秉祥、万俊人主编：《宗教与道德之关系》，清华大学出版社 2003 年版。
70. 贾平凹：《贾平凹文集》，陕西人民出版社 2008 年版。
71. 陈思和：《中国当代文学史教程》（第二版），复旦大学出版社 2011 年版。
72. 郜元宝、张冉冉主编：《贾平凹研究资料》，天津人民出版社 2005 年版。
73. ［法］西蒙·德·波伏娃：《第二性》，陶铁柱译，中国书籍出版社 2004 年版。
74. 梁巧娜：《性别意识与女性形象》，中央民族大学出版社 2004 年版。
75. 吴秀明：《当代中国文学六十年》，浙江文艺出版社 2009 年版。
76. 温儒敏：《新文学现实主义的流变》，北京大学出版社 2007 年版。
77. 崔志远：《现实主义的当代中国命运》，人民文学出版社 2005 年版。
78. 《马克思恩格斯选集》（第四卷），人民出版社 1995 年版。
79. 曹文轩：《20 世纪末中国文学现象研究》，北京大学出版社 2002 年版。
80. 陶东风、和磊：《中国新时期文学 30 年（1978—2008）》，中国社会科学出版社 2008 年版。
81. 陈晓明：《无边的挑战——中国先锋文学的后现代性》，时代文艺出版社 1993 年版。
82. ［美］浦安迪讲演，陈珏整理：《中国叙事学》，北京大学出版社 1996 年版。
83. 贾平凹：《贾平凹散文自选集》，新世界出版社 2012 年版。
84. 贾平凹：《商州：说不尽的故事》（第四卷），华夏出版社 1995 年版。
85. 李继凯等编：《冯积岐评论集》，文化艺术出版社 2013 年版。
86. 孙犁：《孙犁文论集》，人民文学出版社 1983 年版。
87. 杨义：《中国叙事学》，人民出版社 1997 年版。
88. 陈平原：《中国小说叙事模式的转变》，北京大学出版社 2003 年版。
89. 童庆炳：《文学审美论的自觉——文学特征问题新探索》，北京师范大学出版社 2011 年版。
90. ［美］福克纳：《接受诺贝尔奖时的演讲》，刘保瑞等译，《美国作家论文学》，北京三联书店 1984 年版。
91. ［美］W. C. 布斯：《小说修辞学》，华明、胡晓苏、周宪等译，北京大学出版社 1987 年版。
92. ［美］莱昂内尔·特里林：《知性乃道德职责》，严志军、张沫译，译林出版社 2011 年版。
93. 陈晓明：《审美的激变》，作家出版社 2009 年版。
94. 盛宁：《现代主义·现代派·现代话语——对"现代主义"的再审视》，北京大学出版社 2011 年版。
95. 贺仲明：《中国心像——20 世纪末作家文化心态考察》，中央编译出版社 2002 年版。
96. 钱理群等著：《中国现代文学三十年》，北京大学出版社 1998 年版。
97. 贺仲明：《重建我们的文学信仰》，广东人民出版社 2014 年版。
98. 章海荣：《生态伦理与生态美学》，复旦大学出版社 2005 年版。
99. 林红梅：《生态伦理学概论》，中央编译出版社 2008 年版。
100. 刘湘溶：《生态伦理学》，湖南师范大学出版社 1992 年版。
101. 乔山：《文艺伦理学初探》，高等教育出版社 1997 年版。
102. 谢有顺：《中国小说的叙事伦理》，江苏教育出版社 2005 年版。

后　　记

　　多年的乡村生活经历让我对乡土小说有着莫名的亲切感，对乡村社会中的伦理状况有着真实的感触，这引发了我从事本书研究的兴趣和热情。每当阅读乡土小说中书写的伦理问题和道德现象，仿佛回到了那个属于我的小村庄，就像在审视和批判着我的亲人和乡邻。从事本书的研究，极大地促进了我对文学、对道德、对乡土等问题的思考，也丰富了我的精神生活。

　　回首八年前，我怀着追求学术的憧憬和热情，忐忑又执着地从苏北小镇走出来求学。很幸运地遇到了给予我人生指导和帮助的师长，这也让我格外珍惜这段来之不易、匆忙而充实的学习时光，时时督促自己，不敢懈怠。师长们的教导和指引，让我无论在学术研究上，还是在为人处世方面都有所成长和进步，那个当年被众人视为不安于现状的人，如今找到了自我和人生的真正意义。面对师长们的教诲，只能以感恩表达我的心声。

　　感谢我的博士指导教师贺仲明教授，他以深厚的学术涵养，严谨缜密的治学态度，和蔼可亲的人格魅力，"润物细无声"式的教诲和学术熏陶，让我受益终身，并将激励着我以后的人生。由于我资质的愚钝，老师因此付出了更多的心力，每每我遇到思考问题的困惑，老师总是有求必应，进行细致耐心的学术指导和精神鼓励。贺老师对我在学术方面皆悉心指导，一丝不苟的敬业精神令人钦佩，在老师的关怀和指导下，我顺利地完成学业并走上了新的工作岗位。贺老师在为人和为学之道上给予我的呵护与鼓励，熏陶与教导，关怀与勉励，我将永远感念。

　　在我的求学生涯中，我的硕士生导师李骞教授一如既往地对我的学业给予关怀和指导。感谢李老师把我引进学术之门，严谨治学的态度与公正宽容的品格深深地影响着我。回想当年，李老师没有嫌弃我资历浅薄，让我成为了他的学生，时时督促我读书和思考，引导我坚定踏实地走向学术研究的道路。每当我陷入彷徨与徘徊之时，李老师总是给予我无私的帮助和关爱，时刻关怀着我的学术成长，他的教导与提携之恩，我将永记于心。

诚挚地感谢博士论文答辩及评审中，温儒敏、罗振亚、魏健、郑春、张华等多位老师给予我的鼓励，他们解惑与指点了论文相关的学术问题，热心地提出了许多宝贵的修改意见，以便我对论文的修改与完善。感谢我的同门师兄弟祁春风、刘启涛，同窗吕丽、于红珍、付洁等在学术方面的探讨切磋，并给予我生活方面的无私帮助和支持，这段与他们互勉共进的学习时光，将成为我青春生涯中闪亮的一笔。

我还要深深地感谢我的祖父和祖母，是他们改变了我那原本犹豫惆怅的童年，给予我亲情的温暖与感恩的情怀，激发了我对乡土、对农民那种无法忘怀的深切情感。祖父母身上凝聚着中国农民勤劳善良和坚韧淳朴的良好品格，我把它视为一生最为珍贵的精神财富。攻读博士期间，祖父的离世，让我懂得了生命的真正意义。由于我在外地求学，加之学业繁重，没能够在他离世前夕更好地尽孝道，对此心怀愧疚，愿他的灵魂在天堂安息，我将带着他生前的希望继续前行。

本书的部分章节曾以论文形式发表在《文艺争鸣》《民族文学研究》《兰州学刊》《内蒙古社会科学》《广州大学学报》等期刊上，感谢这些期刊和有关编辑对我学术之路的鼓励和认可，我与周翔、郭洪、梁敏、李静丽等编辑的一次次电话、邮件交流，他们的学术提携激励着我的学术信念和热情。

感谢中国社会科学出版社的任明老师，对本书进行认真的编审工作，为此付出了大量的宝贵时间和精力，在这里特表谢意！

我要特别地感谢青岛大学文学院姜振昌院长、刘怀荣教授的关怀和扶持，让此书获得出版基金的资助，得以顺利出版。

需要说明的是，本书的主要内容是我的博士学位论文，并做了一些修改与充实。但由于学术水准和研究视野的限制，存在许多不足之处，敬请学界各位老师和学友批评与指正。

美好的求学时光如白驹过隙悄然而逝，但我深知自己的学术之旅才刚刚启程，正所谓"路漫漫其修远兮，吾将上下而求索"，希望能够在学术的道路上，时刻鞭策自我，努力奋进，持之以恒地坚守。

李 伟

2016 年 12 月 20 日于青岛惠水和苑